Scrittori italiani e stranieri

Valentina D'Urbano

Tre gocce d'acqua

ROMANZO

MONDADORI

librimondadori.it

Tre gocce d'acqua
di Valentina D'Urbano
Collezione Scrittori italiani e stranieri

ISBN 978-88-04-73797-1

I edizione giugno 2021

Tre gocce d'acqua

I won't let you fall apart
NINE INCH NAILS

L'abisso non ci divide.
L'abisso ci circonda.
WISLAWA SZYMBORSKA

Crollano chiese infallibili
Sulle spalle degli eroi
RADIODERVISH

1

Primo giorno

Una vibrazione insistente mi scolla dal sonno. All'inizio penso che sia solo la metropolitana che passa nelle viscere del quartiere e che fa tremare i vetri, poi il cervello si riattiva, riemerge dalla palude chimica degli antidolorifici. Sono le quattro del mattino. A quest'ora i mezzi pubblici sono fermi.

È il mio cellulare che sta vibrando.

Sullo schermo appare un numero sconosciuto, un nove, un sei, un quattro, poi le cifre si disperdono, la vista appannata non riesce a tenerle insieme. Ma è un prefisso straniero, inquietante, una specie di sequenza aliena, uno di quei numeri che a casa mia non portano mai buone notizie.

«Chi parla?» Grido per schiarire la voce, forse sembro aggressiva. Non mi piace il silenzio che sento nel ricevitore. Un'assenza di rumore. Come se qualcuno stesse cercando il fiato, aspettando l'istante giusto per parlare.

«Celeste, mi senti? Sono io. Lo so che è presto.» I rumori scoppiano tutti insieme. Sirene lontane, voci amplificate da altoparlanti distorti, il crepitare ininterrotto della linea disturbata. Un gran trambusto, il casino che potrebbe esserci in una stazione affollata, in un aeroporto, in un accampamento militare. Tento di alzarmi dal letto e un piede mi si impiglia nel lenzuolo. Me ne accorgo in tempo, ricado pesantemente sul materasso.

«Merda. Che cosa è successo, da dove viene questo numero?»

«Ho perso il cellulare. Sono riuscito a farmi prestare il telefono da un amico.»

«Dove sei?»

La linea gracchia e fischia. Cerco di ricordarmi a quale paese appartiene il prefisso da cui sta chiamando, ma non mi viene nulla. So solo che non è dove ci aveva detto di essere.

«Per favore, mi dici dove sei?»

«Per il momento, in un villaggio a cinquanta chilometri da Mosul.»

«Ma che cazzo, Nadir.»

La mia mano corre sotto le lenzuola, scavalca l'orlo tiepido delle mutande, la cicatrice orrenda dai bordi dentellati come ruote di un ingranaggio si chiude a colpo sicuro sulla scheggia di titanio che mi tiene insieme il ginocchio. Affondo le dita nella rotula, tasto quella deformità rassicurante, per calmarmi. Forse sto solo sognando.

«Che diavolo ci fai lì?» sbotto. «Avevi detto che eri a Istanbul!»

«E infatti ero a Istanbul. Poi mi sono spostato.»

«Dove stai andando?» Ho quasi paura di fare quella domanda, perché conosco la risposta.

Nel microfono torna quel silenzio profondissimo, e anche i rumori di sottofondo svaniscono. Come se tacendo riuscisse a dissolvere anche quello che c'è intorno.

«Nadir? Sei ancora lì?»

«Ti sento, Celeste.» La sua voce è quieta, molto paziente. La voce di uno pronto ad arginare una crisi isterica.

«Non puoi averlo fatto davvero. Sul serio, tu non...»

«Ne abbiamo già parlato, dai.»

«Era solo un discorso senza senso! Come ti è venuto in mente di metterlo in pratica? Cosa speri di trovare dopo due anni? Qualunque cosa tu abbia intenzione di fare è troppo pericoloso. Torna indietro.»

«Non posso. Il messaggio che ho ricevuto, la donna che voleva parlarmi di Pietro...»

«Lascia stare quel messaggio, non sappiamo nemmeno chi sia la donna che l'ha registrato.»

«Io so chi è. È un'olandese. Il mio amico la conosce, ma dice che ci vorrà un po' per poterla incontrare, è in prima linea sul confine turco. Se mi ha cercato adesso, dopo due anni, deve esserci un motivo. E non c'era altro modo di rintracciarla se non venire qui di persona. Davvero non ti interessa sapere cosa ha da dirci?»

Mi trema la bocca, un rigurgito acido mi brucia l'esofago e si allarga nel cavo orale.

«Sappiamo già tutto quello che c'è da sapere» dico. Poi decido di riaprire i lembi della nostra ferita. Forse gli farà male, forse lo spingerà a ragionare. «Ci hanno già detto che fine ha fatto Pietro, non ti basta? Che altro vuoi cercare? Torna in Italia e non fare cazzate. Ti prego.»

Nadir rimane in silenzio. Ascolto le voci che fioriscono alle sue spalle, una lingua aspirata e piena di vocali eppure durissima, incomprensibile. Sento il vento, immagino l'odore della notte che lentamente scolora, la polvere di un deserto che non ho mai visto e che non vedrò mai che si infila nei capelli e nelle ciglia di Nadir, che lo costringe a socchiudere gli occhi, a strofinarsi la bocca.

«La ragazza... si fa chiamare Leni. Combattevano in due gruppi differenti, lei fa parte delle unità femminili, ma so che ha incontrato Pietro un paio di volte.»

«Ascoltami» tento.

«No, ascoltami tu. Ho poco tempo, c'è un gruppo di internazionalisti in partenza tra pochi minuti. Prenderanno una strada sicura e non posso restare indietro, qui i passaggi non restano mai aperti a lungo. Non dire niente a nessuno. Se mia madre ti chiede dove sono, se Marina ti chiede dove sono, tu devi dire che non lo sai. Ho bisogno di un po' di tempo e tu devi aiutarmi. Cercherò di contattarti ogni settimana.»

«E se non ti sentirò?»

«È normale, lo sai. Proverò comunque a mettermi in contatto con te, va bene? Non avere paura.»

«Quand'è che dovrò iniziare a preoccuparmi?»

«Mai. Non dovrai preoccuparti mai.»

«Quando?»

Nadir sbuffa, soffoca un'imprecazione. La voce adesso gli gratta in gola, è irritato, spazientito, come quando da ragazzina riuscivo a sfuggire ai suoi morsi, ai calci, ai pizzicotti che lasciavano lividi. A volte mi pensa ancora come una bestiola docile, da curare, da sottomettere.

«Un mese da oggi. Un mese di silenzio. Dammi retta, Celeste. So quello che faccio. Per una volta nella vita non fare di testa tua.»

«Perché non lo hai detto a Marina?»

«Lei non può capire.»

«E ti aspetti che io lo faccia?»

«Tu hai già capito, puoi anche non ammetterlo. Questa è una cosa nostra. Nessun altro può mettersi nei nostri panni. È la nostra storia, è una faccenda tra noi tre.»

«No, Pietro ha scelto una strada su cui nessuno di noi l'avrebbe mai seguito. E lo sapeva.»

«Non era una scelta. Era una vocazione. Pietro è sempre stato un combattente.»

«Pietro ha sfasciato la nostra famiglia, Nadir.»

«Sai che non è così. Ti voleva bene. Non ti ha abbandonata, se è questo che hai bisogno di sentirti dire. Sei stata la persona più importante della sua vita... molto più di quello che ero io.»

Non vorrei, ma in questo buio familiare, piegata sul letto in una posa scomoda, con le dita affondate in quell'arto disintegrato che mi trascino dietro e la voce di lui che parla da migliaia di chilometri di distanza, gli occhi mi si riempiono di lacrime antiche, lacrime che stagnavano da anni in attesa che qualcuno le riportasse in superficie. Le ingoio, ostinata. Non deve sentirmi piangere.

«Non andare. Torna qui. Mi sei rimasto solo tu.»

«Non posso, Riccio di mare. Devo sapere cosa vuole Leni da me. Devo riportare a casa tuo fratello, in un modo o nell'altro.»

Tuo fratello.

Pietro mio, il mio stesso sangue.

Pietro mio amatissimo.

«Anche tu sei importante. Fai attenzione, per favore.»

«Cerca di non romperti niente, mentre non ci sono, okay? Niente sport estremi, niente corse a ostacoli.» Prova a ridere. Lo seguo per farlo contento.

«Non mi rompo niente da un bel po', ormai.»

«Sì, ma stai attenta lo stesso.» So che non l'ha fatto apposta, ma l'ha detto con la stessa identica intonazione che aveva Pietro quando mi raccomandava di non farmi male, di non correre, di non rompermi la gamba buona, di non provare a essere come gli altri.

Stringo le palpebre, mi rannicchio sotto al lenzuolo, un animale nella tana.

«Promettimi che stai zitta.»

«Te lo prometto. Tu giura che torni.»

La linea fruscia, sibila, Nadir dice qualcosa, *ti chiamo appena posso.*

Poi esplode il silenzio.

2

Nono giorno

Marina arriva verso mezzogiorno. Non mi aveva avvertito che sarebbe passata, ma io la stavo comunque aspettando. Era solo questione di giorni.

Vedo la sua utilitaria rossa spuntare dal fondo della strada, cercare un parcheggio libero. La guardo scendere dall'auto. L'aria condizionata è rotta, lo capisco dai finestrini che lascia aperti e dalla chiazza di sudore che le ha incollato il vestito alla schiena. Poi lei alza la testa, mi vede lì in balcone. Faccio finta di ispezionare le foglie della yucca mezza morta di sete che ho accanto.

«Celeste!» Si sbraccia. Cerco di sembrare sorpresa.

«Ehi, ciao! Come stai? Come mai da queste parti?» Le sorrido, lei mi ricambia di malavoglia.

«Volevo farti un saluto. Posso salire?»

«Certo, certo, vieni.»

Riesco ad arrivare al citofono prima che lei suoni.

«L'ascensore è fuori uso» dico nell'apparecchio.

«E che cazzo» sbuffa, già sfiancata.

Apro la porta e l'aspetto sulla soglia, e tre minuti dopo la vedo sorgere dalla tromba delle scale, i sandali di corda e la borsa a tracolla, gli orecchini etnici così lunghi e pesanti che le sfiorano le spalle e le tendono i lobi delle orecchie verso il basso.

«Quattro piani» ansima. «Con questo caldo non ci volevano proprio.»

Mi faccio da parte per lasciarla entrare, Marina attraversa la soglia di casa mia e lascia cadere la borsa a terra, premendosi una mano sulla fronte.

«Ti porto qualcosa da bere? Ho del tè freddo. Oppure vuoi un caffè?»

«Acqua, grazie. Ma non preoccuparti, me la prendo da sola.»

«No, no, faccio io. Tranquilla. Non ci metto tanto.» Cerco di sorriderle ma da vicino è peggio, il sorriso mi rimane appeso alla bocca, incrinato da una parte sola. Un sorriso zoppo, come me.

«Non volevo dire questo, Celeste.»

«Lo so. Ma ti sei fatta quattro piani di scale, non affaticarti, fa caldo. Siediti.»

Le do le spalle e sparisco in cucina, camminando con una sicurezza che all'esterno non ho.

Quando torno in soggiorno Marina si è seduta sul divano, la schiena incurvata e le mani strette fra le ginocchia, guarda la tv per non guardare la lentezza con cui mi avvicino. Ha ancora un po' di fiatone, anche se cerca di nasconderlo. Questo vuol dire che tutto sommato dalla cucina al soggiorno non ci ho messo così tanto.

«Scusa per l'ascensore» dico, porgendole il bicchiere. «Ho provato a chiamare la ditta di riparazioni, ma è agosto, dicono che vengono e poi non vengono, nel condominio siamo rimasti in pochi, e l'amministratore se ne frega.»

«E tu come fai?»

«Eh, come faccio. Non faccio.»

«Vuol dire che sei costretta a rimanere in casa?»

«A scendere e salire le scale ci metto una vita, e di sotto non mi posso buttare. Ma non è un problema. Viene il ragazzo del supermercato all'angolo, mi porta la spesa, se mi serve qualcosa mi aiuta lui. E poi fuori si crepa di caldo e l'umidità mi provoca un sacco di dolori, dove devo andare?»

Marina stringe un po' le labbra sul bordo del bicchiere e cerca di non guardarmi le gambe. Le dispiace per me, o forse la imbarazzano e le fanno rabbia la mia scarsa autonomia e la mia sopportazione.

«Ti fa male, il... il ginocchio, lì, la gamba. Ti fa tanto male?»

«Sono quasi vent'anni che mi fa male, non ci faccio nemmeno più caso.»

Rimango in piedi, ché sedermi sul divano è un'operazione lunga e penosa, soprattutto se devo farla davanti agli occhi di questa cognata che ha pochi anni più di me e alla quale non sono mai andata a genio.

Marina beve a piccoli sorsi, poi con riluttanza stacca il bicchiere vuoto dalle labbra e lo stringe tra le mani.

«Ho sentito del tuo nuovo libro» dico, tanto per iniziare una conversazione, «ho letto un articolo... ne parlavano benissimo. Esce tra poco, vero?»

«Io e Nadir ci separiamo» sbotta, però lentamente, con cura. Come se dovesse prendere la mira e scagliare ogni parola per fare più danno possibile. Resto in silenzio un minuto di troppo. Si sono sposati dieci mesi fa dopo due anni di convivenza, e già si vogliono lasciare. Le cose con Nadir non durano mai troppo a lungo, tendono a corrompersi come sotto l'azione di un acido. Lo so bene e vorrei dirglielo, ma non ha la faccia di una che accetterebbe la mia osservazione senza fare un fiato. E io non voglio litigare. Marina mi guarda. S'asciuga il labbro superiore con un dito. «Non te l'ha detto.» Non è una domanda.

«No. Non me l'ha detto.»

«Strano. Ti dice sempre tutto.»

«Mi dispiace tanto. Non sapevo che...»

«Tu sai dov'è?»

«In che senso?»

«Nel senso che non lo sento da due settimane. Il telefono risulta muto, non so neanche in che hotel alloggi lì a Istanbul. Dall'agenzia dicono che lo hanno sentito qualche giorno fa, che stava bene. Ma io sto cominciando a preoccuparmi. Nemmeno Lucrezia riesce a contattarlo. Forse tu sai dov'è.»

Scuoto la testa, deglutisco un bolo spugnoso di ansia. «Lo sai com'è fatto, sparisce e ritorna, fa come gli pare. Quando si tratta di lavoro poi...»

«Non è mai stato tutto questo tempo senza chiamare. Noi non... non ci parliamo più tanto, ma pensavo che si sarebbe fatto sentire almeno con la madre. Almeno con te.»

«Non so dov'è. Non lo sento da un po'.»

«Da quanto?»

«Da un po'. Un mese. Forse due.»

«E che vi siete detti l'ultima volta?»

«E chi se lo ricorda. Le solite cose.»

«Come fai a non ricordarti? Fai uno sforzo, ché magari ti torna in mente.»

«Mari', sei venuta qui a fare l'interrogatorio a me su quello che fa tuo marito?»

«Sei sicura che non ti abbia fatto neanche una telefonata?» Scuoto la testa e la sua voce si incrina. «Nemmeno un messaggio per dirti dove andava?» Si alza, mi viene vicino, all'improvviso e senza alcuna ragione apparente il contegno è sparito, Marina sembra un cane con la catena corta. Ecco chi è veramente.

«Io so solo che è a Istanbul.»

«E io ti sto dicendo che secondo me non è più a Istanbul da un pezzo, che aveva altri progetti.»

«Mi ricorderei se mio fratello mi avesse parlato di un cambio di programma, che ne dici?»

Lei arriccia le labbra. «Tuo fratello...»

Il suo sguardo ostile si sposta dalla mia faccia alla mensola alle mie spalle, si scioglie appena. Non devo neanche voltarmi per sapere cosa sta guardando.

La fotografia di Pietro sulla mensola, quella grande dai colori chiari, capelli ramati, sacchi di sabbia e rocce, case diroccate e cielo slavato sullo sfondo. È voltato di profilo. È inginocchiato a terra, il giaccone scolorito, di seconda mano, è lacero lungo le cerniere, il kalashnikov dritto lì accanto, la canna puntata verso il cielo. Sorride a qualcosa che nell'inquadratura non c'è. È una foto scarna da quotidiano, da giornale di cronaca, scattata da una mano inesperta, da uno dei suoi compagni, *heval*, così si chiamano tra loro. Ma racconta chi era, Marina lo sa. Prova compassione e ammirazione per quell'immagine, per quell'uomo che lei conosceva appena. Poi distoglie lo sguardo e la sua espressione si fa di nuovo respingente.

«Tuo fratello» ripete. «Nadir è tuo fratello quando ti fa comodo.»

Molla il bicchiere sul pavimento, ben sapendo che mi ci vorranno diversi minuti e varie contorsioni per riprenderlo, poi si dirige a grandi passi all'ingresso. È nervosa. È spaventata.

«Lucrezia ha intenzione di passare a trovarti» mi avverte, aprendo la porta. «Se sai qualcosa, glielo devi dire. Mica avrai intenzione di nasconderle dove è finito il figlio, no?»

«Io non lo so dov'è Nadir.»

«Fai come ti pare» mugugna, sistemandosi la borsa sulla spalla. La chiazza umida sulla schiena si allarga e si comprime al ritmo del respiro. «Ma se sta facendo qualcosa che non dovrebbe, qualcosa di rischioso... tu lo sai che laggiù è un inferno. Se succede un guaio è colpa tua. Ché mio marito è pazzo, ma tu sei peggio di lui, perché gli vai dietro. Il problema tuo è la testa, Celeste. Non le ossa. La testa. Non posso credere che nessuno se ne sia ancora accorto.»

L'ultima cosa che vedo è il suo viso che galleggia nella penombra del ballatoio. Marina si strofina una mano sulla faccia, le labbra piegate in una smorfia risentita. «Stammi bene, non ti affaticare. Se ti serve qualcosa mi puoi chiamare.» Ci pensa per un po', forse si pente dei toni che ha usato, cerca di smorzare. «Io non ti voglio male, lo sai.» Poi la porta sbatte con un tonfo e lei sparisce.

Reprimo l'istinto di andarle dietro, di affacciarmi alla tromba delle scale e richiamarla e dirle tutto. Ascolto l'eco dei suoi passi finché torna il silenzio. Poi mi appoggio al muro fresco e mi metto le mani in faccia.

Ho promesso.

Un paio d'ore più tardi, quando il calore del giorno raggiunge il picco massimo e il pezzo di Roma che intravedo dalle finestre è deserto e spande una luce soffocante, chiudo tutte le persiane, finché nell'appartamento non resta che una penombra grigiastra, e mi sdraio a letto, tormentata dai dolori alle ossa e ai denti. Il condominio è immerso nel silenzio, è facile che sia l'unica rimasta. Perfino i bambini indemoniati dell'appartamento a fianco, i tre fratelli che non fanno che gridare e cercare di scannarsi a tutte le ore del giorno, tacciono.

Forse dormono, sfiancati dal caldo, o magari sono andati al mare. Mi viene in mente la madre. Dovrebbe avere qualche anno più di me, è carina, un po' sciupata, è sola. Sembra una che fa fatica a stare appresso a tutto, che arranca dietro a questi ragazzini che le danno da pensare e che non si assomigliano tra loro. Figli di padri diversi, ho pensato.

Il più grande è già adolescente. È timido, sfuggente, saluta e parla come se gli costasse fatica, ma quando lo sento strillare contro i fratelli minori ha una voce sgraziatissima che sembra un rotolare di pietre, la voce terribile dello sviluppo dei maschi. I due più piccoli, maschio e femmina, hanno pochi anni o forse pochi mesi di differenza, le loro liti scoppiano all'improvviso e travalicano le pareti sottili anche in piena notte. Gridano come rapaci, spesso mi svegliano. Litigano con la ferocia dei fratelli che non vedono l'ora di spaccarsi la faccia l'un l'altro.

Dopo quattro anni che abitano accanto a me, oggi capisco perché non li tollero.

Perché mi ricordano noi.

Perché sono com'eravamo noi venticinque anni fa.

Pietro. Io e Nadir.

Rotolo sul letto, scollando la schiena dalle lenzuola sudate. La giuntura dell'anca protesta con una fitta e uno scricchiolare a cui non do troppo peso. Mi allungo verso il comodino, arraffo la foto sotto l'abat-jour. La cornice si è rotta qualche mese fa e non l'ho più ricomprata.

La carta fotografica è di scarsa qualità, vecchia e opaca. L'immagine pure non è niente di che, uno spiazzo contornato da una vegetazione scarna, la luce gialla e impietosa del sole estivo, uno spicchio di mare in lontananza, e in mezzo alla foto un ragazzo e due bambini, una testa di capelli rossi e due nere come il carbone. Tre zingari con le ciabatte di gomma, le facce strizzate dalla troppa luce e i nasi arrossati dal sole. Malvestiti, come solo negli anni Novanta.

Nessuno sorride.

Guardo i miei nove anni impressi sulla pellicola dalla macchina fotografica di Lucrezia. Ho un piede scalzo, i capelli scorciati male e un paio di pantaloncini di cotone rosa a righe bianche. Una serie di lividi scuri affiora sulle gambe nude, a guardarli da qui sembrano una costellazione. Dall'altra parte, Nadir tiene le braccia conserte. Ha un aspetto scontento, anonimo, antipatico, di ragazzino viziato. Proprio come me.

In mezzo a noi c'è Pietro.

Pietro che posa le mani sulle nostre spalle, come se fosse in procinto di stringerci a sé.

In realtà stava cercando di separarci, di sedare l'ennesima zuffa, almeno il tempo necessario per scattare la foto. Lucrezia ci aveva sfiancati per farci mettere in posa, ma di sorridere proprio non se ne parlava.

Era il 1994. Era la nostra prima vacanza tutti insieme.

Non facemmo altro che litigare.

E chissà perché, tra tutte le foto ritrovate nell'appartamento di mio fratello dopo la sua scomparsa, ho scelto di prendere questa.

Ci sono un milione di immagini in cui sorridiamo, in cui ci abbracciamo. Foto di momenti felici, di attimi di tregua, di feste comandate. Foto di noi tre da grandi, belli, pettinati, vestiti in modo decente.

Quelle le ha volute Nadir.

Io ho scelto un altro ricordo. Uno scolorito e imperfetto dove non ci sopportiamo.

La nostra vera natura che irrompe.

Afferro il telefono e richiamo il numero da cui Nadir mi ha telefonato nove giorni fa. Aspetto.

Non c'è niente. Né una voce preregistrata, né un segnale acustico. Vuoto e silenzio come se non riuscissi a prendere la linea.

È così da nove giorni. È così a ogni ora del giorno.

Apro la schermata dei messaggi, chiedendomi perché non ci ho pensato prima. Una telefonata può perdersi chissà dove, un messaggio rimane e prima o poi arriva.

"Sto provando a chiamarti da molti giorni" scrivo direttamente in italiano invece di usare l'inglese che pure mi sarebbe d'aiuto nel comunicare col proprietario del telefono. "Tua moglie è stata qui. Non le ho detto niente." Non uso neanche i nomi. "Se leggi il messaggio chiamami. Mi fido di te, però chiamami."

Resto per un istante con le dita sospese sullo schermo. A chi altro lo ha detto? Chi altro ha avvisato da quel telefono? Qualcuno oltre a me sa dov'è? Forse un collega, un amico, una donna. Qualcuno di cui non sono a conoscenza.

Non posso essere l'unica sulla faccia della Terra a essere stata avvertita. Compongo una parola, la cancello, la scrivo di nuovo. Col nome sarebbe più facile, ma chissà perché non me la sento. Alla fine, mi decido.

"Tua sorella."

Invio il messaggio e mi sforzo di smetterla di fissare lo schermo. Ci vuole pazienza.

Ci vuole tutta la pazienza che ho esercitato con lui negli ultimi venticinque anni.

PRIMA PARTE

FRATELLI

3

Sono nata durante la grande nevicata a Roma. Avevo i capelli scuri dei miei genitori, la bocca di mio padre che già si intravedeva nei tratti gonfi, tutti uguali, dei neonati, e la pelle chiara, quasi traslucida, segnata come una mappa dai reticoli minuscoli dei capillari.

La pelle di una bambina molto bionda, una svedese o forse un'albina, lo stesso colore della pancia dei pesci. Ero bianca, in tinta con la neve che fuori dalle finestre aveva ricoperto Roma, mandando in tilt tutta la città.

«È quella lì? Quella trasparente? Sembra una medusa. Non possiamo lasciarla qui?» aveva detto Pietro, arricciando il naso contro il vetro della nursery.

Non era tanto contento di avere una sorella. Aveva quasi dieci anni, gli interessavano altre cose, perciò mi aveva guardato appena, oltretutto ero anche una femmina, non sarei tornata utile nemmeno per giocare in futuro. L'unico particolare vagamente degno di nota era che sembravo trasparente.

«Che nome le diamo?» aveva chiesto mio padre, abbracciando il proprio figlio maggiore. Pietro non s'era scomposto, erano mesi che gli prometteva che avrebbe scelto lui il nome della nuova sorellina. Non c'era niente di eccitante in quel compito, e comunque ne avevano già parlato. Martina, Valeria, Francesca, uno di quei nomi che andavano di moda, era una scelta già manipolata dagli adulti.

Invece, Pietro mi guardò, borbottò ancora una volta che ero proprio trasparente, disse a voce più alta che era stanco e voleva tornare a casa, si strofinò gli occhi, tornò a guardarmi imbronciato e poi sputò fuori *Celeste*.

E non ci fu verso di fargli cambiare idea. Per lui ero Celeste, e da dove gli fosse venuto quel nome nessuno lo sapeva.

I miei genitori erano preoccupati da quel colorito strano. Spiccavo tra gli altri bambini ma l'ostetrica li aveva tranquillizzati: stavo bene, ero in salute, i valori erano perfetti. Assomigliavo a mia madre e avevo la bocca di mio padre. Ero figlia loro. Ero solo molto bianca, avevo la pelle delicata, avrei dovuto stare attenta al sole. Forse avevo preso da un parente lontano, una nonna, una zia, certe caratteristiche a volte saltavano anche due o tre generazioni. Ma nella mia famiglia erano tutti scuri.

A nessuno sarebbe mai venuto in mente che quel pallore, quelle vene così nitide sulle parti molli del mio corpo appena nato, potessero essere la spia di qualcosa.

Dell'inizio della mia vita non ho immagini nitide, come chiunque. La memoria si fissa dopo, nella primissima infanzia i ricordi sono più che altro macchie di colore, suoni e parole, percezioni falsate dai racconti di qualcun altro. Il volto di mia madre, il sorriso distratto che aveva nel tirarmi su dal pavimento su cui gattonavo. Il modo in cui diceva a qualcuno *non credo ne farò altri, una mi basta, poi mio marito ha già un altro figlio, tredici anni, a tredici anni sono tremendi, ci dà un gran da fare e poi c'è lei, lei non dorme mai, ha preso dal fratello, ha preso da suo padre*. Una giostrina con dei pupazzi morbidi, da mordere, portata forse da una parente, la stessa che chiedeva a mia madre se avrebbe fatto altri figli dopo di me. I bottoni di un cappottino giallo e i capelli rossi di Pietro, una massa di riccioli ramati che andava e veniva nel mio campo visivo, una voce rauca che era l'unico suono che riuscisse a farmi dormire. Non so dare una connotazione temporale, a posteriori mi sembra di avercelo sempre avuto intorno, lui e i suoi capelli e la sua voce che cambiava. Mi sembra sia davvero l'unica figura a fuoco nella nebbia della mia infanzia. Ma, ovviamente, non è così. Pietro all'inizio della mia vita non c'era. Viveva all'Eur e il fine settimana attraversava la città per venire da noi a Montesacro. Ho sempre saputo che avevamo madri diverse e che Pietro aveva un altro fratello, ma non avevo mai visto nessuno di loro, e fino a una certa età, fino a un certo avvenimento, non mi venne mai la curiosità di chiedere qualcosa sull'altra famiglia. Esisteva, sì, ma come entità astratta. Ed ero ancora troppo piccola per farmi domande.

Una domenica pomeriggio di fine inverno, avevo otto anni, era Carnevale. I miei genitori mi avevano portato a una specie di festicciola organizzata in un parco. Ero scontenta, avrei voluto mascherarmi da principessa o da fata, invece mi avevano infilato un costume da orsetto, di peluche rosa e caldo come l'inferno. Era per quello che mia mamma lo aveva scelto. Brutto, sicuramente. Però simpatico, e soprattutto caldo. L'orlo della zip mi sfregava sulla nuca sudata a ogni passo, e gli elastici della cuffia mi stringevano le guance e la fronte, non facevo che infilare le dita sotto il cappuccio per grattarmi. Camminavo mano nella mano con mio padre, la mamma teneva il passo lì accanto. Frugava nella borsa alla ricerca dei coriandoli, delle chiavi, della matita da trucco con cui prima di uscire di casa mi aveva annerito il naso e disegnato un paio di baffi da gatto sulle guance, che io avevo già provveduto a strofinarmi via un paio di volte.

Pietro era venuto con noi. Ci camminava appena alle spalle, immusonito, distratto, assonnato, le cuffie del walkman calate intorno al collo. Stava per finire il liceo, si lamentava sempre con mio padre di cose che non capivo bene. Parlava della scuola, diceva che era troppo lontana da casa, che la mattina non faceva in tempo ad alzarsi, arrivava sempre tardi. Ogni volta che attaccava a lagnarsi, poi lui e mio padre finivano a litigare.

Quel giorno, mentre camminavamo verso il parco e verso la festa, Pietro borbottava più del solito.

«Svegliati prima, la mattina» disse secco mio padre, girandosi a guardarlo. «La professoressa c'ha ragione: fai troppi ritardi, se si entra alle otto e dieci, non ti puoi presentare alle otto e mezzo.»

«Mi sveglio già alle sei, che altro devo fare?» protestò, portandosi accanto a noi.

«Se tu andassi a dormire prima, la sera...»

«Be', non ci riesco.»

«E allora fatti bocciare per i ritardi, che ti devo dire?»

Mio padre aumentò un po' il passo, una variazione minima per lui che però fece incespicare me. Pietro si piegò appena ad afferrarmi per un gomito, mi sollevò di riflesso, senza neanche guardarmi. «Se mi comprassi il motorino, però...» disse, grattandosi il collo e stringendo le labbra. Odiava chiedere le cose, lo avevo già capito. Gli veniva fuori una voce stridula, un po' incrinata.

«Il motorino...» considerò mio padre. «Tua madre ha detto di no.»

Pietro sbuffò. «No, mamma ha detto di chiedere a te.»

«Il motorino è pericoloso. E se te lo compro poi ci devo discutere io, con la mamma.»

Pietro sbuffò. Mia madre, del tutto estranea alla conversazione, mi chiese se volessi un succo di frutta. Scossi la testa. Con lo stesso sorriso lei si rivolse a Pietro, gli offrì lo stesso brik che io avevo rifiutato, e lui la liquidò con un cenno distratto della mano.

Mio padre brontolò qualcosa, mi prese in braccio e aumentò il passo, forse per distanziare un po' quel figlio asfissiante. Pietro non mollò di una virgola. «Che te ne frega di quello che dice lei? Tu all'età mia c'avevi la Vespa, ci andavi a prendere la mamma a casa, guarda che lo so.»

«Erano altri tempi, non c'erano in giro tutte le macchine che ci sono adesso. E poi l'anno prossimo prendi la patente, che ti importa del motorino?»

«Allora fammi venire a vivere da te.»

Silenzio. Papà si arrestò in mezzo alla strada con una specie di strappo che mi fece ondeggiare da una parte e dall'altra. «Come dici?»

Pietro gli si era messo davanti, le gambe larghe e le mani in tasca in una posa sfrontata, i capelli rossi sparati in tutte le direzioni. Aveva diciassette anni, era già più alto di lui. «Fammi venire a vivere da te. Il posto c'è, la scuola è più vicina, da casa tua ci arrivo a piedi.»

«Lo sai che la casa non è grande come la tua. Ti dovresti dividere la stanza con Celeste» ribatté papà, mettendomi giù.

«Me la divido già con Celeste, quando dormo da voi.»

«C'è qualche problema a casa, Pie'?» Mio padre abbassò la voce, Pietro si affrettò a scuotere la testa.

«No, no, nessun problema. Te lo giuro, va tutto bene, è solo una questione di comodità.»

«La porta è sempre aperta. Ma prima di parlarne con me, dovresti chiedere cosa ne pensa tua madre.»

Ci fu un attimo in cui restarono tutti fermi a guardarsi l'un l'altro. Ne approfittai per avvicinarmi a mio fratello e tirarlo per la manica. «Davvero vieni a vivere da noi?» Lui non mi rispose, allora mi voltai verso mia madre e le feci la stessa domanda.

Lei pure rimase in silenzio, il sorriso un po' troppo brillante. Stappò la matita per gli occhi e mi annerì di nuovo la punta del naso.

Non appena attraversammo l'ingresso dei giardini, Pietro disse che doveva telefonare a qualcuno e se la svignò alla ricerca di una cabina telefonica.

Il parco era pieno di bambini del quartiere. Uno stereo portatile sparava musica a tutto volume, delle ragazze mascherate da Minnie distribuivano caramelle e stelle filanti. Il prato rado e giallognolo del piccolo parco giochi affogava in una palude di fango e coriandoli. Mi dimenticai di quanto fosse brutto e scomodo il mio costume e iniziai ad agitarmi per lanciarmi nel marasma. Mio padre mi indicò un paio di bambine che conoscevo perché abitavano nel nostro comprensorio e con una pacca sul sedere mi invitò a raggiungerle per giocare con loro. Sparii senza voltarmi indietro, mi inserii nei giochi delle mie vicine di casa, dimenticandomi di tutto il resto.

Conoscevo bene quel parco giochi. Ero salita innumerevoli volte sulle giostrine scrostate, arrampicandomi sulle scale a pioli, strisciando nei cunicoli e lanciandomi a testa in giù dallo scivolo. Ero più piccola delle mie coetanee, più leggera e più agile, riuscivo a infilarmi dappertutto e non avevo paura di niente. Nonostante il costume di peluche che mi impediva la maggior parte dei movimenti, e gridando chissà cosa, scalai il muro di corde intrecciate che mi avrebbe portato in cima alla struttura da dove partiva uno scivolo a tubo, il mio preferito. Seduta lassù ero più alta di mio padre, alta quasi come mio fratello, e il prato sotto di me brulicava di ragazzini che correvano da tutte le parti, mentre gli adulti rimanevano ai margini, fumavano e chiacchieravano tra loro, ogni tanto gettavano qualche occhiata annoiata o qualche rimprovero a chi di noi bambini si scalmanava troppo, ma non intervenivano mai. Si accendevano zuffe e pianti, strilli acuti, tirate di capelli e calci rabbiosi negli stinchi, ma venivamo lasciati a cavarcela per conto nostro. Tutto era lecito finché qualcuno non si sporcava o non si strappava i vestiti, o finché non si sudava troppo.

Scrutai tra la folla alla ricerca di mio padre e mia madre e li trovai un po' discosti dal cerchio dei genitori. Erano in piedi uno di fronte all'altra. Papà teneva le mani in tasca, lo stomaco che premeva sulle braccia conserte della mamma, o forse era lei a essere troppo vicina. Arricciai il naso temendo che stessero per baciarsi, e per evitarlo cominciai a sbracciarmi per attirare la loro attenzione. Mia madre ignorò la mia voce. Scosse la testa e si voltò, allontanandosi da mio padre e dal parco giochi, imboccando il vialetto che conduceva al parcheggio. Subito papà le andò dietro, più nervoso di lei. Gridai ancora per richiamarli, e convinta che mi avessero dimenticato lì e che se ne sarebbero andati senza di me mi affrettai a scendere, agile come la scimmia che ero, animata dall'ansia di essere lasciata sola. A un paio di spanne dal terreno spiccai un saltello.

La prima cosa che sentii atterrando fu uno schiocco interno, come uno spostamento di cartilagine. Poi il dolore fu così improvviso e inaspettato da mandarmi lunga distesa.

C'era qualcosa, nel mio piede. Un corpo estraneo si era infilato nel tallone, forse un legnetto appuntito, un tondino di ferro, magari una siringa, di quelle a cui mia madre mi raccomandava sempre di stare attenta. C'era qualcosa anche se non lo vedevo, anche se la scarpa da ginnastica sembrava intatta. Il dolore irradiava dal centro e si arrampicava su per la gamba. Cominciai a gridare così forte da far voltare tutti quelli intorno. Per un istante riuscii ancora a scorgere i miei genitori, già troppo distanti per sentirmi urlare, poi alcuni adulti mi bloccarono la visuale. Qualcuno, sorridendo, cercò di sdrammatizzare la caduta, disse che era solo lo spavento, che non mi ero fatta niente. Una donna si chinò su di me e provò a rassicurarmi. Mi strinse una spalla per convincermi ad alzarmi, mi chiese dove fossero mamma e papà. Avrei voluto dirle che se n'erano andati, ma non riuscivo ad articolare le parole. Mi tenevo il piede tra le mani e singhiozzavo disperata.

«Che è successo, cosa ti sei fatta?» Pietro arrivò camminando rapido, si inginocchiò di fronte a me, l'aria un po' scocciata di quello costretto a occuparsi di una rogna. «Hai preso una storta, sei caduta? Dov'è papà?»

«Se ne sono andati.» Mi pulii il moccio sul pelo sintetico del mio costume da orsetto. Il dolore andava e veniva, piccole pulsazioni crudeli che mi scombussolavano fin nella pancia.

«Fammi vedere.» Pietro mi scostò le dita, riapparve la mia scarpa incrostata di fango e coriandoli. Mi prese il piede tra le mani e allentò i lacci della scarpa, mentre trattenevo il fiato. Quando la sfilò fu come se mi avesse infilato un ferro su per il tallone. Ricominciai a ululare. «Mi sa che ti sei rotta» disse, appoggiando la scarpa accanto a sé. «Come hai fatto?»

«Non lo so. Non sono caduta.»

«Andiamo a cercare papà.»

«Non posso camminare.»

«Lo so, ti porto in braccio.» Mi aggrappai al suo collo e lui mi tirò su con tutta la grazia dei suoi diciassette anni, vale a dire come un sacco di patate. Una nuova stilettata mi scorticò lo stomaco, un fiotto di bile mi invase la bocca. Vomitai i resti del pranzo sulla sua giacca, lui sospirò affranto e non disse niente.

Quando mi voltai capii che non c'era bisogno di cercare nessuno: mamma e papà stavano già correndo verso di noi.

Al Pronto soccorso, dopo un'attesa estenuante e dopo una serie di lastre e visite, ci dissero che mi ero fratturata l'osso corticale, un tipo di lesione che di solito si presenta atterrando sui talloni dopo una caduta da un paio di metri d'altezza. Dissi che avevo solo fatto un saltello piccolissimo e non mi credettero. Non era possibile rompersi in quel modo saltando da quella distanza. Mio padre pensò che stessi mentendo per evitare una punizione. Era convinto che mi fossi buttata direttamente dalla cima della struttura, ma lasciò perdere.

Mi riportarono a casa a notte fonda. Pietro se n'era andato già da un pezzo, salutandomi con una carezza rude in testa e la promessa di farmi un disegno sul gesso immacolato che mi avevano messo in Pronto soccorso.

Ero stanca, il dolore era diventato qualcosa di lieve, una bestia che dormiva nel gesso. Seduta sul letto, la mamma mi disse che per un po' non sarei andata a scuola, poi mi chiese di dirle la verità su quel salto che avevo fatto giù dalla parete di corde, promettendomi che non si sarebbe arrabbiata. Ripetei per l'ennesima volta che non mi ero lanciata dalla cima della struttura, le dissi di chiedere a Pietro, lui probabilmente mi aveva visto. La mamma strinse le labbra e non disse niente. Si alzò dal materasso e fece per spegnere la luce.

«È vero che viene a vivere con noi?» domandai a bruciapelo.

«Non si sa.»

«Io sono contenta se viene.»

«Ora vediamo. Adesso dormi.» Spense la lampada e uscì, lasciando la porta aperta. La luce del soggiorno tagliava in due il letto accanto al mio, che durante la settimana era pieno di peluche e bambole e nel weekend diventava di Pietro.

Era ancora sfatto, le lenzuola buttate alla rinfusa, nessuno aveva pensato a tirare su le coperte.

«Dorme?» domandò sottovoce mio padre, nel corridoio.

«Quasi» rispose la mamma. Quando gli adulti parlavano a bassa voce dicevano sempre cose interessanti, me l'aveva detto Pietro, una volta.

«Hai pensato a quello che ti ho detto?»

«Ti sembra il momento di discuterne adesso? Con tutto quello che è successo oggi?»

«Mi sembra il momento proprio per quello che è successo oggi.»

«Perché all'improvviso tuo figlio vuole venire a vivere con noi? Penso che prima di dire di sì dovremmo capire se c'è qualche problema e nel caso aiutarlo a risolverlo.»

«E lo capiremo. Lo capiremo. Ma prima di decidere, mi devi dire che ne pensi tu.»

«C'ha quasi diciotto anni... è grande. È difficile da gestire.»

«Non lo devi gestire. È un bravo ragazzo. »

«Lo sai che gli voglio bene come se fosse mio.»

«Ma non è tuo. È questo il problema?»

«No, no, ma che dici? È solo che è stato così improvviso... Non me l'aspettavo. E poi questa storia della caduta di Celeste... non lo so. Non è una cosa che si può decidere da un giorno all'altro, in mezzo alla strada.»

«Allora pensaci, ok? Pensaci e poi fammi sapere.»

Si sentì lo schiocco sommesso di un bacio, poi i passi di mio padre si allontanarono lungo il corridoio. La mamma rimase ferma nella luce per un po' di tempo, ne vedevo l'ombra sottile proiettata sulla parete. Poi venne ad affacciarsi alla mia camera. Guardò dentro, sembrò misurarne le dimensioni. Non si accorse che avevo gli occhi aperti e io non le dissi che ero ancora sveglia.

Quindi con un sospiro chiuse la porta, lasciandomi al buio.

4

Mio fratello venne a vivere da noi un venerdì qualsiasi, senza tante cerimonie. Erano passate solo un paio di settimane dall'incidente.

Davanti a me nessuno aveva più tirato fuori la storia del trasferimento, e di certo nessuno mi aveva chiesto cosa ne pensassi. Perciò me n'ero dimenticata, presa da cose più importanti, tipo mostrare il piede ingessato e raccontare quello che mi era successo a chiunque venisse a trovarci. Il dolore era svanito abbastanza in fretta, e mi ero abituata da subito a zoppicare da una parte all'altra. Il gesso era solo un ingombro di cui presto mi sarei liberata e che non avrei mai più rivisto.

Pietro arrivò come sempre di venerdì pomeriggio. Mio padre di venerdì lavorava spesso fino a tardi. Faceva il geometra, se c'era qualche cantiere da chiudere e da mettere in pari per il fine settimana lui era sempre l'ultimo ad andarsene, perciò in casa ad aspettare l'arrivo di Pietro per il weekend eravamo io e la mamma. Quando entrò io ero seduta sul divano, il gesso appoggiato sul tavolino basso. Un po' guardavo la televisione, un po' scarabocchiavo un album da disegno, cercando di farlo stare in equilibrio sulla gamba buona e di non colorare fuori dai contorni. Pietro entrò con lo zaino di scuola sulle spalle e un borsone a tracolla. Lasciò cadere le borse all'ingresso, baciò mia mamma che gli teneva aperta la porta e le chiese se poteva fargli un caffè.

Mia madre sparì in cucina, Pietro venne a sedersi vicino a

me. Allargò le braccia sullo schienale del divano, chiuse gli occhi e mi chiese di dargli un bacio. Ci misi un'eternità per muovere la gamba, girarmi, mettermi in ginocchio sul divano per raggiungerlo, e lui non aprì mai gli occhi. Gli gettai le braccia al collo. Arricciai le labbra perché aveva la mascella ruvida, pizzicava. Mi lamentai e Pietro rise.

«Dammene un altro.»

«No, pizzichi.»

«E allora papà?»

«Lui pizzica di meno.»

Mia mamma tornò in soggiorno col caffè.

«Celeste, lascia stare tuo fratello.»

«È lui che me l'ha chiesto.»

«Non è vero, è lei che insiste per sbaciucchiarmi.» Mi prese per il mento, mi strofinò la guancia sulla faccia, mi misi a strillare e a ridere. Da quando era diventato così ispido? Aveva la parte inferiore del viso ricoperta da una peluria rada ma dura, ramata.

La mamma sorrise, rilassò le spalle. Posò il caffè sul tavolino.

«Ti servono dei rasoi, della schiuma da barba...» domandò. «Domani te li compro.»

«No, ho portato tutto.»

«L'accappatoio ce l'hai? Le ciabatte? Il pigiama? Dimmi quello che ti serve e te lo faccio trovare.»

«Tranquilla. C'ho tutto, non ti preoccupare, non stare in ansia.» Poi si alzò, svuotò la tazzina in un sorso solo e disse che doveva uscire. Mi resi conto in quel momento che non si era ancora tolto la giacca.

«Dove vai?» La mamma gli corse dietro mentre raggiungeva l'ingresso e apriva la porta.

«Mi vedo con un paio di amici davanti scuola.»

«Ma torni a cena?»

«Sì, sì, torno.»

«Pietro!» Era già uscito, aveva iniziato a scendere le scale come un bufalo. «Le chiavi!»

Tornò su, rientrò in casa. Mia madre frugò nella borsa, tirò fuori un mazzo di chiavi nuove, scintillanti. «Te le ho fatte fare ieri, dal ferramenta.»

Pietro, che pure andava di fretta, si fermò. Guardò il mazzo di chiavi nel palmo di mia madre, le prese con lentezza.

«Quella rotonda apre il portone, quella quadrata il cancelletto. Le altre due sono quelle di casa. Quando esci chiudi sempre entrambe le serrature.»

Lui non disse niente, sembrava sollevato. Fece sì con la testa, poi sparì di nuovo, lo sentimmo lanciarsi per le scale.

Pensai che sarebbe rimasto solo per il fine settimana e che alla domenica pomeriggio sarebbe andato via come al solito, invece non se ne andò. La domenica sera, il letto accanto al mio venne spostato contro la parete opposta. I cambi di stagione e la biancheria che mia madre teneva nell'armadio della cameretta finirono nella camera matrimoniale. Un'intera anta e due cassetti del comò si riempirono come per magia dei vestiti di Pietro. A volte, quando non c'era, mi divertivo a frugare tra la sua roba e a infilarmi addosso la prima cosa che trovavo. Mi stupivo di quanto fossero lunghi i suoi jeans, degli strappi sulle ginocchia da cui io facevo sbucare i piedi. Navigavo nelle sue scarpe da ginnastica, i cappucci delle sue felpe mi soffocavano. Aspiravo l'odore che c'era dentro e mi stupivo di quanto fosse familiare. Era diverso dall'odore di mio padre e dal profumo della mamma. Era diverso, più aspro e penetrante, ma era comunque casa.

Qualche settimana dopo mi tolsero il gesso e mio padre montò delle mensole per i libri di scuola. Apparvero uno stereo nero a pile e una serie di musicassette dai titoli scritti a mano in tante grafie diverse. Mi esercitai per giorni a leggere i nomi dei gruppi sui poster appena appesi. Nirvana, Joy Division, Pearl Jam. C'era pure un signore senza nome che non avevo mai visto, una foto in bianco e nero su sfondo rosso, mio padre disse che Che Guevara e la rivoluzione erano cose vecchie, meglio che stessero in un cassetto. Pietro rise e lasciò Che Guevara lì dov'era.

I miei peluche e le mie bambole furono stipati in una cesta in un angolo. Mia mamma pensò che mi sarebbe dispiaciuto, in realtà non me ne importò niente. Ero galvanizzata dall'idea di dividere la stanza con quel fratello grande che avevo sempre frequentato poco.

Dal canto suo Pietro non c'era quasi mai, e quando c'era di solito studiava sul tavolo della cucina, o sfogliava delle riviste sdraiato sul letto, le cuffie del walkman sulle orecchie. In quei lunghi pomeriggi di fine inverno, quando faceva ancora troppo freddo per stare in giro o pioveva, mi mettevo vicino a lui, seduta sull'orlo del suo letto, i suoi piedi lunghi appoggiati alle mie gambe stese. Leggevo uno dei miei libri per bambini, ogni tanto muovevo la testa come faceva lui, anche se non avevo nessuna musica da seguire. Imitarlo era l'unico linguaggio che conoscessi per stargli vicino, per il resto non c'era molto di cui potessimo parlare.

Era riservato e distratto, reagiva pazientemente a tutti i miei assalti. Non mi cacciava mai via, neanche quando di notte mi infilavo nel suo letto, puntandogli i piedi freddi contro le cosce. Mi dava le spalle e si schiacciava contro la parete per farmi spazio. Sospirava e basta, proprio come aveva fatto il giorno in cui gli avevo vomitato sulla giacca. Cacciava uno sbuffo affranto a segnalare che lo infastidivo, ma per quanto fossi noiosa non mi avrebbe scaraventato giù dal letto. Una volta capito che non mi avrebbe buttata fuori, diventai più invadente che mai.

Mia madre ci ritrovava la mattina dopo, la mia testa premuta tra le sue scapole, braccia e gambe ad abbrancarlo stretto.

Mi sgridava, mi diceva di lasciarlo stare. Obbedivo per due giorni, poi tornavo a dargli fastidio.

Fino a quel momento ero praticamente stata una figlia unica, il cucciolo di una famiglia di adulti, abituata a essere toccata, presa in braccio, coccolata e baciata. Pietro non lo faceva. Si limitava a darmi quell'affetto svagato, a chiedermi un bacio quando tornava a casa, ad appoggiarmi i piedi addosso quando mi rannicchiavo sulla sponda del suo letto.

E più mi ignorava in quel modo gentile, più io volevo le sue attenzioni.

Mi appiccicai come un adesivo. L'adorazione che nutrivo per lui raggiunse livelli esponenziali e quasi ridicoli.

Lo riempivo di disegni. Ogni scarabocchio che facevo rappresentava lui e me impegnati in situazioni assurde: cavalcare elefanti, volare in mongolfiera, nelle profondità di un mare pieno di pesci sgargianti e deformi. I miei disegni erano pieni di questa figura molto più alta di me, leggermente sproporzionata e dai contorni tremolanti. I capelli però erano inconfondibili, sparati in tutte le direzioni, di un arancio acceso. Strofinavo il pastello con cura fino quasi a bucare il foglio, e poi scrivevo in cima "Mio fratello Pietro" nel caso in cui qualcuno, a scuola e nel mondo intero, non lo avesse ancora capito.

Gli regalavo almeno un paio di ritratti a settimana. Pietro fingeva di apprezzare, e la cosa mi riempiva di orgoglio. I fogli rimanevano sulla scrivania in camera per qualche giorno, il tempo giusto affinché smettessi di pensarci, poi sparivano.

Qualche anno più tardi mia madre mi confessò che era lei a buttarli. Disse che le dispiaceva di averli fatti fuori tutti.

Anni dopo ancora, avremmo scoperto che si sbagliava.

Qualcosa si era salvato.

Fu proprio mentre coloravo l'ennesimo ritratto di mio fratello che mi fratturai due dita.

Successe a scuola. Mancavano poche settimane alla fine dell'anno, faceva già caldo. Un minuto prima ero seduta al mio banco, concentratissima. L'istante successivo il dolore era così forte che ci misi un po' a capire da dove provenisse. Lasciai cadere il pastello, mi afferrai le dita con l'altra mano. Le mie nocche erano strane, si piegavano in un'angolazione sbagliata.

Non fece meno male, ma quella volta, in qualche modo, me lo aspettavo. Capii immediatamente. E proprio come la prima volta non avevo idea di come fosse successo.

Non urlai. Cercai di non piangere, non volevo farmi vedere dagli altri. Mi alzai in silenzio, mi avvicinai alla cattedra e sollevai la mano che già si stava gonfiando.

«Come hai fatto a farti male?» mi domandò la maestra, accompagnandomi lungo il corridoio verso l'infermeria.

«Non lo so.» Tenevo la mano stretta al petto, la sentivo pulsare. La maestra mi teneva un braccio sulle spalle, sospingendomi avanti.

«Qualcuno ti ha fatto male? Un compagno?»

«No.»

«È... successo prima?» Ebbe un'esitazione. «A casa?»

Scossi la testa, senza capire cosa volesse dire.

Mia madre arrivò venti minuti più tardi, scarmigliata, senza trucco, con le scarpe da ginnastica e la tuta che usava in casa. Aveva il fiatone. Se l'era fatta correndo da casa nostra a scuola.

Non volle avvisare mio padre per non farlo preoccupare, ma lei non aveva la macchina, perciò chiamammo un taxi e andammo al Pronto soccorso, lo stesso della volta precedente.

Trovammo di turno lo stesso medico che mi aveva ingessato il giorno della festa di Carnevale. Mi riconobbe, disse che ero proprio sfortunata, rompersi un piede e una mano nell'arco di tre mesi era abbastanza insolito.

«Può spogliarla?» domandò a mia madre, mentre dandoci le spalle osservava la radiografia della mia mano appesa al pannello luminoso.

«Spogliarla?» ripeté la mamma, aggrottando la fronte. «Perché?»

«Le tolga la maglietta e i pantaloni, signora, per favore.»

«Niente punture» dissi io, facendomi un po' indietro sul lettino. In base alla mia esperienza, gli adulti ti toglievano i pantaloni per due motivi: o dovevano metterti il pigiama – e non era quello il caso – o dovevano infilarti qualche ago nel sedere. «Niente punture, dottore, ti prego.»

«Nessuna puntura, Celeste, te lo prometto. Signora, la spogli» terminò, rivolgendosi di nuovo a mia madre.

«Perché?» Le tremava la voce.

«Devo controllare se la bambina ha altre lesioni.»

«Non picchio mia figlia, se è questo che sta insinuando, è chiaro? Nessuno mette le mani addosso a mia figlia.»

«Ne sono assolutamente certo. Ora, se gentilmente la spoglia, così poi andiamo tutti a casa...»

Con un sospiro frustrato, lei mi tolse la camicetta e i pantaloni. Quando rimasi in mutande il dottore mi esaminò minuziosamente, per quelle che mi sembrarono ore. Contò i lividi che avevo sulle gambe, chiedendomi come me li ero procurati. Ma io non ne avevo idea, non me lo ricordavo. Ero sempre stata piena di lividi, escoriazioni, sbucciature, come tutti i bambini. Aveva dita adunche, fredde, tirava, premeva, affondava negli organi interni, mi chiedeva respiri profondi, mi riempiva di domande che non capivo. Quando mia madre, di riflesso, cercava di rispondere al posto mio, lui la interrompeva.

«Faccia parlare sua figlia, per favore, altrimenti non finiamo più.» Il metallo dello stetoscopio tra le scapole mi fece rabbrividire nonostante il caldo. Ero stanca, dolorante, piagnucolai una protesta sfiatata.

«Va tutto bene, amore» mormorò la mamma, dall'angolo. Era a pochi metri da me, ma mi sembrò inarrivabile. Stringeva la borsa tra le mani, aveva un'espressione che non le avevo mai visto. «Abbiamo quasi finito.»

Era umiliazione.

Ci sarei arrivata molti anni dopo. Di fronte a quel medico che non le aveva creduto, mia madre si era sentita umiliata.

I miei genitori decisero di tenermi a casa e di non farmi finire l'anno. Mi avrebbero iscritto in una scuola privata, a settembre. A mio padre non era andato giù il fatto che mi fossi fatta male, riuscendo a rompermi due dita senza muovermi dal mio banco e senza che nessuno avesse saputo dire *come* era successo.

A luglio, Pietro partì per le vacanze e io rimasi di nuovo da sola in camera.

Per me le vacanze estive erano iniziate da un pezzo, molto prima che per i miei compagni, perciò non ne potevo già più. La notte non riuscivo a dormire per il caldo e per le zanzare, e il giorno la noia mi mangiava viva.

Le ragazzine del secondo piano, quelle con cui giocavo quando stavo bene, erano partite anche loro, perciò non avevo nessuno con cui passare il tempo.

Chiesi a mia madre dove fosse andato Pietro, lei mi rispose che era al mare.

«Al mare? Con chi?»

«Con la sua famiglia.»

Giusto. Pietro aveva un'altra madre e degli altri parenti. Ma da quando era venuto a vivere con noi ci pensavo pochissimo, a volte mi sembrava quasi di dimenticarmene.

La mamma disse che comunque ad agosto anche noi saremmo andate in vacanza in montagna, nella casa che la mia bisnonna le aveva lasciato in Abruzzo.

Non era male. Non si crepava di caldo come a Roma. La casa aveva un giardino grande e confinava con un residence dove di solito alloggiavano i turisti, tutte famiglie con bambini. Ero abbastanza sfacciata da fare amicizia subito, il primo giorno, poi sparivo da casa per il resto del mese, facendo la spola tra il nostro giardino e il parco giochi del residence. Restavo fuori fino al tramonto tornando solo a pranzo e a cena, sporca di erba e terra e con le ginocchia così nere che la sera sotto la doccia mia madre doveva sfregarmele fino a scorticarmi. Alla fine di agosto ero ridotta come una stracciona, imitavo l'accento spigoloso del luogo. Ma tornavo a Roma bianca come ero partita, senza aver mai fatto un bagno.

I miei genitori non amavano il mare. Forse era per quello che Pietro, per andarci, aveva dovuto cercarsi temporaneamente un'altra famiglia.

Mi dispiaceva che mio fratello non fosse con noi. Ma comunque sia, in Abruzzo quell'estate restammo pochissimo.

Il pomeriggio del terzo giorno, mentre uscivo dalla portafinestra del giardino, un colpo di vento fece tornare indietro il battente. Il bordo in legno mi urtò il polso destro con un lieve *toc*, una persona normale non se ne sarebbe nemmeno accorta.

A me invece spezzò l'osso.

«Che cos'ha?» Mia madre guardava l'autostrada che scorreva fuori dal finestrino, il pugno chiuso premuto sulla bocca. «Che cos'ha nostra figlia?»

«Non lo so, Mara. Non lo so.»

Sdraiata sul sedile posteriore fissavo il tettuccio dell'auto cercando di non vomitare. Nell'ospedale di provincia più vicino mi avevano fatto l'ennesima lastra, messo l'ennesimo gesso. Ci avevano consigliato degli accertamenti con dei macchinari che loro non avevano.

Mio padre si era messo in auto e aveva deciso di riportarci a Roma in piena notte, senza ripassare da casa. Pensai alle nostre valigie che erano rimaste nella casa al paese, alle luci accese della cucina, così come le aveva lasciate la mamma uscendo di casa.

Pensai ai miei nuovi amici che l'indomani non mi avrebbero trovato. Pensai che forse non sarei più tornata.

Una bambina del quartiere era morta due anni prima, poco prima di compiere otto anni, per una brutta malattia. Ci avevo giocato qualche volta, poi era sparita dalla circolazione, e poco tempo dopo la mamma mi aveva detto che era volata in cielo. Le due ragazzine del secondo piano, invece, erano state meno delicate nel raccontarmelo: era morta perché il sangue le era andato a male, si era trasformato in acqua. Pensai che se era capitato a lei sarebbe potuto succedere anche a me. Sapevo cos'era la morte. Me lo avevano spiegato, ma era la prima volta che mi capitava di pensarci. Il volto grigiastro di mia madre si rifletteva sul finestrino. Aveva gli occhi gonfi, le palpebre screpolate, per tutto il giorno non aveva fatto altro che fare avanti e indietro dal bagno del Pronto soccorso, per piangere senza che io la vedessi.

«Mamma» chiamai. Lei fece un salto.

«Sei sveglia?»

«Ho la cosa brutta che aveva Elisa?»

«Cosa dici, che intendi, io non...»

«Devo morire?»

Mia madre cacciò un verso roco da bestia ferita. Papà inchiodò di botto, il contraccolpo mi fece rotolare in avanti.

«Non lo devi dire neanche per scherzo, hai capito? I bambini non muoiono» sbottò, duro. Si girò a guardarmi con una faccia che faceva paura.

«Ma Elisa...»

«Domattina chiamo Lucrezia» aggiunse interrompendomi e rivolgendosi alla mamma.

«È il tre di agosto, Ennio. È al mare.»

«Chi è Lucrezia?» domandai. Mi ignorarono.

«Le spiegherò la situazione e le chiederò di tornare. Questo è più importante delle vacanze. Prima scopriamo cos'è, prima sappiamo come curarlo.»

«E se fosse...» Pronunciò a voce bassissima una parola che non riuscii a capire, ma che mise mio padre in agitazione.

«Non è niente del genere Mara, Cristo santo, non ti ci mettere pure tu.»

Mia madre fece di nuovo quel verso di prima poi allungò la mano all'indietro, verso di me. L'agitò un po' alla cieca. Capii che voleva toccarmi ma non voleva mostrarmi il viso, perciò allungai il braccio sano e lei mi strinse le dita.

«Amore mio. Andrà tutto bene, non è niente.»

«Chi è Lucrezia, mamma?»

I miei genitori si scambiarono un'occhiata cauta, poi mio padre ingranò la marcia e ripartì senza dire niente. Un lungo rumoroso sospiro invase l'abitacolo.

«È la mamma di tuo fratello. Una dottoressa bravissima» mormorò mia madre, con voce sottile. «Ti farà guarire.»

«La mamma di Pietro è una dottoressa?»

«Già.»

«Quindi non devo morire domani?»

«No, amore. Né domani né per altri cento anni.»

Rassicurata, mi rannicchiai stringendo il gesso al petto.

Non sarei morta.

Ma stavo per scoprire qualcosa sulla mia famiglia.

5

Dodicesimo giorno

Il telefono suona alla fine dell'ennesima giornata torrida che trascorro chiusa in casa. Per evitare di perderlo lo tengo in tasca. Se si mette a suonare in una stanza diversa da quella in cui sono è abbastanza difficile, con questa gamba a pezzi, raggiungerlo per tempo. E io lo so, lo so che se chiamerà lo farà una volta sola, poi non sarò più in grado di rintracciarlo.

Come ogni volta, spero che sia lui. Invece, sullo schermo appare il nome di Lucrezia.

«Come stai?» Attacca così, senza salutare. Sembra tranquilla, appena annoiata, una che ti ha chiamato per passare un po' di tempo.

«Bene, al solito» mento. I dolori non mi danno pace, col caldo è peggio. Non mi fratturo niente da quasi tre anni, ma quando arriva l'estate è come se le mie ossa tornassero a creparsi, tutte in contemporanea. Tendini e cartilagini bruciano e si infiammano pure quando resto immobile, come se il mio corpo si stesse tendendo in posizioni da indemoniata. L'afa di Roma non aiuta. L'umidità dell'Aniene che scorre qui vicino, peggio che mai. «Tu come stai?»

«Eh, sono vecchia, come vuoi che stia. Che fai, sei a casa, hai mangiato?»

«Stavo pensando a cosa fare per cena.»

«Quindi sei a casa.»

«Sì.»

«Brava, fammi salire. Sono qui sotto.» Come per provare che non sta scherzando, il citofono suona due volte, lo sento sia in soggiorno che nel telefono.

Pochi minuti più tardi lei entra in casa col suo incedere pesante, avvolta in un caftano che le scende fino a metà polpaccio, maniche lunghe e collo alla coreana, i piedi gonfi che spariscono in un paio di espadrillas consumate.

Ha sessantadue anni. È sempre stata alta, grossa, anche nelle foto da ragazza, quelle scattate insieme a mio padre, al liceo. Negli ultimi anni è ingrassata a dismisura, forse è stata la scomparsa di Pietro, non saprei dire.

Trasporta due sacchetti di plastica col marchio del supermercato all'angolo, uno per mano. Strabordano di roba, mi viene l'istinto di sottrarglieli per non affaticarla, ma lei è più svelta. Mi fa un cenno e mi supera, dirigendosi in cucina come se fosse casa sua. Le zoppico dietro, seguo la scia che si lascia alle spalle, borotalco e gelsomino.

Lucrezia spalanca il frigorifero, fa una smorfia, poi apre pure il congelatore. «E che volevi fare per cena? C'è il deserto dei tartari qui dentro, menomale che ti ho fatto un po' di spesa.»

La guardo mentre si muove nella mia cucina. Sa perfettamente dove metto ogni cosa. Dalle buste tira fuori formaggio, verdure, biscotti, una bottiglia di vino, carne e prosciutto, tonno in scatola, una busta di Quattro salti in padella e una confezione di Sofficini. Mi viene da ridacchiare, e lei si volta.

«Che è? T'ho preso i Sofficini, non ti piacciono? Da piccola ti piacevano. Poi te li mangi quando non hai voglia di cucinare, li metti al forno e in dieci minuti sono pronti.»

«No, sì, mi piacciono. È solo che...»

«Che cosa?»

«Niente, c'ho trentatré anni.»

«E quindi? A trentatré anni non te li puoi mangiare, i Sofficini?»

«Me li mangio, me li mangio. Grazie.»

Sbuffa, sbrigativa, rimette la testa nel frigo a cercare di ordinare le cose che ha comprato. «Ti ho preso pure il gelato. La vitamina D la prendi?»

«La prendo.»

«Il neridronato?»

«Una volta a settimana.»

«Brava. I dolori?»

«Sto bene, non ne ho.»

L'anta del frigo si chiude con un rumore morbido, Lucrezia si lava le mani nel lavandino, col sapone per i piatti. Mi lancia uno sguardo di sbieco.

«Sono venticinque anni che ti curo io» osserva. «I dolori, Celeste?» ripete, più seria.

«Mi fanno impazzire» ammetto.

Sospira, mi fa cenno di sedermi. Quando si avvicina ho già le mani tese in avanti. Lucrezia le prende, tasta le nocche, mi muove i polsi e tira indietro le dita. Poi mi afferra per le spalle, mi raddrizza con un'energia insospettabile. Sento le clavicole scrocchiare, la colonna vertebrale si allunga con un rumore che in condizioni normali non dovrebbe fare, ma l'espressione di Lucrezia non trasmette niente.

Mi posa le mani in faccia e con i pollici mi tira in giù la palpebra inferiore. «Hai le sclere blu, te ne sei accorta?»

Non rispondo, lo sa bene che me ne sono accorta e me ne sono anche fregata. «Apri la bocca.»

Le dita di Lucrezia hanno un retrogusto amaro di sapone per piatti. Le infila fino in fondo.

«Ennio e Mara lo sanno che non puoi uscire di casa?» domanda. Scuoto la testa e trattengo un conato, mentre lei passa i polpastrelli sui molari, spinge, sfrega la parte interna della gengiva e il palato, ritira la mano e controlla se c'è sangue, poi torna a esplorare più a fondo, aggancia i denti del giudizio per vedere quanto tengono.

«Non gli hai detto che si è rotto l'ascensore?»

«No» bofonchio a bocca spalancata.

«Certo, tanto stanno in Abruzzo, mica se ne accorgono. Tu pensi sempre che puoi fare come ti pare, no? Ti fanno male i denti?»

«Un po', a volte sembra che ballino.» La lingua sbatte sulle sue dita, produco una specie di verso trascinato ma, chissà come, lei capisce quello che dico.

«Non ballano, è solo una tua impressione. Però bisogna aumentare la dose di neridronato.»

Abbasso gli occhi sui suoi polsi abbronzati, pieni di efelidi e braccialetti, chincaglierie argentate che tintinnano come campanelli. A vederla così, con le sue scarpe sformate e il caftano sgualcito, non lo diresti mai che è la miglior reumatologa della regione, e che pure come ortopedico non scherza.

Mi toglie le dita dalla bocca e si allontana verso il lavello. «Quante fiale hai?»

«Una decina.»

«Da oggi in poi ne prendi due a settimana. Tra qualche giorno te ne porto una nuova confezione.»

I bracciali d'argento scivolano sui polsi, si adagiano sul dorso delle mani e scoprono tre strisce di cuoio intrecciato, di quelle che si comprano sulle bancarelle d'estate, dove c'è sempre un ambulante pronto a ricamarci sopra il tuo nome in pochi minuti e per pochi spiccioli. Quel tipo di bracciale che leghi stretto e che non togli fino a quando il nodo non cede.

Sono scoloriti, consumati, sul punto di rompersi. Tiene i nomi girati verso l'interno, ma non ho bisogno di leggerli per sapere a chi appartengono.

Guardo il suo profilo familiare. Questa donna mi ama come se fossi sua figlia.

E so che cos'è venuta a fare.

Dopo la cena veloce che ho insistito per preparare, Lucrezia va a sedersi sul divano. Carico la lavastoviglie, preparo il caffè e la raggiungo in soggiorno. Appoggio il vassoio con le tazzine sul bracciolo ampio del divano, poi eseguo la manovra goffa e complicata che mi permette di mettermi seduta su qualunque cosa mi costringa a piegare le ginocchia.

Lucrezia mi osserva con la coda dell'occhio, anche se tiene lo sguardo fisso da un'altra parte.

«Ma perché non ne metti un'altra?» dice, quando finalmente riesco a sedermi.

«Cosa?»

«La foto di tuo fratello.» Indica con un cenno l'immagine di Pietro con il giaccone militare e il kalashnikov. «Te ne porto una bella, una dove siete tutti e tre insieme...»

«Mi piace quella, Lucrezia. Va bene così.»

Il mio telefono vibra nella tasca dei pantaloncini. Non vorrei eppure faccio un salto, mi agito un po' troppo.

Era solo un messaggio pubblicitario, vedo di sfuggita.

«Stai aspettando una telefonata importante?» La voce di Lucrezia è disinvolta, ma il suo corpo accanto a me si è teso in modo impercettibile, ne sento ogni minima variazione. I movimenti degli altri mi riverberano nelle ossa come se fossero cave.

«No, no.»

«È tutta la sera che guardi il telefono o che sussulti ogni volta che vibra. Stai aspettando che ti chiami Nadir? Guarda che lo so.»

Vorrei negare con forza, magari fingermi sorpresa, pure un po' ferita dalla sua insinuazione, invece riesco solo a dondolare la testa.

«Celeste. Che cosa ha intenzione di fare mio figlio?»

«Non lo so. È venuta anche Marina, l'altro giorno, mi ha fatto la stessa domanda. Ma se non lo sa lei, come faccio a saperlo io?»

«Perché se Nadir deve dire qualcosa a qualcuno di solito lo dice a te.»

«Non stavolta.»

Lucrezia sospira. Si alza dal divano, raggiunge la mensola delle foto e afferra quella di Pietro. Per un istante ho paura che la sfili dalla cornice per farla a pezzi. Ma non si permetterebbe mai. Vorrebbe da morire, certo. Darebbe un occhio per strappare quel kalashnikov e quel giaccone, per ridurli in coriandoli. Ma non lo farà.

«La sai una cosa? Io non l'ho mai capito quello che ha fatto tuo fratello» mormora quieta. «Ci provo da anni, a comprendere. Ho visto i libri che leggeva, tutti quei saggi sulla questione curda, sul confederalismo democratico. Ho parlato con i suoi compagni. Gente che è tornata a casa e gente che ha deciso di partire. Hanno provato a spiegarmi il perché, ma io non lo capisco, Celeste. Ci posso ragionare sopra quanto voglio e restare sveglia di notte, ma non mi entra in testa. Perché uno deve lasciare tutto quello che ha, la famiglia, il lavoro, il paese fortunato in cui è nato, e andarsene in un posto del genere, a fare cosa? Perché?»

Perché Pietro era un combattente.

«Perché un uomo decide di condannarsi a morte per un popolo con cui non ha nessun legame?» Le dita di Lucrezia lasciano impronte in controluce sui bordi della cornice. «Ogni giorno che scende in Terra, ogni mattina, io mi chiedo per che cosa è morto. E non mi so dare una risposta.»

Torna a posare la foto sulla mensola, si preme forte le dita sotto lo sterno, come per respingere un dolore improvviso. «Ho già perso un figlio laggiù. Non ho nessuna intenzione di perdere anche l'altro.»

«Nadir non è uno sprovveduto.»

«Neanche Pietro lo era. È perché ci siamo fidati di lui che io mi ritrovo oggi senza manco un corpo da seppellire.» Si rende conto di essere stata crudele, sbuffa e aggiusta il tiro. «Tu Nadir lo difendi sempre. Sono venticinque anni che prendi le sue parti. Eppure te ne ha fatte tante.»

«E io gliene ho fatte ancora di più.»

Quando torna a posare la foto, sembra rimpicciolirsi. Ha le spalle infossate, il corpo ingombrante si ritira nel caftano. Viene di nuovo a sedersi vicino a me, i suoi braccialetti di corda mi sfiorano la spalla.

«Ho fatto un po' di ricerche, incrociato un po' di dati. Nella sua casella mail c'era la prenotazione di un volo da Istanbul a Erbil. Sai che vuol dire, no?»

«Che è in Iraq. Avrà del lavoro da fare.»

«Che tipo di lavoro? La sua agenzia non sa niente. Aveva un visto per entrare in Iraq. È piuttosto facile per lui rimediarne uno, i fotografi non li controlla nessuno. Ecco, quel visto è scaduto ieri. Questo vuol dire che o è ancora nel paese illegalmente o che... si è spostato.»

«Dove?»

«Dove vuoi che sia andato?»

Deglutisco, non riesco a guardarla in faccia.

«Marina lo sa?»

«Gliel'ho detto oggi.» Si strofina la fronte, una stanchezza impossibile le cala sul viso già segnato. «Ho allertato la Farnesina. Per qualunque cosa terranno la situazione monitorata attraverso l'ambasciata. Non me lo hanno detto espressamente, ma pensano che abbia già oltrepassato il confine, e non si può fare niente. Meglio non dirlo troppo in giro. L'unica cosa che ho capito è che non è stato un colpo di testa, si è organizzato. Stava preparando questa mossa da mesi. Celeste, dimmi che tu non lo sapevi.»

«Non lo sapevo. Te lo giuro su quello che vuoi, non lo sapevo.»

«Mi sembra di rivivere i primi tempi con Pietro.»

«Nadir non sta andando a combattere.»

«Sei proprio sicura di questo?»

«Sono sicura.» Mi afferra una mano, se la rigira piano tra le sue, sgrana ossa e tendini come i grani di un rosario. Lei non è più giovane e io non sono più una bambina. Siamo due donne sole, rimaste a fare i conti con la radice avvelenata della nostra strana famiglia, qualcosa di sepolto che rimanda un'eco a cui non possiamo sottrarci. Per quanto proviamo ad andare avanti, lei torna.

Torna sempre. Qualcosa che apparteneva a Pietro e che ora riguarda tutti noi.

«Ti ricordi quello che diceva zia Olga su te e Nadir?» domanda Lucrezia a un certo punto, dopo un lungo silenzio. Non ho bisogno di chiedere cosa.

«Aveva ragione. Ho sempre pensato che scherzasse. Ma aveva ragione e me ne sono accorta tardi, quando eravate già grandi. Ti ho sempre vista come un'altra figlia, non mi sono mai fatta domande. E sai un'altra cosa? Pietro lo sapeva. Se n'era accorto a un certo punto. Una sera ne abbiamo parlato, e io mi sono messa a ridere. Poi invece... A guardare indietro capisci tante cose. Non so a che serva, visto che non puoi aggiustarle in nessun modo.» Si alza dal divano, liscia le grinze del vestito. «Devo andare. Ho i cani a casa da soli, devono uscire, se arrivo tardi mi fanno un casino. Ti serve una mano per alzarti?»

«Non proprio, ma se mi aiuti faccio prima.»

Lucrezia mi tende le mani e mi tira in piedi. È l'unica da cui mi faccio aiutare. Con tutti gli altri mi intestardisco a voler fare da sola. Restiamo per un istante faccia a faccia, poi lei distoglie lo sguardo. «Non siamo mai stati una famiglia molto solida» dice incerta. «Però adesso stiamo proprio cadendo a pezzi.»

6

Avevo appena cominciato e già ne avevo abbastanza di ospedali.

Nel bel mezzo di agosto Roma era deserta, l'asfalto si squagliava sotto le ruote delle auto lasciate a morire al sole, nel condominio c'eravamo solo noi. Una mattina, pochi giorni dopo essere ritornati a casa, mia madre mi mise il vestito più carino che avevo, mi pettinò con cura insolita e mi portò in un altro ospedale, uno che non conoscevo, per farmi visitare da Lucrezia.

Piagnucolai per tutto il tragitto, perché avevo caldo, perché avevo fame, perché mi faceva male il braccio. Smisi di lagnarmi solo quando arrivammo in ospedale.

Nella sala d'aspetto c'era solo una persona. Ci dava le spalle e se ne stava sbracata su una delle sedie, con le cuffie e la musica sparata nelle orecchie a volume altissimo, ne sentivo a distanza il fruscio stropicciato. Aveva i capelli rossi e una t-shirt che conoscevo perché l'avevo indossata di nascosto un sacco di volte.

«Hai visto, c'è tuo fratello» fece la mamma. Non sembrava sorpresa, mentre io mi ero già lanciata addosso a Pietro, arrampicandomi sulle sue ginocchia.

«Così ti sei fatta male di nuovo» disse lui a mo' di saluto. Si tolse le cuffie. Aveva la faccia abbronzata, un miliardo di lentiggini e una collanina che non gli avevo mai visto. L'afferrai e me la rigirai tra le dita.

«Mi sono rotta il polso. Dove sei stato?»

«Al mare.»

«Si vede. Sei tutto rosso. Ora tua mamma mi visita, lo sai? Gli altri dottori dicono che non sanno quello che c'ho» mi vantai, per impressionarlo. «Potrei anche morire.»

A differenza di mio padre che aveva inchiodato sull'autostrada e m'aveva guardato come se volesse ammazzarmi lui stesso, Pietro si mise a ridere.

«Non muori, cretina. Non hai niente.»

«Dopo torni a casa con noi?»

«Non credo. Stasera torno al mare.»

«Posso venire con te?»

Pietro aprì la bocca per rispondere però non fece in tempo.

«Celeste, vieni un po' qui» mi richiamò mio padre.

Mi voltai verso di lui e mi accorsi che non eravamo più soli. Accanto ai miei genitori c'era una donna che non avevo mai visto. Indossava un camice, era alta come papà e aveva gli stessi capelli rossi di mio fratello. Mi intimidii, cercai di rannicchiarmi tra le braccia di Pietro, di farmi ancora più piccola. «Quella è la tua mamma?» gli domandai all'orecchio.

«Sì, è lei» rispose lui, divertito. Poi mi spinse giù dalle sue ginocchia. «Vai. Non ti mangia, te lo giuro.»

«Tu mi aspetti qui?»

«Sì.»

«Non te ne vai?»

«No, non me ne vado.»

Rassicurata, mi incamminai verso Lucrezia. Lei si chinò su di me. Lo sguardo era amichevole, mi sorrise. «Ciao Celeste. Finalmente ci conosciamo. Ora vieni con me e facciamo un po' di controlli. Ci mettiamo poco.»

«Fanno male?»

«No, per niente.»

«Mamma può venire?»

«Non adesso, ma tra poco la facciamo entrare.»

La mano di Lucrezia era liscia e fresca. Mi lasciai condurre per un lungo corridoio senza fare troppe storie.

Mi portò in una stanza così piccola da sembrare un ripostiglio, mi fece spogliare e mi diede un camice di carta da mettere sopra alle mutande. Consultò i referti e gli esami che mi avevano fatto negli altri ospedali e che le avevano dato i miei genitori, sollevò le vecchie lastre per osservarle sul pannello luminoso. Mi visitò, disse che mi avrebbe fatto un'ecografia. Il gel era freddo contro le costole e sulla colonna vertebrale, ma lei era gentile, rassicurante. Mi spalmò una crema all'interno del braccio sano. Era unta e aveva un odore penetrante. Pochi istanti più tardi, quando mi toccai, mi resi conto che la pelle formicolava.

«Che cosa fai?»

«Prendiamo un pezzetto di pelle. Girati dall'altra parte.» Mi fidai. Rimasi a fissare un poster sulla parete, sforzandomi di leggere tutte le scritte, anche le più piccole. Sentii una lieve pressione sul braccio, come una matita premuta con delicatezza. Pochi minuti più tardi mi disse che potevo girarmi. Lì dove avevo sentito quel graffio lieve c'era un grosso cerotto bianco.

«Adesso chiamiamo la mamma, va bene? Un ultimo sforzo, controlliamo ginocchia, caviglie e abbiamo finito.»

Continuavo a guardarla mentre mi maneggiava come un pupazzo, stupendomi di quanto fosse alta e di come assomigliasse a mio fratello, gli stessi capelli, le stesse lentiggini. Gli occhi di lei, però, erano azzurri.

«Quindi tu sei la mamma di Pietro» domandai, per avere un'ulteriore conferma.

«Proprio così.» Mi tolse un sandalo, strinse le dita intorno alla caviglia, la fece ruotare e affondò le dita tra i tendini. «Lassità legamentosa» borbottò tra sé e sé.

«Pensavo che eri più vecchia.» Si mise a ridere. «Tu sapevi che esistevo?»

«Ma certo, Celeste. Non ci siamo mai viste prima, ma so di te da quando sei nata. Ho addirittura una tua foto, sai?»

«Sul serio?» Mi colpiva che quella donna che non conoscevo avesse qualcosa di mio.

«Eri appena nata ed eri in braccio a Pietro.»

«Me la fai vedere?»

«Magari te la faccio portare da tuo fratello, un giorno di questi.»

Quando disse *fratello*, qualcosa nella mia testa si mise a scavare, a disseppellire un ricordo, un fatto che mi era stato detto e a cui non avevo dato troppa importanza.

«Papà una volta mi ha detto che Pietro ha anche un altro fratello» dissi.

«Sì, certo. Si chiama Nadir. Ha la tua stessa età.» Aveva la mia età. Non avevo mai pensato che potesse essere così reale da *avere un'età*. Chissà com'era fatto. Lucrezia mi palpò il ginocchio, mi sorrise. «Di sicuro prima o poi vi conoscerete.»

7

Lucrezia mi riportò dai miei genitori. Mia madre, sull'orlo delle lacrime, elencò una serie di malattie una peggio dell'altra, chiedendole se potesse essere distrofia, o sclerosi multipla, o un cancro delle ossa. Lucrezia la lasciò parlare, la lasciò arrivare in fondo al suo elenco di disastri senza dire nulla. Alla fine scosse la testa, quasi spazientita.

«Le ossa di tua figlia sono particolarmente fragili, ma non ha patologie degenerative e non rischia la vita. Per il resto aspettiamo l'esito della biopsia.» Era un medico, era abituata a non sbilanciarsi mai.

Dieci giorni più tardi arrivarono i risultati di tutti gli esami. A otto anni avevo la densità ossea di una donna di ottanta con gravi problemi di osteoporosi. Nel suo studio privato, Lucrezia snocciolò ai miei genitori una serie di termini medici. Seduta in braccio a mio padre, con una Barbie mezza svestita tra le mani sudate, ascoltai senza capire quella sfilza di parole mai sentite prima, fragilità ossea, lassità, mutazioni, collagene, geni recessivi, ereditarietà, anomalia genetica, malattia rara, osteogenesi imperfetta.

Malattia rara. Osteogenesi imperfetta.

Papà mi affondò le dita nel fianco, di riflesso. Sentii qualcosa che si spostava in modo strano, come un ingranaggio fuori asse. Forse lo sentì pure lui, perché ritirò immediatamente la mano, per tornare a posarla con una delicatezza insolita.

«Che cos'è esattamente?»

«Il termine medico per quella che viene definita "la malattia delle ossa di vetro". È un quadro clinico raro, ma Celeste ha una forma lieve, del tipo I. Non si cura, Ennio. Però si tiene sotto controllo con facilità. Con qualche accorgimento condurrà una vita perfettamente normale. Conosco casi diagnosticati addirittura a persone di trenta, quarant'anni. Persone che si sono accorte di avere questa patologia per caso, durante un controllo successivo a una frattura da incidente o a una brutta caduta.»

«Nostra figlia si è rotta tre ossa diverse in due mesi e mezzo. Due dita mentre disegnava, e un polso per aver cercato di aprire una finestra con il braccio. Dell'incidente al piede, a Carnevale, non ti so dire, Celeste assicura che è saltata da un'altezza di trenta centimetri scarsi, ma...»

«Dovreste crederle» lo interruppe cortese. «Adesso a maggior ragione.»

«A prescindere da questo, capisci che per un quarantenne è un discorso diverso. Lei è una bambina, Cristo santo.»

«Studieremo una terapia. Prenderemo delle precauzioni. Tra l'altro, le probabilità di fratture improvvise tendono a diminuire dopo lo sviluppo, e Celeste è già una signorina, possiamo dire che ci avviamo non dico verso la risoluzione, ma verso una minore incidenza. Il problema per le donne si ripresenta in forma più complessa nel momento della menopausa, ma non mi sembra il caso di preoccuparcene ora, no?» Lucrezia mi sorrise, io feci sì con la testa. Chissà cosa diavolo era la menopausa. «Ora, posso consigliarvi un collega molto bravo che opera al San Filippo Neri, oppure...»

«... Puoi prenderla in cura tu?» Era la prima volta che mia mamma apriva bocca da quando eravamo entrati nello studio. Lucrezia dilatò appena le narici, sollevò il mento. Era un gesto che faceva spesso Pietro, quando qualcuno lo prendeva in contropiede o quando non voleva rispondere a una domanda. «Vorrei che fossi tu, per mia figlia... se non ti dispiace.»

Si scambiarono un'occhiata molto lunga. Poi Lucrezia abbassò la testa, prese il suo blocco e cominciò a scrivere. «Intanto vi prescrivo degli integratori. Aspettiamo che tolga il gesso, poi cominciamo con la fisioterapia. È una cosa che ovviamente va fatta presente a scuola, a settembre faremo un certificato per l'esonero dall'attività fisica. È importante adottare anche alcuni accorgimenti in casa e in famiglia. Prima prende coscienza di cosa può fare e di cosa è meglio che non faccia e prima si abituerà a controllare movimenti e azioni.»

«Celeste sa che ci sono delle cose che cambieranno» obiettò mio padre. «L'abbiamo portata apposta, è abbastanza grande per capire.»

Le nostre vacanze potevano dirsi finite. Non tornammo al paese. Mio padre trascorse tutto il mese di agosto a trasformare casa. Smussò ogni spigolo incollandoci sopra della gommapiuma, incartò le maniglie delle porte e infilò dei cunei sotto le finestre che per via del caldo tenevamo sempre aperte. Mi proibì di correre in giro e soprattutto gettò via certe ciabatte di tela con cui mi divertivo a fare le scivolate nel corridoio. Casa nostra prese ad assomigliare a un enorme cuscino su cui potevo schiantarmi a piacimento, ci avrebbe pensato la gommapiuma spessa ad attutire i colpi, a proteggere le mie ossa. Quando tornarono le ragazzine del secondo piano, chiesi alla mamma di scendere in cortile a giocare con loro, e lei con le lacrime agli occhi mi disse di no. Poi cercò di consolarmi. Si trattava solo di qualche tempo, dovevamo abituarci alle nuove condizioni, presto sarebbe tornato tutto normale.

Per me era già tutto normale, solo che non sapevo come spiegarglielo. Io il mio corpo lo sentivo da dentro, cominciavo a conoscerne ogni cedimento. Ogni giorno, per settimane, mi avevano inculcato in testa il fatto che ero fragile, che dovevo stare attenta. Di notte, da sola nella mia stanza, mi toccavo le ossa sporgenti, spingevo le dita sulle clavicole e sulle costole in attesa di sentirle creparsi come si crepa il guscio di un uovo, ma non succedeva. Restavano lì, dure e immobili, perfettamente normali.

A volte pensavo a Lucrezia, a quel bambino che aveva menzionato e di cui avevo scordato il nome. Il fratello di mio fratello.

Pietro tornò a casa alla fine di agosto, abbronzatissimo e coi capelli bruciati dal sale, ancora più magro di come lo avevo visto l'ultima volta. Mi portò uno strano oggetto rotondo e verdastro, leggero e sottile. Me lo mise nel palmo, lo guardai incerta, lo annusai. Era cavo e conservava un odore salmastro.

«Che cos'è?»

«L'esoscheletro di un riccio di mare.»

«Quello con le spine?»

«Proprio lui. Ma dentro è fragilissimo.» Mi rigirai tra le dita quella spoglia vuota.

«Come me?» Lo feci ridere.

«Come te, Riccio di mare.»

La sera prima dell'inizio della scuola, decisi di fare a Pietro tutte le domande che mi erano girate in testa nelle ultime settimane.

«Senti, ma... Lucrezia e papà una volta erano sposati?» Eravamo ognuno nel proprio letto, l'orologio luminoso sul comodino segnava l'una passata. Pietro, vestito solo di un paio di pantaloncini da calcio, leggeva un fumetto. Aveva tolto la maglietta e l'aveva appoggiata sull'abat-jour, per schermare la luce. Si voltò verso di me e strizzò gli occhi.

«Pensavo dormissi.»

«Facevo finta. Allora?»

Pietro sospirò e si grattò la testa. «Non è proprio così. Però... sì, possiamo dire che erano sposati. Poi hanno divorziato, diciamo, e papà si è messo con tua madre.»

«E sono nata io.»

«E sei nata tu.»

«Poi anche Lucrezia ha avuto un altro bambino. Si chiama Ne... Na...»

«Nadir. Si chiama Nadir.»

«Che nome strano. Anche lui è mio fratello?»

«No. Lui non è tuo fratello.»

Lo guardai a lungo, cercando di ricostruire quelle dinamiche. Pietro sospirò e mollò il fumetto. Ripescò la maglietta dalla lampada e io strizzai gli occhi per la troppa luce. Quando li riaprii lui era seduto a gambe incrociate, teneva in mano un quaderno e una penna. «Vieni qui, ti faccio uno schema.»

Vederlo sulla carta era più facile da capire. Non avevo nessuna parentela con quel bambino, e questo, non so perché, mi rassicurò. Non lo avevo mai visto, e già mi piaceva poco. Forse ero gelosa.

«Prima vivevi con lui?» domandai, strofinando la fronte sul

suo braccio nudo. Pietro mi mollò una manata in testa, una specie di carezza.

«Sì.»

«E gli volevi bene?»

«Gli *voglio* bene. È mio fratello.»

«Ma adesso vivi con me. Vuoi più bene a me.»

Risucchiò il labbro inferiore tra i denti. «Voglio bene a tutti e due allo stesso modo. Non è mica una gara.»

«Ah.» Ero orgogliosa, sapere di quell'affetto condiviso mi aveva indispettita. «E allora perché sei venuto a vivere qui con noi?»

«Perché sto più vicino a scuola e la mattina non mi devo alzare all'alba» disse pratico. Poi fece quella cosa che avevo notato anche in Lucrezia: mento sollevato e narici leggermente dilatate. «E poi perché non vado tanto d'accordo col padre di Nadir.»

«È antipatico?»

«È un testa di cazzo. Non ripetere questa parola davanti a papà o mi ammazza. E non te ne uscire mai con mia madre, o non la finisce più, va bene?»

«Un testa di cazzo.» Feci rotolare quell'espressione sulla lingua e scoprii che mi piaceva. Era tipo un segreto che Pietro stava condividendo con me. «Ok, ho capito. E mia mamma ti piace?»

«Mara è brava. Diciamo che tra mia madre e nostro padre, quello che ha fatto la scelta migliore è papà.»

«Quindi resti con noi.»

«Per un po' sì. Sei contenta?»

«Posso dormire con te?»

Sbuffò, con quel suo sospiro affranto di quando gli davo fastidio. «Fa caldo» provò a ribattere. Poi, visto che non mi spostavo, si sdraiò dandomi la schiena. «Non ti appiccicare, però.»

Precisazione inutile. Non si era neanche sdraiato che già lo avevo abbrancato come una piovra. Le mie gambe intorno alla sua schiena crearono subito una patina adesiva di sudore. Non me ne fregava niente.

«Come si chiama l'altro bambino, ché non me lo ricordo?»

«Nadir» borbottò Pietro. «Ora però dormi, ti prego.»

Nadir.

Chi se ne fregava di Nadir. Pietro adesso era mio.

8

Credevo davvero che, continuando a non pensare all'altra famiglia di Pietro, quella famiglia avrebbe finito con lo scomparire. Sarebbe rimasta solo Lucrezia. Lei mi piaceva. La vedevo una volta al mese, durante le visite di controllo. Si assicurava che prendessi i miei integratori e che facessi fisioterapia, controllava gomiti, ginocchia e caviglie, mi infilava le dita in bocca, toccava i denti che avevo cambiato da poco. Il sapore gommoso del lattice dei guanti mi si attaccava al palato e mi asciugava la lingua, ma lei aveva sempre qualcosa di buono da mangiare nel camice, e mi permetteva di essere maleducata, di frugarle nelle tasche alla ricerca di una caramella o di un cioccolatino.

Alla fine, nonostante le preoccupazioni dei miei genitori, Lucrezia aveva ragione: per tutto l'anno riuscii a condurre una vita praticamente normale, e a non rompermi nulla.

Una mattina di luglio, ero in casa con mio padre e con Pietro quando suonarono al citofono. Papà andò a rispondere, lo vidi passare nel corridoio, camminava un po' rigido. Dei calzoncini di tela che gli avevo visto addosso fino a cinque minuti prima non c'era più traccia, adesso indossava un paio di jeans, e addirittura le scarpe e la camicia. Al citofono non chiese chi fosse, disse solo: «Sali».

Mollai la scodella di cereali con cui stavo perdendo tempo e mi affacciai in corridoio.

«È la mamma?» domandai speranzosa.

«La mamma è in Abruzzo, lo sai. Torna domani.»
«È chi è, allora?»
«È Lucrezia.»
C'era un borsone accanto alla porta. Non ci avevo fatto granché caso prima di quel momento, ma doveva essere lì già da un paio di giorni.
«Pietro!» gridò papà. «Tua madre è venuta a prenderti.»
«Dove va?» chiesi.
«A Feudi, al mare. Come tutti gli anni.»
«Con l'altro fratello?» Una gelosia inaspettata mi diede uno strappo al petto. Sforzarmi di non pensarci e di non parlarne mai non aveva funzionato. Quel bambino continuava a esistere, continuava a essere il fratello di mio fratello. E forse, alla fine dell'estate, Pietro sarebbe rimasto a casa con lui e io non lo avrei mai più visto. Sentii le labbra che si piegavano in una smorfia, e gli occhi pizzicare. Mio padre mi guardò aggrottando la fronte.
«Che c'è?»
Non me lo aspettavo. Pensavo che quell'estate sarebbe rimasto con noi, che sarebbe venuto in vacanza con me, non con quello lì.
Toccava a me. Ero io che dovevo andare in vacanza con lui.
«Niente.»
Pietro uscì dalla stanza a capo chino, trafficando con i bottoni di una camicia che non voleva saperne di allacciarsi. Il suo ventre, di una magrezza incredibile, fu un lampo bianco tra i lembi di stoffa colorata. Un attimo prima di travolgermi si accorse di me, mi afferrò al volo per evitare di schiacciarmi, mi prese in braccio. Ne approfittai per gettargli le braccia al collo, ma lui si districò con delicatezza, mi mise giù, e come ricordandosi di qualcosa di importante tornò sui suoi passi.
«Dille che tra cinque minuti scendo» fece, rivolgendosi a nostro padre.
«Non c'è bisogno, sta salendo.»
Un minuto più tardi, Lucrezia era dentro casa nostra. Dallo scollo della sua blusa si intravedevano le spalline di un costume da bagno. Rifiutò il caffè che mio padre le offriva, si guardò intorno e disse che avevamo proprio una bella casa.

Papà alzò le sopracciglia, scettico.

Pietro tornò all'ingresso e realizzai che stava davvero per andarsene. Feci una cosa che non avevo mai fatto prima, mi giocai l'ultima carta. Mi attaccai alle sue gambe, spinsi la testa contro il suo stomaco e scoppiai a piangere.

«Non te ne andare» singhiozzai, manco me l'avessero ammazzato. «Per favore resta qui, vieni in vacanza con noi.»

«Celeste, dai, torno presto» borbottò infastidito.

«No. Tu non torni.»

«Ma certo che torna, non essere stupida.» Papà cercò di afferrarmi per un braccio, me lo scrollai di dosso e mi lasciò subito. Da quando ero malata, non mi stringeva mai troppo forte.

«Sei grande per i capricci.» La pancia di Pietro contro il mio orecchio brontolava. Sentivo il suo respiro e il rimbombare cupo della voce.

«Falla venire.» Lucrezia ci ridusse tutti al silenzio. «Il mare e il sole non possono farle che bene, e a casa c'è tanto spazio. Può stare nella stanza accanto a quella di Pietro.»

«Non c'è bisogno che ti disturbi.»

«Nessun disturbo. Mi fa piacere. Nadir s'annoia sempre, magari giocano insieme. Tra dieci giorni devo comunque tornare a Roma per un post-operatorio che devo seguire, e comunque Feudi è a un'ora e mezzo di macchina, non ci si mette niente a tornare.»

Mio padre esitò. Strinsi più forte i fianchi ossuti di mio fratello tra le braccia, e lui imprecò. Cercò di staccarmi un dito per volta, senza successo. «Basta, lasciami, Celeste, sei un cazzo di polpo... scusa pà. Non volevo dire parolacce.»

Ma papà non lo stava ascoltando. Fissava Lucrezia con una certa indecisione e una traccia di inspiegabile rancore.

«Grazie, ma non è il caso. Mara è in Abruzzo per delle pratiche da sbrigare e torna domani, che cosa le dico?»

«Che cosa le vuoi dire? Che vostra figlia si fa qualche giorno di mare con suo fratello e col medico che la cura da quasi un anno.»

«Guarda che se non dici di sì questa non mi molla, eh?» Pietro si era arreso. Pur di liberarsi di me era pronto a spalleggiare la madre in quella questione che lo lasciava abbastanza indifferente.

Papà sospirò. Mi prese per le spalle e io mi lasciai staccare. Si abbassò per guardarmi in faccia e io mi pulii le lacrime con il dorso della mano.

«Celeste, ascoltami bene. Lucrezia ti porta al mare, ma...» alzò un dito per mettermi a tacere. «Non parlare, stammi a sentire. Io ti lascio andare, ma tu devi obbedire a Lucrezia e a tuo fratello, va bene? Qualunque cosa ti dicano di fare, tu la fai senza discutere. Altrimenti non ci metto niente a venire a prenderti. Se ti comporti male, se fai arrabbiare Lucrezia ti tengo in punizione fino all'anno prossimo.»

«Mi comporterò bene. Lo giuro.»

«Vedremo. Adesso ringraziala per averti invitato e prendi la valigia che ti ha regalato nonna Lisa, ché la prepariamo insieme.»

Un'ora più tardi ero in viaggio. Seduta sul sedile posteriore, guardavo un po' la campagna giallastra e bruciata dal sole che scorreva fuori dal finestrino e un po' i due davanti a me. Lucrezia guidava, Pietro aveva le sue inseparabili cuffie e non ci filava di striscio.

«Lucrezia» chiamai.

«Eh, Celeste.»

«Nadir viene con noi?» Sperai che mi dicesse che l'aveva lasciato a casa. Lei mi guardò dallo specchietto retrovisore, e vidi che sorrideva.

«Nadir è già a Feudi con mia sorella Olga.»

«Ah. Ok.»

«Farete amicizia, vedrai. Mica capita tutti i giorni di avere un fratello in comune, eh?»

«Mh, certo.» L'assecondai perché papà mi aveva detto di obbedire. Tornai a guardare fuori dal finestrino.

A nove anni il tempo è un concetto astratto, senza alcun riferimento logico. Non potevo sapere che il ragazzino che stavo per conoscere avrebbe dominato sulla mia vita per i venticinque anni successivi.

Non potevo saperlo.

E forse, anche sapendolo, non avrebbe fatto alcuna differenza.

9

Ci stava aspettando alla fine di una strada sterrata. Dopo aver superato il centro abitato di Feudi, con il suo lungomare pieno di ristoranti, stabilimenti balneari e villeggianti abbronzati, e una zona residenziale coi giardini curati dietro alti muri imbiancati a calce, Lucrezia aveva svoltato in una strada non segnalata, che s'inoltrava fra la vegetazione rada. L'odore del mare si sentiva dappertutto, aspro e stringente, mi sembrava che volesse bucarmi i polmoni.

Vidi declivi bassi, ville col tetto piatto e grandi vetrate scure che si ergevano isolate, in lontananza. Mi chiesi in che tipo di casa saremmo arrivati noi. Nessuno mi aveva detto niente in merito, e sulla strada che stavamo percorrendo non c'era nulla, solo la striscia di mare che si faceva via via più vicina, e che all'improvviso si aprì ai margini di un grande spiazzo, da dove la vista abbracciava l'intera costa.

La prima cosa che vidi fu la casa: si nascondeva al centro di un giardino pieno di alberi da frutto, l'intonaco bianco sul punto di sgretolarsi sotto il sole. Le imposte erano scolorite, e una lunga ringhiera divorata dalla ruggine correva intorno alle portefinestre del primo piano. Era una costruzione vecchia, forse da ristrutturare, ma non avevo mai visto niente di più bello. Mentre l'auto avanzava sul fondo sconnesso, feci in tempo a intravedere il luccicare turchese di una piscina, poi Lucrezia tirò il freno a mano. «Ecco Nadir.»

Alzai lo sguardo e lui era lì.

Scese lentamente dal muretto, aveva la faccia ingrugnata e i piedi nudi, la carnagione scura da zingaro. Camminò sulla ghiaia appuntita senza fare un fiato. La prima cosa che pensai vedendolo da lontano fu che fosse gravemente strabico.

Da più vicino mi resi conto che aveva gli occhi di colore diverso, come quelli di certi cani. Uno era azzurro, l'altro castano. Faceva impressione, non riuscivo a capire cosa stesse guardando.

Con la benevolenza condiscendente tipica di quelli che credono di aver vinto, decisi che non c'era storia. Era troppo brutto per essere il preferito di Pietro. Ero molto più carina io, e inoltre non assomigliava affatto al resto della famiglia.

Probabilmente lo avevano adottato, pensai con una punta di sollievo.

Poi Lucrezia abbassò il finestrino e Nadir sorrise.

«Oh, sei arrivato!» gridò, infilando la testa nell'abitacolo. Anche la voce era brutta, ma Pietro sembrò non farci caso. Nadir allungò una mano chiusa a pugno, Pietro gli restituì lo stesso gesto. Si produssero in una specie di coreografia complicatissima e segreta, fatta di strette e di palmi sbattuti l'uno contro l'altro. Capii che era il loro modo di salutarsi, e chissà chi glielo aveva insegnato. Avevano un linguaggio tutto loro da cui io ero esclusa.

«Sali in macchina, forza» disse Lucrezia, facendo scattare le sicure. «E stai attento a dove metti quei piedi luridi, che l'ho appena portata a lavare. Perché diamine vai in giro scalzo?»

Ma stava parlando al vento. Nadir aveva già fatto il giro dell'auto e spalancato la portiera.

Quando mi vide restò immobile un istante. La pupilla dell'occhio azzurro si dilatò per effetto dell'ombra dell'abitacolo e mi sembrò ancora più strano, quasi alieno.

«E questa chi è?»

«È Celeste, no?» disse Lucrezia sbrigativa. «È la sorella di tuo fratello.»

«Ah. Quella lì.» Sapeva chi ero. Anche lui pensava a me come a *quella lì*. E soprattutto non stava facendo i salti di gioia. «Ma perché è qui?»

«Perché l'ho invitata io.» Lucrezia sembrava entusiasta, il figlio invece era una statua di sale e scontento.

«Quando se ne va?»

«Nadir!» berciò Lucrezia, per richiamarlo. Pietro invece si voltò. Gli lanciò uno sguardo che non avevo mai visto, poi un cenno del mento. Nadir sembrò recepire quell'ordine muto. Sbuffò appena.

«Non volevo essere maleducato» disse, in una specie di recita fatta male. «Piacere di conoscerti, Azzurra.»

«Mi chiamo Celeste.»

«E capirai, è uguale, è lo stesso colore.»

Pietro tornò a voltarsi. Lo guardò ancora con quell'espressione che non conoscevo. Nadir dilatò le narici, di nuovo quel gesto.

«Scusa, Celeste» borbottò. «Va bene così?» finì poi rivolgendosi a Pietro. Lui mosse appena il capo, poi sorrise a me. Ma era un sorriso diverso da quello che avrebbe fatto a lui, me lo sentivo nel fondo della pancia.

Mi resi conto che avevano un loro linguaggio, che si capivano senza parlare, che erano abituati l'uno all'altro da anni. Che nonostante lui fosse brutto e antipatico, era molto più suo fratello rispetto a quanto lo fossi io.

Lucrezia fermò l'auto sullo spiazzo pavimentato della villa. C'era odore di mare e di cloro, il profumo intenso dei limoni. Avevo la maglietta appiccicata alla schiena, scesi dall'auto e me la scollai di dosso senza dire niente. Pietro mi mise una mano sulla spalla. «Hai visto che bello? Dopo ci facciamo un bagno in piscina, sei contenta?»

Feci di sì con la testa. All'improvviso, pensai che avrei dato il mondo intero pur di non trovarmi lì.

La casa all'interno era buia e fresca. Nadir sparì al piano di sopra, pestando le scale con i piedi nudi, io mi aggrappai alla maglia di Pietro. Da qualche parte provenivano delle voci. Mi sentii timida, incapace di parlare.

La cucina dava sul cortile ed era piena di luce. Era una stanza enorme, antica, con le maioliche azzurre e scheggiate. All'estremità di un lungo tavolo di legno grezzo che occupava tutta la stanza c'erano un uomo e una donna. Fermi di fronte a un grosso canestro pieno di verdura ancora sporca di terra, discutevano sul prezzo.

Quando la donna si voltò verso di noi, vidi che era uguale a Lucrezia, solo più vecchia e con i capelli corti. Era enorme, altissima, una vichinga dalle spalle larghe e dal ventre come una grossa scodella rovesciata. Imponente e autorevole.

«Ecco la zia Olga» mormorò Lucrezia, cercando di mettermi a mio agio. Olga mi guardò con un tiepido stupore.

«E questa bambina?»

Mi feci scudo dietro la schiena di Pietro, manco avessi tre anni.

«È la sorella di Pietro.»

«La figlia di Ennio?» Adesso sembrava davvero colpita. «Oh Santa Madonna. Ma dove l'hai presa? Che hai fatto, l'hai rapita? Ennio te l'ha lasciata?»

«Resta un po' qui con noi.»

«E la madre non dice niente?»

«Ti sembra strano?»

«No, no. Contenti voi, che fate la famiglia allargata. Se nostra madre fosse viva, apriti cielo» fece Olga. Si avvicinò, si piegò per guardarmi. «È bellina come il padre da ragazzo, che peccato che non...»

«Zia, per favore.» Pietro si grattò il collo, in imbarazzo. Infilai le dita sotto la sua camicia e sentii che era sudato.

Olga annuì. Tirò fuori dalla tasca del vestito un pacchetto di Merit, si accese una sigaretta e mi soffiò il fumo in faccia, continuando a fissarmi, attenta.

«Proprio uguale a tuo padre.»

«La gente dice che assomiglio alla mamma» borbottai.

«Pure polemica come tuo padre, sì sì.»

«Che vuol dire polemica?»

Lei scoppiò a ridere. Mi diede un buffetto in testa, disse «Madonna quanto sei bellina» come se fossi un animaletto che la divertiva, e tirò un'altra boccata sputandomela in faccia.

Arricciai il naso. Nessuno mi aveva mai fumato addosso. Papà ogni tanto fumava, ma lo faceva sul balcone, ben nascosto, pensando che io non lo vedessi.

«Vieni, dai» mi disse, prendendomi gentilmente per un braccio e allontanandomi da Pietro. «Vedi il signore, qui? Si chiama Giuseppe. È il contadino del podere in fondo alla strada, ci porta la verdura e le uova fresche. Lo vuoi uno zabaione, 'a zia?»

Guardai Lucrezia. Sapevo che dovevo chiederle il permesso per tutto. Lo zabaione mi piaceva ma comunque era quasi ora di pranzo, non avrebbe mai lasciato che lo mangiassi.

«Lo vuoi?» mi chiese lei. Feci sì con la testa, ma appena appena. «Allora fattelo preparare.»

Era una terra diversa da casa mia, vigevano altre regole.

Dopo pranzo pensai che ci saremmo tutti spostati in piscina, come Pietro mi aveva promesso. Invece Olga salì in camera a riposarsi, e Lucrezia sparse una serie di documenti sul tavolo della cucina, dicendo che doveva occuparsi di certi preventivi di ristrutturazione della casa. Pietro sparì per qualche minuto e ricomparve subito dopo, un paio di jeans tagliati all'altezza delle ginocchia, le ciabatte e il telo da mare buttato su una spalla, con noncuranza.

«Mamma, io vado.»

Lucrezia alzò il naso dai fogli. «Dove vai?»

«Giù agli scogli, vedo se ci sono gli altri»

«Ah. La figlia dei Barone, Monica, è già arrivata. L'ho vista l'altro ieri in spiaggia. E anche l'amico tuo Fabrizio, quello della gelateria» disse.

«Lo so. L'ho sentito al telefono.»

«Torna per cena, però.»

Pietro annuì, mi passò accanto e io agguantai il suo asciugamano. Da sola lì non ci volevo restare. «Posso venire con te?» piagnucolai.

«Tra poco torno, giuro.» Mi staccò da sé e corse via. Lo vidi dalla portafinestra aperta sul cortile attraversare tutto lo spiazzo e imboccare un sentiero ripido che immaginai scendesse verso la spiaggia. Mi sentii abbandonata e delusa. Più volevo stare con lui, più lui mi teneva lontana, mi rifilava quell'affetto distratto che non mi bastava.

Lucrezia vide che ci ero rimasta male, appoggiò la guancia rotonda sul palmo della mano e mi riservò un'occhiata intenerita. «Avete tanti anni di differenza» disse. «Fate cose diverse.

Con lui giù in spiaggia ti annoieresti. Tra qualche anno diventerete amici. Sai perché lo so?»
«Perché?»
«Perché con Olga abbiamo dodici anni di differenza. E quando ero piccola lei non mi considerava affatto. Poi, crescendo, siamo diventate amiche. Vai in piscina, adesso. Sai nuotare?»
«Certo. Sono grande.»
«Bene. Finisco qui, poi andiamo tutti in spiaggia, mh?»

In piscina c'era Nadir.
Sguazzava da solo nell'acqua bassa all'estremità della vasca, si lasciava scivolare sott'acqua e riemergeva col fiatone e le guance paonazze. Lo guardai immusonita e andai a sedermi su una vecchia sdraio sfilacciata. L'unica cosa che mi consolava era che Pietro aveva ignorato anche lui. A differenza di me, però, Nadir non sembrava particolarmente ferito da quella cosa.
«È presto per fare il bagno» dissi, quando capii che anche lui mi avrebbe ignorato. «Hai appena mangiato e devono passare almeno tre ore prima di entrare in acqua.»
Tagliò la piscina a nuoto fino al punto in cui io ero seduta. Le sue braccia sul bordo arroventato dal sole lasciarono chiazze fradicie. Si scrollò l'acqua dai capelli agitando la testa come un cane, e io mi feci più indietro.
«Non è vero» disse.
«Cosa?»
«Non è vero che non si può fare il bagno dopo mangiato.»
«Si può morire.»
«Sono ancora vivo, però.» Appoggiò il mento sulle braccia incrociate. Il sole gli tagliava in due la faccia, teneva l'occhio azzurro chiuso e sembrava quasi normale. «I miei genitori dicono che è una leggenda. E i miei genitori fanno i medici.»
«Anche tuo padre è dottore?»
«È un neurologo. Sai cos'è?»
Mi strinsi nelle spalle. Non sapevo cosa fosse un neurologo, ma non glielo chiesi per non dargli soddisfazione.
«Tu sei malata, vero?»
«Non sono malata.»
«Mia madre dice di sì.»

«Ho solo le ossa fragili, devo stare attenta a non cadere e a non sbattere da nessuna parte.»

«Embe', dimmi tu se non è una malattia.» Sembrava abbastanza soddisfatto. Sapeva molte cose di me. Io invece non sapevo nulla di lui, ma ciò non mi impediva di odiarlo così, sulla fiducia.

«Tu sembri più malato di me. Ci vedi da tutti e due gli occhi?»

«Certo, scema. Sono solo di colore diverso. Si chiama "eterocromia".» Ecco un'altra parola che lui sapeva e io no.

Si allontanò dal bordo nuotando all'indietro fino a raggiungere una parte in ombra. Aprì entrambi gli occhi e riapparve quel suo sguardo diseguale e indecifrabile.

«Mia madre e tuo padre stavano insieme» sputò fuori di punto in bianco.

«Lo so. Erano sposati.»

«No che non lo erano.»

«Pietro mi ha detto così.»

«E allora mio fratello ti ha detto una bugia.»

«È anche mio fratello.»

«Sì, ma noi siamo figli della stessa madre. Siamo nati dalla stessa pancia. Siamo molto più fratelli.»

Era quello che avevo temuto. Cercai di non fargli vedere che ci ero rimasta male. Avevo già intuito, con quel senso acuminato e preciso dei bambini, che quello che avevo davanti era un avversario, uno che non avrebbe esitato a misurarsi con me. Aveva spigoli e denti che ancora dovevano affiorare, ma con cui negli anni mi avrebbe fatto molto male.

«Comunque mio padre e tua madre erano sposati» ripetei, ostinata.

«Tu non sai niente.» Parlava in modo calmo, senza rabbia. La sua voce grattava certe parti di me che non mi piacevano. «Ho sentito mia madre che parlava con la zia Olga al telefono, una volta. Ha detto che con tuo padre stavano insieme per fare dispetto ai miei nonni, ma a nessuno dei due fregava niente.»

10

La storia tra Ennio e Lucrezia l'avrei ricostruita interamente nel corso degli anni, dagli episodi frammentati che Lucrezia mi raccontava durante le visite, dai particolari che si lasciava sfuggire. Mio padre rimase sempre sul vago, fu più riservato. Quando tornai a casa, quell'estate, si limitò solo a confermarmi che era vero, erano stati fidanzati, ma non si erano mai sposati, e che si erano lasciati perché non andavano d'accordo, anche se si volevano molto bene. Le cose che si dicono ai bambini. Paradossalmente Nadir, con quella sua cattiveria spicciola, aveva già fatto un resoconto sintetico ma obiettivo della faccenda.

Col passare del tempo, annodando i fili sparsi di quello che c'era stato prima di me, capii che era vero. I nostri genitori, non solo non si erano mai sposati, ma non erano mai stati neanche innamorati.

Si erano conosciuti a scuola. Frequentavano lo stesso istituto in classi diverse. Mio padre era un anno avanti a lei, poi lo avevano bocciato per via della condotta turbolenta ed era finito nella stessa classe di Lucrezia. Era bello, aveva la testa veloce e la risposta sempre pronta, sapeva parlare bene sia con gli studenti che con i professori. A scuola lo conoscevano tutti. Parlava di certe cose di politica, i diritti degli operai, le fabbriche, il diritto allo studio, le scuole pubbliche che venivano depredate in favore degli istituti cattolici, delle scuole private. Quella dove andavano loro era una scuola pubblica, i genitori di Lucrezia ci tenevano a sembrare democratici. Ennio lì dentro era l'elemento di disturbo, organizzava gli scioperi, le proteste. Era figlio di operai, suo padre aveva la seconda elementare, la mamma lavorava in una sartoria, faceva gli orli agli stracci pretenziosi dei borghesi.

Diceva proprio così.

Gli orli agli stracci pretenziosi dei borghesi.

Lucrezia era una di quelle che lui disprezzava. Per cominciare era nata a Lugano, e per finire a casa aveva pure la cameriera, a scuola lo sapevano tutti. In mezzo a queste due colpe, c'era una serie di privilegi insopportabili. Era figlia di un italiano che s'era arricchito in Svizzera – sicuramente sulla pelle di operai come suo padre –, era piena di soldi e, cosa peggiore, aveva il culo talmente parato che poteva permettersi il lusso di dare ragione a lui, di stare dalla sua stessa parte. Ma fino a un certo punto.

Era una sgobbona, una che passava il tempo con la testa affondata nei libri, della vita vera non sapeva niente, mandava a memoria pagine intere di storia solo per fargli dispetto, per ribattere a tutte le sue teorie, discutendo con lui durante i collettivi e le assemblee d'istituto. Era intelligente e aveva la lingua lunga, si vestiva come le compagne di classe meno abbienti, sembrava in tutto e per tutto una di loro, ma lui percepiva comunque la differenza.

Prima avevano litigato, poi avevano cominciato a frequentarsi dopo la scuola. Lucrezia aveva diciassette anni, abitava dalle parti di Corso Francia, aveva una sorella maggiore che si professava bisessuale e che a quasi trent'anni faceva ancora l'accademia di belle arti e due genitori che avevano già esaurito la pazienza, e che mio padre non lo potevano vedere nemmeno dipinto.

E più loro lo detestavano, più Lucrezia si era messa in testa di imporglielo con la forza.

Pietro fu concepito l'anno successivo, durante un'occupazione al liceo. Dissero che era stato un incidente, che era capitato.

Lucrezia riuscì a nascondere la gravidanza fino al quarto mese, poi una sera a cena si alzò in piedi e disse ai suoi genitori che era incinta, felice come se avesse vinto un premio.

A diciotto anni appena compiuti, con la maturità da prendere di lì a pochi mesi, Lucrezia aspettava un bambino. E a ingravidarla era stato proprio Ennio Aversa, il fidanzatino del liceo, quello un po' sovversivo, comunista, quello che abitava a San Basilio.

E lei era oltre il tempo. Era per quello che aveva aspettato a dirlo. Era tardi per portarla in Svizzera. A quel punto, quei due avrebbero dovuto prendersi le proprie responsabilità.

Poche settimane dopo la fine degli esami, Lucrezia mise al mondo Pietro e in tre andarono a vivere in un appartamento che i genitori di lei avevano affittato per loro: poche comodità, ma abbastanza vicino a casa per controllarli, abbastanza distante da non averli intorno. Non avevano nemmeno vent'anni, si frequentavano da meno di due e già erano una famiglia. Non si trattava di amore. Si trattava di attrazione, di ribellione, di un dispetto generazionale. Ma non si amavano. Eppure, s'erano già programmati una vita tremenda.

Non appena Pietro fosse stato abbastanza grande da essere gestibile, si sarebbero sposati. Nel frattempo, Lucrezia si sarebbe iscritta a medicina, come era già stato deciso, ed Ennio sarebbe andato a lavorare per mantenere lei e il bambino. Dovevano cavarsela da soli. Di aiuti economici da parte dei genitori di lei ne avrebbero ricevuti pochissimi.

Non andò esattamente come avevano previsto. Si accorsero molto presto di non essere fatti per stare insieme. Le cose tra di loro non combaciavano, il fatto di essere due ragazzi che avevano fatto una cazzata e ora dovevano pagarne le conseguenze non bastò a tenerli uniti. Erano ancora troppo giovani per quel senso di responsabilità.

Avevano vissuto insieme per quasi otto mesi. Poi Lucrezia dal giorno alla notte se n'era andata di casa, era scappata in Spagna con certe amiche sue, delle compagne di università. Sparì per due settimane, lasciandogli il bambino, poi tornò dicendo che era finita.

Erano stati rivali, compagni, poi amici. Amanti per caso o per noia. Era tutto finito. L'unica cosa che avessero in comune, l'unico filo che li trattenesse dall'essere due sconosciuti, era Pietro.

Mio padre tornò a casa dei genitori, Lucrezia gli portava il bambino tutti i fine settimana. Erano una coppia di separati come tante e, proprio come durante la convivenza, non litigavano mai. Da quando s'erano messi insieme non avevano mai litigato, non s'erano mai urlati addosso. Avevano continuato a mantenere quel riserbo e quella gentilezza che derivano dall'indifferenza.

Tre anni dopo quell'esperimento di convivenza fallito praticamente sul nascere, mio padre aveva incontrato mia madre. Quattro anni più tardi anche Lucrezia si era sposata, con un medico conosciuto durante la scuola di specializzazione. Pietro aveva portato le fedi a entrambi i matrimoni dei suoi genitori. Poi, a distanza di sei mesi l'una dall'altro, eravamo nati io e Nadir.

Che non eravamo fratelli.

Che non si sapeva cosa fossimo, non c'era un grado di parentela per descriverci.

Non era certo una cosa che capitava a chiunque.

11

Non bastò l'idea che fossimo gli unici due bambini nel raggio di chilometri per spingerci a fare amicizia, tantomeno il fatto che condividessimo un fratello. A maggior ragione, era proprio quello che ci allontanava. Eravamo maschio e femmina, e inoltre eravamo gelosi l'uno dell'altra, e ogni inezia si trasformava in una gara per impressionare nostro fratello. Pietro forse lo intuiva, nel modo distratto e incurante in cui gli adolescenti intuiscono i sentimenti dei bambini, quindi ogni tanto si degnava di coinvolgerci in qualche gioco, di provare a mediare tra di noi, ma ogni tentativo finiva in un litigio. Se prendevo qualcosa, fosse il racchettone di legno per giocare con Pietro o il joypad della console Nintendo in salone, Nadir accorreva subito a strapparmelo dalle mani, a dire che apparteneva a lui, che non dovevo toccare. Aspettavo che si voltasse, poi gli afferravo i capelli a mazzi, davo uno strattone veloce e mi allontanavo quel tanto che bastava per non farmi prendere.

Lui rimaneva sempre fermo. La pupilla dell'occhio azzurro si allargava in modo percettibile, fremeva di rabbia e frustrazione. M'avrebbe menato volentieri, ma sapevo che gli era stato proibito di toccarmi, e allora mi puniva sottraendomi ogni cosa che mi capitava sottomano, in un circolo vizioso da cui ci liberavamo solo andando a dormire.

Era una cosa nuova, per me. Ero sempre stata una bambina

accomodante, non litigavo mai con nessuno. Con lui diventavo forastica come un gatto randagio.

Non ci piacevamo, e non facevamo neanche lo sforzo di nasconderlo. Lucrezia e Olga dovevano essersi accorte di quell'antipatia, ma facevano finta di niente. Prima o poi ci saremmo abituati uno all'altra, ci saremmo andati a genio.

Nonostante quella presenza che dovevo comunque tollerare, stare a Feudi mi piaceva. Lucrezia non era come i miei genitori. Mi permetteva di mangiare quando ne avevo voglia, non mi forzava a finire tutto quello che avevo nel piatto. Se qualcosa non era di mio gusto, non era un problema. Se la mattina volevo dormire fino a tardi e rimanere insieme a Olga invece di scendere in spiaggia, uguale. Nei momenti in cui eravamo in spiaggia o in giro tutti insieme, ci scattava un sacco di foto. Mi diceva che poi le avrebbe sviluppate e ce le avrebbe portate, e mio padre sarebbe stato contento di vedere quanto ci eravamo divertiti. Avevo pochissime regole: non farmi male, non correre, non cadere. Andavo in giro scalza e svestita per la maggior parte del tempo. Dopo quattro giorni, i miei piedi erano neri come quelli di Nadir la prima volta che lo avevo visto.

Qualche volta, quando Pietro non usciva con i suoi amici ma decideva di restare a casa, Lucrezia ci permetteva di restare alzati fino a tardi. Sedevamo al tavolo fuori in giardino, circondati dagli zampironi, e giocavamo a bridge. Giocavo sempre insieme a Olga, mi lasciava tenere in mano le carte.

In qualche modo mi divertivo, ma non sapevo giocare, ero lenta, non capivo le regole. Ogni volta facevo cadere le carte sbagliate e Olga si sbrigava a raccattarle e a rimettermele in mano. Teneva la sigaretta all'angolo della bocca mentre mi rispiegava il gioco per l'ennesima volta. Nadir non faceva altro che sbuffare, borbottava sottovoce che non capivo niente, ero inutile, in squadra con me non ci voleva stare, voleva fare coppia con Pietro.

Gli tiravo calci sotto il tavolo, ma non gli facevo niente.

«Guarda che se mi meni ti fai male tu.»

«Nadir, che succede?»

«Celeste mi prende a calci.»

«Non è vero.» Gliene tirai un altro, un po' più forte dei precedenti, ma pur sempre innocuo. Sentii il metatarso dislocarsi, ma i tendini lo tennero al suo posto. Per un anno intero mi avevano inculcato in testa che ogni volta che facevo qualcosa avrei dovuto tenere conto delle conseguenze, ma a volte il mio corpo era più veloce del cervello. Non feci in tempo a sospirare di sollievo, Nadir mi strinse la caviglia tra le sue, una specie di morsa. La sentii scricchiolare dall'interno, e forse la sentì pure lui, ma non mollò la presa. Strinse un po' di più.

«Guarda sotto il tavolo, Pie'. Guarda se non mi stava prendendo a calci. Se si rompe un piede e viene a piangere da te, non è colpa mia.»

Pietro alzò gli occhi al cielo, borbottò un «che palle» e si sporse appena sotto il tavolo. «Celeste, dai. Smettila di dare fastidio. Rischi di farti male.» Nadir mi liberò la gamba, mi assestò un calcetto per sfregio.

Presi il pacchetto di sigarette che stava sul tavolo e glielo tirai. Per tutta risposta, il posacenere di vetro si involò, passandomi a un soffio dall'orecchio.

Con una velocità insospettabile, Lucrezia sbatté le carte sul tavolo e afferrò il figlio per un braccio. Già da qualche minuto le sue labbra erano una striscia sottile nel volto rotondo.

«Sei impazzito?» lo strattonò un paio di volte senza garbo. «Come ti viene in mente?»

«Ha iniziato lei.»

«Avresti potuto romperle la faccia!»

«Era uno scherzo, mica volevo tirarglielo addosso per davvero!» Qualcosa mi disse invece che l'intenzione era stata proprio quella, ma per fortuna aveva una pessima mira.

Gli occhi chiari di Lucrezia erano due pozze rabbiose. Intuivo il desiderio che aveva di prenderlo a schiaffi, glielo vedevo nella forma contratta della bocca, nelle dita strette intorno al braccio magro di Nadir. Sapevo che non lo avrebbe fatto, non era una che picchiava i figli, ma un po' ci sperai lo stesso.

«Vai immediatamente in camera tua. In punizione. E domani mattina, invece di uscire, farai cinquanta divisioni.»

«Cinquanta divisioni? Non è giusto!»

«È la mia ultima parola, Nadir. Vai in camera tua. Subito, o le divisioni diventano cento.»

Lui si allontanò piano. In silenzio e senza discutere, testa bassa e braccia rigide lungo i fianchi. «Non so cosa gli prende» sospirò Lucrezia, rivolgendosi più a Pietro e a Olga che a me. «Non vedo l'ora che arrivi suo padre, almeno saprà mettergli un freno. Non si è mai comportato così.»

«È colpa mia?» balbettai io, un po' scossa. Cominciavo a rendermi conto in quel momento che se il posacenere mi avesse colpito probabilmente mi avrebbe disintegrato il naso, o lo zigomo.

Olga, accanto a me, mi strofinò un braccio, si affrettò a rispondere al posto della sorella. «No, non è colpa tua. È un po' di tempo che Nadir è nervoso. I maschi crescono in modo diverso dalle femmine. Non è cattivo. Non ti vuole male.»

Sapevo anche io che non era davvero cattivo. In circostanze normali era un bravo bambino, era come me. Abituato a obbedire, a rispettare i suoi genitori, le persone che aveva intorno. Ero io che gli facevo quell'effetto, che lo rendevo peggiore.

Nadir raggiunse la portafinestra della cucina, si voltò a guardarmi. La luce che proveniva da dentro ritagliava la sua sagoma, creava un alone che lo rendeva più nitido rispetto al resto. Pensai a quello che aveva appena detto Olga. Non era cattivo. Non mi voleva male.

Nadir si assicurò che lo stessi ancora guardando. Poi aprì le labbra, e lentamente, in silenzio, sillabò *Io ti ammazzo.*

Le cose presero una piega definitiva alla fine della settimana di vacanza a Feudi. Era domenica, era l'ultima notte che avrei trascorso lì. Il lunedì mattina sarei tornata a Roma con Lucrezia. Ero felice di rivedere i miei genitori e allo stesso tempo non sopportavo l'idea di lasciare Pietro insieme a Nadir.

Quella domenica il cielo era basso e scuro, la spiaggia deserta. In serata sarebbe venuto a piovere, e la temperatura si era abbassata, perciò eravamo rimasti tutti in casa. Per tenerci buoni, Pietro aveva proposto una partita al Nintendo, ma i joypad erano solo due e sia io che Nadir volevamo giocare contro di lui, perciò facevamo a turno.

Aspettando che toccasse a me, mi aggiravo annoiata. In cucina Olga era impegnata in un solitario. Sulla veranda Lucrezia, avvolta in un cardigan infeltrito, leggeva un libro e si dondolava sul vecchio dondolo coperto.

Quando tornai in salone, mi resi conto che il quadro sullo schermo era cambiato. Non ci voleva un genio per capire che Nadir mi aveva imbrogliato: era sicuramente morto e però aveva continuato a giocare, fregandosene del fatto che toccasse a me.

«È il mio turno» gli feci notare, mettendomi tra lui e il televisore. Neanche mi guardò. Sbracato sul divano, continuò a pigiare quei suoi stupidi tasti.

«E levati, Celeste!»

«Tocca a me, levati tu!»

«Ti ho chiamata e non sei venuta, hai perso il treno, vattene, ciao.»

«Pietro!»

Pietro fece per cedermi il suo joypad, lo respinsi, sospirò, per un istante mi fece un po' pena. Doveva essere dura, per lui. «Appena finiamo questo quadro giochi tu con me. Per due volte. Okay?»

Soddisfatta, mi allontanai. Aggirai il divano. I capelli di Nadir spuntavano dalla spalliera, ciuffi crespi e disordinati. Non so perché lo feci.

Avevo avuto comunque ciò che volevo, Pietro era stato giusto, non c'era nulla da vendicare. Davvero, non so perché lo feci. Glieli afferrai e tirai più forte che potevo, così forte che sentii una fitta ai tendini, e una piccola ciocca scura e ruvida mi rimase in mano.

Scappai, convinta che sarebbe rimasto fermo sul divano a lagnarsi con nostro fratello. M'ero dimenticata del modo in cui mi aveva minacciata qualche giorno prima, o forse non lo credevo capace di farmi veramente del male, perciò la mia fu una fuga lenta, pigra.

Non avevo messo in conto che mi avrebbe inseguito.

Caracollò giù dal divano gridando di rabbia.

Quando vidi che faceva sul serio, che aveva intenzione di prendermi, mi misi a correre, stavolta per davvero. Mi infilai in cucina, lanciai un'occhiata piena d'ansia a Olga.

«Non correre, ti fai male» mi rimproverò lei, distratta, scartando un'altra carta dal suo mazzo. Quando vide Nadir irrompere in cucina e gridare come un indemoniato, capì che qualcosa non andava e si alzò, ma era troppo tardi. Eravamo già in cortile. Mi guardai alle spalle e vidi che mi aveva raggiunta. Se mi avesse preso, mi avrebbe gettata a terra, mi avrebbe rotto qualcosa. La lieve pendenza del terreno mi diede lo slancio, riuscii a distanziarlo di qualche metro, lui cacciò un grido rauco e disarticolato.

Due estati prima, durante una passeggiata con mia madre in aperta campagna, avevo visto un cane, un grosso pastore dal manto lurido, fare la guardia in un terreno recintato. Quando io e la mamma eravamo passate sul sentiero accanto alla recinzione, il cane ci si era lanciato contro a bocca aperta, con una violenza tale che la rete di metallo flessibile si era arcuata, respingendolo indietro e costringendolo a rovesciarsi sul terreno polveroso. Un attimo prima di vederlo finire a terra a zampe all'aria, neutralizzato dalla sua stessa furia, avevo fatto in tempo a guardarlo negli occhi. Ed erano di colore diverso. Avevo avuto paura.

La stessa paura che provai in quel momento. Non c'era nessun cane e nessuna recinzione a proteggermi, e stavolta avevo esagerato, avevo oltrepassato il limite. Stavolta Nadir me l'avrebbe fatta pagare.

Aveva iniziato a piovere, grosse gocce mi colpivano le braccia nude. Sentii la voce di Pietro sollevarsi alle nostre spalle. Non era gentile e accomodante come al solito.

«La dovete smettere, porca puttana!»

«Che cosa succede? Pietro! Che è 'sto casino?» Anche Lucrezia si fece sentire. Nadir non rallentava, non cedeva, continuava a gridare, mi avrebbe presa.

La piscina era proprio davanti a me. Senza riflettere spiccai un salto, raccolsi le ginocchia al petto e mi tuffai.

E lui mi venne dietro.

Riemersi annaspando, mi resi conto che mi ero tuffata dalla parte giusta. L'acqua non era alta, si toccava, ma quando provai a mettermi in piedi non ci riuscii. Qualcosa mi teneva sotto. Venni strattonata, premuta verso il basso. Spinsi la bocca e il naso fuori dall'acqua alla ricerca d'aria e venni rispinta sotto, a labbra aperte, ancora a metà di un respiro.

L'acqua mi inondò la gola e le fosse nasali. Sapeva di cloro. La sentii infiltrarsi e scorrere nella parte sbagliata. Faceva male. Lottai per liberarmi, sollevai le braccia e graffiai con tutta la forza che avevo, ma l'acqua era densa, pesante, e lui mi teneva giù con entrambe le mani. Era più forte. Mi stava annegando.

Nadir stava cercando di affogarmi.

«Sei una stronza! Questa non è casa tua, hai capito? Pietro è *mio* fratello, tu non c'entri niente, te ne devi tornare da dove sei venuta, ci devi lasciare in pace!» Gridava, con quella sua voce rauca. Sott'acqua, nel bel mezzo della lotta, le sue parole arrivavano rallentate, distorte.

Durò pochi secondi. Uno strappo mi liberò della presa, riemersi sputando e tossendo, a corto d'aria. Mi aggrappai al bordo, le gambe molli come se mi avessero sfilato le ossa dalla carne.

«Che cazzo t'è preso?» La voce di Pietro mi ferì le orecchie. Nadir non mi stava più addosso. Era schiacciato contro il bordo opposto per difendersi da nostro fratello che gli torreggiava sopra.

S'era buttato in piscina per dividerci, completamente vestito. La maglietta bagnata gli cadeva addosso come uno straccio. «M'hai rotto le palle, hai capito? Perché ti comporti così?»

«Mandala via» disse Nadir, a bassa voce. Teneva le braccia conserte e il mento sul petto.

«Che hai detto?»

«Mandala via, non la voglio qui. Falla tornare a casa sua. »

«È mia sorella, che ti piaccia o no è così. Perciò te la fai andare bene, è chiaro?»

«Che differenza fa? Tanto con quello che ha, di sicuro non campa tanto.» Chiusi gli occhi un istante come per accusare il colpo, un rumore improvviso e bagnato mi fece sussultare. Pensai che qualcuno avesse buttato qualcosa in piscina.

Quando tornai a guardare, Nadir aveva la faccia voltata da una parte, e nella luce grigia del pomeriggio l'impronta dello schiaffo che Pietro gli aveva tirato spiccava nitida come una ferita.

«Fuori dall'acqua. Anche tu» disse voltandosi verso di me. Aveva gli occhi spiritati, non lo avevo mai visto così arrabbiato.

Si issò sul bordo, mi tirò su senza grazia e senza affetto. «Non ti sopporto più» disse. Avrei dovuto essere contenta di quella vittoria, invece sentivo un buco alla gola.

«Sono solo bambini» intervenne Olga, la voce incerta. «I bambini litigano sempre, ma poi fanno amicizia.»

«Ho visto come fanno amicizia. È una settimana che cercano di ammazzarsi» rispose lui, con quel tono tagliente. «Questi due non è il caso che stiano insieme. È meglio tenerli separati.»

Superò Olga e Lucrezia che, ammutolite, guardavano noi bambini come se ci fossimo appena trasformati in qualcosa di sconosciuto e potenzialmente pericoloso. Continuando a camminare si tolse la maglietta fradicia e la strizzò con rabbia prima di rientrare in casa. Non si girò mai a guardarci.

Venti minuti più tardi, un'auto sconosciuta si fermò lungo la sterrata. Pietro ricomparve e disse a Lucrezia che sarebbe rimasto a dormire da un suo amico, a Feudi.

Non mi salutò. Se per rimettere al suo posto Nadir aveva usato le mani, con me avrebbe usato il silenzio.

Capii che a quel punto lo avrei rivisto direttamente a settembre.

Ero così agitata da non riuscire a dormire. La casa era silenziosa, una pioggia lievissima chiazzava le finestre. Mi rigiravo nel letto, l'aria era opprimente, le lenzuola si incollavano alla pelle. Aprii la finestra per far entrare un po' di fresco e invece mi investì un'ondata di umidità da palude. Scalza e col pigiama estivo, uscii e mi aggrappai alla ringhiera. Era buio, anche le luci del vialetto erano spente. Il balcone correva tutto intorno al primo piano. Guardai la portafinestra della stanza vuota di Pietro: in quella settimana non avevo mai provato a infilarmi in camera sua per dormire con lui. I primi due giorni era stata dura, eppure avevo resistito. Mi ero vergognata. Sapevo che se Nadir mi avesse scoperta mi avrebbe preso in giro da lì all'eternità.

Senza sapere esattamente che tipo di intenzione mi muovesse, accostai la portafinestra della mia stanza e percorsi tutto il balcone fino alla finestra di Nadir.

Bussai più volte sul vetro, finché non lo vidi muoversi. Si

stropicciò gli occhi, accese la luce. Non sembrò stupito di vedermi lì fuori dalla finestra.

«Che vuoi?»

«Mi volevi ammazzare?» domandai. Chissà perché era così importante saperlo.

«No. Non ti volevo ammazzare» rispose subito. Si fece da parte, mi aiutò a scavalcare la finestra e tornò a letto. Mi misi seduta sulla sponda, vicino a lui. Non mi cacciò via e non si mise a strillare. Era già un inizio.

«Ti ha fatto male lo schiaffo?»

Fece una smorfia, né sì né no. Si rigirò nel letto, dandomi le spalle.

«Secondo te, Pietro è andato via perché è arrabbiato con noi e non ci vuole vedere?»

«No. Dormiva fuori da un amico suo, l'aveva organizzato già qualche giorno fa.»

«Ah.» Rimasi zitta, a riflettere. Il respiro di Nadir si fece più pesante. Si stava riaddormentando. Non mi andava di tornare in camera mia, e ormai sapevo che non aveva alcuna intenzione di farmi fuori. Non nell'immediato, almeno. Mi sdraiai accanto a lui. Non sapevo bene che fare, ma mi andava di restare lì.

«Io domani torno a Roma.»

«Lo so.»

«Ti dispiace?»

«No.»

«A me sì. Ma non per te. Mi dispiace perché tua mamma e tua zia sono simpatiche. E anche perché Pietro è andato via e non mi ha nemmeno salutato.»

«Di che ti meravigli? Sei insopportabile. Ti appiccichi, sei peggio della colla. E poi comunque lo rivedi a settembre, non è che non torna più.»

«Tu quando lo rivedi, invece?»

«Domani.»

«No, intendo, quando finiscono le vacanze... quando lo rivedi?»

«Boh. Nei fine settimana, ogni tanto. A Natale, magari. Ma comunque non me ne frega niente, mica sono come te.»

«Perché, come sono io?»

«Pare che non puoi vivere senza Pietro, stai sempre a frignare.»

Non volevo litigare ancora, perciò non gli dissi che fino a prova contraria era lui quello che aveva cercato di affogarmi per eliminare la concorrenza.

«Tu hai vissuto con Pietro per un sacco di anni» osservai. «Adesso tocca un po' a me. Mica è colpa mia se ce lo dobbiamo dividere.»

Lo sentii rigirarsi ma non mi mossi. «Tu lo sai perché se n'è andato da casa mia?» domandò. Pensai che non volesse davvero una risposta. Magari era solo un modo per provocarmi, perciò lasciai perdere e mi strinsi nelle spalle. Mi infilò l'indice aguzzo nelle costole. «Lo sai, sì o no?» mi incalzò. Ripensai alle parole di Pietro sul padre di Nadir. "È un testa di cazzo."

«E tu lo sai?» chiesi, rigirando la domanda.

«No. È per questo che chiedo a te. Un giorno ha deciso che veniva a vivere a casa tua e se n'è andato.»

Mi voltai pure io. La luce della lampada sul comodino ci gettava addosso un cerchio giallastro. Sulla guancia paffuta da bambino spiccavano i segni lunghi e sottili delle mie unghie. C'era qualcosa che non sapeva e di cui invece io ero a conoscenza, e per la prima volta da quando la sua esistenza per me era diventata reale sentii di avere un vantaggio su di lui.

Il primo giorno di settembre, Lucrezia riaccompagnò Pietro a casa nostra e ci consegnò una serie di foto fatte durante le vacanze a Feudi.

Mia madre ne sfogliò un paio, disse che Nadir era proprio un bel bambino, poi mi chiese di guardarle insieme. Non mi interessavano, guardare foto era una cosa noiosa, però lo feci lo stesso.

Erano trentasei fotografie, un rullino intero. Alcune ritraevano me da sola, in alcune invece eravamo io e Pietro, in molte altre c'era anche Nadir. E tra quelle in cui io e lui eravamo insieme, ce ne fosse stata una in cui sorridevamo.

SECONDA PARTE

NEMICI

12

Tutti a casa davano per scontato che, una volta finito il liceo, Pietro avrebbe seguito le orme di Lucrezia. Sarebbe stato da scemi non approfittare di una madre reumatologa e di un patrigno neurologo. Era una scelta facile, naturale. Ma le cose facili e naturali a Pietro risultavano indigeste, perciò una mattina uscì di casa per iscriversi a medicina e tornò che era una matricola della facoltà di scienze politiche.

«Tua madre lo sa?» domandò nostro padre, sfogliando il programma del corso e la lunga lista di testi da comprare che mio fratello aveva orgogliosamente riportato a casa.

«Non ancora. Le telefono stasera e glielo dico.»

«Dovresti prenderti la responsabilità di dirglielo di persona, sai?» La voce di papà era un po' polemica, pungeva.

«Sei incazzato?» domandò Pietro, con quel suo sorrisetto distaccato.

«No, ma mi pare che avessimo deciso che...»

«*Voi* avete deciso. Tu e mamma. Ma io il medico non lo voglio fare.»

«E che vuoi fare?»

Si strinse nelle spalle. Come sempre, aveva qualcosa in mente ma non lo diceva. «Non lo so ancora. Mi interessano cose più grandi.»

«Medicina secondo te è una *cosa piccola?*» ribatté papà. Tratteneva fra i denti la voglia di mandarlo affanculo, di dirgli che era ridicolo.

«No, ma non fa per me. Voglio studiare altra roba. Non ho nessuna intenzione di passare la vita a leggere le radiografie della gente. Non me ne frega niente, di quella roba» disse. Certe volte se ne usciva con delle sparate così ruvide che l'avresti volentieri preso a schiaffi. Nostro padre fletté le dita sui fogli, lanciò un'occhiata verso di me che me ne stavo inginocchiata su tre cuscini a disegnare sul tavolino in soggiorno. Pietro voltò la testa, si accorse che ero lì e che lo avevo sentito. «Non parlavo di te, Riccio di mare» disse, disinvolto. «Di te è ovvio che mi importa.»

Papà pensava che Lucrezia si sarebbe arrabbiata, e probabilmente si arrabbiò, ma nel modo in cui si infuriava lei di solito, mento alto e narici dilatate, uno sguardo freddo e pieno di rimprovero. Una scena che né con Pietro né con Nadir serviva mai a nulla, visto che era un gesto che loro stessi avevano fatto proprio. Di fronte a quell'espressione, Pietro non si scompose e disse che ormai aveva deciso, e per rassicurarla le promise che non sarebbe rimasto indietro con gli esami, che avrebbe preso tutti trenta

Se c'era una cosa buona di Pietro era che manteneva sempre la parola data.

Trascorremmo quell'inverno insieme, tra il tavolo della cucina e quello della sala da pranzo. Io facevo la quinta elementare, lui il primo anno di università. Io compilavo gli esercizi sul sussidiario di matematica, lui squadernava certi tomi di economia politica spessi dieci centimetri. Mi mettevo accanto a lui mentre studiava, facevo i miei compiti in modo lentissimo e meticoloso. Ogni tanto strofinavo la testa sul suo braccio come un gatto, lui mi ricompensava con una grattatina distratta. Mia mamma mi implorava di lasciarlo studiare.

«Celeste, ti prego, dagli tregua. L'università è una cosa importante, non lo devi distrarre.»

«Lasciala stare. Dopo mi faccio interrogare da lei.» Pietro scherzava, io mi sentivo la bambina più importante della terra, sorella unica e speciale. L'esistenza dell'altro era stata relegata alla dimensione di sogno.

Non lo avevo più incontrato. Sapevo che Pietro lo vedeva

piuttosto spesso, ma non mi parlava mai di lui. Neanche Lucrezia, durante le visite di controllo, ne faceva mai cenno. Dopo quella traumatica parentesi estiva, potevo continuare a illudermi che non esistesse davvero.

Quell'anno, la venerazione che avevo sviluppato per mio fratello si unì agli impedimenti della malattia. Le ultime radiografie avevano riscontrato un leggero peggioramento. Il mio corpo si stava sviluppando e si preparava ad allungarsi con una velocità che il mio scheletro mal tollerava. La densità ossea diminuiva, rischiavo di farmi male più facilmente e in modo più grave, perciò uscivo solo per andare a scuola. Potevo invitare le mie amiche a casa, ma di giocare fuori non se ne parlava. Per tutto l'inverno non avevo avuto problemi di socialità, ma con la primavera cominciai a risentirne. Le mie compagne di giochi volevano stare all'aria aperta, io non potevo correre, non potevo arrampicarmi, non potevo rotolarmi nella polvere e nemmeno rischiare di rompermi una caviglia saltando giù da un'altalena. Eppure mi ostinavo a far finta di essere ancora normale, e scendevo in cortile. A parte il fatto che la mamma rimaneva a spiarmi dalla finestra e sentivo i suoi occhi ansiosi puntati sulla nuca per tutto il tempo, le mie stesse amiche mi mettevano da parte. Ero l'anello debole, non potevo più fare niente, nei giochi servivo solo a far perdere la squadra. Bisognava pure stare attenti a non colpirmi per sbaglio col manubrio di una bicicletta o a non urtarmi durante una corsa, perciò era meglio tenermi lontana.

Ci provai un po' di volte a inserirmi o a proporre giochi alternativi, poi capii che mi consideravano un peso e lasciai perdere, non scesi più. Non vennero mai a chiamarmi.

A quel punto mi rimase solo Pietro. Un ragazzo di quasi vent'anni come unico amico.

Se si era accorto del fatto che soffrivo la solitudine e l'esclusione da parte degli altri bambini, non lo diede mai a vedere.

Nel frattempo era arrivato il caldo, lui aveva la sessione estiva, io avevo finito le elementari, non avevo più niente da fare. Mi aspettava una stagione lunghissima e soffocante, poi a settembre sarei andata in una nuova scuola. Mia madre già si disperava, aveva paura di tutto.

Un pomeriggio, Pietro tornò dopo un esame e mi trovò appollaiata su una sedia accanto alla finestra della nostra stanza, nascosta dietro le tende a spiare i miei vecchi amici.

«Che fai?» domandò, gettando il suo zaino malconcio per terra. Mi voltai di scatto, colta di sorpresa. Vidi che era lui, che era da solo, e tirai un sospiro di sollievo. Non volevo che la mamma mi scoprisse a guardare di sotto, sapevo che ci stava male quando lo facevo.

«Niente, guardo fuori.»

Pietro si avvicinò alla finestra, rivolse un'occhiata disinteressata al cortile e non disse niente.

«È andato bene il compito?» domandai.

Sorrise. «Sì. Vuoi uscire un po'? Fa caldo.»

Scrollai le spalle. «No. Di sotto mi annoio.»

«Mica devi scendere a giocare con quegli stronzi. Esci con me.» Lo guardai per vedere se diceva sul serio.

Diceva sul serio.

«E dove andiamo?» Mi stavo già infilando i sandali.

«A me va un gelato. A te?»

«Ma se non ti piacciono i dolci.»

«Se non lo vuoi me lo vado a prendere da solo.»

«No, no. Lo voglio.»

Ero chiusa in casa da giorni, uscivo solo con mia madre. Pietro avrebbe potuto pure chiedermi di andare a bere da una pozzanghera o di buttarmi nell'Aniene, ci sarei andata comunque.

La mamma ci intercettò nel corridoio.

«Mara, noi usciamo» annunciò lui. «Celeste mi accompagna a prendere un gelato. Se vuoi, te lo portiamo.»

Lo guardò con una gratitudine così profonda che pensai che quel gelato dovesse proprio andarle un sacco.

«Sì» borbottò. «Sì, grazie. Grazie mille. State attenti.»

La gelateria era piena di gente. Condizionata dalle ansie di mia madre, all'inizio mi rifiutai di entrare. Pietro mi spinse dentro con gentilezza. «Non sei così fragile. Non ti succede niente.»

Prendemmo due coni enormi, ci sedemmo a mangiarli su una panchina scorticata.

Mi feci coraggio e gli rivolsi la domanda che mi premeva più di tutte.

«Quest'estate torni a Feudi?»

«Parto fra tre giorni.»

«Ah.»

«Torno presto, però. Resto solo due settimane, poi devo rimettermi a studiare.»

«Viene pure Nadir al mare?» Era la prima volta che lo nominavo dopo mesi, mi si seccò un po' la voce, Pietro se ne accorse.

«Non lo puoi proprio reggere, eh?»

«Ha cercato di affogarmi.»

«E tu hai cercato di fargli lo scalpo.»

«Che vuol dire?»

Pietro mimò il gesto di afferrare qualcosa e tirare. Ricordai la forza che avevo messo nello strappargli i capelli, il ciuffo scuro che m'era rimasto in mano e il dolore ai tendini. Avevo rischiato di giocarmi le ossa pur di riuscire a fargli male. Forse ero stata perfida.

«Se lo meritava» decretai alla fine.

Mi lanciò un'occhiata di sbieco e divertita. «Menomale che quest'estate non dovete rivedervi, allora.»

«Vai, vai. Tanto lo so che vuoi più bene a me.»

Lui rise. Lontano dalla contesa tra me e l'altro fratello, la questione diventava innocua. «Perché vorrei più bene a te?»

«Perché sono malata. Si vuole sempre più bene a quelli che stanno male.»

Sollevò appena le sopracciglia. Con l'estate tendevano a schiarire, gli toglievano espressività, come a Lucrezia. Eppure era bello in un modo sfacciato, quasi irrispettoso. La bellezza di uno che con l'aspetto fisico non ci fa niente, che se ne frega e manco si pettina perché può permettersi di farlo. C'erano un paio di ragazzette che erano già passate quattro volte davanti alla panchina, guardandolo e ridacchiando nervose. Persino io mi ero resa conto che lo avevano puntato. Lui invece le aveva ignorate, non aveva nemmeno alzato la testa.

«Non lo devi dire» sbottò.

«Cosa? Che sono malata? Ma è vero. Lo dite sempre tutti.»

«Intendo agli altri. A quelli che non fanno parte della nostra famiglia. Se non è strettamente necessario... tienitelo per te.»

«Nadir lo sa. Lui non fa parte della famiglia.» Insistevo, battevo sempre sullo stesso tasto.

«Nadir non ti vuole male.» Addentò il cono. Il gelato, sciogliendosi, lo aveva ridotto a una specie di ostia molliccia. Arricciò il naso, gettandolo nel cestino. «È molto dispiaciuto per quello che è successo la scorsa estate.»

«Che ne sai?»

«Ci ho parlato. Ti chiede scusa. Non è così cattivo, di solito. E neanche tu lo sei.»

Faticavo molto a conciliare la bestiola astiosa con cui mi ero scannata con il ragazzino pentito di cui mi raccontava Pietro, però non volevo essere da meno.

«Allora digli che pure a me mi dispiace.»

13

Lucrezia una volta aveva detto che dopo lo sviluppo le mie ossa sarebbero diventate meno fragili, che avrei potuto fare più cose.

Non mi aveva detto però quello che sarebbe successo *durante* lo sviluppo.

A undici anni, il dolore non mi lasciava mai. Si era avvolto a me come una serpe, mi teneva strette le ossa, a volte le stritolava. Il bruciore alle articolazioni mi faceva piangere, il mal di denti mi faceva impazzire.

Andavo in giro intontita dagli antinfiammatori, a scuola ero una specie di zombie che stava in piedi per miracolo.

Nelle mattine d'inverno, Pietro si svegliava prima di me e mi aiutava ad alzarmi dal letto. Quando le fitte mi bloccavano le articolazioni, era costretto a prendermi in braccio e a mettermi in piedi. Stavo crescendo, diventavo ogni giorno più pesante. Mia madre era minuta e non riusciva più a sollevarmi, mio padre usciva all'alba per andare a lavorare, perciò quel compito ingrato toccava a mio fratello. Non si lamentava mai, faceva solo quel sospiro rassegnato che emetteva sempre ogni volta che aveva a che fare con me, ma non si tirava mai indietro.

Il suo sonno era profondo, lo sapevo bene: una volta addormentato non c'era musica né televisore tenuto a volume altissimo che potesse infastidirlo, ma se durante la notte mi sentiva rigirarmi più di tre volte consecutive si svegliava. Si alzava senza dire niente, si avvicinava al mio letto, scostava le coperte sudate.

«Dimmi dove ti fa male» sussurrava, strofinandosi la faccia, assonnato. Avrei voluto dirgli il punto preciso, ma ero infilata in un imbuto di dolore, non volevo piangere per non spaventare i miei che dormivano nella stanza di fronte, e senza lo sfogo dei singhiozzi le lacrime uscivano più copiose che mai.

«Non lo so dove mi fa male. Lo sento dappertutto» sibilavo tra i denti.

«Non piangere, Riccio di mare» diceva calmo, premendo una mano sul cuscino bagnato. «Respira forte col naso. Non farti sentire o a tua madre viene un infarto.»

Poi mi toccava procedendo a tentativi: prima le spalle e i gomiti, poi i polsi, poi le ginocchia e le caviglie, cercava il punto esatto in cui le contratture non mi davano tregua. Lo guidavo a versi strozzati e sibili.

Aveva una presa sbrigativa ma mi toccava con delicatezza. Conosceva alcune torsioni da praticarmi per farmi stare meno male, il fisioterapista che mi seguiva le aveva insegnate sia a lui che ai miei genitori, ma Pietro era più bravo e soprattutto più distaccato. Non rischiava di scoppiare a piangere come mia madre o di imprecare come nostro padre, ogni volta che scrocchiavo in modo inquietante.

«Lo sai che cosa sembri?» domandava.

«Cosa?»

«Pluriball.»

«Cos'è pluriball?»

«La plastica da imballo con le bolle, quella che ti piace tanto scoppiare. Scrocchi allo stesso modo.»

Piangevo e ridacchiavo. Quando sentiva il mio respiro diventare meno convulso, mi lasciava andare.

«Va meglio?»

Facevo di sì con la testa, grata e sfinita, già mezza addormentata. Tirava su le coperte, mi dava un buffetto sui capelli e se ne tornava a dormire. Finché non mi fossi risvegliata per i dolori, sarebbe rimasto immerso nel suo sonno inscalfibile e pacifico.

Durante l'estate dei miei dodici anni mi vennero le mestruazioni, e Lucrezia mi annunciò sorridendo che da lì in poi le cose sarebbero migliorate, le mie ossa avrebbero smesso di svilupparsi a quella velocità, i miei legamenti avrebbero tirato un sospiro di sollievo e in pochi mesi i dolori sarebbero quasi del tutto scomparsi. Solo che ne avevo fin sopra i capelli e non riuscivo più a sopportarlo.

Invece di allungarmi mi torcevo e non riuscivo a impedire al mio corpo di allargarsi nei punti sbagliati, oltre al danno subivo anche la beffa di non essere come le altre. Le mie compagne di classe avevano un anno più di me, erano tutte più carine di me, più magre, cominciavano già a conciarsi come le ragazze dei video che vedevamo su Mtv, se ci provavo io i risultati erano disastrosi, non mi stava mai bene niente. Si muovevano senza paura di farsi male, studiavano allo specchio i gesti da sfoggiare a scuola. Mi stavano addosso perché gli piaceva mio fratello, ridacchiavano e mi artigliavano le spalle cercando di nascondersi dietro di me e contemporaneamente di farsi notare, quelle volte in cui Pietro veniva ad aspettarmi al cancello della scuola.

Sottolineavano senza malizia che non ci assomigliavamo per niente, e io lì a spiegare che eravamo fratelli solo da parte di padre, che le madri erano diverse, come per salvaguardare mio fratello dal dramma di assomigliare a qualcosa come me.

Pietro aveva capito l'antifona e le prendeva per il culo. Lanciava cenni di saluto e abbozzava sorrisi, prima a una poi a un'altra, poi a un'altra ancora. Quelle minuscole attenzioni diventavano oggetto di discussioni infinite: chi, fra le tre, gli piaceva di più? Potevo chiederglielo, senza fargli capire che era una loro richiesta?

Promettevo, dicevo di sì, non mi sarei fatta scoprire.

Poi ovviamente, la sera, seduta sul suo letto mentre lui si cambiava per uscire coi suoi amici, gli raccontavo tutto, procurandogli smorfie divertite e anche un po' disgustate.

«Secondo te sono carine?»

«Chi?»

«Le mie amiche. Secondo te sono carine?»

«Non guardo le ragazzine.»

«E io?»

«Tu cosa?»

«Sono più carina di loro?»

Mi osservava per capire dove volessi andare a parare. «Devi ancora crescere.»

«E da grande come sarò?»

«Sarai bella, non ti preoccupare. E spero che mi farai domande più intelligenti.»

Ero ossessionata dal mio aspetto fisico.

Lucrezia diceva di non preoccuparmi, quei chili in più li avrei persi con l'adolescenza, e mi vietava di fare diete. A volte, frustrata, mi trattenevo dall'urlarle addosso che non volevo diventare grassa come lei, poi mi pentivo, mi vergognavo di averlo anche solo pensato.

Mi sentivo una specie di tarchiato animale invisibile, uno di quei soprammobili orrendi dalla forma approssimativa, di vetro soffiato male, nascosti a prendere polvere nelle credenze.

E il vetro soffiato, ovviamente, tende a sbriciolarsi alla prima caduta.

Fu allora che rividi Nadir. Erano passati tre anni dall'ultima volta.

Avevo compiuto tredici anni da un paio di mesi. L'anno nuovo mi aveva regalato una serie di microfratture del polso destro, dovevo indossare una fasciatura strettissima che mi faceva formicolare le dita.

Alle sei entrai da sola nello studio di Lucrezia. Ero sempre l'ultimo appuntamento della giornata. La mamma non era riuscita a trovare parcheggio, avrebbe continuato il giro dell'isolato in cerca di un buco libero.

All'ingresso della sala d'attesa gli lanciai un'occhiata distratta e lo scambiai per uno più grande, uno del liceo o dell'università, un altro sfigato che come me aveva qualche malattia orrenda e che stava lì per farsi dire che non sarebbe guarito ma che avrebbe potuto tenerla sotto controllo e vivere una vita quasi normale incartando le maniglie delle porte e rivestendo gli spigoli di gommapiuma. Se ne stava stravaccato, il borsone col nome di una piscina abbandonato lì accanto, le dita che volavano sui tasti del Game Boy. Aveva le gambe allungate sul tavolino al centro della stanza, coi piedi aveva buttato giù tutte le riviste e se n'era fregato. Quando alzò la testa lo riconobbi.

Quegli occhi lì ce li aveva solo lui.

Si era fatto più magro e più lungo, ancora più brutto. Aveva i capelli umidi e un'ombra scura sul labbro superiore.

Mi fissò per qualche secondo, come a cercare di ricordarsi dove m'avesse già vista. Poi, senza distogliere lo sguardo, strillò: «Mamma, è arrivata la sorella di Pietro». Stava cambiando anche la voce, era sgradevole dalla testa ai piedi, dentro e fuori.

Lucrezia si affacciò dallo studio, sollevò un indice per chiedermi di aspettare un minuto, poi richiuse la porta. Rimasi lì, in piedi in mezzo alla stanza insieme a quello che tre anni prima aveva cercato di farmi fuori.

Non sembrava particolarmente sorpreso di vedermi. Accennò al tutore che mi fasciava la mano.

«Che hai fatto?»

«Microfratture.»

«Ah. Fa male?»

Mi strinsi nelle spalle. Piuttosto che dirgli la verità mi sarei tagliata il braccio. «Non tanto. Tu?»

«Io che?»

«Che fai qua?»

«Niente. Aspetto mi' madre, che devo fare?» Continuava a fissarmi, cercavo di guardare un occhio per volta per capire che espressione avesse e non riuscivo a decifrarla. «Sei diversa» disse dopo un lungo silenzio.

«Pure tu.»

«Sei diventata ancora più brutta.» Mi innervosii, ero io ad averlo pensato per prima, ma lui era stato più veloce a dirlo.

«Sarai bello te» brontolai. Sorrise sfottente, mostrandomi la trappola di metallo che gli deturpava la bocca. Di male in peggio.

Non c'è niente da fare: la bruttezza dei tredici anni è la più crudele e indimenticabile, con un sacco di ormoni in circolo che non sanno ancora dove andare e dei genitori che cercano di aggiustarti i difetti, peggiorando la situazione. E io e Nadir incarnavamo l'assunto alla perfezione.

Solo che a differenza di me, che soffrivo il fatto di essere brutta, lui se ne fregava.

«È tua la borsa?» allungai il mento verso la sacca con il nome della piscina.

«Sì.»

«Ti insegnano un metodo per affogare la gente?»

«Sono passati tre anni, ancora con 'sta storia, non c'hai avuto nient'altro da pensare?»

«Quindi te ne ricordi?»

«Se ne ricorda.» La voce di Lucrezia si intromise fra noi. Sgusciò nella sala d'aspetto con un sorrisetto condiscendente. «Contando per quanto tempo è stato in punizione, mi sa che se lo ricorderà per un bel po'. Vieni dentro, va'. Lascialo stare, questo bestione scorbutico» disse con affetto, cercando di suscitarci un sorriso, un gesto di simpatia, di complicità. Ma tra noi non ci fu niente. Ci scambiammo un'occhiata fredda, poi con indolenza Nadir si alzò e si stiracchiò. In piedi era ancora più lungo e smilzo di come mi era sembrato da seduto. Raccolse la sacca sportiva da terra e se la caricò in spalla, ficcò il Game Boy nella tasca della tuta.

«Dove vai, adesso?» domandò sua madre, sorpresa.

«A casa.»

«Ma non dovevamo tornare insieme?»

«Prendo l'autobus. Mi sono stufato di stare qui. Tanto a visitare lei ci metti una vita.» Si girò e se ne andò.

«Nadir! Almeno saluta!» Lui sollevò un braccio e sventolò la mano con un gesto svogliato, poi si chiuse la porta alle spalle. Io e Lucrezia restammo sole nella sala d'aspetto ormai vuota.

«Io non lo capisco» osservò, «ha aspettato più di un'ora e adesso...»

Alzai le spalle. Ero contenta che se ne fosse andato.

Lucrezia sorrise voltandosi verso di me. «Lo sai che quando ero incinta di lui i medici mi avevano detto che era una femmina?» disse così, senza una ragione apparente. «Invece poi era un altro maschio. Pure matto, hai visto? Non so mai quello che gli passa per la testa. Solo Pietro lo capisce.»

E invece anche io l'avevo capito. E pensavo di sapere che cosa avesse fatto.

Aveva voluto vedermi, capire com'ero diventata.

Era curioso di me nello stesso modo in cui io ero sempre stata curiosa di lui.

Quella stessa sera, a cena, mio fratello ci annunciò che aveva ricevuto un'offerta di lavoro.

«Che tipo di lavoro?»

«Gorelli, il professore di geografia politica, mi ha chiesto di tenere in ordine il suo archivio e organizzargli l'agenda.»

«Una specie di assistente, quindi» intervenne mia madre. Mio padre s'era fatto ombroso, lo guardava con diffidenza.

«Sì, esatto, Mara. Solo che non posso interrogare al posto suo. Però mi ha già chiesto se dopo la laurea mi interessa un dottorato con lui.»

«Bravo» mormorò la mamma, orgogliosa. Allungò una mano e gli scompigliò i capelli con affetto. Pietro acconsentì di buon grado a quella carezza, sorrise. Avevo visto Lucrezia prodursi varie volte nello stesso gesto, con l'unico risultato di infastidirlo, di spingerlo a ritrarsi.

«Ma ti paga?» domandò papà. «Se non ti paga non è un vero lavoro. È sfruttamento.»

Pietro nascose un sorrisetto affilato. «Avrò un contratto.»

«Non ce l'ha un assistente vero, laureato, che possa fargli queste cose?»

Non capivo perché papà si stesse impuntando così tanto. «A me sembra una cosa bella. Vuol dire che è bravo e che il professore se n'è accorto, anche se non è ancora laureato, no?» dissi, per spalleggiarlo. Da sotto il tavolo Pietro mi diede un pizzicotto leggero sul fianco, si voltò a strizzarmi l'occhio.

«L'assistente di Gorelli sta per finire la tesi di dottorato» disse, rivolgendosi più che altro a mia madre. «E non è in Italia. In realtà, al momento abbiamo anche qualche problema a rintracciarlo.»

«Dov'è 'sto tizio?» lo interruppe papà, secco.

«A Hebron.»

«In Palestina?»

«Conosci un'altra Hebron? Non puoi fare attività di ricerca tenendo il culo al caldo in facoltà. Non ci si affida a roba già scritta, devi andare sul posto, studiare gli equilibri politici e parlare con chi vive quel tipo di impegno in prima linea e...»

«Ci manca solo che vai laggiù pure tu. Non ti basta farti quasi arrestare alle manifestazioni?»

«Quand'è che mi sarei quasi fatto arrestare?»

«Il mese scorso, al corteo per Öcalan.»

«Era una manifestazione pacifica.» Pietro lasciò andare la forchetta, mio padre si produsse nello stesso gesto. Ci fu un silenzio teso. Mia madre si voltò verso di me, mi chiese se ero pronta per il compito di storia, per distrarmi. Non le prestai attenzione, continuai a guardare i due uomini della famiglia che si fronteggiavano. «Alla mia età la pensavi come me» disse Pietro, rivolgendosi a papà con un risentimento che faticavo a capire. «Volevi le stesse cose che voglio io.»

«Alla tua età io dovevo occuparmi di te, e quando hai dei figli ti assicuro che cambi parecchie idee, ché non c'hai più tanta voglia di fare il rivoluzionario.»

«Ti sei perso per strada, papà. Ti sei accomodato.»

«È proprio perché mi sono *accomodato* che tu adesso puoi permetterti di fare come ti pare.»

«Come mi pare» sottolineò sarcastico Pietro. «Questi per te sono capricci, vero?»

«Dovevi fare medicina, come tua madre.»

«E invece medicina non la volevo fare. Assomiglio a te. Mi interessano le cose che interessavano a te. Fattene una ragione.» Pietro riprese la forchetta e infilzò i rigatoni. Non voleva continuare il discorso.

Le labbra di papà scomparvero, risucchiate tra i denti.

Anni dopo, ricordandomi quel particolare, pensai che all'epoca avesse già intuito che qualcosa, nella testa di quel figlio, seguiva logiche diverse. Ché Pietro nell'esplicitare le proprie intenzioni partiva sempre da lontano, delineava un percorso impossibile da seguire, faceva perdere le proprie tracce, mischiava le carte in tavola in un gioco che conosceva solo lui. Ma nostro padre quella volta ci aveva visto lungo, era stato in grado di seguirlo.

Poi, Pietro sganciò la bomba.

«Comunque ho già accettato il lavoro. Gorelli mi tiene come segretario per tutto il semestre. Paga bene. Ho fermato una stanza in un appartamento vicino all'università. Ora che ho un lavoro... mi trasferisco.»

Non dissi nulla, aspettai che tornasse a casa. Era uscito dopo cena, di corsa. Avevo sentito mio padre borbottare a lungo tra sé e sé, maledire quel figlio che gli assomigliava troppo.

In camera da sola mi guardai attentamente intorno e mi resi conto che c'era della roba che mancava. Erano già spariti alcuni libri, la maggior parte delle musicassette, una felpa che mi piaceva parecchio e che alcune volte gli avevo rubato per andare a scuola, facendolo incazzare. Pietro stava già portando via le sue cose e non aveva detto niente, e chissà quando aveva iniziato, da quanto tempo quell'idea gli frullava in testa.

Quando sentii aprirsi la porta di casa erano le due passate, e tutti dormivano da un pezzo.

Rientrò che odorava di alcol e le tasche del giaccone strabordavano di volantini di chissà cosa.

«Allora, quando te ne vai?» domandai, venendo su dalle coperte come un pupazzo a molla. Pietro fece un salto.

«Vaffanculo. Non farlo più.»

«Ti ho messo paura?»

«Eh, vedi un po' te. Sono le due passate, mettiti a dormire.»

«Quando ti trasferisci all'altra casa?»

«Presto.»

«Quando?»

Tacque per un momento. Poi, finalmente, mi disse la verità. «Lunedì mi danno le chiavi dell'appartamento.» Era ancora peggio di quello che avevo pensato. Mancava meno di una settimana. Realizzai che sarei tornata sola. Per tutti quegli anni, Pietro non solo mi aveva fatto compagnia, ma si era pure preso cura di me.

«Perché non l'hai detto prima?» Mi tremò la voce.

«Non è stato facile trovare il momento giusto. Hai visto papà come l'ha presa?»

«Perché era così arrabbiato?»

Pietro scrollò le spalle. «Perché non capisce. Pensa che sia inutile perché lui non ci è riuscito, si è dovuto fermare prima.»

«Se me lo racconti, io lo posso capire?»

«Tra qualche anno, magari. Adesso ti annoieresti e basta.»

«Io sto dalla tua parte, sempre.»

Sorrise, trattenne una risata. «Lo so.»

«Non puoi chiamare quelli della casa e dire che non ci vai più? Rimani qui.»
«Io non voglio rimanere qui.»
Capì che ci ero rimasta male. Mi massaggiai distrattamente un gomito, Pietro mi vide nel buio.
«Ti fa male?»
«Cosa? No, no.» Lasciai ricadere le braccia, lui fece per avvicinarsi, poi ci ripensò. Si spogliò rapidamente, infilò la maglietta e i pantaloni che usava per dormire, si buttò sul letto, un braccio sugli occhi anche se era tutto buio. Continuavo a stare zitta.
«Celeste.» Non diceva mai il mio nome per intero, quindi mi irrigidii.
«Eh.»
«Che cos'hai?»
«Niente.»
Sbuffò.
«Puoi venire a trovarmi tutte le volte che vuoi. Non è tanto lontano.»
«E se mi svegliassi di notte con i dolori chi mi aiuterebbe a...»
«Sono mesi che non ti svegli di notte con i dolori. Le cose stanno migliorando, stai tranquilla. Stai diventando grande. Non ti servo io.»
«Mi servi, invece. Mamma e papà non sono bravi con le torsioni come lo sei tu.»
Sentii un sorriso perplesso nella sua voce. «Ti devi un po' staccare da me.» Poi, come a contraddire le sue stesse parole, protese un braccio attraverso lo spazio che separava i nostri letti. Allargò le dita e la sua mano pallida sembrò una medusa che galleggiava nel buio. Non avrei voluto afferrarla, ma Pietro non prendeva mai l'iniziativa quando si trattava di contatto fisico e io non ero abbastanza orgogliosa da voltarmi dall'altra parte, perciò la strinsi. Lui la fece dondolare nello spazio vuoto, mi strofinò il dorso con il pollice, in una carezza un po' ruvida. Capii che stava per darmi un'altra mazzata. Negli anni sarebbe capitato spesso, avrei imparato a diffidare dei suoi gesti d'affetto. «Puoi benissimo cavartela da sola, Riccio di mare. Non hai più bisogno di me.»

14

Nella primavera del 2000, Pietro si laureò con lode con una tesi sull'evoluzione del concetto di Stato e democrazia nei paesi del Medio Oriente, un argomento di cui forse solo mio padre capiva qualcosa, e che a giudicare da come sbuffava ogni volta che ne parlava con Pietro non doveva andargli troppo a genio.

Il giorno della discussione, le due famiglie di mio fratello si riunirono nel cortile della Sapienza. Da una parte noi tre e dall'altra il gruppo più numeroso di Lucrezia.

Il piazzale pullulava di persone, familiari dei laureandi, tutti eleganti, allegri e ansiosi.

Qualcuno mi si parò davanti.

«Celeste?» Era grossa, coi capelli rossi, la sigaretta appesa all'angolo delle labbra. Non la vedevo da anni. «Celeste, sei tu?»

«Zia Olga?» la chiamai zia, di riflesso. Lei sorrise.

«Madonna, come sei bella! Come sei grande! Eh ma Lucrezia me l'aveva detto che eri diventata bella, ma mica pensavo *così* bella, sei tutta tuo padre!» disse a voce altissima, così alta che qualcuno si girò a guardarci. Mi schermii, imbarazzata da tutto quell'entusiasmo. Stavo migliorando, negli ultimi mesi ero dimagrita e avevo imparato a usare il fondotinta e a truccare gli occhi, ma ero abbastanza lontana dalla bellezza che zia Olga decantava. Mi feci abbracciare, lasciai che mi stropicciasse i vestiti e mi scompigliasse i capelli. Nonostante tutti i movimenti, la sigaretta di zia Olga rimase salda al suo posto, il lungo rotolino di cenere sempre sul punto di cadere. Si avvicinò mia madre, fui io a presentarle, non si erano mai viste. Presero a parlare di Pietro, di quanto fosse bravo. Mi voltai verso mio fratello. Era in piedi a qualche metro da noi, girato di tre quarti, non ci aveva ancora viste. Si era pettinato per la prima volta in vita sua. Indossava un completo elegante e scarpe lucide, sembrava un'altra persona. Era circondato dai suoi amici, una mezza dozzina di ragazze e ragazzi. Mentre li guardavo, uno di loro lo abbrancò per il collo e lo tirò a sé in un abbraccio da orso. Pietro sbottò a ridere, gli mollò due pacche amichevoli in mezzo alla schiena. Mi stavo giusto domandando che fine avesse fatto l'altro fratello, quando Olga, voltandosi verso di me, disse: «Hai visto Nadir come si è fatto grande?».

Non appena pronunciò il suo nome, il tizio abbracciato a mio fratello si voltò nella nostra direzione. Aveva un occhio azzurro e uno castano, superava Pietro di qualche centimetro e aveva il volto devastato dai crateri di un'acne appena guarita.

E ancora una volta non l'avevo riconosciuto, lo avevo scambiato per uno più grande.

Era difficile capire chi stesse guardando, da lontano continuava a sembrare gravemente strabico. Eppure fui sicura che stesse osservando me, cercando di ripescarmi dalla memoria. Mi rivolse un rapido cenno di saluto, non avvisò Pietro della mia presenza. Tornò a girarsi, si riprese le attenzioni di nostro fratello. «Un metro e ottantaquattro, e ha solo sedici anni!» stava dicendo Olga a mia madre. «Crescono alla velocità della luce e ci fanno sentire vecchie. Io non ho avuto figli miei, ma Nadir è cresciuto con me, è il mio figlioccio. Oggi s'è portato pure la fidanzatina...» Drizzai le orecchie. Per dissimulare l'interesse tirai fuori dalla borsa il cellulare che i miei mi avevano regalato a Natale e finsi di mandare un messaggio, anche se non avevo nessuno da sentire. «... Se l'è presa l'anno scorso e non si sono più lasciati. Ce l'ha pure presentata, Pietro la conosce, e lei ci teneva a venire alla laurea. Per me sono troppo giovani ma la madre dice che va bene...» Alzai cauta lo sguardo alla ricerca di quella ragazza. La individuai subito nel gruppo che circondava Pietro. Era visibilmente più giovane delle altre due presenti, indossava un vestitino giallo, tacchi molto più alti dei miei. Era carina. Molto più di Nadir. E a giudicare da come si muoveva e da come parlava, sia con mio fratello che con gli altri, aveva molta confidenza con loro. Non era la prima volta che li vedeva. Mi sentii a disagio, quasi un'intrusa, rinunciai subito all'idea di raggiungere mio fratello, continuai a sbirciare con la coda dell'occhio quella sconosciuta che teneva Nadir per mano e Pietro sottobraccio.

«Si chiama Carolina.»

Spostai lo sguardo su mia madre, aveva un sorriso che non mi piaceva. «Vai, dai. Vedi che c'è anche un'altra ragazza della tua età, vai lì. C'è Nadir» aggiunse poi, come se lo conoscesse, come se fosse un mio amico.

Alzai di nuovo la testa, Pietro non s'era mosso, continuava a darmi le spalle, quella Carolina ancorata al braccio come un'alga velenosa.

Nadir invece era girato verso di noi, una mano sulla nuca, il gomito aperto.

Mi guardava con un'espressione infastidita, come a chiedermi che cazzo c'avessi tanto da guardare la sua ragazza.

Fu lei ad avvicinarsi, a presentarsi. Successe dopo il lunghissimo pranzo di laurea. Gli invitati più vecchi già se ne stavano andando, eravamo rimasti in pochi, noi parenti stretti e gli amici di Pietro. Ero ancora seduta, quando lei, approfittando di un momentaneo allontanamento di mia madre, mi raggiunse e si sedette accanto a me.

Mi tese la mano con un sorriso così amichevole che mi fece sentire in colpa per come l'avevo guardata per tutto il pranzo, da lontano, cercando di attribuire a lei difetti che invece mi sentivo addosso io.

«Ciao, io sono Carolina» cantilenò. Da vicino era addirittura più carina di come mi era sembrata. Perché una così bella stava con Nadir? Le conoscevo quelle come lei. Ce n'erano un paio anche nel mio liceo, e stavano con quelli più grandi, con i rappresentanti di istituto, quelli dell'ultimo anno di cui tutti desiderano essere amici. Nadir aveva l'aria dello sfigato come me. Con lei non c'entrava niente.

«Celeste.» Esitai nel darle la mano, risucchiai il labbro inferiore tra i denti. Poi, per non sembrare maleducata, me la rischiai. Aveva una stretta piuttosto salda, sentii le ossa scricchiolare e mi affrettai a ritirare le dita. Capii che non sapeva cosa avessi, altrimenti non m'avrebbe stretto in quel modo. «Sono la...»

«Lo so chi sei» disse, disinvolta. «Pietro parla continuamente di te. Che fai, vieni con noi?» domandò.

«Dove?»

Qualcuno mi affondò le dita nelle spalle, il mio corpo riconobbe quel tocco. Non mi irrigidii come facevo di solito quando qualcuno si avvicinava troppo. «A casa mia» disse Pietro, chinandosi su di me. Appoggiò il mento sulla mia testa, si girò verso nostro padre. Sollevai le mani e gli strinsi i polsi bianchi e lentigginosi. «I miei coinquilini hanno organizzato una specie di festa... una cosa tranquilla» si affrettò a dire. «La riporto io stasera, dopo cena. Ci sto attento, non ti preoccupare.»

Pietro abitava in un vecchio, grande appartamento: grosse piastre di marmittone a terra, finestre che non chiudevano bene, quadri anneriti alle pareti e una cucina enorme che fungeva anche da salotto, messa insieme con pensili e arredi spaiati. Ci si respirava dentro l'aria di quegli spazi abitati da gente di passaggio, gente a cui non importa niente del posto in cui vive, perché tiene sempre un piede fuori dalla porta. Studenti fuorisede, appunto.

Le poche occasioni in cui ci ero stata l'avevo sempre visto vuoto, silenzioso, sembrava disabitato.

Perciò, quando quel pomeriggio entrai in cucina, feci fatica a riconoscerlo.

Non ero mai stata a una festa senza i miei genitori, non avevo mai avuto amici con cui farlo. Le amiche delle medie le avevo perse di vista da un pezzo, con le compagne di classe al liceo mantenevo rapporti cordiali e a volte le avevo persino invitate a casa per studiare, ma non succedeva mai che mi chiamassero per uscire di sera. Ero quella timida e gentile che parlava a bassa voce e passava sempre i compiti di matematica, quella con cui parlare solo di cose di scuola. Non posso dire che me la passassi male, nessuno mi aveva mai preso in giro, nessuno mi aveva mai fatto sentire emarginata. Ma ero in quella terra di mezzo tra gli sfigati e gli invisibili. Mi trattavano con simpatia, ma credo che mi considerassero tutti un po' noiosa.

E ora ero addirittura a una festa universitaria. Poco importava che fosse quella di mio fratello. Le mie compagne di scuola avrebbero fatto la fila per imbucarsi a una serata del genere.

C'era un sacco di gente, la musica alta, bottiglie già vuote abbandonate in giro. L'arrivo di Pietro venne accolto da un boato sguaiato, qualcuno intonò un coro pieno di insulti affettuosi per quel centodieci e lode da secchione, da leccaculo, poi una pioggia di abbracci e baci da sommergerlo. Mi feci un po' da parte, mi guardai intorno disorientata. Pietro si liberò dal marasma, mi prese per mano, mi strinse a sé.

«Celeste. Mia sorella» disse un po' troppo solennemente, presentandomi ai suoi amici. Uno che si chiamava Giacomo disse che era il coinquilino di Pietro. Si allungò per toccarmi, forse per stringermi la mano o per darmi due baci. Pietro mi tirò a sé e si frappose tra me e l'eventualità di un contatto con quel muro di sconosciuti. Fu un movimento appena percettibile per gli altri ma che io compresi benissimo. Non voleva che la gente mi sfiorasse, non voleva che mi stringessero le mani. Non voleva spiegare ai suoi amici per quale motivo era meglio non toccarmi.

«Giù le zampe da mia sorella» rise, rivolto a Giacomo. Quello, un po' imbarazzato, sghignazzò qualcosa sul fatto che ero troppo piccola. Qualcuno ci porse due bicchieri sbeccati, Pietro li prese entrambi.

«Che cos'è?» domandò.

«Che te ne fotte, Aversa, bevi e basta» strillò qualcuno con una fortissima cadenza napoletana.

«Non voglio mischiare. Cosa c'è dentro?» insistette Pietro.

«È solo spritz» ammise Giacomo. «È pulito.»

Pietro li assaggiò entrambi, poi si voltò verso di me, me ne diede uno. «Questo lo puoi bere» mi disse all'orecchio. «Vai da Nadir, io arrivo subito.»

Sparì nel gorgo dei suoi amici. Una ragazza che non avevo mai visto lo prese per il colletto della camicia e gli infilò la lingua in bocca.

Mi girai alla ricerca di Nadir e Carolina, e vidi lei che si sbracciava, facendomi segno di raggiungerla sul divano. Salì sulle ginocchia di Nadir per farmi spazio, con la disinvoltura tipica di quella a cui non hanno mai rifiutato niente, e prese a ignorarlo per parlare con me.

«Comunque è un peccato che non ci siamo mai incontrate prima» decretò dopo qualche minuto di chiacchiere. Trovava figo avere quindici anni ed essere a una festa di venticinquenni che sarebbe durata tutta la sera e tutta la notte. «Dovresti venire a trovare Pietro più spesso.»

«Qualche volta ci vengo, ma ultimamente c'ho un sacco da fare» mentii.

«Quando vieni devi dirmelo, così vengo anche io. Ci organizziamo. Noi stiamo qui almeno tre volte a settimana, pure quando Pietro non c'è. Ce l'hai un cellulare?» Carolina s'era messa a frugare nella sua borsa, spandendo lievi gomitate a destra e a manca. Nadir la tirò un po' indietro, allontanandola da me. Le disse secco di agitarsi di meno. Mi rifilò un'occhiata attenta, misurò lo spazio che occupavo, attento a sorvegliarne i confini. Capii che Pietro gli aveva chiesto di stare attento alle mie ossa.

Non volevo accorgermi di niente, e invece, abituata com'ero a stare in disparte e a osservare, m'accorgevo di tutto.

«Sì, ce l'ho» dissi esitante.

«Allora dopo mi dai il tuo numero, così ci teniamo in contatto. Nadir non ha il telefonino, ci pensi? È peggio di un Neanderthal.»

Qualcuno ci passò accanto, offrì una canna a Nadir che l'accettò senza dire niente. Si lasciò andare contro la spalliera sfilacciata del divano e tirò una lunga boccata. Dall'angolazione in cui mi trovavo riuscivo a vedere solo l'occhio castano, la guancia deturpata dal ricordo dell'acne, il fumo grigiastro che esalava dalle labbra.

Era il fratello di mio fratello, uno sconosciuto. Si rese conto che lo guardavo, mi lanciò un'occhiata di sbieco. Allungò il braccio, scansò Carolina che cercava di prendere la canna e la offrì a me.

«Fumi?»

No, mai fumato in vita mia.

«Certo.» La presi, stringendola tra pollice e indice come avevo visto fare agli altri. Se era un modo per mettermi alla prova, non avrei lasciato che pensasse che fossi una sfigata.

«Non farti vedere da Pietro. Se sa che fumi ti ammazza» borbottò.

«E tu, allora? Se ti scopre a fumare, non si incazza?»

«Guarda che è lui che mi ha fatto fumare la prima volta. E comunque, io non sono malato.»

«Sei malata, che cos'hai?» sbottò Carolina. Non risposi subito, stavo ancora cercando di metabolizzare il fatto che Nadir e Pietro avessero quel tipo di rapporto. Nadir, però, ebbe una reazione strana. Sussultò.

«Non ha niente» si affrettò a dire, improvvisamente allarmato. «Un mal di gola, niente di che.» Cercò di riprendersi la canna, l'allontanai tenendola fuori dalla sua portata.

«Nadir non ti ha detto che cos'ho?» Carolina scosse la testa, dimenandosi in attesa. «Osteogenesi imperfetta» recitai a pappagallo e a voce altissima, per fargli dispetto. «Le mie ossa sono cave e fragili. E rischiano di rompersi ogni volta che cado, o che urto qualcosa o che... qualcuno mi tocca troppo forte.»

Poi, come a sottolineare il fatto che sì, m'era toccata una malattia grave ma ero esattamente come tutti gli altri e potevo fare qualunque cosa volessi, mi portai il mozzicone alle labbra, inspirai a polmoni aperti. Il fumo mi scese in gola, bruciando ogni cosa lungo il percorso, provocandomi una tosse violentissima che mi rovesciò lo stomaco.

L'ultima cosa che vidi prima di correre in bagno fu Nadir che rideva, l'odiosa faccia sfregiata e quell'apertura in mezzo, piena di denti ormai drittissimi, a forma di sorriso.

Poi si fece davvero tardi.

Pietro riemerse dalla bolgia della festa che l'ora di cena era passata da un pezzo. Aveva gli occhi rossi e la camicia sgualcita e abbottonata male, i capelli avevano ripreso ad andarsene per i fatti loro.

Avevo trascorso le ultime ore in compagnia di Carolina. Nadir s'era stufato presto di noi, delle nostre chiacchiere da femmine, e ci aveva mollate sul divano per andarsene in giro per la casa, parlando con tutti, scroccando birra e sigarette. Lo avevo sorvegliato a lungo con la coda dell'occhio, rendendomi conto di quanto apparisse normale e socievole. Lo conoscevano tutti, era simpatico a tutti. I maschi ridevano alle sue battute, le amiche di Pietro gli si rivolgevano senza condiscendenza, nonostante avesse sedici anni. Era brutto in modo impietoso, ma con la gente, se voleva, ci sapeva fare. Ecco perché era riuscito a prendersi una come Carolina.

Ero ancora seduta sul divano insieme a lei, quando Pietro ci raggiunse. Della tizia con cui si era chiuso in camera qualche tempo prima, non c'era più traccia.

«Tutto bene?» domandò, sedendosi sul bracciolo, accanto a me. Si guardò intorno. Erano le undici passate, la stanza si era un po' svuotata. Alcuni erano già usciti per andare a ballare, altri si stavano preparando per raggiungerli. Pietro si stropicciò gli occhi. Era stanco, probabilmente ubriaco. «Chiamo papà, gli dico che resti qui a dormire» disse. «Non ce la faccio a riportarti indietro.»

«E dove mi metto?»

«Dormi con me, in camera mia, il letto è grande.» Poi si voltò verso Carolina. «Se volete restare anche voi, la stanza di Alessandro è libera» disse.

Aspettammo che anche gli ultimi festaioli andassero a continuare la serata in qualche locale, e quando finalmente restammo soli si era già fatta l'una e mezzo. Era la prima volta che restavo fuori di notte, mi sentivo elettrizzata e cercavo di non darlo a vedere. Carolina e Nadir erano tranquilli, facevano come fossero a casa loro. Capii che non era la prima volta che restavano lì a dormire.

Ci spartimmo una birra seduti al tavolone della cucina, nel bel mezzo del caos di bottiglie vuote e posaceneri rovesciati e chiazze di vino che si allargavano a terra. Dopo la festa, la casa era un porcile.

Pietro andò in camera e tornò una decina di minuti più tardi, annunciando che sarebbe andato a letto. Lo seguii, lasciai Carolina e Nadir da soli in cucina.

A differenza del resto della casa, la stanza di Pietro era pulita e in ordine.

«Ho cambiato le lenzuola» disse, come a scusarsi. «Ti serve una maglietta per dormire?»

Feci di sì con la testa. Indossavo ancora i brutti vestiti eleganti con cui mi ero presentata quella mattina alla laurea. Puzzavano di fumo e di qualcosa di appiccicoso che qualcuno mi aveva rovesciato addosso durante la serata. Non vedevo l'ora di levarmeli, perciò quando Pietro mi fece cenno di servirmi dal suo armadio, non feci complimenti. Presi i pantaloni di una tuta, una maglietta a maniche corte, me li infilai dandogli le spalle mentre lui le dava a me.

Mi sembrò immediatamente di essere tornata bambina. Il silenzio quieto della casa, l'odore dei vestiti che avevo addosso, il corpo di mio fratello già sepolto dal piumone.

Mi infilai dall'altro lato del letto, allungai un piede e gli toccai una gamba, lui emise un sibilo, poi rise.

«Da quanti giorni sono morti i tuoi piedi?»

«Me lo dicevi pure quando ero piccola, ti ricordi?»

«Me lo ricordo.» Ero felice che si fossero levati tutti di torno, che fossimo rimasti noi due, come anni prima. Scivolai piano verso di lui, mi avvicinai senza toccarlo. Non lo abbracciai come facevo da bambina, gettandogli addosso gambe e braccia in modo disordinato. Ero troppo grande, era un uomo adulto, sapevo che sarebbe stato imbarazzante. Spinsi la testa tra le sue scapole, strofinai il naso sui grani affioranti della sua spina dorsale.

«Se hai freddo prendi una felpa» disse, già mezzo addormentato.

Ma io non avevo freddo. Io volevo solo stare così, a provare la sensazione di essere di nuovo bambina, di poter fare ed essere quello che volevo senza dover dimostrare niente a nessuno.

Durò poco. Mi risvegliai un'ora e mezzo più tardi con una sete atroce. Pietro russava, rannicchiato sulla sponda del materasso. Scivolai giù dal letto, mi incamminai nel corridoio gelido.

In cucina trovai Nadir, da solo, ancora vestito, una sigaretta spiegazzata incastrata dietro l'orecchio. A testa bassa spazzava con gesti meccanici. Aveva ripulito gran parte del casino che avevamo lasciato. Non c'era più traccia di bottiglie e lattine abbandonate sui davanzali, i posacenere erano vuoti, persino il pavimento sembrava meno lercio.

«Che fai?» domandai, come se non fosse evidente.

«Secondo te?» Non alzò manco gli occhi, mi aveva sentita arrivare. «Do una ripulita.»

Era un gesto gentile, e pensai che avrei voluto pensarci io.

Presi un bicchiere d'acqua, persi tempo a guardare lui che spazzava, indecisa. Il lavandino era pieno di stoviglie sporche. Il sonno ormai era andato, perciò mi avvicinai e mi misi a lavare i piatti.

«Ti aiuto, tanto non riesco a dormire» spiegai quando si fermò per guardarmi. C'aveva quella faccia che mi faceva sempre sentire sbagliata, non sapevo spiegarmi come ci riuscisse.

«Grazie» borbottò scostante, come se mi stesse facendo un favore. «Se lavi due tazze faccio un caffè.»

Scrostai bene un paio di tazzine sporche di cenere e di superalcolici, gliele passai ancora bagnate. Presto l'odore del caffè mi aggredì, seccandomi la bocca. Non mi andava di rifiutarlo, mi sembrava un'offerta di tregua da non lasciarsi sfuggire.

«Non c'è lo zucchero» dissi, aprendo pensili a caso. Era tutto vuoto, di cosa diavolo si nutrivano lì dentro?

«In questa casa non c'è mai niente. Mi sa che lo berremo amaro» decretò, riempiendo le tazze fino all'orlo. Era proprio accanto a me, ne approfittai per guardarlo. Erano anni che non lo vedevo così da vicino e mi resi conto, con orrore, che stava cambiando fisionomia, che assomigliava a Pietro.

Avevano colori opposti, ma la linea severa del naso, la forma del mento, persino l'arcuarsi delle sopracciglia – scurissime quelle di lui, slavate quelle dell'altro – erano identiche. A guardarli attentamente, chiunque avrebbe capito che erano fratelli.

Ci sedemmo al tavolo, uno di fronte all'altro, senza sapere che dirci.

Sorseggiai piano quel caffè amaro come una punizione, lui invece lo buttò giù d'un sorso, poi prese la sigaretta che aveva sull'orecchio, si frugò nelle tasche dei jeans e tirò fuori un po' d'erba, si rollò una canna con gesti netti e precisi.

«Vuoi riprovare?» mi chiese. «Magari stavolta non ti strozzi.»

Capii che si stava sforzando di essere amichevole, perciò accettai, brontolai una scusa un po' impacciata sul fatto che sapevo fumare, l'avevo già fatto un sacco di volte, m'era solo andato di traverso.

Lui mi ignorò, fece due lunghi tiri, poi me la passò. «Non aspirare direttamente, mettici la lingua davanti.»

Il filtro era tiepido e umido della sua saliva, mi fece un po' senso, ma non mi lamentai né feci smorfie.

Mi andò subito alla testa, mi piacque moltissimo. Più del sapore dell'erba, a stordirmi fu il fatto che me ne stavo lì in una cucina che non era mia, nel bel mezzo della notte, a comportarmi come una più grande. Io, che in vita mia non avevo mai avuto la possibilità di fare niente.

Nadir mi osservava oltre le volute di fumo.

«Che è? Sto facendo male?»

«No, no. Però non te la finire, che se ti senti male poi è un casino.»

«Ti ho detto che l'ho già fatto un sacco di volte.»

«Se lo dici tu.» Rimase in silenzio a fissarmi. Dio, quanto mi dava fastidio. All'epoca non sapevo che m'avrebbe guardato così sempre, per tutta la vita. Che sarebbe stato il suo modo di riconoscermi, di comunicare con me in mezzo alla gente. In quel momento mi sembrò solo giudicante e ostile.

«Che guardi?» brontolai nervosa, passandomi una mano in faccia. Il trucco se n'era andato da ore, sapevo di avere i capillari affioranti sulle guance e sulle tempie, le sclere di un colore insolito. Mi preparai a qualche commento velenoso, invece Nadir disse con una specie di sconfitta nella voce: «Sei uguale a Pietro. Vi assomigliate come due gocce d'acqua».

15

Dopo la laurea di Pietro, scoprii un paio di cose che mi tornarono comode: Carolina aveva preso molto sul serio l'idea di diventare mia amica, potevo davvero andare e venire da casa di mio fratello senza essere invitata, proprio come faceva Nadir, e inoltre il fatto che frequentassi così assiduamente quella casa tranquillizzava i miei genitori.

La realtà era un po' diversa da come la immaginavano loro.

A casa di Pietro si respirava un'atmosfera pigra e vischiosa che avvolgeva tutti in una sorta di torpore. Dicevo ai miei che andavo lì a studiare, in realtà passavo i pomeriggi semisdraiata sul divano della cucina, a guardare il viavai di gente che affollava l'appartamento, poi recuperavo i compiti in fretta e furia, di notte, chiusa nella mia stanza, in modo da non farli insospettire.

Ero felice di non fare niente, felice di annoiarmi in mezzo a gente più grande, felice che Carolina mi volesse così bene, tanto da voler stare sempre con me. Mi piaceva persino il modo in cui mi si buttava addosso, in cui si sdraiava con la testa sulle mie gambe, e le cosce sulle ginocchia di Nadir. Ce ne stavamo per ore intere sprofondati in quel divano sudicio, a fumare, a ridere. Io e Nadir non ci rivolgevamo quasi mai la parola, ogni tanto però lo sorprendevo a guardarmi, mi ricordavo di quella notte in cui m'aveva detto che ero uguale a Pietro, quella notte in cui io avevo pensato di lui la stessa identica cosa.

Ci cercavamo in faccia somiglianze che ci accomunassero e intanto passavano i mesi, il divano era sempre lo stesso, sempre più lurido, sempre più sfondato, ci avevamo fatto la conca.

Giacomo stava spesso in cucina, ci trattava con affetto. Aveva sette anni più di noi, per lui eravamo tre fortunati scapestrati liberi di fare quel che volevano.

Pietro lavorava tutto il giorno in università, aveva iniziato il dottorato col professore di geopolitica. Ogni tanto pubblicava qualcosa su una rivista di settore, gli chiedevo di leggere gli articoli o di prestarmi i libri che gli interessavano solo perché sapevo che Nadir non lo avrebbe mai fatto.

In realtà non ci capivo niente e lui lo sapeva. Mi dava da leggere Proudhon e Stirner con un sorrisetto un po' scettico.

Rientrava sempre nel tardo pomeriggio, spesso portandosi appresso colleghi di facoltà, studentesse di altri corsi con plateali cotte per lui che fingeva di ignorare. Le giudicavamo seduti sul divano, tre avvoltoi adolescenti, ridevamo sotto i baffi trovando ridicoli i loro tentativi di fare colpo. Fingevamo di ascoltare quei lunghissimi dibattiti che partivano da Marx e arrivavano a Bobbio per poi scivolavare sulle minoranze etniche dei Balcani e sulla persecuzione dei curdi in Turchia, roba di cui non capivamo nulla. In realtà eravamo lì solo per scroccare da fumare e da bere. Le serate che preferivo erano quelle in cui, con la casa piena di gente, Pietro esalava un sospiro rassegnato, capiva che non avevamo nessuna intenzione di schiodare, e diceva: «Almeno telefonate a casa e avvisate che restate a cena qui, così non vi danno per dispersi».

Si mangiava malissimo, in quella casa.

Piatti di pasta scotta e passata di pomodoro annacquata, a nessuno sembrava prioritario fare la spesa. Eppure me lo facevo andare bene pur di restare lì.

Poi si finiva sempre per bere, per discutere sulle cose che interessavano a mio fratello. Era sempre lui che conduceva il discorso, sempre lui che lo portava dove voleva.

Una sera, complice la lingua sciolta per via dell'erba, mi misi in mezzo. Si parlava di quello che stava succedendo a Gaza e della violenza della repressione israeliana, presi la parola e snocciolai una serie di banalità messe insieme da slogan che avevo sentito nei corridoi del mio liceo, frammenti di discorsi ascoltati lì in casa e informazioni vaghe prese dal telegiornale della sera.

Ero ancora abbastanza lucida da capire che le mie parole non avevano moltissimo senso, eppure le amiche di Pietro mi stavano a sentire con attenzione, annuendo. Persino Giacomo s'era messo più comodo, appoggiato al bordo del tavolo a braccia incrociate, mi guardava intensamente, come se stessi dicendo chissà quale verità assoluta.

Mi sentii veramente importante e considerata. C'era un gruppo di cinque o sei ventiseienni che pendevano dalle mie labbra. Io, che a scuola non riuscivo nemmeno a far sentire la mia voce, e spesso durante l'appello i professori pensavano che fossi assente.

Poi mi accorsi della faccia che aveva Pietro.

Mi guardava con un misto di condiscendenza e impazienza. Capii che stava aspettando il momento buono per interrompermi senza mortificarmi, e quello mi fece passare tutta la voglia di continuare a dire stronzate.

«Mia sorella legge moltissimo» disse.

«Si vede» gli fece eco Giacomo, guardandomi in un modo che mi spinse a sprofondare ancora di più nella conca del divano. «Tra qualche anno ti mangerà in testa.»

Ci fu un mormorio d'assenso dal trio delle ragazze, delle smorfiette d'approvazione, qualche complimento da parte di Manuela, una studentessa nuova che veniva a casa da qualche settimana.

Carolina mi conficcò un gomito nelle costole, sussultai. «Quante cose che sai» osservò sottovoce, ammirata. Aveva gli occhi allegri e opachi, era strafatta d'erba. «Sei proprio come tuo fratello, sei intelligente, sai parlare bene.»

«Ripete a pappagallo cose che nemmeno capisce» borbottò Nadir, riferendosi a me.

«Che ne sai tu? Non capisci niente» lo zittì. Non si accordavano mai su nulla, quei due, non avevano mai un gesto tenero, qualcosa di complice. Erano fatti di sibili infuriati e di risposte stizzite. Li frequentavo da mesi e non li avevo mai visti baciarsi. I contatti fisici tra loro erano ridotti al minimo, e l'iniziativa partiva sempre da lei. Una volta in cui era particolarmente fumata, Carolina mi aveva confidato che Nadir era fatto così, era freddo, non gli piaceva tanto essere toccato.

Quindi c'era qualcosa in cui ci assomigliavamo.

«Sta facendo finta di niente, ma gli piaci da morire» aggiunse poi, chinando il capo sulla mia spalla. Per un istante assurdo pensai che si riferisse a Nadir, la repulsione mi provocò una vertigine.

«Eh?»

«Giacomo. Ho visto come ti guarda.»

«Ma che dici, dai, è grande, neanche mi vede.»

«Sette anni non sono niente» commentò lei. Guardai verso Giacomo che adesso si era spostato dall'altra parte della stanza. Colsi il movimento impercettibile e colpevole delle pupille che si spostavano da me a Pietro, un lievissimo rossore chiazzargli la gola ispida.

«Sei sicura?» sussurrai, incerta se cedere a quella lusinga.

«Sì, sì. Tu non te ne accorgi perché c'hai la testa per aria, ma è così. È già qualche giorno che l'ho capito.»

Feci un gesto goffo per togliermi i capelli dalla faccia, quasi mi infilai un dito nell'occhio.

«Quindi? Ti piace?» insistette lei.

Lì per lì non risposi. Non sapevo se mi piacesse, non lo avevo mai guardato in quel modo. Non era certo bello, fisicamente non mi attraeva. Ma neanche io ero niente di che, e prima di allora nessuno si era mai interessato a me.

«Sì, certo» risposi più per gratitudine che per reale interesse. «Certo che mi piace.»

Nadir emise una specie di grugnito esasperato, s'era decisamente rotto delle nostre chiacchiere da femmine. Carolina si arrotolò una ciocca dei miei capelli intorno all'indice e canticchiò, allegra: «Celeste finalmente scopa, Celeste finalmente scopa».

16

Non so se realmente Carolina avesse detto qualcosa a Giacomo, o se semplicemente lui se ne fosse accorto da solo, fatto sta che le cose cominciarono a farsi un po' più esplicite, meno sotterranee.

Il divano adesso ci ospitava in quattro. Giacomo sedeva sempre tra me e Carolina, le braccia allargate sullo schienale, giocava con i miei capelli e con quelli di lei, faceva un po' lo scemo con tutte e due. Un po' di più con me. Nadir se ne stava stretto in un angolo, la faccia che non trasmetteva mai niente, la bocca sempre impegnata intorno al filtro di una canna o di una sigaretta.

Mi dispiaceva per Carolina. Avere un fidanzato così noioso e musone doveva essere una vera rottura. Giacomo invece ci teneva allegre.

Ero diventata anche più spigliata con gli altri. Durante le discussioni che mio fratello intavolava con i suoi colleghi di università mi buttavo in mezzo, dicevo la mia. Lo facevo solo per impressionare Giacomo. Mio fratello mi guardava sempre più perplesso, qualche volta i miei ragionamenti avevano un senso, altre volte no, comunque nessuno si sognava di contraddirmi.

Ero la sorella del padrone di casa ed ero una ragazzina. Giacomo mi ascoltava sempre più ammirato, ma in realtà ne capiva ancora meno di me, e nemmeno gli interessava troppo di quei ragionamenti. Faceva ingegneria, era lontano anni luce dalle riflessioni che interessavano gli altri.

Avevo iniziato a vestirmi con più cura, a truccarmi con attenzione. Con un grosso ago da materassaio avevo riaperto i buchi alle orecchie che si erano chiusi anni prima.

Ci avevano messo quasi due giorni a smettere di sanguinare, nasconderlo a mia madre era stata un'impresa. Quindi adesso potevo indossare anche degli orecchini, dei cerchi larghi e argentati prestati da Carolina.

«Ti stanno bene» disse Giacomo, quando li notò. Ne colpì uno con il pollice, facendolo oscillare. Strofinò il dorso delle dita sulla mia mandibola. Ogni scusa era buona per toccarci. Poi mi afferrò per le gambe, e le spostò sopra le sue. Avvicinò la bocca al mio orecchio.

«Te li vorrei vedere sempre addosso» disse, sfiorandomi il collo con il naso. Aveva il tono di chi dice una cosa e ne intende un'altra. Ebbi l'istinto improvviso e insensato di togliermeli e di scagliarli lontano.

«Non state stretti su quel divano?» esordì Pietro, entrando in cucina. Non l'avevamo sentito rientrare. Ci voltammo tutti verso di lui e io mi affrettai a liberarmi dalla presa di Giacomo. Eravamo praticamente abbracciati, quasi sul punto di baciarci.

Per un istante mi sembrò di intravedere sulla faccia di mio fratello un lampo di buio assoluto. Fu molto rapido a svanire, pensai di essermelo solo immaginato.

Non disse nulla, chiese solo se volevamo un caffè, poi si mise a prepararlo, lamentandosi per gioco di noi. Visto che eravamo sempre lì, potevamo iniziare a pagare l'affitto, o almeno a pagare lui per farci da babysitter.

Nadir gli lanciò una scarpa ridendo, Carolina lo mandò affanculo. Giacomo mi passò un braccio intorno al collo, mi strinse a sé, mi diede un bacio sulla guancia, velocissimo. «La prossima settimana usciamo, ti porto a cena fuori.»

Pensavo che dicesse sul serio, mi stavo già abituando all'idea. Insieme a Carolina compilai una lista di vestiti che avrei potuto indossare e una lista di scuse da rifilare a mia madre, che se avesse saputo che avevo intenzione di uscire la sera con uno di sette anni più grande mi avrebbe chiuso in casa a vita.

Invece, Giacomo prima se ne andò per un paio di settimane

dai suoi genitori, in Molise, poi tornò e rimase chiuso in biblioteca per altri sei giorni, per preparare un esame. Lo rincrociai per caso in corridoio, dopo una settimana che, senza confessarlo nemmeno a me stessa, non avevo fatto altro che fare avanti e indietro dalla cucina alla porta d'ingresso nella speranza di vederlo, ma solo quando Pietro non c'era.

Aprì la porta della sua stanza mentre passavo, mi rivolse un sorriso. Il dubbio che mi stesse evitando svanì. Sembrava molto felice di vedermi.

Mi abbracciò, mi strofinò le mani sulle spalle, mi diede un bacio vicinissimo all'angolo delle labbra.

«Che fine hai fatto che non ti ho più vista?»

«Ero qui, come al solito. Tu piuttosto, dove sei stato?» cercai di non mostrarmi indispettita. Carolina diceva che i maschi appena sentivano che eri sul punto di pretendere qualcosa si davano alla fuga. Per tenerseli bisognava sempre fare finta che non te ne fregasse niente.

«Dovevo dare un esame rognosissimo.»

«E com'è andato?»

«Mi hanno bocciato.» Si appoggiò al muro, non mi invitò a entrare in camera sua. Mi appoggiai accanto a lui. «Ho il cervello fuso, ci credi? Ho bisogno di staccare un po' la spina.»

«Dovresti uscire un po'» insinuai.

«Sì. Mi sa che vado a farmi un giro.»

Speravo che mi dicesse di andare con lui. «Forse pure io dovrei andare a farmi un giro.»

«Pietro mi ha detto che cos'hai» sbottò serio. Mi morsi l'interno delle guance. *Ecco fatto, adesso penserà che sono fatta di vetro.*

«E che cos'ho?»

«Una malattia delle ossa, no? Oppure ho capito male?» Aveva capito benissimo. Mi venne voglia di ammazzare mio fratello.

«Perché te l'ha detto?»

«Perché visto che ultimamente sono stato molto con voi... voleva che ci stessi attento.»

«Ma io sono come tutte le altre. Uguale. Tale e quale. Non è che mi rompi, non sono così fragile.»

«Sei sicura?» rise. Mi fece una carezza sulla guancia, scese per avvolgermi le dita intorno al collo, le lasciò lì. Aveva una presa calda e gentile, gli occhi però erano rapaci. Avvertii la stessa sensazione che mi aveva fatto desiderare di togliermi gli orecchini, ma non mi scostai.

Era interessato a me e non volevo perdere quell'interesse.

M'ero messa in testa che mi piaceva, e quindi me lo facevo piacere.

«Celeste...» soffiò a un centimetro dalla mia bocca. «Sei piccola.»

«Ma quale piccola, tra poco faccio diciotto anni» mentii.

«Tuo fratello mi ammazza, è gelosissimo.»

«Ti giuro di no, non gliene importa niente, neanche ci fa caso.»

«Forse non lo conosci. Tu non sai che discorso m'ha fatto, meglio se non te lo dico.»

Ci fu un rumore proveniente dalla cucina, un'imprecazione di Alessandro, l'altro coinquilino. Il momento sfumò, ci distraemmo. Quando tornammo a guardarci, Giacomo aveva di nuovo lo sguardo allegro e un po' malizioso con cui mi aveva salutata all'inizio. «Comunque, non fa niente. Un bacio te lo do lo stesso. E se mi ammazza, amen.»

Si avvicinò con una lentezza studiata. Mi sforzai di sentirmi emozionata per quel primo bacio e invece pensavo solo che non sapevo dove mettere le mani. Dovevo abbracciarlo? E gli occhi, li dovevo tenere chiusi o aperti? Carolina diceva che baciare a occhi chiusi era da sfigati, significava che ci tenevi. E se ci tenevi eri uno sfigato.

«È minorenne. E tu c'hai ventiquattro anni.» La voce rauca e un po' saccente ci spinse a separarci. Nadir, fermo sulla porta della cucina, aveva un'espressione sorniona, la prima traccia di divertimento in quella faccia altrimenti sempre ingrugnata. Giacomo fece schioccare la lingua.

«Ma perché non te ne vai affanculo?» sbottai. «Che cazzo te ne frega a te?»

Mi ignorò e, un attimo prima di tornarsene in cucina, si rivolse di nuovo a Giacomo: «Non è vero che sta per fare diciotto anni. Ha sei mesi meno di me».

Chissà da quanto tempo era lì a spiarci, in attesa di rovinarmi il momento.

Giacomo si allontanò un po'. Non fece commenti sul fatto che mi ero aumentata l'età per farmi baciare, ma capii che aveva cambiato opinione, che cominciava a vedermi per quello che ero: una ragazzina alle prime armi, una che poteva dargli solo rogne.

«Come fai a vivere con due fratelli così?» ridacchiò, per alleggerire l'atmosfera.

«Quello non è mio fratello. Non ti azzardare mai più a dire che è mio fratello.»

«Ma si comporta come se lo fosse.»

«Non siamo neanche parenti. Non è proprio niente per me.»

Ed era vero. Ma niente o tutto, m'aveva comunque rovinato la scena, e mi venne voglia di strozzarlo, proprio come avrei voluto strozzare mio fratello, quello vero.

17

Per un po' evitai di tornare in quella casa. Dissi a Carolina che avevo tanto da studiare, che mia madre mi aveva messo in punizione per via di certi brutti voti presi durante il primo quadrimestre. Mi chiamò un paio di volte, poi mi lasciò perdere. Era strano come lontano da lì tante cose prendessero un significato diverso: ero contenta di non vedere più Giacomo, capii che non mi era mai piaciuto. E neppure Carolina mi stava poi così simpatica.

Me li ero fatti andare a genio semplicemente perché mi avevano dato attenzione. Quando non hai tanti amici non vai molto per il sottile.

Una sera, era già primavera inoltrata, ricevetti una chiamata da un numero che non conoscevo.

«Mia madre mi ha comprato un cellulare» esordì una voce piattissima, molto rauca. Mi sorpresi di averlo riconosciuto già dalla prima sillaba. «Dovevo fare una chiamata per attivare il numero.»

«Chi sei?»

«Guarda che lo so che m'hai riconosciuto, stronza.» Non era indispettito. Sembrava ridesse. «Sono io. Nadir» disse poi, per assicurarsi che avessi capito.

«Ah. E che vuoi?» Me lo immaginai stringersi nelle spalle, con la sua smorfia.

«Dovevo fare la prima chiamata per attivare il numero» ripeté, come se fosse una spiegazione sufficiente.

«E non avevi nessun altro da chiamare?» ridacchiai, crudele. Seguì un lungo silenzio di quelli che mettevano molto a disagio me e che invece lui dominava perfettamente. «Potevi chiamare Pietro. O Carolina. O i tuoi amici.»

«Non è che c'ho tutti 'sti amici, sai» considerò, senza rammarico. «Mica sono come te.»

«Come sono io?»

«Vuoi piacere alle persone a tutti i costi. A me di piacere alle persone non me ne frega un cazzo.» Dopo un altro silenzio lunghissimo, finalmente svelò il motivo di quella telefonata. «Io e Carolina ci siamo lasciati.»

«E come mai?»

«S'è buttata addosso a Giacomo.»

«Che intendi?»

«Intendo quello che hai capito. È successo il mese scorso. Adesso si sono messi insieme.»

Mi morsi il labbro. Collegai un po' di fili sparsi nella mia testa per capire cos'era successo. Mi bastò ragionarci un attimo perché mi fosse tutto chiaro. Ero stata un ripiego per lui, una marionetta per lei. Curiosamente la cosa non mi fece né caldo né freddo.

«Ci sei rimasta male?» domandò Nadir.

«No. Non me ne frega nulla. E tu ci sei rimasto male?»

«Non particolarmente.» Era vero. Non lo stava dicendo per darsi un tono. Con un senso di vertigine pensai che lo conoscevo meglio di quanto pensassi. Che a forza di stare vicini, pur senza parlare, lo avevo osservato così tanto e lui aveva osservato così tanto me che avevamo finito per sapere tutto l'uno dell'altro. Voce, sguardo, linguaggio del corpo. Nadir era una mappa che conoscevo.

«Sì, comunque fatti vedere da uno psicologo.»

«Perché?»

«Perché non provi mai niente.»

«Ma chi te l'ha detto?» rise, allegro. «Dipende dalle cose che mi interessano.»

«E Carolina non ti interessava?»

«Sì... boh... no.»

«Ma che sei scemo, siete stati insieme due anni!»

«Ma che c'entra Cele', era una cosa così, per passare il tempo.»

«Allora perché me lo volevi dire?»

«A chi altro lo dovevo dire, scusa?» disse, come se fosse ovvio, come se condividessimo qualcosa. Mi sentii quasi lusingata da quella confidenza. Poi mi ricordai che io e Nadir ci odiavamo, non era il caso di dargli troppo spago, altrimenti lo avrebbe usato per strozzarmi.

«Pietro lo sa?»

«Sì.»

«E non dice niente?»

«E cosa deve dire?»

«Carolina non è troppo piccola?»

«Con le sorelle degli altri, Giacomo può fare quello che gli pare. Con la sua, no.» Capii che era un discorso che avevano affrontato. Che quelle erano parole di Pietro e Nadir ne aveva parlato con lui. Forse addirittura gli aveva raccontato di quel mezzo bacio interrotto. «Comunque, puoi tornare. Giacomo ha cambiato casa, Carolina non viene più.»

«E che vengo a fare?»

«Vieni per stare con Pietro.»

«Ma Pietro non c'è praticamente mai.»

Ecco un altro silenzio lunghissimo. Mi sembrò di essere ritornata bambina, di riaffondare nell'ultima notte trascorsa a Feudi, la stanza buia, il letto che avevamo diviso per qualche ora, i polmoni che mi facevano ancora male, graffiati dall'acqua e dal cloro. Nadir parlò di nuovo, stavolta più cauto.

«Io comunque sto qui quasi sempre.»

18

Un pomeriggio, durante una visita, Lucrezia buttò lì che le sarebbe piaciuto avermi di nuovo alla villa. A sentire lei, Olga non parlava d'altro che di me, chiedendo quando sarei tornata a casa sua. Quell'anno anche Pietro sarebbe rimasto a Feudi tutta l'estate: ci aveva detto che il suo professore gli aveva commissionato la stesura di un lungo saggio sulla primavera di Damasco, e gli aveva smollato una valanga di appunti da riorganizzare e una serie di interviste da sbobinare. Ne avrebbe avuto fino a settembre, aveva bisogno di un po' di tranquillità per lavorare.

«E visto che ora tu e Nadir siete amici, non c'è neanche più bisogno di tenervi separati» ridacchiò mentre mi rivestivo, agguantando alla rinfusa gli abiti che avevo gettato sulla sedia del suo studio. Da dove avesse tratto la convinzione che io e Nadir fossimo amici, non lo sapevo.

Non eravamo amici.

Ero tornata varie volte a casa di Pietro, ci avevo sempre trovato lui. Faccia a faccia parlavamo a malapena, per la maggior parte del tempo ci ignoravamo. Seduti ai poli opposti del divano, sembravamo due sconosciuti piovuti lì per caso. La stanza di Giacomo era stata riaffittata a una ragazza con un sacco di amiche, l'appartamento era ancora più affollato e incasinato di prima. Nadir si faceva gli affari suoi, mi si rivolgeva a gesti per chiedermi di prepararagli un filtro o per passarmi la canna.

Ero convinta che gli altri pensassero a noi come a due che si conoscevano appena, invece dall'esterno appariva già chiarissimo cosa eravamo.

Un fronte compatto. Due che si muovono in sincrono, che ruotano sullo stesso asse.

Tutti quelli che transitavano in quella casa pensavano che fossimo fratelli di sangue, e che quei silenzi, quell'ignorarsi l'un l'altro, fossero il frutto di un affetto dato per scontato, come si dà per scontato l'amore dei propri familiari.

La sera ci telefonavamo.

Era sempre lui a chiamare. Non faceva squilli, non mandava messaggi. Chiamava a casa, sapeva che avrei risposto io.

Passavamo le ore al telefono, non ricordo nemmeno cosa ci dicessimo, né gli argomenti di cui parlavamo. Spesso stavamo in silenzio, io sdraiata sul mio letto, lui sul suo, lo sentivo respirare, metteva della musica, gli chiedevo cosa stava facendo. Mangiava, studiava, mi faceva delle domande sui suoi compiti, un paio di volte gli avevo chiesto di interrogarmi in inglese. Scoprii che aveva talento per le lingue ma per i numeri era negato, potevamo unire le forze, aiutarci a vicenda, se io avessi fatto i suoi compiti di matematica, lui avrebbe fatto i miei d'inglese.

Quelle telefonate s'erano protratte per settimane, sera dopo sera. Mia madre una volta aveva alzato il telefono nell'altra stanza, aveva sentito la voce di un ragazzo. L'avevo sentita ridacchiare con mio padre, pensavano avessi un fidanzato.

A quel punto ero stata costretta a chiarire l'equivoco dicendo che era *solo* Nadir.

Erano rimasti abbastanza sconcertati, ma non avevano fatto domande.

Chissà se Lucrezia lo sapeva, se mio padre glielo aveva detto.

«Guarda che lo so che state tutte le sere al telefono a ciacolare. Che c'avete da dirvi, che state già tutto il giorno insieme?» mi domandò, mentre saltellavo per tirare su i jeans troppo stretti.

Quindi lo sapeva.

«Te l'ha detto mio padre?»

Lucrezia mi guardò con una smorfia paziente. «Saprò da me quello che fa mio figlio, no?»

«Comunque non siamo amici» ci tenni a specificare.

«Curioso.»

«Che?»

«Nadir ha detto la stessa identica cosa.»

Lucrezia si mise a scribacchiare sul suo blocco, mi prescrisse la solita lista di farmaci. Poi alzò la testa, mi osservò divertita mentre mi abbottonavo la camicetta, sbagliando tutti i bottoni.

«Chiedi ai tuoi genitori di mandarti a Feudi. Digli che ti ha invitato zia Olga, che ci tiene tanto. Puoi rimanere tutto il mese se non hai altri programmi. Hai altri programmi?»

«No» ammisi. Per pudore non volevo mostrarmi troppo entusiasta. L'idea di stare a Feudi mi piaceva, mi ricordavo la bellezza della casa, della piscina, il sentiero per scendere in spiaggia. E i miei genitori quell'anno sarebbero rimasti a Roma, mio padre doveva chiudere un cantiere, non mi avrebbero portata da nessuna parte.

«Allora vieni con noi. Devi stare un po' all'aria aperta, prendere un po' di sole. Ti farà bene. Farà bene anche a mio figlio.»

«Quale dei due?»

Lei sorrise, quel suo sorriso che diceva tutto e non diceva niente.

Partimmo il primo agosto. Lucrezia venne a prendermi in auto. Era da sola, Pietro e Nadir erano già là.

Mi agitai per tutto il viaggio, senza una ragione. Lucrezia mi osservava con la coda dell'occhio, chiedendosi cosa avessi da essere nervosa.

La villa di Olga era rimasta come me la ricordavo, persino le scrostature arrugginite sulle ringhiere mi sembrarono le stesse. Scesi dall'auto grattandomi un fianco, la stoffa del vestito appiccicata alle cosce.

La piscina luccicava tra gli alberi, mi resi conto solo in quel momento che stare in vacanza al mare presupponeva mettermi in costume, andare in giro mezza nuda.

Non lo volevo fare davanti a Nadir.

«Che fai lì impalata? Mica ti vergognerai.» Lucrezia aveva

già preso la mia valigia, si avviava spedita verso l'ingresso. «Pietro! È arrivata tua sorella! Nadir, scendi!»

Il primo ad apparire fu Nadir. Affiorò dal buio della casa, strizzando gli occhi per la troppa luce. Mi guardò senza calore e senza sorpresa, come fossi un arredo del giardino, una sdraio spostata per caso.

«Ah, sei tu. Ciao» disse solo. Si girò e se ne tornò da dove era venuto. Lucrezia alzò gli occhi al cielo. Pietro fu più felice di vedermi. Uscì sul portico, prese la mia valigia dalle mani di sua madre, mi diede un buffetto in testa, mi chiese di aspettarlo per scendere in spiaggia, disse che doveva finire di scrivere un articolo e poi si eclissò in camera sua, portandosi dietro la mia valigia.

Ci pensò Olga a rimediare a quell'accoglienza tiepida. Mi strinse in un abbraccio che mi fece scricchiolare le ossa e che spinse Lucrezia a emettere un sibilo d'avvertimento. Mi lasciai blandire e coccolare, accettai il caffè, il gelato, tutto quello che Olga mi offriva.

Ogni volta che aprivo bocca era un mare di complimenti per me e una serie di staffilate a Nadir.

Come parlavo bene, mica come quello sciamannato di Nadir, che ciancicava le parole e si esprimeva a grugniti.

Com'ero bella, pettinata, in ordine, con un vestito come Cristo comanda, mica come Nadir che andava in giro conciato come un barbone, con quei capelli fitti che non pettinava neanche a pregarlo.

Sapevo da anni che era il suo preferito, anche se non lo avrebbe ammesso mai.

Di me nessuno parlava mai così male, con quell'affetto.

Alla fine me ne andai in piscina da sola. Infilai le cuffie del lettore cd e mi sdraiai sul bordo ancora col vestito addosso, un braccio in acqua, l'altro sugli occhi, la musica sparata nelle orecchie che copriva qualsiasi rumore.

Qualcosa mi toccò un piede, feci un salto. Aprii gli occhi per vedere cos'era stato e lui era già lì, in costume, s'era sdraiato nella mia stessa posizione. Spinse i piedi contro i miei, per farli combaciare.

Mi tolsi le cuffie, mi sollevai sui gomiti, lui fece lo stesso.

«Dobbiamo inventarci qualcosa» disse, dal nulla. Qualunque discorso con lui cominciava così, come se fosse il proseguimento di una conversazione avvenuta soltanto nella sua testa. Ci ero abituata, iniziavano in quel modo anche tutte le nostre telefonate, ma lo stesso non riuscivo a stargli appresso.

«Cosa ti vuoi inventare?»

«Qualcosa per ammazzare il tempo.»

«Da quanto sei qui?»

«Una settimana.»

«E Pietro?»

«Pietro sgobba dalla mattina alla sera, non prenderlo nemmeno in considerazione.»

«Mi ha chiesto di aspettarlo per scendere in spiaggia.»

«Sì, e sai che farà? Si presenterà alle sette e ti dirà che non ha fatto caso al tempo che passava e che è meglio se la prossima volta vai da sola, ché in caso ti raggiunge. Lo conosco, mio fratello. Allora, che facciamo?» Mi guardò in attesa. Mi fiorì sulle labbra una domanda stupida, mi pentii subito dopo averla pronunciata.

«Sei contento che sono arrivata?»

Mi guardò come se fossi scema, rimase per un attimo in silenzio. «Sei meglio di niente» disse poi.

«Ah, grazie.»

Sollevò le sopracciglia come a dire *prego, figurati*, poi inclinò la testa, mi osservò con attenzione. Cercai di coprirmi, ma il vestito era piuttosto corto.

«Ammazza che piedi brutti» fece divertito, guardando i miei piedi premuti sui suoi. «Che numero porti?» Fletté le dita, spinse in avanti coi talloni, quel movimento mi riverberò fino alle ginocchia.

«La tua idea di fare qualcosa era venire a rompere i coglioni a me?»

Rise, si tirò su a sedere. Per un attimo guardai tutta quella pelle scoperta, la striscia di peluria scura che scompariva sotto l'elastico del costume, e me ne stupii. Mi sembrò strano che anche il suo corpo fosse diventato adulto. Era così magro da sembrare sottile. Non aveva un filo di grasso, era tutto tendini, nervi, fibre muscolari, contorni affilati.

Spigoli, dentro e fuori.

Pensai confusamente a quanto avrebbe potuto farmi male premendomi tutte quelle ossa addosso. Sentii un brivido di rassicurante repulsione, poi qualcosa di scuro e pastoso addensarsi sul fondo del mio stomaco. Quella sensazione di vertigine che risaliva in superficie e poi si rituffava nel profondo, una specie di bestia abissale che saliva per respirare.

Nadir non si accorse di niente. Adesso mi guardava con un occhio solo, quello azzurro. Teneva l'altro strizzato controsole.

«Apri un po' l'altro occhio...»

«Come, così?» chiuse il sinistro, aprì il destro, castano. Cambiava fisionomia solo sollevando e abbassando le palpebre.

«Che impressione mi fai.»

«Sapessi tu, sembri Pietro con la parrucca.»

Mi venne da ridere. La cattiveria tra noi s'era addormentata, adesso era un gioco. Rimaneva una sorta di diffidenza, ma eravamo soli e non avevamo nient'altro da fare che stare l'uno con l'altro.

«Inventati qualcosa» disse poi, alzandosi e tornando verso casa. «O ci toccherà menarci per passare il tempo, come quando eravamo piccoli.»

Provai a pensare a qualcosa da fare, più che altro per far contento lui.

I primi giorni mi servirono per riabituarmi alla vita di Feudi, ai rumori della villa e della campagna circostante, a quella solitudine pigra. A Roma non avevo mai così tanto tempo libero. Era tutto un correre avanti e indietro, la scuola, le visite, la fisioterapia, le giornate a casa di Pietro, le sere al telefono con Nadir.

A Feudi però, una volta esaurito l'entusiasmo per la libertà e per la piscina, e una volta capito che il bagno in mare era complicato per via degli scogli e del mare sempre mosso, ci si rompeva le palle.

Nadir aveva ragione, Pietro non ci filava di striscio. Si chiudeva in camera per giornate intere, a pestare sui tasti del suo grosso portatile. A volte usciva, prendeva l'auto di Lucrezia, andava alla ricerca di una tabaccheria che avesse un fax per inviare i suoi appunti a Gorelli e ricevere le correzioni, poi si tratteneva fuori tutto il pomeriggio, in compagnia di qualche vecchio amico in paese. Io e Nadir trascorrevamo le giornate avanti e indietro dalla spiaggia, a dormire, a giocare con la playstation – io non mi divertivo e lui vinceva sempre –, a liquefarci in piscina, a fare chiacchiere svogliate con i conoscenti che venivano a trovare Lucrezia e Olga. Alcuni di loro avevano dei figli della nostra età, che ci sembravano pesanti come i loro genitori: li ignoravamo e ce ne stavamo per i fatti nostri. Nadir si sdraiava sul bordo della vasca, un braccio e una gamba nell'acqua, sonnecchiava come un gatto annoiato. Io seduta lì accanto leggevo un libro prestato da Lucrezia, gli appoggiavo i piedi sullo stomaco. Sbuffava infastidito, allora glieli appoggiavo sul petto. Un nuovo sbuffo e finivo a strofinarglieli in faccia, finché non perdeva la pazienza, scaraventandomi in acqua.

Tutto il giorno, tutti i giorni. Ci giravamo intorno, ci punzecchiavamo, bisticciavamo. Ci strillavamo addosso fino a diventare rauchi per certe stupidaggini, una patatina fritta rubata dal piatto, una risposta storta.

Col passare delle settimane, ricominciammo a litigare sempre più spesso.

Ci accapigliavamo come non era mai successo a casa di Pietro.

Feudi ci faceva male. Soli e vicini proprio non potevamo stare, ci serviva qualcuno o qualcosa che diluisse l'incrocio infelice delle nostre personalità.

Litigavamo, eppure non riuscivamo a staccarci.

Litigavamo e sentivo dentro quella bestia d'abisso che risaliva a respirare sempre più spesso. Sapevo che Nadir mi osservava anche senza guardarlo, me li sentivo addosso quei suoi occhi diversi.

E Pietro, troppo preso dagli affari suoi, non si accorgeva di quello che succedeva. In certi pomeriggi forse sentiva la necessità di prendere aria e ci raggiungeva in piscina, o in spiaggia, ma quasi mai ci dava corda. Restava sotto l'ombrellone, correggeva e trascriveva mentre noi due ci rotolavamo sul bagnasciuga, impanandoci di sabbia, giocando a racchettoni, litigando. Se lo chiamavamo da lontano, invitandolo a raggiungerci, prendeva tempo. Arrancavo lungo la riva, mi lasciavo cadere accanto a lui, sbirciavo gli appunti disordinati che il vento cercava di rubargli.

«Di cosa stai scrivendo?»

«Sempre della stessa cosa.»

«La primavera di Damasco.»

«Sì.»

«E l'elezione di... come si chiama?»

«Assad.» Stringato, distratto.

«Assad non era anche il nome dell'altro presidente, di quello prima?»

«Sono padre e figlio, infatti.»

«E allora devi dire che non è una cosa normale, no? Scrivi che non è giusto e basta, lascia stare, metti via tutto, vieni a fare il bagno» risi. Si mise a ridere anche lui, disse che ero una scema, fece finta di darmi una spinta.

«È un'analisi politica, mica un tema di prima liceo. Riccio di mare, che cavolo vuoi?»

Puntellai i gomiti sulla sabbia, gettai un'occhiata indietro. Nadir si stava arrampicando su uno scoglio, con un po' di fortuna sarebbe riuscito ad ammazzarsi prima di sera. Mi voltai di nuovo verso Pietro. Non aveva alcuna intenzione di schiodare il culo dall'asciugamano.

Guardai i fogli degli appunti, le pubblicazioni in inglese che si era portato dietro. Ne afferrai una fingendomi interessata.

Nadir arrivò di corsa, grondante, si buttò accanto a noi scrollandosi come un cane, investendoci di minuscole gocce fredde. Aveva un taglio sul polpaccio.

«Che hai fatto?»

«Sono scivolato su uno scoglio.»

Si sedette davanti a me, intrecciò le gambe alle mie, mi sporcò di sabbia e sangue.

«Ti levi? Dai, togliti.»

«Perché, ti fa schifo?»

«Sì che mi fa schifo.»

Passò un dito sulla ferita, lo ritirò tutto imbrattato, me lo strofinò sulla guancia. Gli diedi un calcio, mi afferrò per darmi un morso.

Pietro ci lanciò un'occhiata distratta. «Non farle male» disse, rivolgendosi a Nadir. E tornò al suo lavoro.

Non lo ascoltammo, continuammo ad azzuffarci.

Pietro ci guardava, ma senza vederci davvero. Non si rendeva conto di come, a forza di stare insieme, le cose tra noi s'erano fatte fisiche, e le caviglie di Nadir incrociavano troppo spesso le mie, e sedevamo sempre vicini, appoggiati uno all'altra anche se faceva un caldo feroce, e non ci staccavamo nemmeno quando cominciavamo a sudare.

Forse pensava fosse così impossibile da non prenderlo neanche in considerazione.

Forse lo pensavamo anche noi perché non ci tiravamo mai indietro. Mi sforzavo di accogliere quella vicinanza come una cosa innocente, naturale, come toccare mio fratello.

Lo notò Olga, per scherzo, il giorno dopo. Fece una battuta che ci gelò entrambi. Stavamo attraversando la cucina, e lei era lì ad affettare le zucchine per la cena. Avevamo appena finito di discutere.

Nadir era rientrato in casa borbottando che non vedeva l'ora che mi togliessi dai piedi, che per fortuna la vacanza era quasi finita, che sua madre doveva smetterla di invitare cani e porci a trascorrere l'estate lì da loro.

Quel "cani e porci" mi aveva fatto infuriare. Gli ero corsa dietro snocciolando una serie d'insulti, ricordandogli che ero la sorella di Pietro, che avevo diritto di stare lì. Arrivai a dire, per fargli dispetto, che quella era pure casa mia, proprio come mi aveva sempre detto Lucrezia.

Si girò imbestialito. Avevo colto il punto giusto, era geloso in modo ossessivo delle cose che riteneva sue, lo sapevo bene. Stava per ribattere con qualcosa di orribile, quando la risata un po' sguaiata di Olga ci colse di sorpresa.

Continuando ad affettare le zucchine con colpi quasi chirurgici, disse: «Senti, senti che caratterini. Bisognerà dividervi, voi due. A stare un altro mese insieme, finirete per innamorarvi». Rise ancora tra sé, divertita dall'assurdità della cosa.

Mi scese addosso un gelo che non avevo mai sentito prima. Guardai la schiena di Olga che non s'era neanche voltata.

Nadir era rimasto immobile, un piede fuori dalla porta e la testa rivolta verso di me, negli occhi l'espressione che avevo io, la stessa identica creatura abissale che saliva a galla, respirava, si mostrava.

Che ci suggeriva cose a cui non volevamo pensare.

Poi, per fortuna, il momento si ruppe. Nadir sollevò un braccio, si infilò due dita in bocca e, senza smettere di guardarmi, finse di vomitare.

19

«Oh, dormi?»

La sua voce mi ripescò da un sonno leggero. Mi ero sdraiata dopo pranzo per sfuggire a due giovani colleghi di Lucrezia, una coppia di neolaureati che si trovava nei paraggi e che era venuta a mangiare da noi. Mi avevano guardato per tutto il pranzo, e dalle loro domande avevo capito l'antifona. Sapevano cosa avevo. Erano incuriositi dall'idea di avere davanti un raro caso di osteogenesi imperfetta, privo di segni distintivi evidenti. Camminavo sulle mie gambe e avevo una statura normale. Nessuna deformità. Nessun ritardo nello sviluppo. La malattia era dentro, ben annidata, si nascondeva. Intuii che avrebbero voluto toccarmi.

Non volevo rischiare di trascorrere il pomeriggio a farmi studiare come un fenomeno da circo, perciò ero scappata in camera.

Adesso il pranzo era finito da un po', Nadir se ne stava in piedi davanti alla portafinestra socchiusa.

Non ci parlavamo dal giorno prima, da quando avevamo litigato e Olga aveva detto quella cosa orribile, quindi mi sentii in diritto di essere scostante.

«Che vuoi? Lasciami in pace.»

«Dai, devo dirti una cosa.»

«Non me ne frega niente, ho sonno, vattene.»

Mi rigirai, dandogli le spalle. Venne vicino e mi scosse per un braccio, senza delicatezza. «Alzati.»

«Se ne sono andati quei due?»

«Sì. Hanno sloggiato. Però ci hanno lasciato una cosa.» Dalla tasca del costume cavò un minuscolo portamonete di stoffa viola stampata a fiorellini bianchi, inequivocabilmente un oggetto da ragazza. Mi sollevai sui gomiti.

«Che cos'è?»

Lo aprì, me lo mise sotto al naso. L'odore mi arrivò direttamente in testa, inconfondibile. Erba. Capii perché avesse così fretta di svegliarmi.

Mi ripresi del tutto, gli strappai il portamonete dalle mani. «Dove l'hai presa?»

«Zitta, che cazzo urli?»

«Te l'ha data lei? La ragazza?»

«Più o meno.»

«Che significa più o meno?»

Mi guardò senza dire niente, una smorfia eloquente sulla sua faccia da schiaffi.

«Hai frugato nella sua borsa?» domandai. Chissà perché da lui me lo aspettavo.

«Tanto era una stronza. Hai visto come ti guardava? Manco fossi un pappagallo in via d'estinzione.»

Lo guardai storto. «Hai rubato a una collega di tua madre, ti rendi conto?»

«È un po' d'erba, mica le ho fregato le carte di credito, che sarà mai.»

«Ma se dovesse...»

«Tanto non lo scoprirà. Penserà di esserselo perso. E comunque la borsa era aperta. Non sono mica un ladro.»

«Oh, sì che lo sei.»

«Perfetto, allora non fumi.» Mi strappò il portamonete dalle mani, fece per rimetterselo in tasca. Mi arresi.

«A Pietro lo diciamo?» domandai.

«No, ma che sei matta? Quello sarebbe capace di appioparci una lezione filosofica sulla funzione sociale di proprietà privata pure su una cosa del genere. Lascia stare, facciamoci i cazzi nostri.»

Mosse due passi indietro, si affacciò circospetto alla portafinestra, guardò di sotto. Mi alzai, gli andai dietro. La sua maglietta odorava di sale e di cloro.

Mi prese per un polso e mi tirò a sé. «Vieni, scendiamo, non c'è nessuno. Ci dobbiamo allontanare un po'. Se mia madre ci becca ci pianta una lagna che non la finisce più.»
«E poi dovrai anche spiegarle *dove* hai preso l'erba.»
«Appunto. Ce ne dobbiamo andare.»
«Dove andiamo?»
«Fuori.»

La luce del pomeriggio era una cappa densa, il rumore del mare ci arrivava attutito, insieme alle grida dei bagnanti, dei bambini che giocavano sulla spiaggia sottostante. La villa sembrava deserta, immobile, immersa in un sonno millenario. Forse Lucrezia e Pietro erano al mare, Olga di sicuro dormiva. Nessuno ci vide attraversare il giardino, fare attenzione ad aprire il cancello pedonale che cigolava come un'anima in pena e correre lungo la sterrata, e poi nel fosso che la costeggiava, le ciabatte che slittavano sui sassi lisci e appuntiti, nessuna paura di cadere franando per la discesa ripida che ci avrebbe portato nella boscaglia, due straccioni che si erano appena riappacificati e adesso ridevano come imbecilli.
Ci sedemmo in un punto senza rovi e senza formiche, la strada da lì non si vedeva. Nadir preparò la canna con gesti rapidi ed esperti, cercai di non mostrargli quanto fossi impaziente.
Il primo tiro, tenuto nei polmoni troppo a lungo, ci stese entrambi.
Crollammo sdraiati uno di fianco all'altro, le gambe intrecciate in modo disordinato, come fossimo precipitati da una grande altezza. Nadir si passò una mano sulla faccia, ridacchiò rauco, contento di aver dato una svolta a quella giornata.
Mi allungò il mozzicone rimasto. «Finiscila. Dopo ne facciamo un'altra.»
Il filtro era bollente tra le labbra, il fumo mi raschiò in gola. Mi rilassai, affondai nella terra godendomi la sensazione di sentire il cervello allentare la presa. Per qualche minuto smisi di sentire persino i sassi conficcati nelle costole.
Quando tornai in me Nadir si era girato di fianco, teneva gli occhi chiusi, sembrava dormire.
Lo guardai a lungo senza che se ne accorgesse.

Com'erano disarmonici i suoi tratti. Una bruttezza irrimediabile, quasi magnetica.

«Hai lo stesso naso di nostro fratello» dissi. Era la prima volta che lo chiamavo in quel modo. Di solito era solo Pietro, o *mio* fratello, o *suo* fratello.

Aprì l'occhio castano, mi guardò le labbra. Pensai che stesse per dirmi che avevo la bocca larga come quella di Pietro. Invece disse: «Ti ha baciato quel tizio?».

«Chi?»

«Giacomo. Ti ha baciato?»

«No.»

«Sicura?»

«Non ha fatto in tempo, sei arrivato tu a rovinare tutto.»

«Quindi non hai mai baciato nessuno?» C'era qualcosa di strano nella sua voce, sembrava scherno trattenuto. Mi indispettii, voltai la testa.

«Ma che vuoi, che te ne frega a te?»

«E dai, rispondi.»

«Fatti i cazzi tuoi, Nadir.»

Dirgli di no sarebbe stato umiliante, dirgli di sì sarebbe stata una bugia. Meglio stare zitta, aspettare che si stufasse. C'era una chiazza di sole che filtrava tra gli alberi, mi colpiva gli occhi chiusi. Sentii lui che si muoveva lì accanto. Sparì quel lucore giallastro che vedevo stampato dietro le palpebre. Non feci in tempo a capire che succedeva, dove stesse andando, forse si stava alzando per preparare un'altra canna.

Mi arrivò addosso l'odore di cloro e sale della sua maglietta. Mi infilò una mano sotto la nuca, poi sentii che premeva le labbra sulle mie.

Pensai che mi sarei scostata, mi sarei messa a ridere e mi sarei pulita la bocca come i bambini, o forse avrei finto di vomitare, come aveva fatto lui il giorno prima. Gli avrei detto che era impazzito, che era troppo fatto per capirci qualcosa.

Cercai di dire a me stessa che non volevo.

Invece non volevo altro. Aprii la bocca e lo lasciai entrare.

Con Giacomo mi ero preoccupata di dove mettere le mani, di come aprire e chiudere la bocca. Con lui scoprii che sapevo esattamente cosa fare.

Ci staccammo dopo moltissimo tempo. Mi resi conto che ci eravamo spostati, che ce lo avevo sopra e gli tenevo le braccia strette al collo. Il suo corpo era incuneato nel mio, ne sentivo tutti i contorni. Pesava più di quanto immaginassi, ma le mie ossa sopportavano le sue, resistevano senza incrinarsi.

Non sorrise, mi sistemò in modo goffo i capelli che mi aveva scompigliato.

«Perché?» domandai.

«Perché così adesso hai baciato qualcuno.» Rotolò di lato, lasciandomi un vuoto in mezzo alle costole, lì dove s'era appoggiato. Si tirò su e girò un'altra canna, ce la passammo in silenzio. Ebbi la certezza che l'avesse fatto di proposito, prendere qualcosa di mio che non avrei potuto dare più a nessun altro.

Dopo un po' tornammo indietro. All'imbocco del cancello della villa Nadir mi lasciò la mano e mi fece cenno di andare avanti.

Quello che era accaduto rimase lì, nella forra vicino alla sterrata, sepolto insieme al portamonete viola ormai vuoto, e alla sottile vergogna di aver fatto qualcosa di brutto, di irreparabile.

Sapevamo entrambi che non sarebbe più successo, che non ne avremmo più parlato.

20

Avrei voluto dimenticarmene, e invece continuai a pensarci.

Continuai a pensarci per giorni, una volta tornata a casa. Tiravo fuori certi silenzi ostinati, ogni volta che mia madre o mio padre chiedevano, facendo finta di niente, se io e Nadir avessimo litigato durante le vacanze. Si erano accorti che adesso il telefono di sera rimaneva libero, che nessuno mi chiamava più a casa.

Pensai di chiamare io, di chiedergli se avesse voglia di andare da Pietro, ma alla fine mi mancò il coraggio.

Sapevo che prima o poi ci saremmo incrociati di nuovo. Condividevamo un fratello. Avevamo provato per anni a scardinare quel legame, non ci eravamo riusciti, anzi. Se possibile, avevamo fatto di peggio.

Nel novembre 2001, poco dopo l'attentato alle Torri gemelle, Pietro partì per New York a spese del suo dipartimento, insieme a un altro dottorando, per partecipare a un ciclo di conferenze sulle conseguenze dell'attentato. Lo aspettavamo a casa per Natale, ma all'inizio di dicembre telefonò dicendo che non sarebbe tornato. Grazie a Gorelli avrebbe continuato il suo progetto di ricerca collaborando con alcuni colleghi che avrebbe dovuto raggiungere in Medio Oriente. Disse che sarebbe partito direttamente per la Siria. La primavera di Damasco era fallita, Assad figlio si era rivelato riformista tanto quanto suo padre. Pietro s'era preso l'incarico di aggiornare la ricerca che aveva condotto con Gorelli l'estate precedente. Poi si sarebbe spostato in Iraq e in Iran, quindi in Afghanistan, per studiare l'impatto dell'attentato. Ne capivo poco, sapevo solo che era appena scoppiata una guerra e che lui aveva intenzione di infilarcisi dentro. Ci rassicurò, disse che le università erano sicure, che se ci fosse stato qualche rischio non lo avrebbero mai fatto partire. Io gli credevo, ma non mi sfuggiva la preoccupazione marchiata sul volto di Lucrezia, le pile di giornali che accumulava sulla scrivania dello studio. Mi accorgevo della faccia scura di mio padre, di come gli si abbassava la voce quando parlava con lui al telefono.

Una sera che la discussione era particolarmente aspra, mi avvicinai incuriosita. Papà mi vide, mi lanciò un'occhiata fulminante che non era diretta a me, ma a quello che rideva nella cornetta a diecimila chilometri di distanza.

«È Pietro?» domandai.

«Celeste, torna in camera tua» mi rispose con malagrazia.

«È lì? Passamela.» La voce di mio fratello nel ricevitore aveva una nota divertita. Agguantai il telefono, me lo misi all'orecchio.

«Papà è impazzito o hai combinato un casino?» domandai. Pietro scoppiò a ridere.

«Nessun casino. È il mio lavoro, papà non lo vuole accettare.»

«Com'è New York?»

«Brutta, Riccio di mare. Un cesso di città. Ma ti ho comprato una cosa, te la mando prima di partire per Damasco.»

«Ma poi torni?»

«Certo che torno. Mi vuoi bene?»

Mi irrigidii, sentii qualcosa sguazzare nelle budella, una specie di presentimento lontanissimo. Non mi aveva mai fatto una domanda del genere. Anni dopo avrei capito che in quel momento, al telefono con me, condizionato da tutti quegli scenari catastrofici che mio padre gli aveva dipinto, per un attimo aveva avuto paura.

Paura di trovarsi in qualcosa di più grosso di lui, qualcosa che non avrebbe potuto gestire. Paura di non riuscire a tornare, forse paura di morire. Non era mai stato in quei luoghi, nemmeno in tempo di pace. Li conosceva sulla carta, ne aveva studiato gli equilibri, era un esperto di teoria. Ora voleva mettere in pratica andando dritto a giocare a rimpiattino con una guerra.

Aveva ventisei anni.

Schermò quella paura dietro la sua solita ironia, dietro la sua testa dura, cercò di rassicurarmi. Lo ammirai ancora di più per quel suo coraggio, per quel sangue freddo, per lo sprezzo che dimostrava.

Col senno di poi avrei preferito vederlo terrorizzato, oggi non saremmo qui a parlarne.

«Certo che ti voglio bene.»

A fine gennaio feci la solita visita di controllo con Lucrezia, trovandola dello stesso tetro umore che aveva mio padre.

«È arrivato un pacco dagli Stati Uniti» disse, con una smorfia. «Un regalo di Pietro.» Si allontanò dal lettino e mi lasciò libera di rivestirmi, con un cenno indicò una busta abbandonata sulla poltroncina lì accanto, sembrava non volesse neanche toccarla. Scartai il pacchetto, ci trovai dentro una felpa della Nike viola, da ragazza, stretta e corta in vita. Sui polsini aveva due buchi per infilare i pollici. Non avevo mai visto niente di simile in Italia, pensai che a scuola me l'avrebbero invidiata tutti, non riuscii a trattenere un sorriso.

«Quella di Nadir è nera» commentò Lucrezia, mogia. «Vi ha regalato la stessa cosa e anche lui ha apprezzato molto. Vedo che avete gli stessi gusti.»

Quell'accenno a Nadir mi mise in imbarazzo. Non lo sentivo da mesi. L'estate era scolorata da tempo, persino i suoi lineamenti stavano un po' sbiadendo, si confondevano con quelli più nitidi di Pietro. La sensazione che provavo invece era ancora molto acuta. Sperai invano che Lucrezia lasciasse cadere il discorso.

«Perché non vi sentite più?» domandò, cogliendo la palla al balzo.

«Ma no, ogni tanto ci sentiamo» mentii. «È che io ho tanto da studiare.»

«Brava. Almeno tu studi. Quello è un somaro. Da quando Pietro è partito, sta sempre in giro. Adesso che si è messo con quella, poi, vedrai se quest'anno non si fa bocciare...»

«Chi?» Avevo le gambe molli. Odiai quella fitta in gola, mi detestai per aver fatto quella domanda: che me ne fregava?

«Una che sta a scuola con lui... Alessia, mi pare, una cosa del genere. Va quasi tutte le sere a casa sua, a volte non torna nemmeno a dormire. Si svegliano tardi e non vanno neanche a scuola. Carolina mi piaceva, era una brava ragazza. Questa... non lo so. Non mi convince.» Restò in silenzio per un attimo, strinse le labbra. «Se ti capita, parlaci.»

«E che cosa gli devo dire?»

«Non lo so. Digli di non farsi bocciare. Nadir ha una brutta testa, Celeste. Ma a te ti ascolta. Sei l'unica che ascolta a parte Pietro.»

Sarebbe stato inutile spiegarle che no, non mi ascoltava, non contavo proprio niente. Le promisi che avrei fatto il possibile, poi, invece del maglione con cui ero venuta, mi infilai la felpa che mi aveva comprato Pietro.

Era bellissima. Dello stesso colore di quello stupido portamonete che io e Nadir avevamo seppellito mesi prima nel bosco.

Ce l'ho ancora oggi, quella felpa. Scolorita, ha un orlo sfilacciato e una bruciatura di sigaretta sul colletto. Ha quasi vent'anni, mi sta ancora, non sono più cresciuta. È sopravvissuta a due traslochi, a un gesso al braccio che ne ha slargato il polsino destro, a una quantità di vita indescrivibile, la mia e quella degli altri.

È sopravvissuta alla scomparsa di mio fratello.

Alla partenza folle di Nadir, a questa ricerca disperata.

Mi ricordo la brutta sensazione che provai nello studio di Lucrezia, a sapere che aveva una ragazza.

E quello non fu che l'inizio. Troppa terra m'avrebbe fatto ingoiare.

E troppe spine gli avrei fatto ingoiare io.

21

Pietro tornò l'estate successiva, sano e salvo, magro, nervoso, sorridente e sicuro di sé, una sfilza di pubblicazioni su varie riviste di settore. Avrebbe proseguito con la carriera accademica, avrebbe affiancato Gorelli con le lezioni all'università. La nostra famiglia tirò un sospiro di sollievo. Per qualche mese se ne sarebbe rimasto al sicuro a Roma, invece di andarsene in giro a rischiare la pelle.

Lasciò la stanza in affitto nell'appartamento che conoscevo bene, prese una casa tutta per sé.

Ovviamente avevo già perso l'abitudine di passare i pomeriggi da lui, ma non so perché, quel cambiamento mi intristì ancora di più.

Avevo già trascorso molti mesi sofferti, preda di uno scontento che non sapevo sfogare se non facendo saltare i nervi a chi mi stava intorno.

I miei diciassette anni mi avevano reso insopportabile. I miei compagni di classe andavano ai concerti, facevano casino alle manifestazioni contro la Moratti, restavano fuori a ballare tutta la notte, io in mezzo a troppa gente non ci potevo stare. Ascoltavo i loro racconti, vivevo di esperienze di seconda mano. Il punto più basso dell'autocommiserazione l'avevo raggiunto guardando il concerto del Primo Maggio in televisione. Avevo riconosciuto certe ragazze della mia classe nelle prime file. Le avevo viste sbracciarsi verso la telecamera con una felicità assoluta e per un attimo a vedere della gente che conoscevo in televisione mi ero esaltata, mi ero sentita come fossi lì tra loro, sporca e sudata, sfacciata e con le ossa solide. Poi avevo distolto lo sguardo e accanto a me, sul divano, avevo visto mio padre che dormiva, avevo sentito il rimestare di mia madre in cucina. Il senso d'ingiustizia e di esclusione m'aveva scorticata viva.

Restavo chiusa in camera per pomeriggi interi, la musica sparata nelle orecchie, scelta apposta per assordarmi, per lasciarmi rintronata. Mia madre odiava i dischi che compravo, tutto quel rumore senza significato. Odiava che avessi preso a vestirmi tutta di nero, che fumassi, che mi truccassi in quel modo volgare, gli occhi nascosti da uno strato di eyeliner spesso due centimetri, la bocca impiastricciata di rossetto rosso scuro, i capelli lunghi fino al culo che avevo tinto di nero senza il suo permesso, e che facevano risaltare il pallore patologico della mia pelle.

Un vampiro, diceva lei. Un vampiro cretino.

Si sbagliava. Lunga, fragile, bianchissima, sottile, trasportata dalla corrente. Non un vampiro, nemmeno più un riccio di mare.

Un osso di seppia.

Successe a fine novembre. Di lì a pochi mesi avrei compiuto diciotto anni, quell'estate avrei dato la maturità. Mia madre scoprì che salivo in motorino con una compagna di scuola, una che abitava vicino a casa nostra e che, non sapendo nulla di ciò che avevo, mi dava spesso uno strappo alla fine delle lezioni.

Mi vide scendere da quel motorino, si affacciò al balcone e si mise a gridare che ero un'irresponsabile. La mia amica la prese per pazza. Entrai in casa gridandole addosso che non la sopportavo più, che era colpa sua se ero nata in quel modo. Le rinfacciai quel gene che aveva dormito nel suo sangue e s'era risvegliato nel mio, le dissi che avrei voluto che fosse capitato a lei, e non a me.

Vidi i suoi occhi riempirsi di lacrime.

«Tu pensi che se potessi prendermela io la tua malattia non lo farei? Certo che doveva capitare a me e non a te. Certo che la vorrei io. Ci metterei la firma per averla io e toglierla a te, lo sai, sì o no?»

«Facile fare l'eroina quando sai che non puoi prendertela. E smettila di piangere, sono dieci anni che non fai altro che frignare. Sei patetica, m'hai rotto il cazzo.»

Mi tirò uno schiaffo così forte che pensai m'avesse slogato la faccia. Poi mi resi conto che era stato più il rumore che altro.

Il rumore e l'umiliazione.

Ancora con lo zaino in spalla, infilai la porta e me ne andai.

Mi aggirai un po' come un'anima in pena, salendo e scendendo dagli autobus. Presi un caffè in un bar, si fece tardi. Mi resi conto che senza volerlo ero arrivata a piazza Bologna, ero piuttosto vicina a casa di Pietro, e a casa mia non sarei tornata neanche morta.

Suonai, lui c'era, mi aprì. Non fu troppo sorpreso di vedermi, si mise a ridere di fronte alla mia espressione ingrugnata.

«Che hai fatto?»

«Ho litigato con quella stronza di mia madre.»

«Perché ho come l'impressione che lei abbia ragione e tu torto?»

«Perché sei uno stronzo pure tu.»

«Entra, cretina.»

Dio quanto mi calmava la sua presenza. La mia insofferenza svanì mentre lo seguivo lungo il corridoio di quella casetta in affitto. Mi venne voglia di buttarmi addosso a lui e mettermi a piangere, frignare senza ritegno come quando ero bambina. Pietro mi fece sedere, mi permise di fumare in cucina.

«Io a casa non ci torno, te lo dico.»

«E che vuoi fare?»

«Boh. Piuttosto vado a dormire in stazione.»

«Sì, vabbè.» Guardò l'orologio, si prese una sigaretta dal mio pacchetto senza chiederla. Sbuffò, ma non era seccato. «Aspetta qui.»

Restò via per un quarto d'ora, lo sentii parlare nell'altra stanza. Quando capii che aveva telefonato a casa mi sentii tradita. Feci per andarmene ma esitai un secondo di troppo. Pietro mi placcò mentre ero già sulla soglia. «Dove vai, scema. Eh, dove vuoi andare?» Mi tirò indietro, mi divincolai per un po'. Lui mi spinse in casa e richiuse la porta.

«Perché l'hai chiamata?»

«Per dirle che sei qui. Dice che hai il telefono spento dall'ora di pranzo, che sei uscita sbattendo la porta. Le ho detto che stai bene. Non sto dalla tua parte, ma...» alzò una mano quando vide che stavo per ribattere, mi ridusse al silenzio. «Stasera resti qui. Domattina però vai a scuola e dopo scuola torni a casa. E ci torni a casa, o m'incazzo. E parli con tua madre, e le chiedi scusa, va bene?»

Rimasi da Pietro. Mia madre era ferita dalle cose che le avevo detto, non voleva parlarmi. Chiamava lui per comunicare con me. I giorni diventarono due, poi tre. Dormivo sul divano letto del piccolo soggiorno di mio fratello. Non avendo cambi lavavo la biancheria tutte le sere, asciugandola col phon. Non me ne fregava niente di andare a scuola sempre con gli stessi indumenti, tanto vestivo sempre di nero, nessuno avrebbe notato la differenza.

Il venerdì pomeriggio mio padre si presentò a casa, l'aria scocciata e un sacchetto in cui c'erano alcuni abiti e i libri che mi servivano per la scuola.

Pietro non sembrò particolarmente sorpreso. Capii che già sapeva, che qualcuno gli aveva chiesto di tenermi per un po', come un pacco indesiderato.

«Ecco, questi te li manda tua madre» disse papà, tendendomi il sacchetto. «Siete due ragazzine» aggiunse tagliente.

«Ma io ho diciassette anni, lei quarantaquattro.»

«E infatti non ti rendi conto di quanto male fai alle persone.»

Non mi chiedevo quando sarei tornata a casa, mi illudevo di poter restare all'infinito, invece no. Pietro progettava di partire. Lo sentivo parlare al telefono con un inglese spedito a cui faticavo a stare dietro. Una sera dopo cena mi disse che sarebbe partito dopo Natale, che sarebbe rimasto qualche settimana ad Ankara, ospite di un ricercatore che aveva conosciuto durante il primo viaggio, uno che insegnava filosofia politica.

Il governo turco aveva appena ratificato l'abolizione della pena di morte, Öcalan non sarebbe stato impiccato, era un passo fondamentale per lo sviluppo di una realtà moderna, democratica, per l'ingresso della Turchia nell'Unione europea.

Scoprii che aveva intenzione di collaborare con quel suo amico ricercatore per scrivere un saggio sull'utopia curda.

Col passare dei giorni presi a pensare a mia madre, a fare i conti con quello che era successo. Oscillavo tra il dispiacere e il rancore. Mi si spaccava lo stomaco a immaginare la mamma che piangeva per come l'avevo ferita, dilaniata dal senso di colpa per qualcosa che non dipendeva da lei. Per mio padre era diverso, mio padre aveva anche Pietro. La mamma aveva solo me. Pensavo di tornare, di chiederle scusa. Poi però me la figuravo spensierata, mi rendevo conto che ero fuori di casa da una settimana e che non mi aveva mai chiamato. Una bestia piccola e rancorosa mi rosicchiava gli organi interni. Non gliene fregava niente, mi aveva mollata da Pietro e si era tolta un peso dalle spalle. Probabilmente credeva di meritare una vacanza da quella figlia malata che le dava tanto da penare.

L'arrivo di Nadir mi trovò più incattivita che mai.

Si presentò che Pietro non c'era, era all'università. Aprii la porta e me lo trovai lì, stessa faccia, stessi capelli, qualche centimetro in più.

Mi guardò perplesso. Non ci vedevamo da più di un anno.

«Quindi, adesso sei così» disse, squadrandomi dalla testa ai piedi. «Cioè, praticamente sei Marilyn Manson.»

«Pietro non c'è» lo avvisai, scostante. Avevo sentito qualcosa nell'attimo in cui mi era comparso davanti, una minuscola crepa, un lampo di luce giallastra, la stessa di quel pomeriggio a Feudi.

«Mia madre dice che stai facendo la pazza.»

«Ti ha mandato lei?» domandai. C'era il caso che Lucrezia facesse una cosa del genere. Si era convinta dal nulla che avessimo influenza uno sull'altro.

«No.» Entrò disinvolto, conosceva quelle stanze. «Da quanto sei qui?»

«Una settimana.»

«A scuola da me stanno facendo occupazione.»

«Quindi?» Andai alla finestra e mi accesi una sigaretta, nervosa. Non lo volevo in casa. Lui sembrò percepirlo, snudò un sorriso da gatto soddisfatto. Era venuto fino a lì con le idee chiare.

«Mi sa che visto che sei qui resto pure io.»

Pietro disse no. No e poi no, nella maniera più assoluta. Un'adolescente dentro casa poteva anche tollerarla, era una situazione d'emergenza. Due erano troppi. Perciò, Nadir se ne sarebbe andato subito dopo cena. Non c'era verso che restasse, non c'era nemmeno posto, dove avrebbe dovuto dormire?

Invece quella sera scoprii che il letto matrimoniale di Pietro era fatto di due letti singoli attaccati, a non stare attenti ci si finiva in mezzo col rischio di dividerli.

Il divano letto, per assurdo, era più comodo.

Peccato che adesso ci dormiva Nadir.

Passarono un paio di giorni, mi resi conto che non aveva intenzione di schiodare. Le lezioni nel suo liceo erano sospese, restava tutta la mattina a casa. Se disgraziatamente dimenticavo le sigarette sul tavolo della cucina ritrovavo il pacchetto vuoto. Se le fumava tutte e non si scusava, diceva che lì la roba era di tutti, che dovevamo condividere. Si comportava con me come s'era sempre comportato, sembrava che non fosse successo niente, che non avessimo trascorso un anno senza vederci né sentirci. Chissà se aveva capito che dopo di lui non avevo più baciato nessuno. Io me lo sentivo scritto in fronte, una specie di marchio infamante. Non avevo il coraggio di chiedergli dell'altra ragazza, quella di cui mi aveva parlato Lucrezia.

La sera ci rannicchiavamo tutti e tre sul divano chiuso. Ordinavamo la pizza, oppure Pietro cucinava qualcosa. Facevamo tardi guardando film. Alle due del mattino la nostra finestra era l'unica accesa in quel palazzo di vecchi e famiglie.

Piccole abitudini acquisite subito. Ero la prima ad alzarmi, preparavo il caffè per tutti. Lo portavo a Pietro, glielo lasciavo con gentilezza sul comodino. Gli passavo le dita tra i capelli, lo chiamavo sottovoce, «Pie' il caffè si fredda, è tardi, devi andare in facoltà».

Svegliavo Nadir a calci, rotolava giù dal letto promettendomi un sacco di schiaffi. Mi affrettavo a dileguarmi e uscivo ridendo.

Nei miei ricordi quel periodo si dilata, sfilacciandosi in una stringa di tempo lunghissima. Invece non furono che due settimane.

Una sera, per la prima volta da quando entrambi eravamo

lì, Pietro ci lasciò soli. Ci chiese di comportarci bene e di non fare troppo casino, lui doveva incontrare alcuni amici appena tornati dalla Turchia.

In un pensile, Nadir trovò una bottiglia di Jack Daniel's. Me la mostrò con gli occhi che brillavano.

Ci sedemmo sul tappeto, una di fronte all'altro, la bottiglia nel mezzo che luccicava come un pericolo.

«Che facciamo?» domandai.

«Che cosa ci vuoi fare? Ce la beviamo.»

«Pietro si arrabbia.»

«Pietro sa condividere, mica è un tirchio come te.»

L'intenzione era quella di finirla, ma già dopo un quarto non ne potevamo più. Il sapore ci aveva fatto schifo, ci aveva dato subito alla testa.

Nadir disse che quella casa era un mortorio, che ci voleva un po' di musica. Si trascinò gattonando fino all'impianto stereo.

«È tardi» provai a dire, mentre svaniva l'ultimo barlume della ragazzina responsabile che ero da lucida. «I vicini...»

«Ma chi se ne sbatte dei vicini.» Prese a trafficare con la pila di cd accanto allo stereo. Guardava le cover, scuoteva la testa e poi li ributtava nel mucchio.

«Che cosa stai cercando?»

«Una compilation che ho fatto io.»

«Metti una cosa a caso e falla finita, dai» bofonchiai. Il Jack Daniel's mi aveva fatto salire il mal di testa, cominciavo ad avere sonno.

«No, no, voglio quella. C'è una canzone che...»

«Che?»

«Una canzone che mi fa pensare a te.»

«Ma vaffanculo, va'.»

«Dico sul serio. Ecco, guarda, l'ho trovata.»

Indietreggiai, mi accesi una sigaretta. Colsi la mia faccia nel riflesso della finestra. Un fantasma squagliato, il rossetto sbavato fin sul mento, chiazze nere di mascara a disegnarmi due orbite larghissime da teschio. Non me ne importava niente, tanto a guardarmi c'era solo Nadir, scarmigliato quanto me, una maglietta piena di buchi, un paio di vecchi pantaloni con l'elastico slabbrato, i calzini di spugna spessa che raschiavano la polvere intrappolata nel tappeto. Mise il cd nel lettore, si girò. Già rideva.

Lo stereo fece esplodere *Acido Acida* dei Prozac+ a tutto volume.

Sbuffai. «Sei un idiota.» Non avevo pensato nemmeno per un momento che potesse avere intenzioni diverse.

Si alzò in piedi, barcollando. Venne da me e mi tese una mano. Di riflesso l'afferrai, mi lasciai trascinare. «Balliamo.»

«Ma tu sei scemo.»

«Dai, dai, che palle che sei. Non ci vede nessuno.»

Intrecciò le mani alle mie, mi diede il suo ritmo scoordinato, mi lasciai muovere come un burattino senza fili, senza entusiasmo.

«Non mi va, Nadir.»

«Che c'è, ti vergogni?»

«Sì.»

«Ti vergogni con me?»

«Sì.»

«Allora chiudo gli occhi e non ti guardo.» Lo fece davvero. A occhi chiusi si muoveva anche peggio del solito, perdeva l'equilibrio, allungava le mani per chiedermi aiuto, lo riacchiappavo al volo, prima che urtasse contro i mobili. Inciampò, mi franò addosso con tutto il peso, riuscii a sostenerlo mettendogli le braccia intorno alla schiena, poi lo spinsi via.

Guardai di nuovo nel riflesso della finestra, quella scena pietosa che avremmo visto solo noi. Scoppiai a ridere. Eravamo così ridicoli, così ubriachi, brutti, sgraziati. La canzone finì, poi ricominciò, sempre la stessa, a volume altissimo.

Mi prese per il mento, mi costrinse a distogliere lo sguardo dal nostro riflesso. Aveva gli occhi aperti. Era così vicino che vidi solo i suoi denti, l'unica cosa dritta in quella faccia asimmetrica.

Mi strofinò il naso sulla tempia, poi sulla guancia. Mi tenne ferma contro di sé, come cercando il coraggio per il passo successivo. Non so come riuscimmo a udire il rumore delle chiavi nella porta d'ingresso. Un attimo dopo Pietro era in soggiorno, le braccia allargate, troppo stupito dal casino per essere davvero incazzato, per accorgersi di avere interrotto qualcosa.

«Che cazzo state facendo, siete scemi?»

Eravamo già distanti diversi metri, schizzati agli angoli opposti del soggiorno.

«Una festa.» Nadir mi fregò l'ennesima sigaretta dal pacchetto, abbassò la musica ma non smise di muoversi.

«Siete in due, testa di minchia, che festa è?»

Nadir accennò una specie di balletto da odalisca sbronza. «Una festa molto esclusiva.»

Intuii l'enorme sforzo di Pietro per non ridere, per mostrarsi contrariato. «Com'è che sei uscito così coglione, te? Spegni 'sta musica.»

«Dai, dai, vieni.»

Aveva bevuto anche lui, forse aveva pure fumato. Aveva i freni inibitori allentati, o non ci avrebbe dato corda. Si sentiva in dovere di tenerci in riga, ma la volontà di Nadir piegava tutto, anche in quel contesto ridicolo. Gli infilò in bocca la sigaretta fumata a metà, aspettò che Pietro si liberasse della giacca con uno sbuffo rassegnato e divertito insieme, lo portò al centro della stanza, poi gli passò il Jack Daniel's. Pietro si voltò verso di me, mi passò una mano dietro la nuca, mi tirò a sé. Mi annusò le labbra, insospettito.

«Hai bevuto?»

«Pochissimo. Non mi piace quella roba.»

«Non farmi preoccupare. Non farti convincere da questo deficiente.»

Nadir gli diede una spinta allontanandolo da me, lui gliela restituì. Non era più incazzato. E vidi di nuovo quello che avevo visto a Feudi, la prima volta in cui ci eravamo stati tutti e tre insieme. Il modo in cui erano fratelli loro due. Un'amicizia sotterranea, una cosa da maschi da cui sarei sempre stata esclusa.

Mi sentii di nuovo gelosa, scontenta e messa da parte, e non riuscii a capire se fosse per l'uno o per l'altro. Poi Pietro si girò verso di me, mi afferrò per un braccio, mi tirò in mezzo. «Vieni qua. Vieni anche tu.»

Finii tra loro due, per un attimo ci abbracciammo stretti, l'alcol ci aveva dato alla testa.

«Proprio a me dovevano capitare due scemi come voi» borbottò Pietro ridendo, la bocca aperta premuta sui miei capelli, il braccio destro intorno al collo di Nadir.

«Però ci vuoi bene, no?»
«Per forza, altrimenti v'avrei già ammazzato.»
La musica continuava in sottofondo, ondeggiammo piano ancora stretti, braccia e gambe intrecciate, io con la faccia incastrata sotto il mento di Pietro, Nadir che strofinava piano la guancia sulla mia testa.
Poi nostro fratello si staccò, guardò prima uno e poi l'altro, più volte.
Socchiuse gli occhi, ci allontanò da sé, tenendoci a distanza con le braccia tese. «Vi siete visti?»
Nadir mi infilò la mano sotto la maglietta. Il palmo caldo contro la schiena, in un punto in cui Pietro non poteva vedere.
«Cosa?»
«Dovreste guardarvi.»
«Cosa, che c'è?»
Le dita sul fianco, mi stringeva piano.
«Vi assomigliate.»

22

La mattina successiva mi alzai prestissimo. Non ricordavo nemmeno di aver dormito, ma sentivo la testa pesante, il corpo stranamente leggero. Mi trascinai in cucina, misi su il caffè, aspettai che iniziasse a borbottare. Poi, fu come se qualcuno avesse spostato un interruttore, tagliato un filo.

Click.

Partì dall'interno, sommesso. Uno spostamento minimo, come di cartilagine che si distende, come un brevissimo scroscio di pioggia.

Il tempo di pensarlo ed ero già sul pavimento, con tutta la moka piena fino all'orlo.

Il ginocchio aveva ceduto. Qualcosa dentro non aveva retto il peso del mio corpo, le mie ossa cave, sottili, s'erano incrinate. Il dolore mi investì, comprimendomi gli organi interni. Emisi un piagnucolare sfiatato, terrorizzata dal fatto di non riuscire nemmeno a respirare. O facevo collaborare i miei polmoni o sarei rimasta lì fino a che gli altri due non si fossero svegliati.

Non ce ne fu bisogno, perché Pietro mi sentì.

La porta in fondo al corridoio sbatté così forte da rimbombare per tutta la casa. Rimase per un istante fermo sulla soglia della cucina, pallidissimo.

La gola mi si aprì all'improvviso, cacciai un urlo da svegliare tutto il palazzo.

«Sono qui. Sono qui, sono qui.» La sua voce era bassa, rauca, sembrava quella di Nadir. Mi prese la faccia tra le mani. Cercò di attirare la mia attenzione, sapeva già cosa fare. «Non svenire. Mi servi sveglia. Dimmi dove.»

«La gamba... il ginocchio... non so come. Mi viene da vomitare.»

«Respira col naso. Ci penso io, non è niente. Non ti preoccupare, Riccio di mare, non è niente. Nadir! Nadir, porca puttana!»

«Cosa c'è? Che ho fatto, adesso?»

Non erano passati che un paio di minuti da quando ero caduta, e già la cucina era un inferno di voci, io che piangevo, loro che gridavano da una stanza all'altra. Nadir mi vide rannicchiata a terra, il caffè che era venuto giù con me, che m'aveva inzuppato i capelli.

«Chiama mamma» ordinò Pietro, secco. «Subito.»

«Si è rotta qualcosa, lei...»

«Non lo so ancora. Chiama mamma, cazzo.» Nadir sparì di nuovo in soggiorno, Pietro rovesciò il cassetto delle posate, abbrancò un paio di forbici, le usò per tagliare i pantaloni del mio pigiama. Il ginocchio era già una palla violacea. Mi sporsi per guardare.

«È grave?» domandai anche se lo sapevo da me che lo era.

«Ti devo portare in ospedale.»

Nadir tornò una manciata di secondi più tardi, il telefono incollato all'orecchio, gli occhi fissi sul mio ginocchio che lievitava. «La mamma dice di portarla all'Israelitico, subito. Ci raggiunge lì.»

«Prendi il ghiaccio e tieniglielo premuto sulla gamba. Falla stare ferma. Mi metto le scarpe» disse Pietro per tutta risposta. Nadir sgranò un intero blister di cubetti in uno strofinaccio, si inginocchiò accanto a me, me lo premette addosso, concentrandosi nel compito facile che nostro fratello gli aveva assegnato.

«Ti faccio male?» domandò.

Mugolai qualcosa a labbra strette. Mi mise una mano sotto la guancia, mi resi conto solo in quel momento che avevo la faccia nel caffè versato, ormai tiepido. Non sentivo più niente, né la bocca, né la pelle, né il contatto delle sue dita. Pensai di essermi ustionata.

«Nadir...» chiamai allarmata. «Il caffè era bollente. Io non... non sento più...»

Chissà come, riuscì a capirmi. Spostò piano la mano, mi controllò il viso. «Non hai niente, è solo lo spavento. La tua faccia è normale. Sei brutta come al solito.» Sfiatai una risatina grata e sollevata che si spense subito in un piagnucolare sofferente.

«Come è successo?»

«Non lo so. Ero in piedi, stavo riempiendo le tazze, poi ho perso l'equilibrio.»

«Ieri sera noi...» S'allargò la pupilla dell'occhio azzurro. *L'ha incrinata tutto quell'agitarsi, quello sgambettare disordinato.* Sapevo a cosa pensava.

«Non è colpa tua. Quello che succede all'esterno non c'entra quasi mai niente.»

«È così che funziona?»

«Sì, un istante prima sei in piedi, l'istante dopo sei per terra e non cammini.»

«Spostati.» Pietro rientrò in cucina di corsa. Aveva strappato la coperta dal letto, mi ci incartò dentro, molto più facile così che cercare di infilarmi il cappotto, di distendere gli arti contratti. «Ti devo tirare su» mi avvertì.

«Ti aiuto. Posso portarla io, ce la faccio» si mise in mezzo Nadir.

«Ci penso io. Apri la porta, scendi a spostare la macchina.»

Volle essere lui. Non lo avrebbe lasciato fare a nessun altro.

Le braccia strette al collo, la faccia premuta sul suo maglione, il dolore insopportabile di essere staccata da terra. Mi sentii di nuovo come avessi sette anni, ma Pietro stavolta ansimava per la fatica.

«Scusa, peso tanto, lo so.»

«Non c'è niente di cui scusarsi. Non mi vomitare addosso.»

«Giuro, no. Se proprio devo, vomiterò addosso a Nadir.»

Rise. Poi premette le labbra sulla mia fronte. «Riccio di mare, mannaggia la miseria.»

Non avevo mai saputo fino a quel momento che i suoi baci non facevano alcun rumore.

Poi, l'ospedale. Pietro si fermò alle porte del Pronto soccorso, qualcuno venne a caricarmi su una barella. Sentii Lucrezia che dava ordini. Ero calma, dissi che volevo Pietro. Galleggiavo in uno strano stato d'incoscienza. Dita fredde mi sfiorarono il braccio. Mi voltai e lì accanto c'era mia madre, occhi pieni di lacrime, come suo solito. Ma in quel momento non mi diede fastidio. Non sentivo più nessun rancore, volevo quelle lacrime.

Restò con me finché non mi infilarono tutta nel macchinario della TAC, per vedere se avessi altre fratture nascoste. Scoprimmo che il ginocchio era rotto in tre punti, nessun osso si era salvato. Il radiologo di turno disse, con una punta di inopportuno stupore, che non aveva mai visto niente di simile.

Fui spostata in ortopedia con un tutore, una specie di gabbia d'acciaio a tenere insieme i pezzi sparsi del mio ginocchio.

I miei genitori rimasero fuori, come Pietro e Nadir. Solo Lucrezia ebbe il permesso di entrare, e mi somministrò una secchiata di Toradol. Affondai in una confusione densissima che però non mi impedì di accorgermi che qualcosa non andava. Nessuno aveva parlato di cosa sarebbe successo.

«Perché non mi hanno ingessato?»

«Non hai bisogno del gesso.»

«Quindi non è così grave. Tra qualche giorno potrò camminare di nuovo, vero?»

Esitò. Ma non c'era nessun altro che potesse dirmelo, e lei con me era sempre stata sincera.

«Il gesso in questo caso non servirebbe a niente. Dobbiamo operare, Celeste.»

La festa era finita, cominciavo a raccogliere i cocci.

Mi lasciarono qualche giorno per abituarmi all'idea.

Mi rimediarono una sedia a rotelle. Un infermiere robusto mi aiutò a sistemarmici sopra, scherzò un po' sul fatto che finalmente poteva prendere in braccio una bella ragazza, di solito gli toccavano sempre vecchie senza manco la dentiera.

Poi visite su visite, una serie infinita di esami, di consulti, Lucrezia che interpellava i chirurghi.

Avevo una lesione incredibile, di quelle che probabilmente si vedono sui cadaveri, quelli morti negli incidenti stradali. L'articolazione era disintegrata. Nessuno usò quella definizione, ovviamente. Parlarono tutti di "osteosintesi conservativa", di tecniche all'avanguardia e placche di titanio, di riabilitazione, di fisioterapia, di tempi di recupero. Eludevano la mia domanda diretta.

Quando? Quando potrò rimettermi in piedi, camminare?

Pietro in quei giorni si fermò a lungo, fino al limite dell'orario di visita. Spingeva la sedia a rotelle lungo i corridoi, parlava del suo viaggio, mi prometteva che mi avrebbe mandato un sacco di regali, che un giorno mi avrebbe portato insieme a lui, ci saremmo inoltrati a sempre più a est, avremmo attraversato quei paesi che quasi nessuno aveva il coraggio di attraversare.

Le promesse assurde che si fanno a quelli che stanno per morire.

Del fatto che da un giorno all'altro fossi finita su una sedia a rotelle non parlammo. Tutti scansavano l'argomento con un'agilità straordinaria.

Quindi la situazione era più grave di quel che pensassi.

Alla fine, le mie ossa mi avevano fregato. Per anni avevano resistito, mi avevano fatto credere di poter fare come volevo. S'erano dislocate lentamente senza che me ne accorgessi, come lo scivolare a valle di una montagna.

Ecco cosa succedeva al mio corpo. Smottava. Non potevo arginare la frana, prima o poi mi avrebbe trascinato giù.

«Potrò di nuovo camminare?»

Nessuna risposta.

Non lo sapevano nemmeno loro e non me lo avrebbero detto.

23

L'operazione durò tre ore e mi regalò una cicatrice di venticinque centimetri, una placca di titanio e una lunga permanenza sulla sedia a rotelle.

Ci stavo sopra come un pupazzo disarticolato, non volevo farmi vedere dalla gente.

Galleggiavo sulla realtà imbottita di antidolorifici.

A cinque settimane dall'intervento provai a tornare a scuola, ma fu un disastro. L'istituto era vecchio e non attrezzato, la scalinata per arrivare al portone era troppo ripida per piazzare uno scivolo, avrei avuto problemi pure a passare per le porte strette delle aule.

Mio padre decise di ritirarmi per evitare una bocciatura. Avrei ricominciato il quinto l'anno successivo, in un liceo più moderno, uno che contemplasse l'esistenza di ragazzi in sedia a rotelle.

Il fatto che i miei genitori pensassero già a trovare un istituto che fosse a prova di paralitico mi riempiva d'angoscia.

«Quanto ci devo restare su 'sto trabiccolo?» chiedevo a Lucrezia ogni volta che ci incontravamo.

«Il tempo di vedere se il tuo corpo accetta la protesi, se l'osso ci si salda intorno.»

«Ma poi torno a camminare.»

«Porta pazienza, Celeste.»

Facile a dirsi. Il sei gennaio compii diciotto anni e non volli festeggiare né dirlo a nessuno.

Un giorno, erano già due settimane che ero uscita dall'ospedale, e tre che Pietro era partito, qualcuno suonò alla porta. Non al citofono, direttamente alla porta. Pensai che fosse il vicino che ogni tanto veniva a cercare mio padre, invece pochi istanti più tardi la mamma fece il suo ingresso in camera mia, portandosi appresso Nadir. Rimasero entrambi sulla porta a guardarmi, lei incomprensibilmente in imbarazzo, lui perfettamente a suo agio, le mani in tasca e la faccia che, come al solito quando c'era altra gente, non trasmetteva niente.

«Hai visto chi è venuto a trovarti?» trillò mia madre.

Lui sollevò una mano, come se m'avesse incontrato per strada, per caso.

Mia madre si defilò alla svelta, si chiuse la porta della camera alle spalle.

Ero sdraiata sul letto, la schiena tenuta su da una montagna di cuscini, un plaid azzurro che mi nascondeva le gambe. La tv accesa su Canale Cinque trasmetteva la solita roba inguardabile.

Sembravo normale, una che sta a letto con un po' di influenza.

Non lo vedevo dal giorno dell'incidente.

«Perché sei qui? Non sei mai venuto in ospedale.»

«C'era Pietro con te.»

«Non siete intercambiabili.»

«Ne basta uno per volta.» Lo disse in un tono così asciutto che non mi venne niente da replicare.

Si guardò intorno, le mani sempre ficcate nelle tasche. Si avvicinò alla libreria, esaminò le foto, i libri, i cd impilati, fece qualche smorfia. Sfogliò il mio diario scolastico, ancora smorfie sarcastiche.

«Hai finito? Che sei venuto a fare, un'ispezione?»

«Da quanto non esci di casa?»

«Non mi va di uscire.»

Si sedette sulla sedia a rotelle accanto al letto. Vedercelo sopra mi fece un effetto orribile.

«Alzati.»

«Ti dà fastidio?»

«Me la rompi, pesi troppo, alzati.»

«Mi fai vedere come ti ci metti sopra?» Si alzò, si mise in un angolo.

Scostai il plaid, afferrai lo schienale della sedia per avvicinarlo. Mi sollevai su una gamba sola, quella sana. Feci forza sulle braccia per abbassarmi piano sulla sedia a rotelle.

«Adesso sei contento?» mi mostrai tutta per dispetto, la gamba della tuta tagliata all'altezza della coscia, per far spazio al tutore. Dalla fasciatura spuntava la cicatrice nuda, un lungo lembo di pelle appena nata di un rosa osceno.

Non sarebbe mai andata via, mi avevano già avvisato. Su quella avrei dovuto mettermi l'anima in pace. Nadir mi misurò con una lunga occhiata.

«Guarda che non mi fai pena» sbottò, indifferente.

Guardai prima un occhio e poi l'altro, l'unico modo per capire che espressione avesse. Nessuna traccia di compassione, di pietà, di dispiacere. Non era venuto a vedere lo spettacolo di come stavo cascando a pezzi.

Lo sapeva da sé, che cascavo a pezzi. La percezione di me stessa, di come mi vedeva lui, mi rese un po' più fragile. Mi schermavo dietro la rabbia, ma non bastava più. Sarei crollata, sarei rimasta un mucchio d'ossa accatastate e nient'altro.

«Pietro ti chiama, ogni tanto?»

«Quasi tutti i giorni. E a te?»

«No, a me mai. Ma la sua preferita sei tu, lo so.»

«Nadir.»

«Eh.»

«Ce l'hai una sigaretta?»

«C'ho pure una canna. Ho portato tutto.»

«Mi porti fuori, per favore?»

«Certo. Certo che ti porto fuori.»

Rientrammo due ore dopo. Ero sfinita, mezza congelata. Mia madre sentì l'odore di fumo sui miei vestiti e non disse niente. Invitò Nadir a restare per cena, lui rifiutò, doveva tornare a casa. Restammo sole in cucina, lei mise su l'acqua per la pasta, prese a trafficare con i fornelli, a fare avanti e indietro dal frigorifero. Ero rimasta incagliata sulla soglia con la mia carrozzina, la guardavo.

«Vi siete divertiti?» domandò, disinvolta.
«Sì.»
«Che cosa avete fatto di bello?»
«Niente. Abbiamo chiacchierato.»
E fumato. E gli ho permesso di spingere la sedia a rotelle, lo so che a te non lo permetto mai, mi dispiace. Ma lui lo ha fatto come se non pesassi niente, come fosse una sedia fatta d'aria da cui mi sarei potuta alzare da un momento all'altro. Come se l'avessimo rubata per gioco, e dopo di me toccasse a lui farsi spingere.
«È un ragazzo strano.»
«Tu dici?»
«Da ragazzino era carino. Ora è molto brutto.»
«Non era carino neanche da piccolo.»
«Ha un tipo di bruttezza pericolosa.»
«Addirittura.»
Chiuse il frigorifero, mi guardò di sbieco. Mia madre era svampita e sentimentale solo quando le faceva comodo. «Quel tipo di bruttezza che inguaia le ragazze.»
Mi strinsi nelle spalle.
«Ci stai insieme, Cele'?»
«Come fai a pensare una cosa del genere?»
«È il fratello di tuo fratello.»
«Lo so, ma', me lo ricordo.»
«Ricordatelo sempre.»

24

Nadir tornò la settimana dopo.

E quella dopo ancora.

E poi divenne un'abitudine, senza che nessuno glielo avesse chiesto, senza che nessuno lo avesse invitato. Attraversava tutta Roma con i mezzi per venire a Montesacro.

A casa non ci voleva stare, mi costringeva a uscire, a prendere freddo. Facevamo lunghi giri per il quartiere. All'inizio della primavera ci conoscevano tutti, il ragazzo alto con gli occhi diversi che spingeva la ragazzina dark sulla sedia a rotelle.

Dovevamo sembrare assurdi.

C'era un bar vicino casa, aveva i tavolini fuori anche d'inverno, la proprietaria ci vedeva arrivare e si sbrigava a togliere una sedia per farmi spazio.

«Siete fratelli?» ci domandò un giorno, portandoci le birre che avevamo chiesto. Stavamo ridendo tra noi per qualcosa, quella domanda caduta sul tavolo ci spinse a bloccarci, a guardarla in faccia. Sorrideva, una specie di tenerezza materna. «Ogni tanto vi guardo dal vetro» si giustificò. «Vi assomigliate tanto.»

Nadir mi guardò, sembrava mi vedesse di nuovo per la prima volta. Gli passò sulla faccia quello che ci aveva detto Pietro, settimane prima. Non gli avevamo dato peso, ed ecco ora una sconosciuta a dirci la stessa identica cosa.

Eccola che affiora, non possiamo nasconderla. Abbiamo la stessa radice, io e te.

Scossi la testa pianissimo, non sapevo che dire. Nadir distolse lo sguardo, sollevò gli occhi verso la donna che s'era già fatta i suoi conti, aveva già deciso, s'aspettava un'unica risposta.

La stessa che aveva in mente lui.

«Sì», disse. «Sì, è mia sorella.»

Le parole creano recinti, corde, un cappio che non stringe ma resta lì a segarti il collo per tutta la vita. Allora meglio così, dimenticarsene, lasciar perdere, semplificare le cose e fingerci normali.

Tornammo verso casa che aveva iniziato a piovigginare. Per la prima volta fui felice che fosse dietro di me, che spingesse la sedia a rotelle, che non potesse guardarmi in faccia.

Tre isolati di silenzio assoluto, la pioggerella gelida che ci colpiva di taglio, ci si infilava negli occhi. Entrammo nel portone del mio condominio, Nadir chiamò l'ascensore.

«Non c'è bisogno che mi accompagni su.»

«Va bene.»

L'ascensore era in cima, arrancava lentamente verso il basso.

«Perché hai detto quella cosa?»

«Cosa?»

«Che sono tua sorella.»

Sesto piano. Quinto piano. I numeri che scorrevano sul display. Quarto piano. Immaginai quella scatola di metallo ancora vuota e illuminata precipitare lungo il vano buio, scorrere accanto a mia madre che stava preparando la cena.

Terzo piano.

Nadir prese un respiro.

«Che altro sei?»

Secondo piano. Girai la sedia, fu più lento e penoso di quel che mi aspettavo, e lui non fece nulla per aiutarmi.

«Hai ragione» dissi.

Piano terra. Le porte si aprirono alle mie spalle, ci investì una luce fredda. Lui si piegò per afferrare i braccioli, mi spinse dentro.

«Che devo fare?» domandò. «Dimmelo tu.»

«Non devi fare niente, che cosa c'è da fare?»

«Se vuoi lo dico a Pietro.»

«Cosa vorresti dirgli?»

Si mise le mani in tasca, guardò altrove. Sentii un guizzo tra le costole, mi sembrò di percepire la presenza di nostro fratello lì, in quell'androne illuminato con le palme in vaso che crepavano di freddo e sete sotto le cassette della posta.

Sembrò percepirla anche lui, perché scosse la testa, lasciò perdere.

«Forse è il caso che non torno più.»

«Forse è meglio, sì. Meglio così.»

«Vabbè. Ciao Cele'.»

Fossi stata capace di mettermi in piedi, lo avrei rincorso per prenderlo a calci.

Poi, in qualche modo, mi sarei presa a calci da sola per non aver avuto il coraggio di dirgli che non mi stava bene.

Che qualunque cosa fosse, non mi stava affatto bene.

25

Agli inizi di maggio mi tolsero la sedia a rotelle e mi dissero che avrei dovuto reimparare a camminare, abituarmi a collaborare con quel corpo estraneo che avevo nella gamba.

Fu più difficile, odiavo le stampelle, quasi quasi rimpiangevo le mie due ruote.

Nadir mi aveva preso in parola, non era più tornato.

Lucrezia me ne parlava malissimo ogni volta che ci incontravamo. Consultava i referti della risonanza magnetica e si lamentava che Nadir non studiava.

Con un pennarello cerchiava i punti deboli delle mie giunture sulle radiografie e borbottava che a diciannove anni suonati Nadir ancora non sapeva cosa avrebbe fatto della sua vita.

Mi infilava le mani in bocca per toccarmi i denti, controllava le caviglie, la cassa toracica, ed era tutto un brontolare sul viavai di ragazze che si fermavano a dormire e se le ritrovava in cucina la mattina dopo, queste diciottenni sconosciute con la faccia da schiaffi e la sigaretta in bocca, tanto più ridicole quanto più volevano atteggiarsi a donne adulte. Era stata troppo permissiva, troppo moderna, avrebbe dovuto fare come sua madre, che aveva preteso disciplina e rigore.

«Ma se sei rimasta incinta di Pietro che eri addirittura più piccola di me» mi lasciai sfuggire una volta.

Lei mi aveva guardato attentamente, gli occhi azzurri sottili, le mani strette sulle mie a sentire il modo in cui scricchiolavo.

«Tra me e tuo padre...»

«È una storia lunga e triste, come no.» Il mio tono ironico l'aveva lasciata interdetta. «Quando avevamo nove anni, Nadir mi disse che tu e papà vi eravate messi insieme per dispetto. Credo che all'epoca origliasse le tue conversazioni, sai? Magari lo fa ancora, chi lo sa.»

Lucrezia sollevò le sopracciglia. «Quant'è stronzo mio figlio da uno a dieci?»

«Undici. Ma fai anche dodici.»

«Lo conosci a fondo, eh?»

«Lo conosco.»

«Nadir non è uno che esterna le cose che prova» aggiunse lei, esitante, cambiando improvvisamente faccia. «Ma sai che ti vuole molto bene.»

«Certo.»

Lo conoscevo da dieci anni, avrei dovuto aspettarmelo. In qualche modo mi voleva bene davvero, ma era fatto così: attraversava le cose senza lasciarsi attraversare.

Era andato avanti, ci saremmo rivisti alla prossima fermata.

Ero io quella che continuava a pensarci.

Amavo Pietro, alla follia. Non m'ero mai fatta domande su quell'amore. Ma che cos'era quel risentimento vischioso, quel livore senza senso che m'era rimasto addosso per Nadir?

Avevo paura di guardare più a fondo, di definire la sostanza di quel legame.

A forza di cercare la sorgente delle cose finisci per trovarla, e se sei costretto a bere non è detto che ti piaccia.

O che non possa avvelenarti.

A luglio inoltrato mi arrivò la mazzata.

Le mie ossa non avevano risposto in modo adeguato, quella zoppia che mi trascinavo appresso avrebbe continuato a farmi compagnia.

Dovevano riaprirmi, squartarmi di nuovo.

Non sarebbe successo subito, però. Lucrezia preferiva aspettare che compissi ventun anni, che finissi di svilupparmi. Avrei quindi dovuto pazientare per tornare sotto i ferri.

Nel frattempo, avrei continuato a spostarmi con quell'andatura incerta, meglio farci l'abitudine.

Ero così stanca, così demoralizzata e rassegnata, che non trovai neanche la forza di incazzarmi.

Mi sentivo così sola, così gonfia di solitudine, la raschiavo come una patina, come il sudore dalla pelle. Amiche strette non ne avevo, il fatto poi che avessi abbandonato la scuola a metà anno aveva contribuito a sfilacciare quei pochi superficiali rapporti che ero riuscita a costruire.

Passavo le giornate a fissare il soffitto e il cielo slavato che si intravedeva fuori dalla finestra.

Mi resi conto che le uniche persone che avevo davvero frequentato negli anni erano Pietro e Nadir.

Quell'estate, però, Pietro si chiuse a casa a scrivere. Avrebbe ospitato per tutto il mese di agosto Ege, il suo amico di Ankara, un curdo smilzo e timido che sembrava un ragazzino e invece nel suo paese aveva già fatto in tempo a diventare professore universitario e a farsi cacciare dall'ateneo per le sue simpatie politiche. Venivano a pranzo da noi la domenica, a volte si trattenevano per tutto il pomeriggio. Ege stava imparando l'italiano ma molto spesso si esprimeva in inglese, lingua che mio padre capiva poco, così Pietro traduceva per tutti. Mi rimbalzavano addosso conversazioni che afferravo solo lateralmente, che spesso avevano a che fare con la detenzione e l'isolamento di Öcalan. Pietro abbandonava i toni pacati e si infervorava, raccontando di come Ege era stato allontanato dall'incarico all'università per aver tenuto una lezione sul PYD, il partito democratico curdo appena nato in Siria.

«La repressione dell'identità curda non si è mai fermata.» Pietro traduceva Ege e intanto ci agganciava osservazioni sue. «Cercano da cent'anni di cancellare un popolo a cui non è stato mai riconosciuto il diritto a una propria nazione, non è una questione di poco conto, non è un problema secondario come pensano certi colleghi in facoltà, non è nemmeno solo una crisi umanitaria, è una questione di confini politici: nessuno sarebbe mai disposto a perdere un pezzo di terra. Iraq, Iran, Siria, Turchia...»

Ci provavo a stare dietro alla discussione, a mostrarmi

interessata, ma poi mi distraevo, smettevo di ascoltare, mi annoiavo.

Papà invece li stava a sentire, si informava. Ci teneva a fare bella figura, a mostrarsi competente davanti agli amici di Pietro. Ormai aveva rinunciato a combattere con lui, con i suoi viaggi, con le sue convinzioni.

Ege era gentile, ma non mi filava di striscio, ovviamente. Solo una volta, mentre mi alzavo dal tavolo, si rese conto che zoppicavo. Mi si rivolse in inglese.

«Che cosa hai fatto alla gamba? Incidente?»

«Sì. In motorino, sai.»

«Sei caduta.»

«Già.»

«Rimettiti presto.»

Mio padre non aveva capito, Pietro invece sì. Non disse nulla, non mi corresse.

Poi di nuovo settembre, il caldo che allentava la morsa.

Un sabato pomeriggio ero in profumeria con mia madre. Mentre lei si lasciava irretire dalla commessa che tentava con successo di venderle mezzo negozio, io mi aggiravo svogliata, guardando di sfuggita i rossetti, gli ombretti, le creme che promettevano miracoli, chissà se ne esisteva una che cancellava le cicatrici.

Fu in quel momento che lo vidi.

Mi stavo specchiando nella vetrina. Il suo profilo attraversò la strada infilandosi nel mio riflesso e uscendone un istante dopo, perfettamente integro.

Era abbronzato e camminava veloce, sembrava di fretta.

Zoppicai fuori, mi misi sulla soglia del negozio e lo guardai allontanarsi, indecisa se chiamarlo. Nadir era già a diversi metri di distanza. Mi dava le spalle, la schiena sottile che si muoveva in una maglietta che non conoscevo.

Che ci faceva lì? Non era il suo quartiere, abitava quasi dalla parte opposta della città.

Attraversò la strada dirigendosi verso un bar con i gazebo e i tavolini esterni, pieni di gente per l'aperitivo.

Aprii la bocca per prendere fiato. Volevo che si voltasse, volevo vederlo in faccia. Volevo che si ricordasse di me, perché sembrava essersi completamente scordato.

In quel momento una ragazza con i capelli a caschetto, abbronzatissima anche lei, si alzò da un tavolo di cinque o sei persone e prese a sbracciarsi. Nadir affrettò il passo. La conosceva.

Era da quella lì che stava andando.

Arretrai all'interno del negozio, senza smettere di guardare.

Girati. Inizia a girarti. Il modo in cui mi rivolgevo mentalmente a me stessa aveva una sfumatura di panico.

Nadir scavalcò le fioriere che delimitavano lo spazio del bar. Ne vedevo solo la nuca scura e scoperta, eppure lo sentivo sorridere.

Comincia subito a girarti, che ci metti un'eternità e rischi di vedere cose che non vuoi vedere.

Raggiunse il gruppo, salutò quelli seduti.

Guarda tua madre. Voltati e guarda la mamma, lascia perdere le cose fuori.

Abbrancò la ragazza col caschetto, se la strinse al petto, le diede un bacio sulla testa.

Voltati. Rientra.

Adesso davanti a me c'erano gli scaffali innocui della profumeria, mia madre che strisciava contenta la carta di credito, cinguettando con la commessa.

Uscimmo dal negozio, le zoppicai accanto a testa bassa, ben attenta a tenerla tra me e il bar dall'altra parte della strada. Ma ero più alta di lei e vestita tutta di nero in piena estate mi si vedeva da lontano, mi sentivo come al centro di un faro da stadio.

E poi camminavo lenta.

Lentissima.

«Ti stai nascondendo da qualcuno?»

«Che?»

«Chi c'è nel bar?»

«Nessuno, ma'. Non so di che parli.»

Sapeva che mentivo ma non si girò a guardare. Drizzò la schiena per sembrare più alta, per coprirmi un po' e farmi scivolare via senza essere vista.

Gliene fui grata, ma tanto lui non s'era accorto di niente. S'era seduto con quella ragazza in braccio e ci dava le spalle. Fu lei che, mezza voltata, le braccia buttate al collo di lui, guardò per un attimo nella mia direzione. Il suo sguardo mi oltrepassò senza fermarsi. In fondo non mi conosceva, non mi aveva mai vista.

26

Venne a casa quella sera stessa.

Quando aprii la porta gli bastò un'occhiata per rendersi conto che ero sola. Si ricordava le abitudini dei miei, sapeva che il primo venerdì del mese andavano sempre fuori con i loro amici, solo adulti senza figli, l'unica serata libera che si concedevano.

Loro non c'erano e io non lo volevo in casa. Non lo vedevo da mesi, da vicino era ancora più magro e abbronzato di come mi era apparso poche ore prima. Sembrava passarsela piuttosto bene.

Non sembrò sorpreso del fatto che fossi di nuovo in piedi. Lucrezia o Pietro, qualcuno sicuramente doveva averglielo detto.

Mi superò, entrando come se l'avessi invitato, come fosse un ospite atteso.

«Ciao, eh.»

«Ciao. Vedo che stai bene. Non ti sei fatta più sentire.»

«Neanche tu.» Ero così a disagio che quasi annaspavo. «T'hanno fatto bene le vacanze, ti sei abbronzato.» La cosa più stupida che potessi dire.

«Tu sei sempre un cadavere, invece.» La cosa più stronza che potesse dire. «T'ho vista, oggi.»

«Quando?»

«Prima, un paio d'ore fa. Eri con tua madre, stavi uscendo da una profumeria.»

«Ah. Sì, ero io.»

«Tu non mi hai visto.»

«No. Non ti ho visto, certo. Altrimenti ti avrei salutato.»

«Certo. Se m'avessi visto, avresti attraversato la strada per venire a salutarmi, mica ti saresti nascosta dietro a tua madre per non farti vedere.»

«Senti, che sei venuto a fare?»

«Niente oh, stai calma. Ti sono solo venuto a trovare. Ricominciamo, okay?» Mi afferrò per le spalle, mi sfiorò le guance con le sue schioccando le labbra nel vuoto. C'era una corrente d'aria stranamente fredda che si insinuava dalla porta socchiusa, o forse ero solo io a sentirla. Mi sembrava di avere in casa uno sconosciuto, uno di cui non capivo le intenzioni.

«Ho lasciato le sigarette in camera» dissi, tanto per dire qualcosa. Mi girai prima che potesse rispondermi, incamminandomi nel corridoio. Non mi seguì. Capii che stava studiando la mia camminata, e mi sentii da schifo.

Non ci potevo fare comunque niente. Per quanto volessi, le mie gambe non si sarebbero raddrizzate solo perché c'era lui che le guardava.

Una volta in stanza presi il pacchetto di sigarette dalla scrivania e me ne accesi una. Lui mi raggiunse pochi secondi dopo, si chiuse la porta alle spalle, aprì la finestra al posto mio e si servì dal mio pacchetto senza chiedere il permesso.

«T'è rimasto il vizio di scroccare.»

«Sì, ma solo a te.»

«Dove sei stato in vacanza?»

«In Spagna. A Lloret de Mar.»

«Fico. Con chi?»

«Con la ragazza che hai visto oggi.»

Fu la mia stessa faccia tradirmi. I muscoli che cedevano troppo in fretta per riuscire a tirarli su al volo. «Quanto sei stronza» disse secco, accorgendosene. «Non siamo andati da soli, comunque.»

Avrei voluto dire che non me ne fregava niente, che non avevo visto proprio nessuno, non sapevo nemmeno di cosa stesse parlando.

Invece dissi: «È la tua ragazza?».

Fece schioccare la lingua. «Cele'.»

«Eh.»

Restò zitto per un istante, mi passarono per la testa un sacco di modi in cui avrebbe potuto farmi male.

«A me delle ragazze non me ne frega niente.»

«Non te ne frega niente di nessuno, a te.»

«Però sto qui.»

«Eh, appunto, che cosa sei venuto a fare?»

«Ma perché sei sempre così incazzata?»

«Incazzata io? Ma quando mai. Se potessi saltare salterei di gioia, guarda.»

«Il sarcasmo ti è sempre riuscito male, lo sai?»

«Sei più bravo te, infatti.»

«Oggi, quando t'ho vista mi sei sembrata proprio triste. Anzi, non triste, no. Infelice.»

«Ora sì che mi sento meglio.»

«Quello che ti volevo dire è che a me... a me non me ne frega niente se zoppichi, se a volte non cammini, se ti stanchi facile, se vai piano. Sei sempre tu. Non sei cambiata. Sei sempre la stessa persona, nessuno ti vede diversa. Non ti devi difendere dalla tua famiglia.»

Se mi metto a piangere adesso è finita. Se piango ora, viene giù tutto questo enorme esoscheletro da stronza che mi sono messa addosso per non crollare.

Troppo tardi, un paio di lacrime avevano già scavalcato, avevano fatto in tempo a sfuggire.

«Io non ce la faccio più» dissi. «Ho passato un'estate intera chiusa in casa da sola, a guardare il soffitto. Che diavolo ne sai tu di cosa vuol dire? Tu cammini, puoi correre, non rischi di sbriciolarti dal nulla.»

«Avresti potuto chiamarmi.»

«E che cosa avresti fatto? Non mi puoi mica guarire.»

«Almeno non saresti stata sola.»

«Perché, avresti rinunciato a Lloret de Mar per crepare di caldo a Roma insieme a me?» L'avevo buttata lì come una provocazione, mi aspettavo una variazione del tono, una rassicurazione, il battito di ciglia di chi sa che sta per dire una bugia che non gli costa niente. Li conoscevo tutti i trucchi, captavo una cazzata a chilometri di distanza. Nadir rimase immobile.

«Sì» disse. E basta. Nient'altro. Diceva sul serio.

«Sono stanca, sono esausta. Non c'ho manco vent'anni, e già cado a pezzi. Come starò a trenta? A quaranta? Come?» Mi sentivo minacciata da ogni cosa, tutto avrebbe potuto disgregarmi.

«Forse devi solo imparare a non guardare troppo in là.»

Non sapeva essere tenero né consolante. Non era Pietro, che sapeva riaggiustarmi con uno sguardo. Era fatto di gesti bruschi, spesso contraddittori, ma era lì.

Mi passò i pollici sulle guance, non fece commenti crudeli sul fatto che piangevo. Risalì fino agli occhi, li strofinò piano. Sentii il mascara che si sgretolava, lui che trascinava l'impasto di lacrime e matita nera per tutta la faccia.

«Mi fai un favore?»

«Che?»

«La smetti di metterti tutta 'sta roba sugli occhi? Non ti si può guardare.»

«Grazie, eh.»

«Te lo volevo dire da un po'. Sei orrenda, ti cola sempre tutto da tutte le parti, sembri It.»

«Menomale che sei tornato, come ho fatto a privarmi per tutto questo tempo di tutte le cose bellissime che mi dici?»

Avevo gli occhi ancora chiusi, spaventata dall'idea di aprirli. Cacciò una risata nasale. «Vedi che alla fine ti sono mancato.»

Certo che mi era mancato. M'aveva fatto così male non avercelo vicino che non ero nemmeno riuscita a isolare quella sensazione dal resto. Era rimasta sullo sfondo a scavarmi.

«Quel giorno... non ti volevo mandare via veramente. Mi sta bene essere quello che siamo.»

«E che cosa siamo?»

Mi tremarono le parole in bocca, non riuscii a dirlo.

Quella definizione che non riuscivo a fare mia.

Nadir mi mise le mani sulle spalle, s'avvicinò fino al limite. Rimase lì ad aspettare, a respirare appena.

L'ultimo passo toccava a me.

Il secondo bacio glielo diedi io.

Il dopo è un ricordo confuso. Il calore della stanza già soffocante di suo, la grana della pelle, le tracce di saliva che ci lasciammo addosso. Eravamo impauriti, esaltati e sfiniti dall'eccitazione e dal senso di colpa. Mi disse nella bocca che Pietro lo avrebbe ammazzato, finii di spogliarlo dicendo che non potevamo farlo, che dovevamo lasciar perdere adesso, subito, prima che diventasse irreparabile.

Ma era già irreparabile, il limite l'avevamo passato da un pezzo, i vestiti chissà dove erano andati a finire. Mi vergognavo, mi disse che non dovevo, lui era brutto e sapeva di esserlo. Mi baciò la schiena, i picchi delle vertebre, le piccole fosse dietro le orecchie. Contò tutte le ossa con la bocca, ogni costola, ogni falange. Non ero mai stata con nessuno, avevo baciato solo lui, volevo che si prendesse anche il resto. Qualcosa che non avrei potuto dare più a nessun altro.

Ero stordita dal desiderio, dall'incredulità, dalla tensione. Si mise sopra di me, strofinò piano la faccia sulla mia, mi chiese il permesso.

Il mio primo bacio se lo era preso a tradimento, la mia prima volta, invece, mi domandò se lo volessi davvero, se la volessi con lui.

Poi restammo uno intorno all'altro per un sacco di tempo. Nadir mi osservava, la guancia schiacciata sulla mia pancia, le dita che andavano avanti e indietro sulla cicatrice del ginocchio. Ne tracciava il contorno e rimanevo immobile, ma appena sconfinava sulla pelle viva facevo fatica a restare ferma. Mi aveva toccato dappertutto e adesso era affascinato da quella cosina stupida, da quella mancanza totale di sensibilità.

«Così non ti faccio il solletico?»

«No.»

«Davvero non senti niente?»

«Giuro, niente, nemmeno la pressione. Come se non mi stessi toccando.»

«Secondo te abbiamo fatto una cazzata?»

«Sì, certo. Se lo scopre, Pietro ci uccide.»

«Ammazzerà me, tu puoi stare tranquilla.» Strisciò verso l'alto, infilò la testa nell'incavo del mio collo. «Ma poi, che cosa vuole, Pietro? Manco fossi sua sorella.»

Scoppiai a ridere, ne approfittò per mordermi sul collo. Lo respinsi a furia di gomitate, soffrivo il solletico.

Dagli appartamenti accanto proveniva l'acciottolio di piatti, sedie scostate, televisioni ad alto volume, gente che finiva di cenare. Famiglie normali. Dall'altra parte c'eravamo noi, due sconsiderati di neanche vent'anni che avrebbero dovuto trovarsi dappertutto meno che insieme in un letto.

«Perché non vieni a Londra con me?»

«Cosa?»

«Parto tra cinque giorni, torno a gennaio. È solo un corso di inglese. Se mi raggiungi lo facciamo insieme.»

«Tu lo sai già l'inglese.»

«Lo so, ma mia madre si è fissata che devo fare questa esperienza.» Alzò gli occhi al cielo, mi infilò una mano tra le gambe. Rotolai su un fianco, lo guardai. La realtà premeva per entrare dalla porta, scollava gli angoli della mia percezione, ci strisciava sotto. Eravamo ancora nudi, avviluppati nelle lenzuola sporche di cenere di sigaretta, del mio sangue, della furia che ci era presa a un certo punto. Avrei dovuto cacciare tutto in lavatrice prima che arrivasse mia madre, inventarmi una scusa, dirle che ci avevo rovesciato sopra qualcosa. E nel malaugurato caso in cui mi avesse scoperta, avrei confessato. Avrei messo in mezzo un ragazzo immaginario, un vecchio compagno di scuola da scegliere tra quelli che lei aveva sempre reputato dei mezzi delinquenti. Avrei avuto anche il coraggio di dirle che avevo fatto tutto da sola, che era stato un incidente. Qualunque cosa pur di non dire niente di lui.

Avrei dovuto fare un sacco di cose, eppure ero lì, non mi muovevo.

«Nadir...»

«Cosa?»

«Non posso venire con te. Ho perso un anno di scuola, devo rifare il quinto. E poi, dove diavolo vado conciata così?»

«Così come?»

Gli chiusi la mano tra le ginocchia, esercitai una leggera pressione. A quel punto anche lui sembrò riprendere il controllo della situazione, rendersi conto di cosa era successo davvero, di chi aveva davanti.

Annuì, sembrò pensarci per un po'. «Ok» considerò alla fine.

«Tanto si tratta solo di poco tempo, per l'anno nuovo sarò di nuovo qui.»

«Sì, infatti.»

«Mi aspetti?»

«Ti aspetto.»

«Così tanto mi ami?»

«Ma chi ti ama, ma che sei scemo?»

Rise, mi diede due baci lunghissimi, mi tirò sotto di sé, sotto tutte quelle ossa aguzze. «Allora mi aspetti?»

«T'ho detto di sì, ti aspetto.»

«Mi ami?»

«Certo che no.»

«Fai bene, neanche io ti amo.»

«Ci rivediamo a gennaio?»

«Ci rivediamo a gennaio.»

Ci saremmo davvero rivisti a gennaio.

Quello del 2007.

Quasi due anni e mezzo dopo.

27

Ventiduesimo giorno

Il campanello suona di nuovo nel tardo pomeriggio, mi tira fuori da un sonno chimico senza precedenti. Apro gli occhi, allungo la mano e la prima cosa che faccio, prima ancora di essere realmente sveglia, è controllare il telefono. Nessuna chiamata, ma lo sapevo: la suoneria del cellulare è l'unica cosa in grado di risvegliarmi al primo colpo.

Non sento Nadir da ventidue giorni. Negli ultimi tre anni non siamo mai stati così tanto tempo senza sentirci. Ma una volta che entri in certi imbuti, che decidi di scivolare in certi posti, è come cancellarsi di botto dalla faccia della Terra. Nessun contatto. Nessun segno di vita.

Comunicare con l'esterno non è sicuro.

Lo faceva anche Pietro, prima, sparire per intere settimane e poi risorgere dal niente, rassicurarci tutti, *sto bene, è tutto a posto, state tranquilli, torno presto.*

Infilo il telefono nell'elastico delle mutande e mi trascino ad aprire. Ci metto una vita, ma mi sa che la persona dall'altra parte della porta mi conosce bene, perché aspetta, non ha fretta. Suona il campanello a intervalli di dieci secondi netti.

Arrivo alla porta. Il campanello suona in quel momento per la quinta volta. Mi appoggio al battente, guardo il catenaccio. Potrei fingere di non esserci. Potrei far finta di essere uscita.

Ma so che sa che l'ascensore è rotto e che non posso andare da nessuna parte.

«Diana?» domando piano, sperando di sbagliarmi e allo stesso tempo sperando di non sbagliarmi.

«Come lo sai?» la sua voce dall'altra parte è sorpresa.

«Conti i secondi tra una scampanellata e l'altra. L'hai sempre fatto.»

Ride. «E quanti secondi erano, stavolta?»

«Dieci.»

«È perché so che sei lenta e sciancata.»

Tolgo la catena, le apro la porta. Sta ancora ridendo. Non la vedo da più di un anno. Mi viene da ridere pure a me, sento la faccia che mi tira. È abbronzata, allegra, ha ancora un odore di sole addosso, di vacanze appena finite.

«Ciao eh. Dammi un bacio.» La sento che trattiene un po' il respiro quando mi avvicino. «Ma stavi dormendo, ti ho svegliata?»

«Sì, ma tranquilla. Sono proprio contenta di vederti.»

«T'ho sognata, stanotte» mi dice. «In realtà sono un paio di notti che ti sogno. L'altra mattina ero ancora in hotel, pensa, mi sono svegliata di soprassalto ed ero convinta che fossi lì. Mi sono messa a cercarti per tutta la stanza. Teo mi guardava come se fossi matta. Allora mi sono detta: appena torno a Roma devo andare a trovarla. Devo farle una sorpresa, è troppo tempo che non la vedo.»

«Dove sei stata?»

Si gira, mi sorride. «A Rodi. Con Teo. Te lo ricordi, Teo, no?»

«Sì, sì certo.» Mi viene in mente il ragazzo alto, robusto e dalla faccia pacifica che mi ha presentato un anno fa. Mi ricordo di aver pensato che fossero una coppia felice. Lei è molto più bella di lui, ma lui è premuroso, assennato, forse un po' troppo inquadrato, ma tutto sommato piacevole. Ha dieci anni più di lei, lo ha conosciuto in tribunale, è un avvocato, fanno lo stesso lavoro.

«Insomma, che hai sognato? Una cosa bella?»

«T'ho portato una calamita, fai ancora la collezione, sì?» Cambia discorso. Si fa strada dentro casa mia, entra in cucina e appoggia la borsa su una sedia. Ne tira fuori un pacchetto che scarta lei stessa, una foto calamitata che ritrae un collage delle varie spiagge di Rodi, quelle turistiche della costa ovest, niente a che vedere con l'altra faccia dell'isola. La attacca al frigorifero, cerca la posizione giusta, tra la calamita di Amsterdam e quella del Golden Gate di San Francisco, poi non le piace, cambia idea, la sposta sotto la cattedrale di Edimburgo. Posti in cui io non sono mai stata, ma che tengo incollati lì. Chissà perché c'hanno tutti questa fissa di portarmi delle calamite. La osservo con la coda dell'occhio mentre preparo il caffè. Anche lei è una abituata a entrare in casa mia e a fare come le pare, come Lucrezia, come Nadir. Una di famiglia, anche se ormai ci vediamo poco.

«Allora, com'è andata la vacanza?»

Diana si siede, si mette subito a raccontarmi del suo viaggio, dice che Rodi se la ricordava diversa, sembra un'altra isola rispetto a quando siamo andate noi.

«Non ti sei divertita?»

«Certo. Certo che mi sono divertita. È che mi aspettavo di trovare la stessa atmosfera del nostro viaggio, capisci? All'inizio ci sono rimasta male. Poi ho capito che non avrebbe mai potuto essere la stessa cosa. Non era l'isola a essere diversa, è solo che non ho più vent'anni, e poi non c'era Nadir, non c'era Pietro... non c'eri tu.» Mi lancia un'occhiata per vedere come prendo quel commento, rimango immobile a sorriderle come se non mi ricordassi niente, allora lei riprende a parlare. «Comunque, è stata una vacanza proprio rilassante. Mi ci voleva. Teo ha voluto prenotare in un resort a Lindos. Abbiamo noleggiato un'auto e fatto il giro della costa ovest, da Faliraki a Prassonissi. Non abbiamo fatto altro che prendere il sole e nuotare e mangiare...»

«Siete stati a est?»

«No. Troppo vento, troppe onde, poche spiagge attrezzate, a Teo non piace. Io ci sarei pure tornata ma...»

Ma non te la sentivi. Lo capisco.

«Allora, tu e Teo vi sposate?» cambio argomento, verso il caffè nelle tazzine. Diana arriccia il naso, si dimena sullo sgabello.

«Non so, dipende.»

«Da cosa?»

«Mi faresti da testimone?» Sta già trattenendo la ridarella.

«Direi di no, visto quanta sfiga t'ho portato al tuo primo matrimonio.»

Eccola che scoppia proprio a ridere.

«Appunto. Di matrimonio me n'è bastato uno, grazie, non voglio ripetere.»

«È stato così terribile?» Mi fingo sorpresa. È un vecchio gioco che col passare del tempo è diventato innocuo e non ci fa più male.

«Non me lo ricordare. Una grossa, micidiale cazzata. Mi sa che è l'unica cosa su cui io e Nadir siamo mai stati d'accordo.»

Zucchero il caffè, glielo porto a tavola, mi siedo accanto a lei. In qualche modo la sua vicinanza mi dà conforto, non vedo nessuno da giorni. Per la prima volta da quando è entrata in casa, sento che mi incrino, che l'esoscheletro non reggerà ancora per molto, che la mia maschera da persona che dorme senza bisogno di ansiolitici si sta sciogliendo, sta rivelando cosa c'è sotto.

Non dormo naturalmente da ventidue giorni. Per mettere a tacere il cervello devo imbottirmi di Tavor, poi riemergere diventa sempre più difficile. E quando riemergo per un po' sono viva, attiva, una specie di impulso elettrico che mi tiene in piedi. Dura poco, però. Sta già esaurendo la carica, sento che la faccia serena mi cola via di dosso, sotto c'è la disperazione di non sapere che fine ha fatto Nadir. Adesso che lo ha nominato irrompe più forte, mi sembra quasi che sia entrato in casa insieme a lei. È lì, ci gira intorno, ci respira addosso, ci divide.

«Hai sentito Lucrezia, vero?» domando.

«Sì.»

«Ti ha chiesto lei di venire?»

«No, macché. Sono venuta perché ti ho sognato, davvero.»

«Ma che cosa hai sognato?»

«Ma niente di che, una cazzata, sai quei sogni che non hanno senso...»

«Diana, io non lo so dov'è Nadir, né che cosa sta facendo.» Prendo il discorso di petto, così magari la finiamo prima. Diana non sembra particolarmente stupita.

«Non c'è bisogno di fare questa scena. Stai cercando di proteggerlo, va bene. Lo sa anche Lucrezia. Non ce l'ha con te.

Capisce che cosa avete in mente.» Diventa seria. Serissima. Spariscono tutte le cazzate, la calamita, la vacanza, il matrimonio che non celebrerà mai, i sogni che ha fatto su di me. «È entrato in Siria, lo so. Sta cercando di scoprire che fine abbia fatto vostro fratello» dice. «Ma io non sono qui per Nadir. Io sono qui per te.»

Alla fine, mi metto le mani in faccia e crollo, e mi esce una specie di litania di parole tutte attaccate, *non sono riuscita a fermarlo, non so dov'è, non so se torna, se è già arrivato, se ha trovato Leni, o Pietro, ma se laggiù ne perdo un altro, se laggiù mi muore l'ultimo fratello che mi è rimasto, l'ultima stilla di sangue che apparteneva anche a Pietro, io avanti non ci vado. Io in questo mondo senza di loro non ci resto, non ci voglio restare, è come se mi sfilassero le ossa, se li perdo entrambi poi resto solo un mucchio di stracci che non sa dove andare.*

Mi raccoglie lei, scivola accanto a me, mi tiene insieme. Restiamo per un po' in silenzio, rannicchiate sul pavimento della cucina, io in mutande che piango senza lacrime, spettinata e impresentabile, lei con la testa sulla mia spalla, i suoi capelli che sanno di sole, dell'odore che ha l'estate lì fuori.

«Cele...» soffia piano, dopo un po'. «Ti offendi se ti chiedo una cosa?»

«Che?»

«Da quanti giorni non ti lavi?»

Mi viene su un singhiozzo rotto da una risata disperata. Mi accorgo adesso che sembro una barbona, che sono una selvaggia, che puzzo di sudore e porto lo stesso reggiseno e la stessa canottiera da giorni, mi cambio solo le mutande, a volte neanche quelle.

«Scusa, faccio schifo.»

«Vieni. Ci facciamo una doccia.»

«Ci penso da sola, non ti preoccupare.»

«Ti accompagno, va bene?»

Si siede sul water, le mani strette tra le ginocchia. Non trovo difficoltà a spogliarmi, ma il bordo della vasca mi crea qualche problema, lo strascico del Lorazepam mi toglie l'equilibrio. A quel punto è evidente che ho bisogno di aiuto.

Diana mi viene accanto. Mi aiuta a scavalcare il bordo, a sedermi sullo sgabello da doccia. Stacca il saliscendi, si inginocchia sul tappetino. Sto tremando e non me n'ero accorta.

«Ci penso io.» L'acqua è fresca, mi restituisce un po' di lucidità. Afferra la spugna, ci strizza sopra il flacone di bagnoschiuma, comincia dal collo, mi insapona le spalle, il seno, mi chiede di alzare le braccia, strofina forte sotto le ascelle. «È vivo, okay? Non ti devi preoccupare, sta bene.»

«Che ne sai?»

«Se fosse nei guai, se avesse qualche problema... te lo sentiresti. Avete una connessione voi due. Ce l'avete sempre avuta.»

Faccio schioccare la lingua, con me non attacca. «È mio fratello, mica il mio gemello siamese.»

«Non è tuo fratello. Smettila di dire che è tuo fratello, basta! Sono tredici anni che ti conosco e tredici anni che ti racconti questa storiella.» Incontro i suoi occhi calmi. Sento distintamente che stiamo per affrontare un discorso che non volevo affrontare. Lei invece ha proprio voglia di sviscerare tutto. «Dai, su. Possiamo parlarne, adesso. Sono passati anni, l'ho superata. Dovresti cominciare a farci i conti pure tu, con questa cosa.»

«Ma di che parli?»

«Di te. Di voi due, di quello che siete. E non siete fratelli. Non lo hai mai sentito come sentivi Pietro, e lo stesso vale per lui. È una cosa che va avanti da anni, da prima che arrivassi io. Non dico che non mi abbia amato, a modo suo mi ha amata, a un certo punto siamo stati anche molto felici. Ma tu eri di più. L'ho sempre saputo, credo. Da subito, dalla prima volta che l'ho incontrato, dal giorno in cui mi ha detto che era tuo fratello. Ho sempre pensato che tutto foste, meno che fratelli.»

«E allora perché te lo sei preso?»

«Non me lo sono preso. Ha scelto me invece di te.» Riprende a insaponarmi con gesti vigorosi, a testa bassa, mezza infilata con me nella vasca da bagno. Mi spalanca le cosce, mi tocca le parti intime come se fossi un manichino, senza alcun imbarazzo, senza alcuna esitazione. «Ma era una scelta di testa, non di pancia. Nadir ha sempre fatto le cose con metodo. E se mi fossi concessa di ragionarci, di fare due conti, mi sarei tirata indietro. Ma ero scema, pensavo fosse impossibile, non ho voluto vedere. Ho fatto come tutti gli altri, mi sono ostinatamente girata dall'altra parte.»

«È passato tanto tempo, stai con Teo adesso, no? Sei di nuovo innamorata, è una storia seria. Perché dobbiamo parlare di cose successe dieci anni fa?»

«Perché adesso ne abbiamo l'occasione.»

Perché adesso non posso sfuggirti, lui non è qui e io sono seduta dentro una vasca e sono nuda e fradicia, e gli strascichi della rota da sonnifero mi rendono meno attenta.

«Senti, eravamo tre ragazzini. Se ne fanno di cazzate a quell'età, lo hai detto tu stessa.»

«Io l'ho fatta più grossa, però. L'ho visto che ci stavi male e me ne sono fregata, ho fatto finta di non accorgermene. E pure Pietro s'è girato dall'altra parte.»

Mi viene su un sorriso amaro. Che ne sa lei, di cosa siamo stati. Che ne sa. «Lascia stare Pietro. È molto più complicato di quello che pensi.»

«E non me lo vuoi raccontare?»

«No. A che serve? Preferisco lasciare le cose come stanno e non pensarci più. Il passato non si cambia, e al momento ho preoccupazioni più importanti.»

«Quindi secondo te quello che sta facendo Nadir con tutto questo non c'entra niente?»

Strizza la spugna, la sciacqua sotto il getto, poi riprende a passarmela addosso. Strofina così forte che mi graffia la pelle. «So quello che è successo quando avevate vent'anni. Conosco il motivo per cui è partito per Londra e non è più tornato.»

La sua camicetta è così bagnata da essere diventata trasparente, come la mia faccia. Diana non riesce a tenerselo in bocca, ormai è lanciata, capisco che è stata zitta per troppo tempo, che non la posso fermare e che c'era bisogno che Nadir facesse una follia per spingerla a trovare la risolutezza per affrontare questo discorso. C'è una determinazione che non mi piace nella linea chiusa della sua bocca. «Pietro sapeva.»

«Che cosa? Che sapeva, che vai dicendo?»

Mi guarda con compassione, ma affonda comunque. «Di voi due. Ed è stato Nadir a dirglielo. Non so fino a che punto si sia spinto, ma immagino che abbia provato a dirgli cosa c'era tra voi... in fondo non eri sua sorella. Lui non ti ha mai visto come tale, anche se te lo ha fatto credere, anche se a volte si è sforzato di crederci pure lui. Ma vostro fratello non voleva in nessun modo che Nadir ti toccasse. Democratico, libertario e tollerante solo quando si trattava degli estranei, non certo di voi. Tu sai com'era, il tipo di ascendente che esercitava sulle persone.» Aggrotta la fronte, sembra stia riflettendo. «Su voi due quel potere era triplicato. Una specie di forza di gravità che vi teneva ancorati a lui. E lì Nadir si è trovato a dover scegliere, e ha scelto Pietro. Ha fatto la stessa cosa che avresti fatto tu, se ti fossi trovata di fronte a quella scelta. Ha deciso di darci un taglio netto, ha preso la palla al balzo e se n'è rimasto a Londra. Ma facevate comunque parte della stessa famiglia, e sapeva che prima o poi vi sareste rivisti.»

Vorrei non crederle, ma i pezzi si incastrano alla perfezione e Diana non avrebbe nessun motivo per mentirmi, per farmi male così deliberatamente. Non lo ha mai fatto. Una vergogna antica risale da un fondo oscuro dentro di me. Le getto addosso uno sguardo disperato.

«Non guardarmi così, Celeste. So che stai per dirmi che non è vero niente, che ho capito male. Lo so che sono l'ultima persona con cui vuoi parlarne. Ma chiedilo a Nadir, quando torna. Chiedigli se è vero.»

«Chi ti ha detto queste cose?»

Le viene su un sorrisetto apatico e saccente. «Chi vuoi che me le abbia dette? Lui. Con una calma agghiacciante, il pomeriggio stesso in cui se n'è andato di casa. Mi ricordo che era seduto al tavolo della cucina e io continuavo a spostare cose, aprivo i pensili, sbattevo i piatti, facevo rumore per farlo incazzare... invece era già da un'altra parte. Quando ha aperto bocca per dirmi di te, ho capito *dove* era davvero. All'epoca mi illudevo ancora di poter rimettere insieme i pezzi di quella storia, mi incolpavo di tutto. Non so in che termini abbia parlato di voi con Pietro, ma con me... con me è stato molto chiaro. Il male e lo schifo che m'ha fatto sapere che eravate stati insieme, che lui non aveva mai smesso di pensarci e che tu non me lo avevi mai detto... t'avrei ammazzata, Celeste. Volevo addossarti tutte le responsabilità. Poi ho capito che era colpa mia. Che avevo fatto tutto da sola, che tu te ne eri tirata fuori e ti eri fatta da parte. Ero io che avrei dovuto pensarci prima di sposarlo, di andare a vivere con lui. Era una storia marcia. Non ci si sposa con uno con una famiglia del genere.»

«Perché, com'è la nostra famiglia?» Forse suono aggressiva, perché Diana mi lancia un'occhiata severa.

«Siete sempre stati ossessivi, tutti e tre. Tu, lui, Pietro e questo maledetto rapporto inestricabile che vi legava. Sempre a ruotare uno intorno all'altro, a proteggervi a vicenda. Sai pure tu che tra voi le cose non erano proprio normali. Vi siete amati in un modo che... tu non sai quanto è stato difficile accettarlo. Accettare di essere non la seconda scelta, addirittura la terza. Prima veniva Pietro, poi tu, e solo dopo di voi venivo io. E ha ripetuto lo stesso schema con quella povera stronza di Marina, solo che lei non se n'è accorta, perché non vi ha conosciuto come vi ho conosciuto io. Pensa che Nadir sia fatto così e basta, ma non sa che è in grado di amare poco per volta, che deve sacrificare qualcuno per fare spazio a qualcun altro. E non ha mai sacrificato voi due. Tu e Pietro siete state le uniche due persone a cui lui abbia dato tutto.»

Tace di botto, mentre io ingoio quello che ha detto. Mi tocca stare a sentirla, perché sono chiusa in una vasca e lei mi tiene giù, ed è più forte di me, più sana, ha operato un sequestro in piena regola.

«A che ti serve vomitarmi addosso tutte queste cose, proprio adesso?»

«Perché adesso hai abbastanza paura da starmi a sentire.»

«Posso lavarmi da sola, per favore?»

«No, lascia stare, ti tremano le mani, colpa di tutta quella robaccia che ti prendi.» Continua a strofinarmi, si alza in piedi per lavarmi i capelli, borbotta su quanto siano sporchi, dice che dovrei tagliarli, che sono troppo lunghi. Si stupisce del fatto che non si veda nemmeno un capello bianco, si mette a spulciarmi la testa nel tentativo di trovarne almeno uno, dice che non è possibile. Parla a ruota perché il silenzio calato all'improvviso la spaventa. Ci spaventa entrambe. S'è spinta troppo in là e adesso può solo andare avanti, perché non sa come tornare indietro.

«È innamorato di te. È sempre stato innamorato di te e non riusciva ad accettarlo, il senso di colpa nei confronti di Pietro lo logorava. Lo logora ancora adesso. È per questo che è andato a cercare quella ragazza. Ha bisogno di fare i conti con quello che è accaduto, col modo in cui se n'è andato.»

Fare i conti col fatto che non hanno trovato nemmeno i pezzi. Che l'esplosione lo ha disintegrato. Che c'è una tomba vuota in un altro paese, una tomba su cui c'è scritto Sehid. Martire.

Chiudo gli occhi, mentre lei mi sciacqua la testa. L'acqua mi scivola sulla faccia, è amara e chimica, piena di sapone, mi finisce in bocca, la inghiotto lo stesso. La donna che ora mi sta lavando, che si sta prendendo cura di me, è la mia migliore amica. Le ho dato tutto e adesso mi sta restituendo ogni cosa, incluse quelle che non volevo.

«Pietro non c'è più, Celeste. Non è più in nessun posto. Tu e Nadir, però, siete ancora vivi.»

«Siamo ancora vivi» ripeto, senza capire. Mi tira indietro la testa, mi tiene stretta alla sua pancia.

«Lo sai che ti voglio bene, no? Lo sai che siamo sempre amiche.»

«Diana.»

«Cosa?»

«Non ce l'ho mai avuta con te.»

«Non l'ho mai pensato.»

«Mi dici che cosa hai sognato?»

«Non eri tu.»

«E chi era, allora?»

«Pietro. Ma era più giovane, aveva i capelli lunghi, come la prima volta che l'ho visto. Era tornato a Rodi, mi stava aspettando sulla spiaggia.»

«Ti ha detto qualcosa.»

«Sì.»

«Cosa?»

«Che eri da sola. Che dovevo tornare perché Nadir non c'era e tu eri da sola.»

TERZA PARTE

ADULTI

28

«È tutto ingiallito, è inutile che ti metti lì a trafficare con la centralina, non è recuperabile.»

«Aspetta un attimo, posso riuscirci.»

«Sei un professore di filosofia politica, mica un elettricista!»

Socchiusi gli occhi, mi rigirai sul lettino. La piscina luccicava come una lastra di cristallo, l'acqua era immobile. Sul bordo, dal lato opposto a quello dove ero io, Pietro era fermo con le mani sui fianchi, la schiena ustionata, i capelli rossi legati in una crocchia disordinata. Poco più in là, Ege, in ginocchio sulla centralina dell'irrigazione, cercava di riparare a mani nude il guasto all'impianto che aveva fatto seccare il prato della villa. Quel prato a cui zia Olga teneva come fosse suo figlio.

Mi stropicciai il naso, intontita dal sole che per tutto il giorno ci aveva picchiato duro addosso. Pietro venne verso di me scuotendo la testa, borbottando qualcosa che aveva a che fare con le risorse idriche al collasso, la siccità di quell'estate e la testa dura di Ege. Si sdraiò sul lettino accanto al mio, aprì la raccolta di saggi di Bookchin che stava leggendo e la usò per coprirsi la faccia.

«Sei di cattivo umore?» domandai.

«No» rispose secco.

Era di pessimo umore. Eravamo a Feudi da una settimana, io, lui ed Ege. Mancavano tre giorni a Ferragosto, il sistema di irrigazione si era rotto, tutto quello che non aveva radici profonde stava seccando rapidamente. A zia Olga sarebbe venuto un infarto. Li aspettavamo tutti per il quindici, una specie di riunione familiare allargata a cui erano stati invitati anche i miei genitori e Martina, la nuova fidanzata italiana di Ege, accompagnata da Erica, una tizia che Pietro frequentava ogni tanto. Aspettavo quel giorno con una certa trepidazione. Guardai verso il curdo, inginocchiato a imprecare davanti alla centralina. Il sole l'aveva reso ancora più scuro, e aveva smesso di pettinarsi e di indossare le scarpe, proprio come noi. Feudi contribuiva a renderci selvaggi. Fu per questo che, visto di spalle, mi sembrò che assomigliasse a Nadir. Distolsi lo sguardo con un moto di insofferenza.

«Ege, dai, lascia stare. Non fa niente, zia Olga se ne farà una ragione.»

«Non mettertici pure tu, Riccio di mare.»

«La chiamo così da quando era ragazzina» mugugnò Pietro. Non riuscii a capire se fosse infastidito o divertito dal fatto che il suo amico m'avesse chiamato in quel modo. Il libro che teneva premuto sulla faccia nascondeva ogni intenzione.

Mi alzai e zoppicando andai a sedermi sul suo lettino. Pietro si scostò per farmi spazio. Gli appoggiai una mano sulla pancia. «Tranquillo» dissi. «Lascialo divertire.»

Guardai di nuovo verso Ege, la sua schiena imperlata di sudore. Mi arrischiai a fare la domanda che avevo in gola già da qualche giorno.

«Quindi alla fine Nadir viene o no a Ferragosto?»

«No. Parte per Belfast, va a fotografare i murales con quelli dell'accademia. Ormai tornerà per Natale.»

«Lo senti spesso?»

«A volte sparisce per settimane. Lo sai quant'è strano, no?»

«Ah. Certo, sì. Lo so.»

«Con te si fa sentire?»

«Qualche volta. Per mail» mentii. Aveva ancora il libro sulla faccia, non poteva vedermi.

Pietro non disse più nulla, io pure rimasi zitta, la mano sulla sua pancia a sentire la variazione del respiro.

Erano passati quasi due anni. Aveva smesso di farmi male già da un pezzo, ma ogni tanto mi sorprendevo ancora a ripensarci. Era uscito da casa mia e dalla mia vita in un colpo solo, non era più tornato. Non mi aveva più cercato. Non aveva mai risposto alle mie telefonate, e dal canto mio avevo smesso di chiamarlo appena prima di rendermi ridicola. L'avevo odiato, mi ero odiata e disprezzata. Mi ero vergognata di quello che era successo. Avevo ripercorso tutta la faccenda fino alla nausea, ero stata male per mesi senza dire niente a nessuno e alla fine mi ero rassegnata. Sapevo da Lucrezia, che ne parlava con me come se anch'io ne fossi al corrente, che durante il corso d'inglese suo figlio aveva conosciuto delle persone a Londra, s'era appassionato alla fotografia, aveva deciso di restare lì e di frequentare un'accademia. Sapevo che condivideva casa con un ragazzo spagnolo e una ragazza belga a Fulham, che tornava in Italia solo per le feste comandate e rimaneva al massimo una settimana. La sua vita adesso era a Londra, diceva sempre Lucrezia con un misto di dispiacere e di orgoglio, mostrandomi le foto che scattava. Colori durissimi, ombre nette come cicatrici, soggetti d'uno squallore universale. Lo sgombero di un'ex fabbrica occupata, una ragazza che si rivestiva dentro una macchina appoggiata su quattro mattoni, un tizio che ripescava una bicicletta piena di alghe dalla sponda di un lago che sembrava una discarica. Le odiavo. Faceva i chilometri a piedi, girava tutta Londra alla ricerca dello scatto giusto, diceva Lucrezia. Nadir aveva trovato qualcosa che lo spingeva a restare in movimento, s'era scrollato di dosso l'apatia.

Non volevo pensarlo, eppure lo pensavo spesso, immaginavo il momento in cui lo avrei rivisto, cercavo di metterci dentro tutta la freddezza di cui ero capace. Non potevo fare a meno di fantasticare su quello che faceva, sulle persone che incontrava, sulle sue amicizie, sulle sue storie. La coinquilina belga, poi, era stata la mia fissazione, il centro di tutte le mie gelosie. Avevo trascorso notti amarissime a immaginarmela bionda, dritta, bella e forte, a vederla infilata nel letto di Nadir, che a una certa ora della notte diventava il mio. Erano con me, ce li avevo davanti, una sorta di orrenda allucinazione che mi smontava il fegato pezzo per pezzo. Faceva l'amore con lei nello stesso modo in cui l'aveva fatto con me. Poi m'ero resa conto di quanto fosse stupido quel volersi crogiolare in qualcosa a cui non potevo porre rimedio. Ero andata avanti, mi ero diplomata, avevo subito un'altra operazione che aveva corretto il mio zoppicare senza annullarlo. Ero tornata a frequentare la casa di Pietro, i suoi amici erano diventati i miei amici, mi accoglievano anche se avevo dieci anni in meno di loro. Mi ero appoggiata di nuovo a mio fratello, alla sua capacità silenziosa di rimettere insieme i miei pezzi, di dare un ordine alla mia vita.

E adesso ce l'avevo lì, accanto a me, l'ennesima vacanza che passavamo insieme. Stavo bene, ero guarita dappertutto, avevo un sacco di progetti.

«Me ne vorrei andare da casa» dissi.

Pietro lasciò scivolare il libro a terra. «Cioè?»

«Ci stavo pensando da un po'. Potrei iscrivermi all'università e cercare una stanza in affitto, con altre universitarie.»

«È una bella idea. Ragazze della tua età» considerò.

«... vorrei avere un po' di autonomia, vivere da sola, convincere papà a lasciarmi fare.»

«Vuoi il mio aiuto, Riccio di mare?» sorrise. Aveva già capito.

«Esattamente.»

«Dimmi che cosa hai in mente, e vediamo che si può fare.»

«Chimica. O matematica. Ma chimica ha più sbocchi.»

«Mia madre potrebbe anche darti una mano, una volta laureata. E poi?»

«E poi te l'ho detto, vorrei provare a vivere da sola. Per un po'. Non tanto lontano da casa.»

«Casa tua o casa mia?»

«Casa tua.»

Si girò su un fianco. Mi osservò con attenzione.

«L'unico problema è che non saprei come pagare l'affitto di una stanza.»

«Per quello non ti devi preoccupare. Papà ti aiuterà. Se vuoi ti aiuto anch'io. E volendo potremmo anche trovarti un lavoretto. Ege?» gridò poi, da una parte all'altra del giardino.

«Ehh» rispose spazientito lui.

«Conosciamo qualcuno a cui servono ripetizioni di matematica?»

«Con il sistema scolastico che avete qui in Italia mi sorprenderebbe *non* conoscere qualcuno che abbia bisogno di ripetizioni di matematica. O di tutto il resto.»

«Oh no, eccolo che riparte coi pipponi socio-culturali» dissi a bassa voce. Pietro rise.

«Mia sorella è brava coi numeri. Che ne dici?»

«Dico che se vuole le troviamo qualcuno anche domani. Anche a Ferragosto. Anzi, ora che viene Martina, ricordami di chiederglielo. Lei conosce un sacco di gente.»

«Hai visto? Quando ci sono di mezzo io le cose si risolvono in un attimo.»

Mi chinai per dargli un bacio, per strofinare la bocca sulla barba rossiccia che s'era fatto crescere, come quando ero bambina.

Stavo per farlo, poi uno schizzo d'acqua gelida colpì me alla schiena e Pietro in faccia. Ege lanciò un urlo di trionfo. «Avete visto, il professore di filosofia?» gridò, esaltato. «Così zia Olga non ci impicca.»

Era riuscito ad aggiustare l'irrigatore.

29

A settembre fu Pietro ad accompagnarmi a completare l'iscrizione all'università, e sempre lui convinse mio padre a lasciarmi fare l'esperienza di uscire di casa, di rendermi un po' più autonoma. Prese molto sul serio la ricerca di un alloggio che potesse andarmi bene. Stanza singola, in un edificio con ascensore, in un appartamento abitato possibilmente da sole ragazze. Consultammo un po' di annunci, visitammo qualche casa mentre io cominciavo a prendere confidenza con le lezioni, con la vita universitaria. Trovare una sistemazione fu più difficile di quanto mi sarei aspettata, Pietro era più esigente di me. In un appartamento le ragazze gli erano sembrate delle stronze, nell'altro erano sporche e disordinate, in un altro ancora s'erano mostrate troppo curiose riguardo al mio zoppicare e avevano dato per scontato che fossimo fidanzati invece che fratello e sorella. Non gli andava bene niente, mi convinceva a lasciar perdere, a cercare ancora. Stavo quasi per perdere la pazienza e rinunciare, quando Ege ci segnalò un appartamento così vicino alla facoltà che pure io, nelle mie condizioni, avrei potuto raggiungere le lezioni a piedi. Ottanta metri quadri, due singole, al momento c'era dentro solo la figlia della proprietaria che studiava giurisprudenza e stava cercando una nuova inquilina.

Fui io a chiamare per chiedere informazioni. Mi rispose una voce adulta, con un lieve accento meridionale. La stanza era ancora disponibile. Parlammo per un po', la signora mi chiese cosa studiavo, quanti anni avevo, poi mi invitò ad andare a vedere la casa. Per tutto il tempo io le diedi del lei e lei mi diede del tu.

Andai con Pietro a vedere l'appartamento un pomeriggio che era già buio. La ragazza che ci aprì la porta era alta, aveva lineamenti sottili e aguzzi, una frangetta storta che probabilmente si era tagliata da sola e che avrebbe fatto a pugni con la faccia di chiunque meno che con la sua. Sentii mio fratello che si irrigidiva appena contro la mia spalla, quella reazione mi riverberò nelle ossa. Era bella, bellissima. Se n'era reso conto pure Pietro che di quelle cose non se ne accorgeva mai. Pensai che avrebbe fatto come tutte quelle che avevamo incontrato prima di lei: mi avrebbe rivolto un cenno amichevole ma distratto e poi avrebbe guardato lui e solo lui, cercando di capire che tipo di relazione avessimo, visto che era evidentemente molto più grande di me e anche molto più attraente. Una volta capito che il mondo girava ancora per il verso giusto, che eravamo fratelli e che quelle come me difficilmente finivano insieme a quelli come lui, si sarebbe mostrata più ben disposta nei miei confronti.

Invece, lei ignorò lui e fissò me. Mi sorrise. Aveva gengive molto spesse, gli incisivi larghi e separati. Mi sentii rassicurata da quel difetto esibito senza reticenze. Non gliene fregava niente di avere quei denti e quelle gengive, di avere la frangetta scorciata male. Non doveva impressionare nessuno. Non ci teneva a fare bella figura, a risultare carina.

Mi venne in gola il desiderio violento e inspiegabile di piacerle.

La volevo, tutto insieme, tutto di botto. Non avevo mai avuto vere amiche, e mi resi conto lì davanti che ne desideravo una, la volevo adesso. E non la conoscevo nemmeno, non aveva ancora aperto bocca e non avevo nemmeno visto l'appartamento, e già volevo lei. Non sapevo nemmeno il suo nome.

«Quindi sei tu quella che al telefono mi ha dato del lei per tutto il tempo» disse. La stessa voce adulta, quasi vecchia, che avevo già sentito. Al telefono avevo parlato con lei, pensando di conversare con sua madre. «Ti chiami Celeste, no? Io sono Diana.»

Uscimmo dall'appartamento mezz'ora più tardi. Pietro era rimasto zitto per tutto il tempo, Diana aveva parlato solo con me, come se lui non fosse presente. Il fatto che l'avessi scambiata per sua madre l'aveva divertita parecchio. Mi aveva dato confidenza, mi aveva riempito di chiacchiere. Aveva due anni più di me, si era trasferita l'anno precedente dall'università del Salento alla Sapienza. Sua madre le aveva comprato un appartamento e le pagava gli studi, ma toccava a lei trovare qualcuno a cui affittare la stanza per avere i soldi necessari per le spese personali. A Roma non aveva amiche femmine, era riuscita a fare amicizia solo con i maschi. Disse schietta che le studentesse che erano venute a visitare la casa prima di me non le erano piaciute, e lei non era piaciuta a loro. Ammise senza imbarazzo di essere una di quelle che faceva fatica a legare con le ragazze.

L'appartamento era pulito, un po' antiquato, niente di che. La stanza libera era fredda, sui muri c'erano ancora tracce di puntine da disegno e colla, risalenti al coinquilino precedente, e un calendario del 2004 fermo a settembre.

In strada mi aggrappai al braccio di mio fratello senza dire niente.

«La casa è pulita» disse.

«Già.»

«Lei mi sembra una a posto.»

Annuii, pensierosa. «La stanza comunque costa troppo» dissi, facendomi due conti. Ormai eravamo arrivati alla macchina.

«Quanto ha detto? Non mi ricordo.»

«Trecentocinquanta al mese.»

«Papà quanto ti dà per l'affitto?»

«Duecentocinquanta.»

Mi sorvegliò mentre salivo in auto, poi fece il giro. Appoggiò le mani sul volante, non mise in moto. Si voltò a sorridermi.

«Ci vuoi andare davvero?»

«Sì, ma tanto non ho...»

«Non dirlo a papà. I cento che mancano te li do io.»

Mi trasferii due settimane più tardi, due valigie con i vestiti invernali, un po' di foto e di poster da attaccare ai muri per coprire le macchie, i libri universitari, e mia madre che tratteneva coraggiosamente le lacrime. Ma io ero felice. Quella sera, la prima notte nella mia nuova casa, salutai i miei genitori e mi chiusi la porta alle spalle con un senso di liberazione.

Diana mi aiutò a sistemare le mie cose. Le permisi di infilare le mani nelle mie valigie come se fosse normale, e lei lo fece senza imbarazzo, commentando la lunga sfilza di jeans tutti uguali e di roba monocolore che i trolley continuavano a sputare, stupendosi ogni tanto di trovare un maglione grigio, un paio di calzini gialli, addirittura una camicetta bianca, sicuro ce l'aveva infilata mia madre di straforo.

Erano già le dieci e mezzo quando ci confessammo a vicenda che nessuna delle due aveva voglia di cucinare. Il tempo di decidere che avremmo preso della pizza al taglio che sentimmo le serrande della rosticceria sotto casa abbassarsi.

Diana aprì una bottiglia di vino, buttò sul tavolino del soggiorno due pacchetti di crackers, una confezione già aperta di Philadelphia, un pacchetto mezzo vuoto di patatine e uno pieno di sigarette.

Niente bicchieri, niente posate. Era molto peggio che da Pietro durante i primi anni di università.

Passammo la notte a scolarci il vino dalla bottiglia, a spalmare il formaggio sui crackers con le dita, a raccogliere le briciole di patatine per ficcarcele in bocca. A ridere, a sparare cazzate.

Le raccontai subito che cosa avevo, la malattia che mi rendeva fragile. Le raccontai di Pietro, mi vantai del fatto che fosse uno importante, un ricercatore molto stimato, uno che andava in giro per il mondo, conosceva un sacco di gente, sapeva un sacco di cose interessanti, era sempre dalla parte giusta, aveva sempre da fare. Diana mi confessò che l'aveva intimidita, gli uomini belli le facevano quell'effetto lì, la bruttezza fisica invece la rassicurava. Le parlai di Lucrezia, le raccontai di quando l'avevo conosciuta. Gliela descrissi come un'altra madre per me, in fondo lo era sempre stata. Parlare con Diana mi veniva facile, le parole a volte si accavallavano nella fretta di uscire, ci parlavamo sopra l'un l'altra, poi scoppiavamo a ridere dal nulla, ubriache.

Raccontai di Giacomo, grande amico di mio fratello, mi

aveva dato il mio primo bacio nella pineta della villa a Feudi, poi mi aveva lasciato per la mia ex migliore amica, quanto ci avevo sofferto. Mi inventai che dopo di lui ero stata fidanzata per un sacco di tempo con un compagno di scuola, poi lui se n'era andato a studiare a Londra. Ci ricamai sopra per quasi un'ora, gli diedi il nome e la faccia di Leonardo Albenga, il rappresentante d'istituto del mio vecchio liceo, un tizio con cui non avevo mai nemmeno parlato. Mi inventai un grande amore per impressionarla, un tira e molla degno di un romanzo. Anche lei aveva avuto un grande amore di nome Leonardo. Quella coincidenza fasulla ci esaltò, verso le tre del mattino cominciammo a elencare le cose che avevano in comune i nostri ex fidanzati, vero il suo, falso il mio, ma chi se ne importava, ero così lanciata che ormai avevo cominciato a crederci, anzi, sentivo addirittura di amarlo un po' questo Leonardo immaginario.

Di Nadir non dissi nulla, mai. Non lo nominai neppure. Modellai la realtà e il passato intorno a un buco che aveva la sua forma, lo esclusi completamente.

Diana appoggiò la testa sulla mia spalla, disse che vivere insieme sarebbe stato splendido, che ci saremmo divertite un sacco.

Restammo sul divano tutta la notte, e all'alba scendemmo ad aspettare che aprisse il bar all'angolo. Diana mi diede il braccio, mi agganciai a lei senza vergogna, due figure infreddolite che zoppicavano in strada in leggings e felpa, con le sciarpe a mo' di cappuccio.

Roma era vuota, erano le cinque e mezzo, era ancora buio. Per strada c'erano solo gli spazzini e un tizio scoglionato che stava aprendo l'edicola dall'altra parte della strada.

«Aspetta un po' qui» disse Diana, allontanandosi.

«Dove vai?»

«Aspetta un attimo!»

Si infilò sotto la serranda mezza abbassata e ne uscì qualche minuto dopo sventolando allegra un fascio di giornaletti da adolescenti. «C'è pure lo smalto fosforescente in omaggio, guarda!» esclamò, mettendomeli in mano. «Lo leggevi "Cioè", da piccola? O tuo fratello ti obbligava a leggere "Limes"? Questa è roba utile, eh. Adesso cerchiamo di scoprire come evitare di rimanere incinte stando a meno di un metro di distanza dai maschi.»

Scoppiammo a ridere, eravamo ancora sbronze. La prospettiva di rileggere i giornali che avevamo comprato da ragazzine ci sembrò divertentissima.

Ci infilammo nel bar. Facemmo colazione passandoci lo smalto a vicenda, chinandoci a turno sotto il tavolo per verificare che fosse fosforescente, che non ci avessero tirato una fregatura.

Lo era davvero, luccicava verdastro nella penombra.

E noi eravamo diventate amiche.

Fu così che entrai nella mia nuova vita. Un tuffo nel vuoto, un traguardo superato a testa bassa. Un giorno ero ancorata a casa, ero la bambina di vetro dei miei genitori e il Riccio di mare di mio fratello. Il giorno dopo ero adulta, meno furiosa con me stessa, più disposta a giocare ad armi pari con il mondo.

Mi aspettavano mesi di lunghe bevute, impegnative sessioni di studio e ripetizioni di matematica e inglese a ragazzini di primo liceo che non sapevano nemmeno risolvere un'equazione, serate passate a pomiciare con tipi a caso, amici degli amici di Diana, gente che frequentavo per una settimana e che poi si volatilizzava senza strascichi emotivi. Nei primi due mesi andai a letto con due o tre persone, a nessuno dissi dell'osteogenesi imperfetta.

Mi davo da fare il minimo indispensabile sotto a quei corpi sconosciuti, e solo per fare esperienza. Non mi piaceva, ma fingevo di sì. Non provavo niente e me ne vantavo. Scoprii che non era come avevo creduto, Nadir non s'era preso niente che non potessi dare a qualcun altro. Potevo regalare tutto a tutti, attraversare le cose senza farmi attraversare. Per Diana ero ancora innamorata di Leonardo, il mio fidanzato del liceo. La assecondavo, era molto più facile e romantico inventarsi un amore tormentato che dirle la verità, e cioè che ancora pensavo a uno che non vedevo da più di due anni, che m'aveva trattato esattamente come mi trattavano quelli che mi portavo in camera.

E che tra le altre cose scomode era anche, in qualche modo, mio fratello.

Poi cercavo di richiamare alla memoria la faccia di quel povero Leonardo Albenga, attore inconsapevole delle mie bugie, e mi rendevo conto che la sua fisionomia si era dissolta, che non ricordavo come fosse. Adesso, nella mia memoria, quel ragazzo aveva gli occhi di colore diverso.

30

Durante le vacanze di Natale restai dai miei il minimo indispensabile, poi riattraversai la città per tornare in quella che da tre mesi consideravo casa mia. Festeggiammo il Capodanno del 2007 a Poggio Mirteto, in campagna, da uno degli amici di Diana. Pochi minuti dopo la mezzanotte uscii in giardino, mi accesi una sigaretta e guardai verso Roma, la cappa unta e opaca dello smog che la circondava come un'aureola, il bagliore dei fuochi artificiali sparsi per la città. Mi venne da pensare che lui era là sotto da qualche parte a brindare. Ma fu un pensiero distratto, durò poco. Sapevo che trascorreva il Natale a casa, e subito dopo ripartiva per Londra. Pensai di mandargli un messaggio di buon anno nuovo, non mi costava niente, lo avevo inviato in serie a tutta la mia famiglia, mancava solo lui.

Spensi la sigaretta schiacciandola sotto la suola dello stivale, tirai fuori il telefono dalla tasca. Trovai il numero.

E lo cancellai.

Dieci giorni dopo ripresi con le lezioni all'università e con le ripetizioni. Avevo quattro allievi tra i dodici e i diciassette anni. Un paio me li aveva presentati Pietro, erano figli dei suoi colleghi, gli altri due li avevo trovati da sola, mettendo un annuncio al bar sotto casa.

Erano le sei, avevo appena salutato uno dei miei ragazzini, ero sola. Suonarono il campanello, andai ad aprire senza nemmeno guardare chi fosse. Mollai la maniglia, la porta rimase aperta mostrandomi la luce smorta del ballatoio e quella faccia asimmetrica.

Quei due anni e mezzo gli avevano fatto male. S'era fatto crescere una barba rossiccia e disordinata, contrastava in modo spaventoso con i capelli scurissimi, gli dava un'aria trasandata e viziata. Indossava un cappotto elegantissimo, abbottonato fino al mento, così stonato addosso a lui da risultare disturbante. Aveva un aspetto ridicolo, pretenzioso, da giovane lord caduto in disgrazia. Un trolley appoggiato a terra e una borsa più piccola a tracolla, Nadir sforzò un sorriso teso. Era lì, eppure non sembrava felice di vedermi.

«Chi ti ha detto dove abito?» furono le prime parole che gli rivolsi.

«Lucrezia.» Il fatto che si riferisse alla madre col nome di battesimo avrebbe dovuto mettermi in allerta. «Posso entrare?»

«In realtà la mia coinquilina starebbe per tornare. È anche la proprietaria di casa, perciò...» tentai.

«E non puoi nemmeno offrire un caffè a un parente? Dai. Dieci minuti e me ne vado.» Afferrò il trolley ed entrò in casa. Mi venne voglia di prenderlo per i capelli e risbatterlo fuori: quella sua arroganza, quel suo modo di fare e di affibbiare legami, il padrone di tutto, solo con me si comportava così male. Due anni e mezzo prima mi aveva salutata sulla soglia di una porta simile a quella, mi aveva preso la faccia tra le mani e m'aveva detto che era pazzo di me, che erano anni che mi voleva, che quei mesi a Londra sarebbero stati terribili, m'avrebbe pensata tutto il giorno, tutti i giorni, quello che non m'avrebbe fatto al suo ritorno, non mi avrebbe lasciato mettere neanche un piede fuori dal letto.

Lo seguii in cucina, lui si lasciò cadere su una sedia, mi appoggiai al bancone con le braccia incrociate e la lingua stretta fra i denti, ché piuttosto che dire qualcosa, recriminare, fargli capire che me ne ricordavo e che per me era stato importante, me la sarei tranciata di netto.

Capì che non gli avrei offerto proprio un bel niente, che non ero disposta a fargli da comprimaria nella recita che aveva in testa. Appoggiò i gomiti al tavolo, assunse un'aria sbrigativa, la faccia di quando voleva qualcosa.

«Cele', mi serve un favore.»

«Cosa?»

«Mi puoi prestare duecento euro?»

Due anni e mezzo e la prima cosa che mi chiedeva rivedendomi erano dei soldi. Strinsi la punta della lingua più forte tra gli incisivi. «Mi servono per tornare a Londra. Lucrezia sta facendo la pazza, ha detto che non vuole più sganciare una lira, mi accusa di cose che non stanno né in cielo né in terra. È la menopausa, secondo me. Comunque, il tempo di arrivare a Londra e ti faccio un bonifico, te li restituisco subito.»

«Non ce li ho duecento euro» dissi secca.

«Come fai a non avere duecento euro?» sbottò. La sorpresa e la stizza che gli lessi in faccia mi fecero perdere le staffe.

«E tu come fai a non averli?»

«Ce li ho, ma a Londra. Ho un problema con il bancomat inglese, non funziona agli sportelli italiani, e ho avuto un po' di spese impreviste...»

«Che tipo di spese?»

Esitò. Stava per inventarsi una cazzata, ma sapeva che mi sarebbe bastata una telefonata per umiliarlo. «Diciamo che c'ho avuto qualche problema a regolarmi ultimamente, ecco... ma sta tornando tutto alla normalità.»

«Sei diventato pure un tossico, adesso?»

«Ma che cazzo dici, come ti viene in mente. Mi sono divertito un po', non ho fatto niente di male. Prestami 'sti soldi e me ne vado subito, dopodomani li avrai di nuovo sul conto.»

«Fatteli mandare dai tuoi amici di Londra. Io non ho un euro.»

«Ma se ti mantiene Pietro, dai.»

«A me non mi mantiene proprio nessuno, mica sono come te!»

«Perché, non è vero che tuo fratello ti paga l'affitto di questa casa?»

«Senti, vattene, va'. Vaffanculo, fuori!»

Non si mosse. La mia rabbia lo aveva sempre lasciato indifferente.

«Cele', non so dove andare.» Se avessi sentito una traccia di supplica nella sua voce forse avrei esitato. Ma non era una richiesta. Era una semplice constatazione. Pietro era di nuovo via per lavoro, io ero l'ultima spiaggia. Aveva preteso, aveva ordinato. Ma non si sarebbe mai abbassato a pregarmi.

«Non me ne frega niente, Nadir, non è un mio problema.»

Gli indicai la porta, senza guardarlo. Si alzò lentamente, ebbi la sensazione disorientante che in qualche modo fosse dispiaciuto per me, non per se stesso. Poi senza più voltarsi percorse il corridoio, aprì la porta e uscì di casa.

Mi chiusi in bagno, riempii il lavandino di acqua gelida e ci infilai tutta la testa. Diana stava per tornare. Sentii suonare il citofono, lo ignorai. Era pigra, piuttosto che cercare le chiavi in borsa era disposta ad aspettare che io andassi ad aprire. Rimasi chiusa al cesso. Suonò un paio di volte, poi lasciò perdere. Non so quanto tempo passò, ma a un certo punto sentii la porta di casa aprirsi.

Mi asciugai la faccia al volo, girai la chiave, aprii la porta del bagno appena in tempo per vedere lei che entrava.

«Credo sia uscita, comunque...» mormorò, con la faccia rivolta all'esterno. Si girò, mi vide lì impalata. Sorrise, un sorriso che non mi piacque per niente. «Ah eccoti! Pensavo non fossi in casa. Senti, ho incontrato per le scale uno che dice di essere tuo fratello.»

Diana si scostò e Nadir entrò di nuovo in casa come se fosse la prima volta, una crudeltà nuova infilata tra quei denti dritti.

«Non è mio fratello» dissi a Diana, con lo stesso tono con cui avrei detto *Non sono stata io* di fronte a un cadavere. «È il fratello di mio fratello, noi non...»

Diana si accigliò. Non capiva. Come tutti, non capiva cosa fossimo.

«È una parentela piuttosto complicata» intervenne lui. Aveva gesti sicuri, morbidi, capii che era stato invitato a salire, a restare. Mi prese una nausea così forte che mi appoggiai allo stipite della porta per non barcollare.

Nadir le sfiorò una spalla, sorrise, la guidò impercettibilmente verso l'interno. Stava mettendo in atto qualcosa che non avevo mai visto, qualcosa che aveva imparato mentre io non c'ero. «Offrimi un caffè e ti spiego cosa siamo.»

Diana si girò verso di me, mi guardò attentamente. «Che cos'hai?»

«Non mi sento molto bene. Mi gira un po' la testa.»

«Un calo di zuccheri, sicuramente. Vieni di là, ti faccio un tè.»

«Sì certo, arrivo subito. Datemi un momento, okay?»

«Intanto mi faccio spiegare *cosa* siete.» Rise, l'assurdità della situazione la divertiva, a me invece veniva proprio da vomitare.

Dalla cucina proveniva già da un po' un chiacchiericcio sommesso intervallato ogni tanto da toni più alti. Mi feci coraggio, quella situazione andava affrontata.

Erano seduti al tavolo, uno accanto all'altra, due birre aperte, una ciotola piena per metà di noccioline, l'altra metà sparsa sul tavolo. Nadir si era liberato del cappotto, sotto c'erano i suoi soliti vestiti, un paio di jeans consumati e una felpa dei Joy Division. Mi sembrò meno estraneo, meno minaccioso. Aveva aperto la borsa piccola, ne aveva estratto una macchina fotografica dall'aria costosa, adesso la mostrava a Diana. Il display esterno era illuminato, le loro teste erano così vicine da sfiorarsi.

«... Qui eravamo a Derry. Questo è il murale di Bernadette Devlin a Bogside. E la donna che si sta ritraendo dall'obiettivo è...»

«Bernadette Devlin?»

«Proprio lei.»

«Be', pazzesco.» Nadir si voltò appena per guardarla, lei finse di ignorarlo. Diana non sapeva neanche chi fosse Bernadette Devlin, e faceva finta di sì. «Quindi è questo che vuoi fare, nella vita? Che figata. Giri il mondo, come Pietro.»

Quell'accenno a nostro fratello sembrò infastidirlo.

«Per motivi diversi. Pietro si interessa ai concetti, agli ideali. Io mi interesso alle persone.»

«E non è la stessa cosa?»

«Equilibri universali contro umanità. Si tratta comunque di raccontare una storia, di cercare di ristabilire un ordine, dare un senso agli eventi. Ma io preferisco farlo con le immagini. Pietro tenta di applicare l'astrazione alla realtà. A me piacciono le facce della gente, i loro corpi. Capisci un sacco di cose attraverso il corpo di una persona. Sofferenze, fragilità, bisogni, paure, speranze. È di quello che mi voglio appropriare. E la fotografia è un buon metodo per farlo, anche se non il migliore.»

«E qual è il migliore?»

«Viverci insieme.»

Le tolse la Reflex, pensai che volesse mostrarle qualche altra foto, invece me la puntò contro. Non feci in tempo a ripararmi la faccia con le mani, mi aveva già catturata. Fu solo allora che Diana si accorse di me.

«Da quanto sei lì in piedi?» protestò, divertita.

«È lì da un po'» rispose lui per me.

«Tu lo sapevi?»

«Io la sento.» Sembrava un errore dovuto a un pensiero formulato contemporaneamente in due lingue.

«Non volevo interrompervi. Tra l'altro devo studiare, ho un sacco di cose da fare perciò...» dissi, cercando una scusa per defilarmi.

«Vieni qui.» Nadir si alzò, mi venne incontro. Eravamo ancora furiosi l'uno con l'altra, ma la presenza di Diana ci spingeva a comportarci in modo civile, a evitare di sbranarci. Aveva indossato la sua maschera garbata, usava parole innocue e mi stava costringendo a fare lo stesso. Mi lasciai afferrare per un polso e condurre accanto alla mia amica. Mi fece sedere accanto a lei.

«Cosa fai?» Diana sembrava elettrizzata, percepiva una corrente che io non sentivo.

«Vi fotografo.»

«Io non voglio.»

«Tu stai ferma qui e non rompi le scatole.» Diana mi appoggiò un braccio sulle spalle, infilò la faccia nell'incavo del mio collo, il naso gelido e umido premuto contro la pelle. Nadir ci dava le spalle, impostava la Reflex.

«Certo che è un tizio proprio strano» sussurrò lei. «Com'è che si chiama? Non mi ricordo.»

«Nadir.»

«Strano. Mai conosciuto uno più strano. E come parla, poi. Proprio come Pietro, si vede che sono fratelli.»

«Guarda che ti sento» la riprese lui, facendola ridere.

Qualcosa di ingombrante prese a sguazzarmi nelle budella, cercai di annegarlo attaccandomi alla birra di Nadir.

«Che faccio, mi metto in posa?» Diana prese a fare la scema, scimmiottando le ragazze delle pubblicità.

«Non ti azzardare. Devi essere naturale, come Celeste.»

«Celeste oggi è un po' scazzata.»

«Celeste è sempre scazzata. È così da quando aveva nove anni.» Nadir scattava, controllava il display, non era soddisfatto, cambiava angolazione, scattava di nuovo. Quella cucina scorticata si era trasformata all'improvviso in un set fotografico. «Fai finta di niente, ignora la macchina, parlami. Parlatemi. Parlate tra di voi.»

«Quindi non siete davvero fratelli» disse lei, riprendendo il discorso che le interessava.

«Non di sangue.»

«Ma vi conoscete da sempre.»

«All'inizio la odiavo.» Un nuovo scatto, un'occhiata furtiva verso di me, la pupilla dell'occhio azzurro che si restringeva. «Ero geloso, sai? Volevo Pietro tutto per me. Ma lei era molto peggio di me. Io ero stupido e cattivo, lei era intelligente e subdola. Poi, crescendo, le cose si sono aggiustate. Per tutto il liceo siamo stati sempre insieme, tutto il giorno, tutti i giorni. Le ho persino perdonato di essere la cocca di Pietro.»

«E tu?»

«Io? Io sono il fratello scapestrato.»

«Non mi ha mai parlato di te.»

«Davvero?»

«Non sapevo nemmeno che Pietro avesse un altro fratello oltre a lei.»

«Vedi? Io le voglio bene, ma lei non ha mai smesso di odiarmi.»

«Smettila, Nadir. Falla finita.»

«Chiedile che cosa le ho fatto.»

«Che cosa ti ha fatto?»

Diana rideva, aveva accettato di stare a un gioco che non capiva. Io invece sapevo quanto potesse essere cattivo, sapevo il veleno che poteva metterci.

Ce l'aveva con me perché non gli avevo prestato i soldi, ora voleva farmela pagare.
«Non mi ha fatto niente, non è vero che lo odio. Eravamo bambini, una volta ha cercato di annegarmi, ma avevo cominciato io.»
Nadir rise, più crudele che mai. Diana volle sapere la storia dell'annegamento, mi affrettai a raccontargliela e a farla sembrare più divertente di quanto non fosse stata. Ma non ci riuscii, fu un resoconto svogliato. Nadir mi guardava implacabile, voleva vedere fino a che punto sarei arrivata. Mi sembrò che volesse sfidarmi a sputare fuori tutto.
«Si è fatto tardi, è ora di cucinare qualcosa.»
«Ordiniamo la pizza. Nadir, tu resti?»
Io dissi no, lui disse sì.
Diana ci guardò come se fossimo scemi. «Vado a prendere il menu, allora.»
Uscì dalla cucina, la sentii dirigersi nella sua stanza alla ricerca del volantino della pizzeria da cui ordinavamo di solito. M'aveva lasciata sola con lui, che adesso mi guardava in attesa.
«Se ti do quei duecento euro, te ne vai?»
«Allora ce li hai.»
«Li trovo. In qualche modo li trovo.»
«Così tanto vuoi che me ne vada.»
«Perché, vuoi restare?»
«Mi piacerebbe, sì.»
«Perché?»
«Per parlare con te. Perché non le hai detto niente?» Accennò con la testa all'altra stanza, dove Diana apriva e chiudeva cassetti, imprecando sottovoce contro il suo stesso disordine.
«Che cosa le dovevo dire?»
«Che esisto, magari.»
«Che c'è, sei offeso perché non t'ho messo al centro della mia vita?»
«No, sono offeso perché tu m'hai proprio cancellato.»
«Non ti ho cancellato, sono semplicemente andata avanti.»
«E non mi puoi perdonare?»
«Non c'è niente da perdonare, non è successo niente.»

«Abbiamo sbagliato tutto. Abbiamo fatto una cazzata dopo l'altra, io e te.»

«Ormai è andata, non ha senso starci a pensare. Eravamo due ragazzini, e i ragazzini sbagliano.»

Gli lampeggiò qualcosa negli occhi, sembrò per un attimo un rimpianto lontanissimo, rabbioso. Svanì subito, si mise in faccia un'espressione conciliante, mi accarezzò un braccio con timore. Vide che non mi muovevo, capì che non sarei scappata.

«Celeste» mormorò. «Tu per me sei davvero una sorella. Sei la persona a cui mi rivolgerò sempre, ogni volta che qualcosa andrà a puttane. Tu e Pietro. Tu e Pietro siete la parte più importante della mia famiglia. Tu pensi che io sia sparito, ma ci sono sempre stato. So tutto di te, di quello che hai fatto. So che stavi bene, l'importante era quello. E non me ne frega niente dei soldi, non li voglio, non mi servono davvero.» Restò per un istante in silenzio, sembrò raccogliere il coraggio. «Ti voglio bene» disse piano, come se se ne vergognasse.

Era un pezzo di me, non ci potevo fare niente. Anche amputandolo avrei continuato a sentirlo, un arto fantasma che m'avrebbe dato il tormento. Tanto valeva ricominciare da capo, alternative non ce n'erano, maledetto il giorno in cui lo avevo conosciuto. Se ne sarebbe andato presto, in fondo. Sarebbe tornato da dov'era venuto.

«Sì, lo so.»

«E tu?»

«Anch'io ti voglio bene, lo sai.»

«Anche quando litighiamo?»

Annuii, esausta e sconfitta.

S'avvicinò lentamente, mi abbracciò stretta. Per lui era tutto a posto, avevamo fatto pace. Affondai in quell'abbraccio, spiaccicai la bocca sulla sua felpa, lasciai che mi stringesse, che mi annusasse, che riprendesse confidenza con le mie braccia, col mio corpo che aveva riconosciuto subito il suo, ci si era subito adattato contro.

Si sforzò di abbracciarmi come un fratello, feci lo stesso.

Era andato avanti, di nuovo.

Dovevo andare avanti pure io.

«Mi sei mancata così tanto... così tanto.»
Attraversare le cose, senza lasciarsi attraversare.

Restò a cena. Mentre mangiavamo ricevette due o tre telefonate, si mise alla finestra per parlare. Conversazioni piuttosto brevi, molto amichevoli, in inglese. Capii che aveva trovato il modo di rimediare quei soldi, un amico della sua coinquilina era a Roma, poteva prestarglieli, avrebbe fatto lei da garante. Un paio di birre e gli si sciolse la lingua, ci raccontò che aveva litigato con sua madre durante tutte le vacanze di Natale, che Lucrezia gli aveva fatto i conti in tasca, aveva decretato che spendeva troppo per bere, fumare, prendere il taxi, andare alle feste che organizzavano i suoi compagni di corso. Sotto il fuoco di domande indiscrete di Diana alla fine ammise, in imbarazzo, che spendeva troppo pure per fare lo splendido con le ragazze con cui usciva a Londra. Fui sollevata che non ci fosse di mezzo altra roba, delle ragazze non me ne importava niente, mi ero esercitata per anni a fregarmene.

Verso l'una, Diana gli preparò il divano per la notte.

Alle sette del mattino entrò in camera mia, mi svegliò sedendosi sulla sponda del letto. Era vestito, aveva già il cappotto addosso.

Aprii gli occhi, lui mi infilò una mano tra i capelli.

«Stai andando via?»

«Vado a prendere i soldi, poi vado dritto in aeroporto. Diana me la saluti tu?»

«Sì, tranquillo. Ci rivediamo tra un altro paio d'anni.»

«Quanto sei stronza.» Si stropicciò la faccia, quella barba ramata e rada come quella di Pietro. «Torno il mese prossimo. Ho un colloquio con un'agenzia.»

«Devi ancora diplomarti e già hai trovato un'agenzia?»

«Guarda che sono bravo.» La stanza era buia, fuori era ancora notte. Ero rannicchiata sulla sponda del letto, lui s'era seduto nella conca formata dal mio corpo, m'appoggiava un braccio sul fianco, lo sentivo premere. Pensai che avrei voluto chiedergli di non andare, di mettersi a letto con me, glieli avrei dati io quei soldi per partire. Restai zitta, mi volevo ancora un po' di bene. «Non t'è mai venuta la curiosità di vedere le mie foto, di sapere quello che faccio?»

«A volte. Poi mi dimenticavo, sai, la scuola, l'operazione al ginocchio e tutto il resto... non ci ho più pensato.» Non gli dissi che le sue foto le conoscevo, qualcosa avevo visto.

«Io ti ho pensata molte volte.» Mi mise una mano sulla faccia, chiusi gli occhi. «Se vuoi, quando torno ti porto le foto.»

31

Pochi giorni dopo mi ruppi un braccio, nello stesso modo in cui me lo ero rotto da bambina: cercando di fermare una porta che sbatteva. Fu Diana a portarmi al Pronto soccorso e ad avvertire la mia famiglia, anche se io le avevo proibito di farlo. Uscii dalla sala gessi con un sorriso, agitando l'ingessatura come una bandiera. Ormai ero abituata, un braccio rotto era cosa di poco conto.

Mia madre voleva riportarmi a casa. Disse che non era il caso che stessi da sola, visto che avevo due arti su quattro che funzionavano poco.

Diana si fece avanti e disse che ci avrebbe pensato lei. Si sarebbe presa cura di me. Ormai si era abituata a vivere con me, facevamo tutto insieme, non voleva tornare a essere sola.

Prese il suo compito molto sul serio, diventò apprensiva e accudente peggio dei miei genitori. Mi lavava i capelli, mi aiutava a fare la doccia, a vestirmi, a tenere in ordine la stanza.

Vivevo tutto con un senso di estraneità. C'era un pensiero irrisolto che era rimasto nascosto dietro le cose di tutti i giorni. Lo sentivo schiuso e infido come la bocca di un rettile, gravitavo sempre intorno ai margini tentando di non finirci dentro.

Poi, lui tornò in Italia.

Ero ancora ingessata. Mi chiamò un pomeriggio, s'era riappacificato con Lucrezia ed era a Roma per un paio di settimane. Mi chiese se volevo andare con lui a una mostra di Sally Mann in una galleria a Monti, disse che secondo lui poteva piacermi.

Non sapevo nemmeno chi fosse Sally Mann, accettai subito.
«Chiedi anche a Diana se vuole venire.»
«Sì, certo.»
Non le dissi niente.

Ci incontrammo in centro. Investii i soldi delle ultime ripetizioni in un taxi, mi feci lasciare all'imbocco della strada. Lui mi aspettava davanti alla galleria, portava lo stesso cappotto elegante che gli avevo già visto, faceva a cazzotti con gli anfibi sgrugnati che ci aveva messo sotto. Ero stupidamente felice di vederlo e molto a disagio all'idea che se ne accorgesse.

Mi vide in mezzo alla gente, mi venne incontro per darmi il braccio, notò che portavo il cappotto sulle spalle, che avevo il gesso. Al telefono non gli avevo detto nulla, per evitare che venisse a prendermi o peggio che rimandasse l'appuntamento.

«Come hai fatto?»

«Ho litigato con una porta. Ha vinto lei.»

Sorrise, fece schioccare la lingua.

«Va', dammi qua, fa un freddo cane e sei già blu, copriti.» Mi tolse il cappotto dalle spalle, mi mise il suo che era più grande, infilai il braccio sinistro nella manica e strinsi il destro al petto per farmelo abbottonare. Mi arrivava quasi alle caviglie.

«Diana non è venuta?»

«Aveva da studiare.»

Si strinse nelle spalle, non gliene importava niente.

Era un mercoledì pomeriggio, la galleria era mezza vuota. Ci aggirammo tra le fotografie, erano quasi tutte in bianco e nero, tutti quei volti di bambini stropicciati, i vestiti sbrindellati e sporchi di fango e polvere, le pance piene di graffi. Camminavamo fianco a fianco, senza toccarci. Le foto risalivano alla fine degli anni Ottanta e all'inizio dei Novanta, ma alcune sembravano fuori fuoco, i margini nebulosi delle foto antiche. Mi appiccicarono addosso una sensazione che non riuscii a definire. I bambini ritratti avremmo tranquillamente potuto essere noi. Erano più o meno nostri coetanei, la madre li aveva scelti come soggetti da ritrarre, li aveva esposti al mondo nel loro disordine.

Pensai di capire perché aveva voluto che le vedessi.

Mi fermai a guardare lo scatto di una preadolescente imbronciata in costume da bagno, seduta scomposta su una sedia da giardino. Mi ricordava qualcuno, non riuscivo a capire chi.

«Lo sapevo che ti saresti fermata qui» disse Nadir. «Ti assomiglia.»

«È brutta» dissi per dispetto.

«Tu non sei bella.»

Quando mi prese per mano, mi resi conto che aveva il palmo sudato. Lo strinsi forte, restammo lì davanti a far finta di guardare la ragazzina che mi assomigliava, il suo costume a piccoli pois irregolari, il livido sbiadito che aveva sulla coscia, a ignorare le dita di lui che s'erano chiuse sulle mie, m'avevano inghiottita intera, di nuovo.

«Stai con qualcuno?» Aveva la voce bassa, non trovai il coraggio di voltarmi.

«No.»

«Sei stata con qualcuno?»

Quella piccola me stessa americana mi osservava con disapprovazione, mi chiedeva di cambiare discorso, ché quell'argomento lì non c'avrebbe portato da nessuna parte, ci avrebbe solo scavato un po' di più la fossa, ci avrebbe tolto altra terra da sotto i piedi. «Sì.»

«Quanti?»

«Tanti. Credo di aver perso il conto.»

«Hai fatto bene. T'è piaciuto?»

«Molto. E tu, stai con qualcuno?»

«Adesso no. Ma sono uscito per sette mesi con una ragazza inglese, l'anno scorso. Era una cretina, la odiavo, non riuscivo nemmeno a sentirla parlare.»

«E allora perché ci uscivi?»

«Perché era come questa qui davanti.»

«Cioè?»

«T'assomigliava.»

C'era una sala più piccola al piano inferiore, ci si accedeva tramite una scala a chiocciola molto stretta. Ebbi un po' di difficoltà a scendere, a metà pensai di rinunciare e tornare su. Ero ancora stordita da quello che mi aveva detto, dal modo brusco in cui subito dopo mi aveva lasciato la mano. Nadir non volle sentire ragioni, dovevo scendere, potevo farcela. Era una cosa importante, ci teneva.

La stanza sotterranea era un ambiente stretto e lungo, dipinto di rosso, claustrofobico. A una prima occhiata pensai che fosse la prosecuzione della mostra, c'erano altre fotografie in bianco e nero stampate su grossi pannelli.

«La mostra viaggerà un paio d'anni, per tutto il mondo. I curatori hanno deciso di affiancarci una collettiva di quattordici giovani fotografi che abbiano lavorato sui ritratti familiari e... ho partecipato al bando, l'anno scorso. Sono rientrato nella selezione, volevo che tu lo vedessi.»

La foto era stata scattata l'anno prima a Roma. Riconobbi la facciata scorticata del dipartimento in cui lavorava Pietro.

Il pannello era enorme, sospeso a un metro e mezzo da terra, ritraeva Nadir e Pietro seduti ai margini opposti di una panca di legno appoggiata contro un muro. Pietro indossava la giacca, una di quelle che usava di solito per andare in facoltà. Teneva i capelli sciolti sul collo e le mani aperte sulle ginocchia. Aveva un'espressione grave e insieme diffidente. Il bianco e nero faceva risaltare la sua faccia lentigginosa, quella bellezza seria e sfacciata che nessuno di noi aveva ereditato.

Nadir era dall'altra parte, la schiena appoggiata al muro, le gambe aperte e i piedi uniti, le mani nascoste nelle tasche della felpa. Sembrava molto più piccolo dei suoi ventitré anni, un pischello, uno del liceo che aveva fatto sega. Tra di loro, a dividerli, qualcuno aveva appoggiato un rettangolo bianco, forse una tela, forse un pannello.

Tre fratelli. La foto si chiamava così.

Due fratelli e un rettangolo vuoto.

Ingoiai amaro, capii che era vero. Mi aveva pensato, c'ero sempre stata.

Tre fratelli.

Lo spazio bianco che li divideva ero io.

32

Nadir si riprese lo spazio che avevo lasciato vuoto come uno che torna in una casa di sua proprietà dopo tanto tempo. Per un paio d'anni ero rimasta chiusa, dormiente, a caricarmi di polvere. Poi, lui era tornato e aveva aperto le finestre, aveva messo in circolo aria nuova, nuove cose da fare, nuove cose di cui parlare.

Si era diplomato alla fine di maggio, era tornato subito a Roma per firmare il contratto con l'agenzia che lo aveva preso. Scoprii più tardi che era una delle agenzie più importanti d'Italia, che lui era il più giovane lì dentro. Aveva già lavorato a Londra, s'era già fatto un po' di gavetta, ritratti, reportage, la sua accademia inglese lo portava in palmo di mano.

Sarebbe tornato a Londra ai primi di agosto, il suo ritorno in Italia era una cosa temporanea, una vacanza estiva di un paio di mesi.

E quando non gravitava intorno a nostro fratello, era a casa mia.

Si prese i miei amici, non mancò nemmeno una delle feste che Diana organizzava. A volte, quando era troppo stanco o ubriaco per tornarsene a casa sua, si prendeva anche il mio letto. La parte opposta alla mia, il più lontano possibile dal mio corpo, restava sempre vestito.

Diana perse la testa per un tizio, il cantante di un gruppo piuttosto conosciuto a Roma, che si divertiva a prenderla e mollarla a suo piacimento. Era pure fidanzato, non avrebbe mai lasciato la ragazza per lei. Mi ammorbò per tutto l'inverno con quella storia, l'accompagnai varie volte ai concerti, aspettai con lei che quel ragazzo si degnasse di darle le attenzioni che in pubblico le negava. Era uno di quelli che ne aveva mille, che non si ricordava neanche i nomi. Quando la chiamava, Diana correva, e io ero pronta a scommettere che prima di lei ne avesse chiamate almeno altre due o tre. Le ci volle del tempo per capirlo, e quando lo capì fu peggio.

Le restituii il favore che mi aveva fatto a gennaio: se lei si era presa cura delle mie ossa, lavandomi e vestendomi, io per tutta la primavera mi presi cura della sua delusione, del suo cuore infranto, dei capelli da tenere su mentre vomitava sbronza marcia nel cesso lurido del circolo degli Artisti o in quello appena più pulito del Black Out. I primi tempi di quella faccenda l'abbracciavo per tenerla insieme, le asciugavo le lacrime con i palmi delle mani, mi veniva fuori una voce chioccia con cui consolarla. Sapevo come fare, ero brava a gestire i piccoli massacri degli amori non ricambiati, avrei voluto che qualcuno lo avesse fatto anche con me.

Poi, quando Nadir cominciò a frequentare assiduamente casa nostra, Diana prese ad ammorbare pure lui. Trascorrevamo notti intere ad analizzare la situazione, a interpretare i comportamenti del suo innamorato. Bevevamo vino del supermercato dalle tazze per la colazione, Nadir preparava una canna dopo l'altra, gli ammorbidivo il fumo infilzando la scheggia dura e marrone sul filtro smembrato di una sigaretta. Diana, manco a dirlo, piangeva e tirava su col naso, malediceva il cantante e chiedeva a Nadir perché, perché gli uomini dovevano essere sempre così stronzi. Verso l'alba, giungevamo sempre alla stessa desolante conclusione: a quel tizio non fregava niente di lei, uno che ti vuole veramente resta, e lui non aveva nessuna intenzione di farlo.

Diana si struggeva, drammatizzava, metteva in atto ricatti affettivi imbarazzanti, tanto più che erano rivolti a uno che se ne infischiava. Dopo mesi di quello stillicidio avevo finito per trovare tutto un po' patetico, quell'impuntarsi a farsi amare per forza, riuscendo invece nel contrario.

Nadir diceva che ero diventata cinica, non capivo le fissazioni degli altri. Il mio unico grande amore era sempre stato Pietro, ero da ricovero, paragonavo tutti a lui. Non c'era stato mai spazio per nessun altro.

Amare così voleva dire mettersi al riparo per tutta la vita. Diana era più coraggiosa di me.

Diana si buttava di testa, io avevo paura.

Scoppiavo a ridere, gli davo dell'idiota. Gli consigliavo di aprirsi una rubrica da posta del cuore, stava diventando troppo sentimentale, ridicolo.

La verità era che le mie ossa s'erano già rotte tante volte, che avevo già provato l'ebbrezza di innamorarmi di uno a cui piaceva parecchio scopare in giro, e nel petto avevo uno sfregio nascosto che con Pietro non aveva niente a che fare.

Arrivò luglio, diedi l'ultimo esame della sessione estiva. Per festeggiare, Diana chiamò un po' di amici, i soliti tre o quattro che frequentavamo spesso. Erano tutti maschi, eravamo le uniche due donne. Passammo la serata a bere, a fumare, a fare piani per l'estate. Graziano sarebbe tornato in Calabria, Michele voleva raggiungere certi amici suoi a Barcellona, Fabio non aveva niente da fare, Diana disse che non sarebbe tornata a Lecce. Capii subito che stava architettando le sue solite strategie disperate per riconquistare il cantante.

Il piccolo soggiorno sgangherato era una nuvola di fumo e silenzio, stavamo tutti affondando nelle nostre ubriachezze. La serata stava per finire. Avevo i miei tre amici davanti, ero seduta sul divano, tra me e Nadir c'era Diana.

«Io non so cosa farò. Mi sa che resto a Roma pure quest'anno» dissi, indifferente. Poi qualcosa mi fece sobbalzare. Dita calde sulla nuca. Mi accarezzarono piano, si impigliarono nei miei capelli, scivolarono lungo le prime vertebre. Mi sentii formicolare, girai appena lo sguardo. Dalla parte opposta del divano, Nadir non mi guardava, ma aveva allungato il braccio sulla spalliera per raggiungermi. Erano mesi che non mi toccava. L'ultima volta mi aveva preso la mano nella galleria a Monti, da lì in poi il nulla.

Non mi sfiorava nemmeno per salutarmi.

«Potrei chiedere a mia madre se la casa a Feudi è libera» disse, pratico e amichevole, guardando i maschi.

«Sul serio?» Diana saltò su, rianimata come non la vedevo da tempo. «Alla tua villa con la piscina?»

Ci fu un parapiglia, un po' di schiamazzi. Graziano mi guardò e fingendosi offeso mi chiese come avessi potuto nascondergli che io e mio fratello avevamo una villa con la piscina.

«Non è mia. È di Nadir e Pietro» biascicai. Il palmo di Nadir mi premeva sulla nuca, aperto. Tirai un po' indietro la testa, lasciai che ci chiudesse le dita intorno. Non ci volevo andare a Feudi.

Con lui non ci volevo andare. Dove avrei dormito, cosa avremmo fatto?

Erano passati anni, ancora ci pensavo.

«Che vuol dire che non è tua?»

«Niente, lascia stare.»

«Pietro che fa, invece?» domandò Diana, ancora. Non s'era accorta del braccio di lui sulla spalliera, io invece quel braccio, quella mano, me li sentivo dappertutto.

Incredibile la memoria muscolare, la rota che m'aveva investito, peggio di una tossica. Il mio corpo non voleva più rispondermi, tutta la mia materia si era ammassata in un punto solo.

«Pietro è partito la scorsa settimana» dissi io. «È a Rodi, con Ege.»

«In vacanza in Grecia?»

«È per una delle sue pubblicazioni. Qualcosa sui nuovi flussi migratori dell'Egeo per il Centro studi del Mediterraneo.»

«Madonna, sembra una cosa noiosissima.»

«... Però hanno affittato una casa in riva al mare.»

Fu in quel momento che lo sguardo di Nadir si accese. «Andiamo a Rodi, imbuchiamoci a casa loro. Facciamogli una sorpresa.»

«È un'idea del cazzo» dissi io. Non mi sentì nessuno, era appena esplosa una bomba, presero tutti a gridare, sembrava non avessero aspettato altro che quella proposta. Sì, sì, sì, andiamo, facciamo i biglietti, è un'idea assurda, andiamo a rompere i coglioni a quei due sgobboni, che idea fenomenale.

Diana saltò al collo di Nadir, gli rotolò praticamente sopra, entusiasta. Il contraccolpo lo allontanò, me lo tolse di dosso con una specie di strappo e per un attimo rimase con il braccio teso, le dita a pochi centimetri da me, ma già troppo lontano per raggiungermi.

Oggi mi sembra che lì sia cominciata la discesa, tutto quello che è venuto dopo.

Da quell'abbraccio, dal modo in cui Diana, in un impeto di gioia, me lo sottrasse.

Poi penso che nessuno sottrae niente agli altri, che le persone non si rubano né si direzionano, decidono da sole dove andare.

E comunque Diana era innamorata di un altro, con Nadir s'era presa il lusso di mostrarsi patetica. Erano amici, li avevo spinti io a diventarlo, li volevo entrambi nella mia vita.

«Andate voi, io non vengo» dissi.

I capelli di lei gli erano finiti in faccia, Nadir mi guardò attraverso quella rete scura. Aveva già deciso, lo avevo capito. Voleva andare a Rodi.

Voleva portarci tutti ma soprattutto voleva che ci andassi io.

Si scollò Diana di dosso, la spinse a sedere sul divano. Mi guardò con una specie di insofferenza.

«O tutti o nessuno. Se non vieni tu non si va da nessuna parte.»

Mi dimenai. «Secondo me non è una buona idea. Sono lì per lavorare.» Gli altri presero a scalpitare.

«Perché ti stai impuntando?»

«Sul serio non vuoi venire?»

«Cosa resti a fare a Roma?»

«Secondo me hai paura che vostro fratello si incazzi.»

«Con che coraggio mi lasci sola con quattro maschi?»

«Sei maschi. Ci sarebbero pure Pietro ed Ege» la corresse Nadir. Diana mi guardò come se le avessi ammazzato la madre.

Protestavano tutti, mi guardavano scontenti. Ero la solita guastafeste.

«O tutti o nessuno» ripeté Nadir. «Insieme a Rodi o ognuno per la sua strada.» Fingeva di essere pronto a darmi battaglia ma sapeva di avermi già messa al muro.

E infatti.

Che altro avrei potuto fare?

Comprammo i biglietti aerei, scaraventammo qualche straccio dentro i borsoni. Nadir mi proibì di rispondere al telefono quando Pietro mi chiamava, secondo lui ero così trasparente da rischiare di farmi sgamare, di rovinare la sorpresa. Ero quasi certa che Pietro non sarebbe stato felice di vederci, in fondo ci stavamo imbucando.

Partimmo cinque giorni dopo con gli zaini in spalla e una tenda di fortuna nel caso in cui mio fratello si fosse rifiutato di ospitarci.

Non ero mai salita su un aereo prima di allora e furono tre ore d'inferno. Seduta tra Diana e Michele, le ginocchia di Graziano ficcate nella schiena, la paura che una turbolenza potesse rompermi qualcosa, porre fine alla vacanza ancora prima di iniziarla.

Atterrammo a Rodi nel primo pomeriggio, l'aria era irrespirabile, la luce dell'isola ci mangiava vivi.

Pietro era a Kàmiros, sulla costa est. Non si trovavano indicazioni né autobus da nessuna parte, tutti i turisti si dirigevano sulla costa ovest. Alla fine ci rassegnammo a prendere un taxi. Il tassista lanciò una lunga occhiata ai pantaloni corti dei maschi, alla tenda impacchettata sullo zaino di Fabio, alle nostre infradito, alle facce da universitari in libera uscita. Diede per scontato che stessimo andando in mezzo alla bolgia.

«Faliraki?» disse.

«No, no Kàmiros. East coast.»

«Kàmiros?»

«Mi sa che è un posto di merda» osservò Graziano sottovoce. «Guarda se non andiamo a finire in culo al mondo.»

E lo era davvero. Chissà cosa s'erano aspettati gli altri. Il taxi da sei procedeva a rotta di collo sulla strada tutta buche. A sinistra montagne brulle, a destra campi morti di stenti e mare mosso che si incuneava nelle calette.

«Ci sono locali a Kàmiros?» domandò Michele al tassista, che capiva un po' di italiano. «Locali. Ballare... no?»

«Ballare Kàmiros? No, no. Kàmiros solo rovine. Ballare a Faliraki. Kalavarda tavernas, birra... ma Kàmiros niente.»

«Dov'è Kalavarda?»

«Vicino. Quattro chilometri, a piedi da Kàmiros si va.»

Guardarono tutti me.

«E Faliraki? Lontano?»

Il tassista si mise a ridere con compatimento. «Perché Kàmiros? Perché?»

I nostri amici spiegarono la cartina per capire dove diavolo si trovasse Faliraki, poi, a vedere che stava dalla parte opposta, partì un coro di imprecazioni.

Io e Nadir sembravamo gli unici a non essere delusi, ad avere le giuste aspettative. Pietro odiava lo struscio, le discoteche per lui erano la sospensione della coscienza civile. Piuttosto che andare in vacanza in un divertimentificio si sarebbe buttato a mare con un sasso al collo. Era ovvio che avesse scelto un posto del genere.

Aveva una sua architettura ideologica per qualsiasi cosa. A volte era pesante, fuori dal mondo, me ne rendo conto. Per gli altri forse è stato solo l'intellettuale pacato, ferratissimo su tutti gli ingranaggi del Medio Oriente, il professore universitario perso in questioni che riguardavano tutti ma che non riguardavano realmente nessuno di noi.

Forse è per questo che ciò che ha fatto in seguito ha stupito chiunque, suscitando ammirazione e sconcerto.

Sapevano in cosa credeva, ma nessuno lo avrebbe mai immaginato capace di imbracciare un kalashnikov.

Ma era mio fratello. E penso di essere, insieme a Nadir, la persona che lo ha conosciuto meglio al mondo, per quanto sia possibile conoscere un uomo del genere. Ancora più di Lucrezia, ancor più di nostro padre ché pure sapeva comprenderlo.

Noi sappiamo cos'era Pietro, la materia insopprimibile e misteriosa che lo animava da dentro.

È la nostra stessa radice.

Kàmiros non era niente. Nient'altro che qualche sparuta costruzione a lato strada: un bar ristorante e mini-market e un affittacamere, ai piedi di un terrazzamento irto di rovine. Il mare però era bello, le spiagge che si estendevano al di là della strada sembravano ancora selvagge. Pochi ombrelloni, poca gente.

Il taxi ci lasciò su uno spiazzo deserto. Chiusi gli occhi, mi faceva male tutto ma non volevo lamentarmi. Nessuno di noi sapeva dove fosse esattamente la casa di Pietro ed Ege, ma di chiamarli non se ne parlava, la sorpresa doveva riuscire.

Io e Diana restammo a guardia degli zaini e i ragazzi si sparpagliarono alla ricerca di qualcuno a cui chiedere se avessero visto un turista coi capelli rossi e lunghi, italiano ma sembrava nordeuropeo, olandese, finlandese. Non fu difficile.

Nadir venne fuori dal mini-market ciabattando.

«C'è da camminare» annunciò.

Il proprietario del mini-market aveva fatto un paio di telefonate, lì si conoscevano tutti, ci aveva detto dove trovarlo.

La casa di Pietro era vicino alla spiaggia, due chilometri più giù, una specie di villaggio di pescatori abbandonato che non aveva neanche più un nome. Dovevamo solo seguire la strada fino alla sterrata.

Procedemmo in fila indiana al bordo della carreggiata, Diana in testa, Nadir dietro di me a chiudere la fila.

Dieci minuti più tardi eravamo già distaccati dagli altri.

«Se sei stanca ci fermiamo.»

«No, sto bene.»

«Se vuoi ti porto in braccio.» Mi girai a guardarlo: carico come un somaro, lo zaino, la macchina fotografica, la busta della spesa con il vino schifoso comprato al mini-market. E voleva pure portarmi in braccio.

Scossi la testa, guardai avanti. Gli altri si erano fermati per aspettarci.

La casa di Pietro sembrava un bungalow in un campeggio in rovina. Quattro baracche, due delle quali evidentemente disabitate, erano di fatto dei prefabbricati dal tetto piatto, come si vedono nei villaggi vacanze, e sorgevano al centro di uno spiazzo contornato da vegetazione scarna. Ci nascondemmo in mezzo ai cespugli, cercando di capire come presentarci.

Andare lì e bussare ci sembrò poco scenico, secondo Nadir dovevamo fare qualcosa di spettacolare. Ne stavamo ancora discutendo a bassissima voce, nascosti in mezzo ai cespugli come sei improbabili vietcong, quando la porta dell'ultimo prefabbricato si aprì e Pietro comparve sulla veranda, scalzo e a torso nudo e con una scopa in mano, le spalle bianche e sottili che riflettevano il sole. Si girò di profilo senza vederci, lo stesso naso di Nadir, la sigaretta incastrata all'angolo della bocca uguale alla mia, i capelli che gli ricadevano davanti al viso, tutti annodati, arruffati.

Eccolo lì, mio fratello, piombato in un'altra nazione, su un'isola che non conoscevo. Non lo vedevo da un po' e avercelo a cinque metri di distanza mi fece sentire straordinariamente a casa.

«Vado io» dissi. «Vado da sola. Voi fate quello che dovete fare, fate lo show, serve qualcuno che lo distragga.»

La realtà è che volevo che vedesse me per prima, volevo la sua faccia, la sua sorpresa tutta per me.

Non me lo volevo dividere né con Nadir né con nessun altro.

Avanzai scostando le fratte con le mani. Il raschiare della scopa sul portico copriva i miei rumori, riuscii ad arrivargli quasi davanti.

«Ciao, Pie'.»

La faccia che fece.

La sigaretta gli cascò dalla bocca aperta, finì a rotolare ai miei piedi. Ombra, luce, di nuovo ombra, per un istante sembrò non riconoscermi. Lasciò cadere pure la scopa.

Era così comico che avrei voluto fargli una foto, invece mi buttai tra le sue braccia, come un cane col padrone. Mi ci chiuse dentro nonostante tutto. Una mitragliata di domande, *come sei arrivata, sei da sola, è successo qualcosa, stai bene?* Sentii che mi toccava, che controllava se fossi tutti intera e imprecava, *ma porca puttana, ma come ti è venuto in mente, tu sei pazza, che diavolo ci fai qui?*

Però non sembrava arrabbiato. Sconcertato sì, senza parole pure, ma non arrabbiato.

Mi scostò da sé, continuò a tenermi per le spalle. «Che cazzo sta succedendo, me lo vuoi dire? C'entra mica Nadir?»

In quel momento dai cespugli dietro di noi esplose una specie di urlo di battaglia. Mi voltai appena in tempo per vedere tutti e quattro i maschi completamente nudi sfrecciarci accanto e puntare dritti alla spiaggia pochi metri più giù, i culi bianchi all'aria, le braccia al cielo a sventolare le mutande, quelle grida disarticolate da gabbiani impazziti.

«Non ci posso credere.» Pietro adesso sì che era sconvolto. «Quello è... è Nadir?»

«Lo riconosci dal culo?»

«Ce l'ha come la faccia, direi di sì.»

Rumore di tuffi, poco più giù. Pietro si mise una mano sugli occhi. «Stavolta mi tocca ammazzarlo.»

«Io non c'entro nulla, eh. Gli avevo detto di non spogliarsi, ma...» Diana, intimidita, apparve accanto a noi.

«Anche tu qui» fece Pietro, con una rassegnazione quasi comica.

Almeno lei era ancora vestita.

Poi eccoli, i ragazzi. Risalirono la china fradici e ancora nudi, strizzando le mutande e ridendo come matti, senza alcuna vergogna, gridando che l'acqua era bellissima e che Diana era la solita cacasotto, che s'era rifiutata di spogliarsi e che io ero peggio di lei.

Pietro doveva avere una faccia terribile, perché ammutolirono tutti. Tuttavia, si rivolse solo a Nadir.

«Vestiti, imbecille» disse soltanto. «Sei imbarazzante.»

Pietro mi teneva contro di sé, come per ripararmi da uno spettacolo disturbante, come fossi una ragazzina di fronte a quattro maniaci.

Non potevamo restare, non era proprio il caso che restassimo.

Diana e i nostri amici rimasero fuori, scesero in spiaggia, per lasciare soli noi tre. Pietro ci fece entrare e ci disse che gli avevamo rotto i coglioni a fare sempre di testa nostra, che s'era stufato di averci sempre intorno, che non era il nostro babysitter. Ma avevamo già comprato i biglietti di ritorno, non si potevano cambiare. Eravamo bloccati sull'isola per altri sei giorni con quattro spicci in tasca. Pietro si infuriò con Nadir, gli diede dell'irresponsabile, del manipolatore. Lui zitto, seduto al tavolo della cucina, lo guardava senza dire una parola, aspettando che si calmasse. Capii che non sarebbe successo se non mi fossi messa in mezzo io.

Mi presi tutta la colpa, ammisi che l'idea era stata mia. Non ci credeva, ovviamente. Sapeva che dietro a tutto c'era sempre Nadir, ma era la sua parola contro la mia.

Gli chiesi di lasciarci restare. Dissi che era stata un'idea stupida, ma che ora non sapevamo dove andare. Mi scusai, gli buttai le braccia al collo. Pietro mi scansò con una smorfia, ma era già meno convinto.

Non riusciva mai a negarmi niente, non c'era mai riuscito. Allargò un braccio verso di me, mi affrettai a infilarmici dentro, sollevata.

«Non c'è tutto questo spazio in casa» mormorò piano.

«Abbiamo la tenda. Io e gli altri possiamo dormire fuori, tieniti in casa Celeste e Diana» propose Nadir.

«Vabbè.»

Gli presi la faccia, lo baciai. Si lasciò baciare, chiuse gli occhi. Restammo lì abbracciati.

«Posso venire pure io?» domandò Nadir cauto. Pietro spalancò l'altro braccio, Nadir ci si infilò dentro come avevo fatto io. Due bambini senza nessuna vergogna. Adulti fatti e finiti, ma con lui tornavamo piccoli.

Ege tornò poche ore dopo da Rodi. Aveva una faccia stanca che si rischiarò nel vederci.

«Gioventù!» gridò in italiano. «Siete venuti a salvarci da Ioannis!» Non avevo idea di chi fosse Ioannis, ma corsi ad abbracciare lui, come avevo fatto con mio fratello. Almeno qualcuno era felice di averci lì. Ci lasciò la sua camera, si spostò in quella di Pietro. I ragazzi montarono la tenda fuori nello spiazzo. Eravamo felici di non dovercene andare.

Trascorremmo un paio di giorni in pace. Pietro ed Ege andavano alla sede del centro studi, lasciandoci soli per molte ore. Scoprimmo che l'accampamento non era del tutto disabitato. Nel bungalow accanto viveva Ioannis, appunto, un vecchio dalla faccia rovinata che d'inverno viveva a Rodi città, ma d'estate si trasferiva lì, rattoppava la sua barchetta e trascorreva la stagione a pescare. Usciva in mare di notte, di giorno un po' dormiva, un po' si accollava ai suoi due vicini, quando c'erano. Ege non lo sopportava perché era una cariatide filonazionalista, Pietro era più tollerante. Ioannis non conosceva una parola d'inglese, ma con Pietro si capivano alla grande, un po' a gesti, un po' con quel poco di turco che Pietro aveva imparato da Ege e Ioannis chissà dove.

Ege accompagnò i ragazzi a Kalavarda, li aiutò a rimediare un paio di motorini scassati e per un paio di giorni andammo in giro a turno, godendoci la vacanza, le spiagge quasi deserte, l'acqua trasparente come non l'avevo mai vista. Salivo sempre dietro Nadir, che da quando era arrivato a Kàmiros s'era tolto la maglietta e non l'aveva più rimessa. In due giorni era diventato nero dappertutto, sulle spalle e in faccia, il contrasto con l'occhio azzurro faceva girare la gente. Mi stringevo alla sua schiena, gli allacciavo le braccia intorno alla vita. Accelerava per superare gli altri e staccava la mano dal manubrio, andava a posarla sulle mie. I caschi slacciati, il vento caldissimo che ci finiva in faccia, la consistenza salina della sua pelle, il modo in cui si raggricciava se ci passavo la lingua.

«La fai finita di leccarmi, che schifo!» Rideva, gli facevo il solletico. Strofinavo la mano sulla pelle umida, per asciugarlo, ma da dietro vedevo che aveva le braccia ricoperte di pelle d'oca.

Ci ubriacavamo tutte le sere. Eravamo sempre sbronzi. Iniziavamo a bere alle cinque del pomeriggio, finivamo a tarda notte. Avevamo abbandonato l'idea di raggiungere Faliraki, sembrava non importasse più a nessuno. I vestiti che avevamo portato erano ancora ripiegati negli zaini, non li avevamo mai messi. Ci lavavamo al mare, ci asciugava il vento, portavamo sempre gli stessi costumi. Facevamo schifo, eppure non mi ricordo di essere stata mai più così felice come in quei pochi giorni a Kàmiros, dove mi sembrava di poter fare tutto, di essere diventata di colpo infrangibile.

Prendevamo il sole per ore, stretti sugli asciugamani, la mia pelle sempre a contatto con quella di qualcun altro, Nadir o Pietro, Michele o Diana, Graziano o Fabio o Ege, una specie di stato sospeso dove non esisteva altro che la spiaggia, la casetta scorticata e la barca da rubare a Ioannis che dormiva per andare a nuotare al largo. E poi quelle cene rimediate, quei risvegli a mezzogiorno e i turni per usare l'unico bagno, Ege che a quasi trentacinque anni era tornato ragazzino, non vedeva l'ora di finire di lavorare per divertirsi insieme a noi. E Pietro che sopportava tutto con la pazienza di uno votato al martirio.

L'ultima sera raccogliemmo un po' di sterpi e accendemmo un fuoco sulla spiaggia. Ci lasciammo prendere la mano e il fuoco diventò una specie di incendio, fiamme alte quasi due metri. Continuavamo a buttare legna, la spiaggia era deserta per chilometri, non ci avrebbe visto nessuno.

I ragazzi giocavano a calcio nel buio con un pallone da due soldi, le schiene sudate rilucevano alla luce del fuoco. Guardavo i miei fratelli muoversi in mezzo a quell'intrico di corpi. Pietro era bravo, Nadir piuttosto negato, Ege competitivo e scorretto, ma in confronto a Graziano erano tutti degli impediti. Le imprecazioni si sentivano fino a Kalavarda, le risate pure.

Io e Diana ce ne stavamo sdraiate dalla parte opposta, appena fuori dal cerchio di fuoco. Era mezzanotte passata. Guardavo il cielo in cerca di qualche stella cadente.

«Dormi?» le domandai piano senza guardarla.

«No. Tu?»

«Io vorrei una birra.»

«Vuoi che vada a prendertene una?» S'era già alzata, diretta alla battigia, dove avevamo lasciato in fresco le bottiglie. Ne pescò due, le stappò con l'accendino, rimase a guardare i ragazzi per un attimo. Nadir la scorse, gridò che le avrebbe dedicato il prossimo gol. Diana si mise a ridere, gli strillò che era una pippa. Arrivò Pietro correndo, le strappò una delle birre, ne diede un lungo sorso e gliela rimise in mano. Le infilò una mano nei capelli sciolti e le piantò un lungo bacio sulla tempia, poi si buttò di nuovo nella mischia. Diana rimase lì a toccarsi la faccia, come se non potesse crederci.

Poi tornò indietro. Cercava di nascondere un sorriso incredulo, era un po' rossa in viso. Pietro l'aveva appena baciata, e lei aveva reagito in quel modo... Sapevo che lo ammirava, che lo trovava bello. Forse era tutto lì il motivo per cui aveva insistito tanto per venire sull'isola.

Cercò di rimettersi comoda accanto a me. Mi passò la birra intatta, s'aggiustò i capelli. C'era qualcosa di nuovo in lei, una specie di impazienza, esaltazione e spavento. Come se in quei pochi metri fosse cambiato tutto.

«Che guardi?» la feci sobbalzare.
«Niente.»
«Giura.»
Si mise a ridere. Era ubriaca, lo eravamo tutti. «Secondo te...»
«Ti piace mio fratello?» Fui troppo brusca, si tirò un po' indietro.
«No, no, macché. È solo che... è un po' di tempo che ci guardiamo e allora...»
Si guardavano? Non ci avevo mai fatto caso. Però lui l'aveva baciata, l'aveva stretta a sé. E Pietro, a parte me e Nadir, raramente toccava qualcuno. «Ci stai pensando?»
«Non è che ci penso seriamente, eh... è solo così, per divertirsi, magari solo una sera... siamo in vacanza.»
«È finita, la vacanza, domani sera torniamo a Roma.»
«Non ho mica detto che succederà per forza, sai? Era solo per dire. E comunque... ti dispiacerebbe?»
Avrei voluto dirle che sì, mi dispiaceva, ma poi sarei sembrata morbosa. «Non eri innamorata di Gabriele, tu?» le ricordai, riferendomi al cantante, a cui aveva annunciato la partenza per Rodi con un messaggio melodrammatico. Ora che ci facevo caso, Diana non lo aveva nominato per tutta la settimana.
Sbuffò, si stropicciò la faccia. «Io Gabriele me lo devo dimenticare. Mi devo distrarre, non ci devo più pensare.»
«E proprio con Pietro vuoi distrarti?»
Ci fu un istante di silenzio, poi una risata così forte che si girarono tutti. Diana si tappò la bocca con la mano, ma fu peggio: prese a sprizzare birra dal naso. «Oddio, no! No, no, no!» singhiozzò senza fiato. Qualcosa di simile a una scheggia mi si piantò in gola. «Pensavi parlassi di...»
«Non è così?»
«Sei seria? Non ti farei mai una cosa del genere. E Pietro manco mi vede, come se fossi sua sorella pure io.» Finse un brivido di orrore. Mi rivolse uno sguardo rassicurante, mi sentii priva di pelle, tutte le ossa esposte. «Io parlavo di Nadir.»

Il mio straniamento durò pochi secondi. Pensai che avrei dovuto dirle tutto. Ma le avrebbe fatto schifo, m'avrebbe presa per pazza. In fondo, a chi mai sarebbe sembrata normale una cosa del genere?

Nuove grida ci distrassero. Il pallone era finito in mare, galleggiava a parecchi metri dalla riva. Si buttarono tutti in acqua schizzando ovunque, come ragazzini scalmanati.

Nadir fu l'unico a venire verso di noi. Era ricoperto di sabbia dalla testa ai piedi. Lanciò uno sguardo pensieroso a Diana. Era quello il modo in cui la guardava? Non mi sembrò niente di significativo. Tra l'altro l'eterocromia lo rendeva comunque difficile da decifrare.

Tese la mano verso di me, sembrò ignorare Diana di proposito. «Vieni. Andiamo a fare il bagno.»

«Fa freddo.»

«Dopo ci mettiamo davanti al fuoco. Dai, Cele', non fare la lagna.»

Allungò l'altra mano, Diana non si fece pregare. Si lasciò tirare in piedi e stringere alla vita senza protestare per la sabbia e il sudore che le stava appiccicando addosso.

Mi alzai pure io. Entrammo in acqua tutti e tre insieme. Era meno fredda di quel che mi sarei aspettata. Raggiungemmo a nuoto gli altri già lontani, le facce bianche che affioravano spettrali nel buio. Non so come a un certo punto ci allontanammo, ci ritrovammo da soli io e lui, distanti molti metri dal gruppo che aveva improvvisato una partita di pallanuoto in mezzo al mare.

Lontani dal casino, le teste vicine, le gambe e le braccia che si intrecciavano sott'acqua. Nadir mi indicò la barca di Ioannis che era una lucina lontana, un puntino minuscolo sull'orizzonte.

«Ci sapresti arrivare laggiù?»

«Se non cerchi di affogarmi, sì.»

Scoppiò a ridere, ma smise quasi subito.

Appoggiò la fronte sulla mia, chiuse gli occhi. Mi premette la mano sulla nuca, come aveva fatto a casa, quel giorno in cui ci aveva chiesto di partire. Capii che non avrebbe parlato, che voleva solo stare così. Forse era stanco per la partita, forse riprendeva fiato per la lunga nuotata. Aveva la bocca socchiusa, il mare ci si infilava dentro, gli lambiva i denti e la lingua.

Amici, fratelli, continuavo a ripetermelo.

Poi una serie di increspature ci separò. Pietro ci arrivò vicino, si mise tra noi, appoggiandoci le braccia sulle spalle. Ci forzò, con gentilezza, ad allontanarci.

«Ma che fate qui da soli?»

«Niente... la corrente... ci ha portati lontano.»

«Venite a giocare, forza.» Quando ci fece voltare verso la riva ci rendemmo conto di quanto ci eravamo allontanati.

E di quanta strada avesse fatto lui per venire a ripescarci.

33

Uscii dall'acqua, mi asciugai con il primo telo che trovai per terra. Li lasciai tutti lì a mollo. Ege mi domandò se mi sentivo bene, gli dissi che ero stanca, avevo freddo.

Mi allontanai verso casa, le risate e le urla che mi colpivano alla schiena. Prima di entrare mi girai solo una volta. Il mare era molto buio, la luce del fuoco feriva gli occhi e rendeva lo sfondo ancora più nero. Però distinsi il costume giallo di Diana, molto più in alto rispetto alla superficie dell'acqua, e da quello riuscii a mettere a fuoco tutto, a ricostruire anche l'identità di chi c'era intorno. Diana stava sulle spalle di Nadir. Gli prese la faccia tra le mani e si piegò su di lui. Michele li caricò, si scagliò contro di loro a peso morto, afferrò il piede di lei e lo spinse indietro per farle perdere l'equilibrio. Graziano da dietro la prese al volo per le spalle. Pensai che volesse salvarla, invece la scaraventò in acqua. Diana risalì in superficie ridendo e insultandoli, Nadir le torse il braccio per scherzo, la ributtò sotto.

Mi strinsi nelle spalle, mi voltai e rientrai in casa.

Un assalto del genere io non avrei potuto reggerlo, mi avrebbe disintegrata.

Quella stessa notte mi svegliai con la sensazione che qualcosa fosse sul punto di precipitarmi addosso. Spalancai gli occhi per rendermi conto che era ancora buio, che non mi ero nemmeno accorta di essermi addormentata. Allungai la mano alla ricerca di Diana, ma il letto sfatto da giorni era vuoto. Probabilmente erano ancora tutti in spiaggia. Mi rigirai, mi tirai addosso il lenzuolo. Stavo per riassopirmi quando sentii un brusio concitato. Mi alzai, socchiusi la porta con cautela. L'orologio sulla parete della cucina segnava le cinque del mattino: avevo dormito molto più di quel che credevo. E Diana non era a letto. All'ingresso c'erano Pietro ed Ege, accalcati a coprire la visuale. C'era qualcuno là fuori, parlava una lingua che non capivo, sembrava piuttosto agitato.

Pietro si spostò, voltandosi verso l'interno. C'era una camicia di chissà chi appesa alla spalliera di una sedia, se la infilò al volo. Riconobbi il vecchio Ioannis in piedi sulla soglia.

«Che cosa succede?»

«Niente, niente. Torna a dormire.»

Ioannis mi disse qualcosa, gesticolò indicando verso il mare. Era così nervoso... Pensai che fosse successa una disgrazia, che qualcuno si fosse sentito male per aver bevuto troppo.

Pietro cercava le ciabatte, scalciava via quelle degli altri, apriva i pensili e li richiudeva.

«Qualcuno mi dice cosa sta succedendo?»

«Un incidente in mare.»

«Cosa?»

«Si è rovesciata una barca di turisti, credo. Ioannis dice che ha visto qualcosa di strano poco distante dalla riva di Agios Stefanos, ma è buio, è lontano... c'è qualcosa di bianco rovesciato in mezzo al mare e della gente... non lo so, Celeste. Andiamo a vedere che succede» disse Ege, uscendo di casa appresso a Ioannis. Li vidi sparire nel buio, dirigersi verso la spiaggia.

«Andate in barca?» chiesi a Pietro.

«È il modo più veloce di raggiungere la spiaggia e capire che storia è.»

«Vengo con voi.»

«Non è proprio il caso. Torna a letto.» Stavo per insistere, ma Diana apparve sulla porta e io ammutolii di colpo.

Aveva l'aria sbattuta, l'asciugamano da mare ancora umido e pieno di sabbia gettato sulle spalle con noncuranza. Faceva un freddo bestiale e lei era ancora in costume.

Qualcosa si mosse nella parte più buia del mio cervello, mi rifiutai di darci peso.

«Che sta succedendo?» chiese. «Ho visto Ege e il vecchio correre verso la spiaggia.»

Pietro la liquidò con un cenno, si affrettò a uscire.

Cercai distrattamente qualcosa da mettermi addosso per seguirlo, buttando all'aria i vestiti sparsi.

«Lascia stare, dai. Non sarà niente di grave. Ce lo facciamo raccontare dopo.» Diana si avvicinò, mi prese per un braccio, mi scosse con delicatezza. Quando mi voltai verso di lei mi resi conto, con quella inopportuna lucidità che precede gli istanti di panico, che aveva i capelli asciutti, contorti di sale e pieni di ramoscelli e sterpaglie. E pure il telo che teneva sulle spalle era lurido, come se l'avesse trascinato nel fango.

«Dove sei stata?»

«In tenda con gli altri a giocare a carte.»

Mi voltai di nuovo verso l'esterno. Pietro aveva già attraversato la spiaggia e adesso, lo vedevo nel chiarore dell'alba, entrava in acqua sollevando una marea di schizzi, si agganciava al bordo della barca. Ege lo aiutò a tirarsi su. Il motore di quella bagnarola già prendeva velocità, lasciandosi dietro una scia schiumosa.

«Torno subito.» Uscii di casa, scesi fino alla battigia. Durante la notte il mare s'era risvegliato, adesso le onde spazzavano la costa, ma erano pigre, piuttosto innocue per qualcuno che sapeva nuotare. Come diavolo avevano fatto, quelli, a rovesciare la barca?

Mi immaginai gente come noi, ragazzi che erano andati al largo per un bagno di mezzanotte, degli scemi ubriachi che non sapevano come tornare a riva.

Nadir mi apparve accanto. Aveva gli occhi gonfi e già la sigaretta in bocca, e per la prima volta da una settimana indossava una maglietta. «Che cazzo succede? Diana dice che c'è stato un naufragio ad Agios Stefanos, che Pietro ed Ege sono andati a vedere. Mi sa che è ancora ubriaca.»

Repressi un moto di insofferenza. La barca s'era allontanata verso ovest, già spariva oltre l'insenatura.

«No, è vero.»

«Andiamo a vedere.»

«Cosa?»

«Andiamo, dai. Li raggiungiamo via terra.»

L'aria umida mi schiaffeggiava dritto in faccia. Per strada c'eravamo solo noi, il motorino arrancava scansando buche e radici. Mi strinsi alla schiena di Nadir che guidava piano, nella piega del collo gli sentii un altro odore, diverso da quello che conoscevo. Quando arrivammo ad Agios Stefanos, il cielo cominciava a diventare grigio.

La spiaggia era piena di gente, sagome scure che si agitavano. Distinsi la barca del vecchio, un'altra imbarcazione addirittura più piccola, e al centro, sospinto dalla risacca, quello che sembrava un grosso canotto squarciato.

Continuavo a pensare ai ragazzi ubriachi che avevano rovesciato la barca. Era quella l'immagine che avevo costruito e non volevo lasciarla. Dove diavolo erano? Il cielo diventava sempre più chiaro, cominciavo a riconoscere i colori, le forme.

«Nadir... cos'è?»

Non mi rispose. Ci stava facendo i conti pure lui, con quello che vedeva. Perché nessuno prenderebbe mai uno Zodiac senza motore per fare un bagno al largo. Nessuno salirebbe in sette – tanti erano quelli sulla spiaggia – su un giocattolo di gomma e plastica. E nessuno vestirebbe come in pieno inverno, con scarpe chiuse e zaini di quelle dimensioni in una gita di poche ore. Vedevo le facce, adesso, nel chiarore. Il sollievo mostruoso di essere vivi. Vedevo i giubbotti salvagente.

Ci rendemmo conto insieme di quello che stavamo guardando, capimmo nello stesso momento che non c'era stato nessun bagno di mezzanotte, che non erano come noi. Che la Turchia era a poche miglia di distanza, e quelli non erano turisti. Nadir si mise le mani sulla bocca, soffocò una bestemmia.

Pietro, Ege e Ioannis, lì in mezzo, si scambiavano gesti nervosi col pescatore dell'altra barca, un povero cristo come loro, non sapevano come aiutarli. Un ragazzo, uno senza giubbotto, poteva avere al massimo tredici anni, si buttò tra le braccia di mio fratello, prese a gridare, rideva e piangeva insieme. Pietro si lasciò afferrare, lo tenne su.

«*Greece?*» fu l'unica parola che capii tra i singhiozzi del ragazzo.

«*Yes, Greece. You're safe.*»

Poi Pietro si voltò, ci vide lì, così smarriti da non riuscire a muoverci. Chiuse gli occhi sollevato. Poi ci raggiunse.

«Ce l'avete il telefono?»

Scuotemmo la testa insieme, incapaci di parlare.

«Dovete andare a Kalavarda. Subito. A chiedere aiuto.»

«C'è qualcuno che sta male?» I corpi bocconi sulla sabbia erano due, sperai fossero solo privi di sensi. Li guardai con terrore.

«Non lo so. Andate, per favore, fate in fretta.»

Di nuovo sul motorino, col cuore in gola. Non facevamo che imprecare, che dirci a vicenda che non era possibile. Nadir andava pianissimo per colpa mia, tratteneva l'ansia, la voglia di accelerare. Ma con quell'andatura saremmo giunti in paese a mezzogiorno.

«Lasciami al sentiero» dissi.

«Cosa?»

«Torno a casa. Vai tu a Kalavarda. Ti rallento e basta.»

Il nostro accampamento era silenzioso, dormivano tutti. Passai senza fare rumore accanto alla tenda dei ragazzi, presi un telo dal filo del bucato e me lo misi addosso. Poi me ne andai in spiaggia, senza farmi vedere. Se fossi stata capace di portare il motorino sarei tornata indietro, ma non ero buona manco ad andare in bicicletta, perciò mi toccava aspettare. Il sole cominciava a scaldare, mi addormentai da sola accanto alla brace che si stava spegnendo.

Mi risvegliò una carezza. Aprii gli occhi, era giorno pieno, Pietro mi stava accovacciato davanti.

«Riccio di mare» mormorò, scostandomi i capelli dalla faccia. «Stai bene?»

Lo afferrai per le braccia. Quello che era successo all'alba mi piombò addosso. Pietro era stanco, aveva i vestiti sporchi.

«Sto bene, non ti preoccupare, tu piuttosto...»

«Sto bene anch'io.» Si lasciò cadere accanto a me, nascose il capo tra le ginocchia per accendere una sigaretta. Il vento si portò via la prima boccata. «Sono partiti dalla costa turca. Erano diretti a Simi, ma la corrente li ha spinti verso Rodi. Sono rimasti in mare per tutta la notte.» Ingoiai a vuoto. Pietro aveva gli occhi puntati sul mare.

«Da dove arrivano?»

«Iracheni. Yazidi. Non ho capito se alcuni sono parenti tra loro, se... il ragazzo ha quindici anni, credo sia rimasto solo... Sono fuggiti da Mosul a febbraio. Si sono spostati per lo più a piedi.»

«Sono tutti vivi?»

«Sì, per fortuna, sì.»

«Tu sapevi che sarebbero arrivati...»

«Per chi cazzo mi hai preso, per un trafficante?» Ammutolii, mortificata. Se ne accorse, mi chiese scusa, non voleva trattarmi male. Si tirò indietro i capelli. «Gli sbarchi sono all'ordine del giorno, su quasi tutte le isole della costa. Sulla rotta greca passa di tutto, tutto il traffico umano proveniente dall'Iraq, per non parlare del Nord Africa e del sud-est asiatico. Il confine sull'Evros è sorvegliato e praticamente impossibile da valicare, la maggior parte cerca di arrivare per mare. Non so se qualcuno li ha messi su quella bagnarola o se hanno tentato la traversata in autonomia...»

«Cosa succederà adesso?»

«Faranno richiesta d'asilo.»

«Allora è tutto a posto, no?»

«Mica tanto. Se Atene non accetta la richiesta verranno rimandati indietro. La Turchia ha un accordo di riammissione con la Grecia. I centri di trattenimento sono un inferno, resti lì per un po' a sguazzare nella tua stessa merda e poi ti rispediscono a farti ammazzare a casa tua. Adesso sono vivi, ma se li espellono non lo so quanto durano, Celeste. Non lo so.»

«E tu non puoi aiutarli? Tu sai tutto di queste cose, le leggi, gli accordi...» Scosse la testa. Spense la sigaretta, se ne accese un'altra.

«Sono un ricercatore. So solo scrivere e studiare. Ma per dare una mano a quei poveri cristi, scrivere e studiare non è che serva a chissà che.» Si alzò, si spolverò la sabbia di dosso. «Ora vado.»

«Dove?»

«Raggiungo Ege a Rodi. Insistiamo, cerchiamo di fare qualcosa, di sbloccare la situazione. La burocrazia greca è anche peggio di quella italiana. Probabilmente sarà inutile, ma bisogna provarci. Ti ho lasciato dei soldi per il taxi, in cucina, dovrebbero bastare.» Solo in quel momento mi ricordai che dovevamo partire, che avevamo un aereo che ci avrebbe riportato a casa da lì a poche ore. Pietro mi appoggiò una mano sulla testa, per salutarmi. «Fammi sapere quando atterrate. Saluta papà e Mara. Ci rivediamo a Roma.»

«Spero che ce la fai.»

«Ci provo.»

Non ce la fece.

Le persone che avevamo visto di sfuggita sulla spiaggia, quella notte, vennero rimandate in Turchia un mese più tardi, e successivamente riportate al confine con l'Iraq. Non avremmo mai più saputo nulla di loro. Pietro mi disse solo questo. Quello che era successo gli faceva male, ma io non me ne accorsi subito. In quel periodo stavo facendo i conti con altre cose che mi dilaniavano. A pensarci adesso mi sento meschina, me ne vergogno.

Quel ragazzo che ho visto gettarsi tra le braccia di mio fratello, la mattina del 27 luglio del 2007, sarà morto chissà dove. E quella sera si era fidato di Pietro, gli aveva chiesto se fosse in salvo.

E Pietro gli aveva risposto di sì.

Oggi lo so, è nato tutto da lì. Da quella bugia inconsapevole.

Affondò dentro di lui, mise radici.

Sarebbe esplosa in seguito sotto altre sembianze.

Partire per difendere.

Partire per proteggere.

34

Il viaggio di ritorno fu tutto uno sgolarsi a raccontare la faccenda a chi non c'era stato. Cercavo di concentrarmi su quello, mi sembrava la cosa giusta da fare.

«Oh, noi non abbiamo sentito niente. Io alle tre sono rientrato in tenda e sono subito crollato» continuava a ripetere Fabio, e c'era qualcosa che stonava. Sapevo benissimo cos'era, ma non me lo volevo dire.

Ci pensò Diana quella sera stessa, appena rientrate. Rimettevo a posto i vestiti sgualciti che non avevo usato, già mi mancava l'atmosfera dell'isola, ma ero felice di rimettermi a dormire nel mio letto. Lei s'affacciò alla porta della mia stanza, rimase lì per un po' a guardarmi.

«Ti devo dire una cosa.»

Pensai che non c'era bisogno di dirmi niente, che lo sapevo quello che era successo. Era stato tutto molto chiaro da subito. Ero diventata brava a soffocare le cose che avrebbero potuto farmi male. Sapevo spingerle nel buio, ficcarle a calci in buchi minuscoli.

«Lo so già.»

«Allora è vero che ti dice proprio tutto.»

«Non mi ha detto niente. Sei rientrata sporca di fango alle cinque, gli altri dormivano dalle tre. Non ci vuole una laurea per capirlo.»

Diana sospirò, venne a sedersi sul mio letto. Avevo tutta la materia cerebrale concentrata nello sforzo di non sentire nulla. C'era solo una lieve ansia. Diana era una di quelle con la bocca larga, si metteva lì a squadernare i particolari, chiedeva confronti.

«Non mi raccontare niente, non voglio sapere.»

«Oddio no, non lo farei mai. Sarebbe... schifoso, no?» Si tirò su la maglietta, mi mostrò la schiena graffiata. «Tutte quelle sterpaglie... Guarda che mi sono fatta.»

«Poverina.»

Continuai a fare avanti e indietro dalla valigia all'armadio. Lei, servizievole, mi passava i vestiti puliti da rimettere nei cassetti. Mi sentivo agganciata dal suo sguardo, avrei voluto chiederle che cazzo avesse da guardare, ma poi probabilmente mi sarei messa in un guaio.

«Ti fa male?»

«Che?»

«La gamba. Vedo che zoppichi un po', oggi.»

«Sì, succede quando sono molto stanca.»

«Comunque, è stata una cosa da una sera e basta. E poi mi sa che siamo troppo amici. Non succederà di nuovo.»

«È fatto così.»

«Lo so. Però è onesto, te lo dice subito. Mica come quello stronzo di Gabriele...»

«Ancora con Gabriele?»

Rise, mi tirò un cuscino. «Che ci posso fare? Non ne parlo, ma non vuol dire che non ci penso.» Qualcosa si allentava dentro di me. La trappola che avevo nascosto molto bene in profondità era scattata sul niente e adesso si riapriva, aspettava la prossima mossa.

«Non è che uno si disinnamora solo perché ha scopato con qualcun altro, magari fosse così facile.»

Rimasi a Roma fino a Ferragosto. Nadir se n'era tornato a Londra, rimanemmo noi cinque a schiumare nella città deserta. I locali aperti in città erano pochissimi, i romani rimasti e i turisti si riversavano tutti tra Trastevere e Campo de' Fiori, in giro non si poteva stare. Vagabondavamo nel deserto di San Lorenzo in cerca di una birreria aperta, mangiavamo solo pizza. Diana vide Gabriele un paio di volte, rientrò a tarda notte sempre più avvilita, sempre più mortificata. La convinsi ad andarsene, a tornare a Lecce per un paio di settimane. Me ne andai pure io, in Abruzzo, nella casa della mia bisnonna insieme ai miei genitori. Stare con i miei mi fece bene, mi lasciai coccolare da mia madre, mi feci coinvolgere da mio padre nell'organizzazione della sagra del paese, cercai di non pensare alle cose che non potevano cambiare. Nadir mi chiamò un paio di volte, non accennò mai a quello che era successo con lei. Eppure, adesso, nella cornetta affondavamo in certi silenzi lunghissimi e venati di rancore, come quelli dei primi tempi, come quando non sapevamo prenderci, una sorta di diffidenza. Sapeva che sapevo.

Non riusciva a capire perché non glielo sbattessi sul muso.

Sapevamo tutto l'uno dell'altra ed eravamo bravissimi a non dirci mai le cose in faccia.

Lui ogni tanto ci aveva pure provato, io invece mi ero sempre nascosta.

Tutto quello che è venuto dopo in qualche modo me lo sono meritata.

Chissà che cosa successe nelle due settimane in cui io e Diana restammo separate. Non l'ho mai saputo, non ho mai chiesto. Fatto sta che quando rientrammo a Roma lei era ancora più svagata del solito. Un pomeriggio di fine ottobre, tornando a casa dall'università, la trovai che preparava la valigia. Mi guardò con uno stupore densissimo, come se fossi una sconosciuta piombata nel suo soggiorno per caso. Poi vidi un'altra espressione attraversarle la faccia, inequivocabile: imbarazzo.

«Torni giù?»

«No... vado a Londra.» Devo aver fatto una faccia orrenda. «Un paio di giorni, un weekend...» si mise addirittura a balbettare.

«Vai da Nadir?»

«No... cioè, sì. Mi ospita lui, però poi una volta lì vado in giro da sola, a vedere la città, a fare la turista. Non è quello che pensi tu.»

«Io non penso niente, sono cazzi vostri.»

Mi sentivo così male, così male. Quella delusione ingiustificata mi piagava la faccia, mi scappava dalla bocca come schiuma dopo un avvelenamento. Però ero lì, resistevo. Avevano già scopato a Kàmiros, di cosa avevo paura? Se lo era già preso.

«Quindi, vi siete sentiti.» Le parole mi uscivano a scatti rauchi, sembravo un giocattolo inceppato.

«Qualche volta. Gli ho detto che non sono mai stata a Londra, e mi ha invitato. Lui non c'è, sta tutto il giorno in accademia, lavora a un progetto. Ha detto che mi lascia le chiavi di casa e che posso dormire sul divano, fare come mi pare. È solo un appoggio. Ti... ti dà fastidio?»

La conversazione si stava inabissando, mi affrettai a riportarla su.

«No, no, macché. Ma perché non me l'hai detto subito?»

Scoprii che l'avevano deciso quella mattina stessa, che Diana aveva preso i biglietti con un'offerta last minute, glieli avevano praticamente tirati dietro.

Sarebbe partita la mattina dopo, aspettava che tornassi a casa per dirmelo.

L'aiutai perfino a preparare la valigia, la sensazione di essere stata avvelenata non se ne voleva andare.

Poi, dopo cena, il mio livello di sopportazione arrivò al limite. Finsi di essere stanchissima, di avere lezione presto la mattina successiva, cominciai a sbadigliare.

Alla fine mi chiusi in camera, spensi tutto, mi infilai a letto. Non so quanto rimasi sveglia, non ricordo cosa pensai. Ricordo solo l'impressione di avere qualcosa di acceso nella cassa toracica, un cannello che squagliava tutto dall'interno.

A un certo punto Diana aprì la porta e mi chiese se dormissi. Non le risposi.

Mi resi conto che la detestavo.

Uscì di casa la mattina dopo, prestissimo, la sentii muoversi in cucina verso le sette. Poco dopo la porta d'ingresso si chiuse con uno scatto familiare. Neanche allora mi alzai. Aspettai che fossero le nove, attesi di essere certa che non sarebbe tornata indietro.

Non avrei potuto sopportare di farmi guardare in faccia.

Sarebbe dovuta rimanere solo un weekend. Aveva detto così. Me l'aspettavo di ritorno a casa il lunedì, cominciai a fare i conti con l'idea di doverla rivedere, di sentirmi raccontare i posti in cui era stata, le cose che aveva fatto. Mi esercitai tutto il fine settimana, feci le prove generali di un'indifferenza cosmica. Che me ne fregava. Pensavo di essere pronta, quando la domenica pomeriggio in cui mi aspettavo di vederla tornare da un momento all'altro mi mandò un messaggio. Si scusò per non avermi chiamata, le telefonate costavano un casino e lei doveva risparmiare i soldi per comunicare con la madre. Disse che sarebbe rimasta un altro po', che la città era troppo grande per vederla in un solo weekend. Nemmeno un accenno a Nadir, come se fosse lì da sola.

Passò una settimana. Ne passarono due.

La notte dormivo a stento, sognavo di sentirla rientrare, mi svegliavo di soprassalto nella casa vuota e silenziosa. Accendevo tutte le luci e restavo a fumare al tavolo della cucina fino al mattino.

Tornò diciannove giorni dopo.

Me la ritrovai in casa una mattina, rientrando con le buste della spesa. La vista del suo trolley all'ingresso mi mise in difficoltà. Lei era in cucina, lavava i piatti che avevo lasciato dalla sera prima. L'acqua scorreva nel lavello, soffocava gli altri rumori. Mollai i sacchetti sul pavimento, bussai al muro per attirare la sua attenzione.

«È durato parecchio 'sto weekend» esclamai allegra.

Chiuse il rubinetto, si asciugò le mani sui jeans. Pensavo che l'avrei vista sorridere, invece le tremava la bocca. Era sul punto di piangere.

«Oh, che hai fatto?»

«Niente, niente.»

Si mise le mani sulla faccia, mi scostò per andare a sedersi. I gomiti piantati sulle ginocchia, la schiena curva, una specie di brontolare basso e infelice che le saliva dal fondo della gola.

Provai un orrendo senso di rivalsa, così brutale da oscurare persino la vergogna di me stessa.

«Ma che cosa è successo?» Le piazzai una mano aperta dietro la schiena, la lasciai lì a sentire i sussulti, i suoi singhiozzi interni.

Ero pronta a consolarla, a portarmela sul divano. Le avrei permesso di infilare la testa nell'incavo del mio collo, di piangermi addosso e di stringermi fino a farmi male. Le avrei accarezzato i capelli e versato un bicchiere pieno di Montenegro anche se erano appena le undici del mattino, e avrei parlato malissimo di lui. Lo avevo già fatto con Gabriele, potevo farlo pure con Nadir. Anzi, con lui mi sarebbe riuscito meglio, lo conoscevo così a fondo da poterne tracciare con precisione millimetrica tutte le storture.

È fatto così, le avrei detto.

È proprio nella sua natura, è capace di trasformarsi, di diventare quello che vuoi.

Sì, lo so, pensavi di poter tenere a bada le cose. Succede. Lo guardi e pensi che uno così, con quella faccia, con quella magrezza da tossico non sarà mai in grado di toglierti chissà che. Quella bruttezza ti rassicura, ti coccola, gioca a tuo favore, ti spinge a credere di avere un vantaggio.

Non ce l'hai.

Ce l'ha sempre lui. È la sua volontà che piega tutto, è il suo modo di affermare se stesso: deve privarti di qualcosa, sempre. Gioca sull'assenza, procede per sottrazione.

Le strinsi una spalla, era rigida, tesa. Chissà cosa le aveva detto, chissà con quale sfregio l'aveva salutata.

«È fatto così» dissi consolante. «Non te la devi prendere. È fatto così, tratta male tutti, lo conosco bene, io.»

Raddoppiò i singhiozzi, tirò su col naso. Non mi stava nemmeno ascoltando.

«Cristo, Celeste, mi sa che ci amiamo.»

Non arrivò subito. Si propagò dopo qualche secondo. Per riflesso incondizionato, sorrisi perplessa.

«Come dici?»

«Mi sa che ci siamo innamorati.» Si girò a guardarmi con due occhi da animale investito.

«Ma stai dicendo sul serio?»

«Sì.»

I denti erano pezzi di roba marcia incastrata negli alveoli, me li sentii sul punto di cascare, avrei potuto sputarmeli in mano senza fare un fiato. Qualcosa smottava da dentro, lottava per tirarmi giù la faccia. Continuai a sorriderle, ad accarezzarle la schiena, a non credere nemmeno a una parola.

«E Gabriele, scusa?»

«Ma chi se ne frega, di quello. Tu non sai, non sai... Non mi è mai successa una cosa del genere. Non l'ho mai provata una cosa così e neanche lui. Non sappiamo nemmeno quando riusciremo a rivederci, ti rendi conto? Sono passate poche ore e già mi manca, mi sento malissimo. Siamo del tutto impreparati, del tutto... non puoi capire.»

No, certo. Non potevo capire.

Finì che fui costretta a sentire pure il resoconto dettagliato di quei giorni, di quello che s'erano detti, di quello che avevano fatto. All'inizio avevano rispettato i patti, lei s'era messa a dormire sul divano, se n'era andata in giro da sola, aveva fatto la turista, era andata al Big Ben a Trafalgar, al cambio della guardia a Buckingham Palace, s'era fatta un giro completo al secondo piano di quegli autobus rossi che le piacevano tanto, s'era fatta scattare delle foto da altri turisti come lei nelle cabine telefoniche. Poi una sera, a casa c'era tanta gente, una festa della coinquilina belga, s'erano ubriacati, avevano parlato fino all'alba, di cosa? Delle loro vite. Di Pietro, di me. Nadir aveva fatto una sviolinata lunghissima sulla sottoscritta, a un certo punto della notte le aveva detto quanto m'amava, aveva usato proprio quell'espressione, quella parola lì. *Quanto m'amava.* Quanto mi sentiva vicina, come nostro fratello, più di nostro fratello. Quanto eravamo incredibilmente connessi, alleati da sempre, indispensabili l'uno all'altra. Diana s'era sentita confusa sulla natura di quel legame. Mi confessò, arrossendo e ridendo, come se fosse una cosa assurda, che per un momento aveva pensato che ci fosse stato altro, che lui stesse cercando di dirle qualcosa di squallido e sotterraneo, una vergogna indicibile. Ma ovviamente non era così. Perché alla fine di quella lunga nottata lui l'aveva baciata e poi se l'era portata a letto.

E poi non erano usciti di casa per una settimana intera.

E le cose si erano fatte più profonde, più inestricabili, e la fisicità aveva lasciato il posto ad altre pressioni. Erano riemersi da quella casa a Fulham tenendosi per mano, avevano girato la città abbracciati stretti, lui le aveva scattato un miliardo di foto, s'era fermato sui viali di Hyde Park per stringersela addosso. Me li immaginavo benissimo.

Sapevo vederli nitidamente, e l'urto fu così forte che pensai fosse in corso una frattura interna, la spina dorsale, il femore, le costole.

Quanto avevano riso, quanto era stato bello addormentarsi e svegliarsi insieme, ascoltare come gli cambiava la voce quando parlava in un'altra lingua. Aveva una voce bellissima, non se n'era mai accorta prima. L'aveva portata all'accademia, l'aveva presentata a tutti i suoi amici, a tutti i suoi colleghi come la sua ragazza. E alla fine di quei diciannove giorni, col biglietto che lei aveva già cambiato due volte e che era impossibile modificare ancora, costretta a tornare in Italia, la prospettiva di rivedersi chissà quando, s'erano resi conto di quello che era successo.

Si erano innamorati.

Come due deficienti, come due che perdono la ragione per la prima volta.

Ed era proprio così, le aveva detto lui.

Aveva perso la testa. Era la prima volta che si innamorava di qualcuna.

Alla fine di quel lungo resoconto le squillò il telefono, era lui. Diana si allontanò per rispondere, rianimata. La sentii chiacchierare sommessamente, con quel tono tremulo e sollevato di chi ha appena smesso di piangere e adesso riceve una consolazione. Mi spostai alla finestra, accesi una sigaretta e cercai di concentrarmi sull'esterno, il viavai delle persone sul marciapiede sottostante, il rumore di traffico e clacson che proveniva dalla vicina via De Lollis. Ma non ci riuscivo, tenevo l'orecchio teso verso la conversazione che stava avvenendo all'interno, di cui sentivo solo una parte.

Parlavano di rivedersi, presto, il prima possibile. Natale era troppo lontano, non potevano aspettare così tanto. Guardai il palazzo di fronte, una ragazza stendeva i panni su un balcone annerito dallo smog. Solo otto mesi prima lui m'aveva preso per mano davanti a una foto che mi assomigliava e mi era sembrato di capire lo sforzo che faceva, di portarne il peso pure io.

Alle mie spalle Diana si muoveva tra le stanze, adesso rideva. «Tua sorella è qui» disse a un certo punto. «Se vuoi te la passo.» Lui ebbe la decenza di tagliare corto, almeno quello.

Gettai la sigaretta in strada, mi passai il dorso della mano sulla bocca, mi sembrò di strusciare sulla carta vetrata. La ragazza che stendeva i panni era rientrata in casa, adesso ero sola, avevo Diana proprio dietro.

«Nadir ti manda un bacio.»

«Bene, sì, salutamelo.»

«La prossima settimana torno su io, o viene giù lui, vediamo un attimo. Dice che non ha nessuna intenzione di perdermi. Dice che in qualche modo faremo, troveremo una soluzione.»

Mi dovevo scollare da lì, me ne dovevo andare.

35

Se oggi mi chiedessero qual è stato l'anno peggiore della mia vita direi il 2016, per ovvi motivi. Ma se mi chiedessero di andare ancora più indietro, di scegliere qualcosa di meno distruttivo, assimilabile a una persona comune, senza un fratello scomparso sotto un'autobomba di Daesh durante la lunghissima avanzata delle YPG verso Raqqa, direi senza ombra di dubbio il 2008.

A ripensarci ora che ho più di trent'anni, e con quello che è venuto poi, sembra tutto così sciocco, così vergognosamente futile. Ma fa parte di noi, di quello che siamo stati. L'anno in cui ho dovuto fare i conti con la mia esistenza fino a quel momento, con il primo vero strappo, quello che m'avrebbe scagliata tutta intera nella mia vita adulta.

Intera è la parola giusta.

Perché durante quei primi mesi della storia d'amore di Diana e Nadir mi sembrò di strapparmi, di sfogliarmi abbandonando strati di pelle uno dopo l'altro, di perdermi i pezzi per strada. Era un trambusto interno di cui nessuno si rese conto.

Non me ne andai.

Non avrei saputo dove.

Cominciai un balletto sconclusionato di fughe e ritorni da casa dei miei a quella che ormai consideravo casa mia, il simbolo della mia indipendenza, la mia vittoria sulla malattia che mi è toccata in sorte. Li vidi, certo. Li incontrai insieme varie volte. Non restai mai a dormire nello stesso posto in cui erano loro.

Per tutto l'autunno e per tutto l'inverno si rincorsero, nella tipica via crucis delle storie a distanza, cercarono di ritagliarsi uno spazio per stare insieme. Sentii Diana piangere e litigare al telefono, ma erano litigate piene di sentimento, se la prendevano con la distanza, non erano mai arrabbiati l'uno con l'altra.

Ci stavo male. Ci stavo da cani. Mi veniva da vomitare quando lei non c'era, quando sapevo che era da lui. La nausea peggiorava quando era lui a venire a Roma, quando mi toccava di vederli insieme.

Mi atterriva il modo in cui davanti a me si contenevano, il modo in cui aspettavano che me ne andassi dall'appartamento per lasciargli campo libero. Seduti sul divano, composti come due testimoni di Geova. Uno di fronte all'altra al tavolo della cucina, io in mezzo a loro. Nadir che fumava tenendomi un gomito appoggiato sulla spalla, una mano sul braccio, cercava il contatto con me come a dire che le cose tra noi erano sempre le stesse, come ad assicurarsi che fossi lì, ancora nella sua vita, voleva tutto e non restituiva un cazzo, la conversazione così sciolta, così disinvolta che avrei quasi potuto illudermi che fossimo di nuovo tutti amici, solo amici.

Forse avrei preferito vederli profondersi in smancerie, saltarsi addosso davanti ai miei occhi. Si sa che le cose sono tanto più atroci, tanto più dolorose quando non ne conosci l'esatta dimensione, la sequenza precisa dei gesti.

A volte era più forte di me e cedevo, finivo per immaginarmeli, un oceano di bile e rancore nello stomaco.

Mi buttai sullo studio, fino a sfinirmi. Affrontai lezioni ed esami con la determinazione di un carroarmato, rendendo orgogliosi i miei genitori, suscitando l'ammirazione di Lucrezia che con affetto risentito mi chiedeva perché non avessi fatto medicina, quante soddisfazioni si sarebbe presa con me, figlia femmina di cui non era la madre, e l'ironia di Pietro, che divertito diceva che stavo diventando una sgobbona, una professoressa come lui.

Ma io non sapevo cosa sarei diventata, non avevo un vero progetto. Andavo all'università, davo esami, occupavo quasi tutti i pomeriggi con le ripetizioni, una sfilza di allievi di cui non ricordo più nemmeno il nome.

All'inizio della primavera avevo da parte quasi cinquemila euro, e non sapevo cosa farmene.

Sempre in quel periodo, Diana mi disse che voleva trasferirsi. Si sarebbe presa un anno di pausa dagli studi, sarebbe andata a Londra da lui. Stare lontani era diventato impossibile, troppo doloroso. Aveva già parlato con sua madre, aveva già sistemato tutto, si erano organizzati.

Aveva bisogno di soldi, mi chiese di aiutarla a cercare una nuova coinquilina, una che potesse prendere il suo posto in casa, e andasse bene pure a me.

Scelsi una diciannovenne della facoltà di Lettere, una che aveva preso la vita universitaria per un lunapark e per cui la casa era solo un posto dove tenere le sue cose. La scelsi perché ci tenne a dirmi subito che non avrebbe occupato l'appartamento quasi mai, non mi avrebbe dato problemi. Il 9 aprile, il giorno del suo venticinquesimo compleanno, Diana si trasferì a Londra.

Non li avrei rivisti per un anno.

36

Quell'estate Diana e Nadir rimasero dov'erano, io passai tutto luglio a Feudi con Pietro e i suoi amici, poi ad agosto andai in Abruzzo dai miei genitori.

A ottobre arrivò la telefonata.

La voce di lei mi aggredì le orecchie con entusiasmo. Per circa dieci minuti parlammo di argomenti innocui, mi chiese di me, di Pietro, raccontò di come andavano bene le cose a Londra. Ma era irrequieta, distratta. Una specie di gioia trattenuta a stento. Ero già sulla difensiva, volevo tagliare corto. Lei se ne accorse, e fu allora che prese coraggio.

«Ti devo dire una cosa, meglio se ti siedi.»

«Sono già seduta.»

«Ci sposiamo.»

«Perché?» Lei ammutolì. Capii che avevo sbagliato, che non era una domanda da fare. Cercai di salvare la situazione e mi misi a ridere, le dissi che scherzavo. Mi finsi sorpresa ed entusiasta, ringraziavo Dio che non potesse vedermi in faccia.

Era deciso, sarebbero tornati in Italia in primavera, per il matrimonio. Diana mi disse che sua madre s'era messa di traverso, che voleva che tornasse in Italia e che riprendesse gli studi, ma lei non voleva, per lei era troppo importante restare lì. E l'università? Ma chi se ne sbatteva dell'università, avrebbe ripreso prima o poi, direttamente nel suo nuovo paese magari, ormai con l'inglese se la cavava più che bene. Volevano una cerimonia semplice, rapida, una roba informale, con poca gente. Ci teneva tantissimo che fossi la prima a saperlo.

«Celeste.»

«Eh.» Immaginavo cosa volesse chiedermi.

«Mi faresti da testimone?»

«Ma certo.» Cercai di fingere commozione, ma proprio non mi veniva. La voce usciva scabra, la sentivo rigida come me. Non se ne accorse, era troppo presa dai suoi progetti, dalla sua felicità.

«Nadir avrà Pietro. Ma abbiamo tirato a sorte su chi dei due avrebbe preso te.»

«Pietro lo sa?»

«Nadir lo chiamerà stasera.»

«Bene, allora non gli rovinerò la sorpresa.»

E che sorpresa.

Fu un cazzotto in faccia un po' per tutti, ma del resto quei due se lo immaginavano. L'idea, manco a dirlo, era stata di Nadir.

Come sempre, faceva e disfaceva, macchinava tutto lui. Sposarsi a venticinque anni, senza alcun reale bisogno. Se non fosse stato spaventosamente definitivo, sarebbe parso ridicolo. Ma in fondo, non era così che si sposava la gente? Senza bisogno di farlo.

Forse fu lì, durante quella telefonata, che mi sfogliai dell'ultimo strato di me.

Si amavano. Non era un capriccio, un'infatuazione. Si amavano davvero, vivevano insieme da mesi.

Organizzarono il matrimonio, tirarono a sorte anche su dove si sarebbe tenuto, Roma o Lecce. Vinse Nadir, lo avrebbero celebrato a Roma. Niente chiesa, Nadir come Pietro non era stato neanche battezzato, avevano scelto il rito civile. Affittarono una villa sulla via Flaminia.

Arrivò maggio, tornarono insieme in Italia. Mi offrii di lasciargli la mia stanza, io sarei andata a stare da Pietro per qualche giorno.

La sera in cui arrivarono ero già vestita, pronta ad andarmene, la borsa con l'abito per la cerimonia già appoggiata davanti alla porta. Aspettavo che Pietro passasse a prendermi.

Ero seduta al tavolo della cucina quando la chiave girò nella serratura. Mi raggiunse un rumore secco e poi uno strappo, come di qualcosa di ingombrante spinto a forza oltre la porta, passi di un'unica persona, una serie di imprecazioni inconfondibili, una brutta voce che conoscevo bene da prima ancora che cambiasse, che diventasse quella di un uomo. Un secondo più tardi c'era lui in piedi sulla soglia della cucina. Da solo.

«E Diana?» Ero lì, con la mia sigaretta fumata a metà, ad accoglierlo come se l'avessi visto il giorno prima.

«È giù in rosticceria, compra qualcosa per cena. Ho portato su le valigie. Ciao, Cele'.»

Lo guardai. Ci guardammo. Aveva gli occhi accesi, un sorriso appena accennato, quasi commosso, un'ombra di barba, i capelli sparati in tutte le direzioni. Non si mosse. Così inadeguato, così assurdamente felice di vedermi.

Qualcosa mi vibrò dentro, una bestia che si muoveva nel sonno. Gli feci un cenno con il mento.

«Tu davvero hai intenzione di sposarti con quei capelli lì?»

Si mise a ridere, si avvicinò, mi tirò su di peso, mi si incollò addosso.

«Ti posso abbracciare?» Ma mi aveva già stretta, imprigionata, mi teneva per la nuca come un animale da sacrificare. Chiusi gli occhi, il suo odore era sempre lo stesso. Lo toccai come lui toccava me, le braccia, il petto, le orecchie, la bocca, le costole.

«Sei magro, sei ancora più magro. Ma mangi?»

«Ma chi sei, mia madre, che mi chiedi se mangio?»

«Mi preoccupo per te, lo so come cucina la tua ragazza.»

«A casa cucino sempre io.»

«Allora vedi che mi devo preoccupare sul serio.»

«Vieni qui, vieni qui, non mi lasciare, dove vai? Il mio...» Lasciò la frase a metà, il silenzio ci avvolse come una coperta ruvida. Stringeva sempre di più, sembrava essersi dimenticato di quanto fossi fragile. Respiravamo a stento, per motivi diversi.

«Sei felice?»

«Sono molto felice. Cristo, non hai idea di quanto io sia felice.» Mi dislocavo, scricchiolavo, ero un castello di carte.

«Nadir...»

«Cosa?»

«Mi stai facendo male.»

Più tardi, a casa di Pietro, non riuscivo a dormire. Era l'una passata, mi rigiravo sul divano letto. Mi alzai, presi la sacca dei trucchi, la piastra, tutte quelle diavolerie da femmina che mi ero portata appresso per prepararmi, e mi chiusi in bagno.

Mi ritrovò mio fratello, due ore dopo. In mutande e reggiseno, perfettamente truccata, i capelli acconciati, seduta sul cesso a fissare l'oblò vuoto della lavatrice, avvolta in una nuvola di fumo.

«Ma cosa fai?»

«Eh?» Mi voltai verso di lui che strizzava gli occhi alla luce forte dei faretti.

«Sei truccata?»

«Volevo fare una prova.»

«Alle tre del mattino?» Scosse la testa. «Guarda che si sposano domani sera alle sette.»

«Ora mi lavo la faccia e torno a dormire. Dammi un attimo.»

Pensai se ne sarebbe andato borbottando, invece restò lì. Si appoggiò allo stipite, mi misurò con uno sguardo che non riuscii a capire.

«Non mi serve aiuto per alzarmi dal cesso, faccio da sola.»

«Lo so che fai da sola.»

«E allora che fai ancora lì? Torna a letto.»

«Riccio di mare.»

«Cosa?»

«Che c'hai?»

Mi dondolai piano, sperai che se ne andasse. Ma non aveva alcuna intenzione di farlo, aspettava una risposta. «Ti ricordi quando mi sono rotta il ginocchio?»

«Sì, certo.»

«Nadir s'è occupato di me per tutto l'inverno. Tu non c'eri, eri... in Siria, credo. Comunque, c'era lui. È stato con me per un sacco di tempo. Non credo di avergli mai detto quanto bene m'ha fatto, sai? Non credo di averglielo mai detto.»

Mi ero rotta all'esterno così tante volte che all'interno ero infrangibile. Mi consolava pensare di avere organi indistruttibili, un fegato di latta, un cuore di cemento e ghiaia circondato da ossa di vetro soffiato che non proteggevano niente. Non c'era niente da proteggere. Non mi sarebbe venuto da piangere nemmeno a sforzarmi, ero secca, arida, desertificata.

«Cele'... dimmi che devo fare.»

«Andiamocene a dormire, è meglio.»

Si girò, fece per andarsene in camera ma lo raggiunsi. Mi schiacciai contro la sua schiena, premetti la faccia tra le sue scapole e gli circondai il torace con le braccia. Si prese le mie mani, se le strinse forte tra le sue. Nel buio, in mezzo al corridoio, noi due da soli.

«Abbiamo sbagliato tutto.»

Pensavo che non lo sapesse, fu per quello che rimasi zitta. Oggi invece credo che mi stesse chiedendo di ammetterlo, di farci i conti insieme, di trovare una soluzione. Ma sono stata vigliacca, ed è stato vigliacco anche lui. E vorrei, adesso, raggiungerlo lì dove si trova, in qualunque posto sia, e dirgli che è vero, abbiamo sbagliato tutto, tutti e tre, da sempre. Che non so se si chiama amore questa stringa che ci tiene insieme, ma qualunque cosa sia ci ha reso tutti ciechi, egoisti, vulnerabili. Ché le famiglie sbagliano sempre, che se ami qualcuno e lo ami troppo non ne fai una giusta. E vorrei dirgli che sto bene, che non c'è bisogno che si infili nei sogni degli altri per tenermi d'occhio. Vorrei dirgli proprio così, vorrei chiedergli di dormire tranquillo. Ma poi penso che non ho mai creduto a queste cose. E so che la gente non può tornare nei sogni, che il corpo umano è fatto di carbonio, azoto, fosforo, idrogeno, che volontà e coscienza smettono di esistere nel momento in cui la materia si scompone, e che l'auto a cui ha sbarrato la strada per evitare che facesse saltare in aria i suoi compagni era imbottita di una miscela di pentrite, esogene, tetrile e polvere d'alluminio, e saprei persino riprodurla, con un po' di pazienza, con gli strumenti giusti, con un po' di fegato. E che non è più da nessuna parte, e sono abbastanza intelligente da saperlo, e non so perché Nadir abbia deciso di partire. Forse vuole solo cercare una traccia di lui nell'ultimo posto in cui è stato.

Ma vorrei dirti, Pietro, che t'ho amato tanto, che ho un vuoto in gola ogni giorno, che sono orgogliosa di te. E che sto bene, sono ancora in piedi.

Le mie ossa cave sanno ancora sopportare.

37

Fu una cerimonia informale, piuttosto sobria. I nostri familiari, gli amici di Nadir, alcuni colleghi venuti da Londra. I parenti di Diana, tutti più eleganti di noi, alcune cugine più vistose della sposa stessa che indossava un vestitino color panna corto al ginocchio, adatto più a una passeggiata d'estate che a un matrimonio. Le due madri che si vedevano per la prima volta al matrimonio dei figli, che si osservavano con quel misto di diffidenza e cortesia, tutte e due gentilissime e accudenti nei confronti della nuora e del genero, ma convinte di aver ceduto qualcosa di prezioso e insostituibile e di aver ricevuto in cambio una fregatura epocale.

Pietro cercò la mia mano e la tenne per tutta la durata della cerimonia, infischiandosene delle occhiate confuse che ci lanciavano i parenti della sposa. Si chiedevano se avessero capito bene, se invece che fratelli non fossimo una coppia. Si rassicuravano quando notavano le mie scarpe basse e il mio vistoso zoppicare giustificavano quelle dita intrecciate col mio bisogno di aiuto per camminare sul lastricato irregolare del giardino. La realtà era che ne avevo bisogno per un altro motivo, che la mano di Pietro mi teneva ancorata.

Firmai il registro, diedi un lunghissimo bacio a Diana, uno molto breve a Nadir, lanciai il riso e partecipai agli scherzi, alle grida degli amici. Era una giornata bellissima, calda, un tramonto magnifico. Non riuscivo a staccare gli occhi dai due cerchietti d'oro bianco che portavano agli anulari. Mi resi conto che li fissavo come si guardano le lamiere accartocciate di un incidente mortale, allora mi costrinsi a mettermi in faccia un sorriso quieto. Osservai con una specie di curiosità scientifica il lungo bacio che si scambiarono nella sala del rinfresco, loro due in disparte per un istante, un attimo prima che la folla degli invitati tornasse a reclamarli. Non li avevo mai visti darsi un bacio vero prima di quel momento.

Mangiai con gusto, svuotai un bicchiere dopo l'altro con metodo e disinvoltura, mi sciolsi. Feci amicizia con le cugine di Gallipoli, mi prestai di buon grado a fare le foto, giurai dentro di me che mi sarei rifiutata per sempre di vedere anche solo uno scatto di quella giornata. Poi ci spostammo di nuovo nel giardino. Il taglio della torta avvenne sotto lo stesso gazebo dove s'erano sposati tre ore prima. Uno dei colleghi di Nadir, un tizio di Bologna che poteva avere all'incirca l'età di Pietro e che la coppia di sposi frequentava a Londra, prese la parola e fece un discorso lunghissimo, raccontando commosso il grande amore di quei due ragazzi così giovani, spiattellando senza imbarazzo il modo in cui Nadir aveva sofferto la lontananza da lei, il sentimento travolgente di cui era stato testimone. Passò poi a parlare di Nadir. Gli voleva bene come a un fratello, era stato uno dei suoi insegnanti all'accademia di fotografia, si era affezionato subito a quel ragazzo pieno di talento, gentile, altruista, onesto... Con la coda dell'occhio vidi il sorriso distaccato di Pietro allargarsi, diventare sfottente. Si chinò appena verso di me.

«Mi sa che questo ha sbagliato matrimonio» disse piano.

Subito dopo i parenti anziani se ne andarono alla spicciolata, si ritirarono nelle camere della villa.

All'una eravamo rimasti solo noi giovani, e la sala del dj set era diventata un casino di drink rovesciati a terra e mozziconi spenti sul pavimento, le giacche degli uomini ammucchiate sui divani, le scarpe delle ragazze gettate alla rinfusa sotto le sedie, tutti che ballavano stretti intorno agli sposi.

Aspettai che il cameriere si distraesse un attimo, poi fregai una bottiglia mezza piena di Amaro del Capo dal carrello e uscii in giardino.

Fuori c'era silenzio, faceva ancora caldo. Mi sedetti per terra senza preoccuparmi di come mi sarei rialzata, mi accesi una sigaretta, mi attaccai al collo appiccicoso della bottiglia.

Pietro mi raggiunse poco dopo, la cravatta appesa al collo, la camicia macchiata di chissà cosa. Si sedette accanto a me stropicciandosi la faccia, imprecando perché aveva perso la giacca.

Ci sdraiammo sul prato, la schiena sull'erba bagnata. Eravamo soli dopo tante ore passate in mezzo alla gente, nessuno dei due era abituato a quel clima di festa, ci sentivamo un po' spaesati.

Restammo a spartirci la bottiglia di amaro e a commentare gli altri invitati. Non so quanto tempo passò, fatto sta che quando la musica si spense noi eravamo ancora lì.

In lontananza sentimmo gente che si salutava, la voce di Diana che gridava qualcosa da un punto più in alto rispetto a noi. Mi resi conto che la festa era finita, che l'umidità mi aveva infradiciato il vestito e le ossa, e che probabilmente gli sposi si stavano ritirando in camera per la loro prima notte di nozze.

Rotolai sull'erba, guardai verso l'edificio. Nella sala del dj set ormai vuota vorticavano ancora le luci. Un cameriere attraversò rapidamente la stanza trasportando un secchio e uno spazzolone, sparì subito sul retro.

«Non abbiamo neanche salutato gli sposi» dissi. Pietro si strinse nelle spalle.

«Non se ne saranno nemmeno accorti. Sei stanca? Andiamo via.»

«Finiamo la bottiglia e torniamo a casa. Posso dormire da te?»

«Certo.» Trattenne il respiro per un istante. «Finché non tornano a Londra puoi stare da me.»

Restammo per un po' in silenzio, mi grattò la testa per farmi una carezza. «Hai i capelli bagnati, così ti ammali. Andiamo.»

«Eh sì, andiamo. Dove andiamo?» Ci voltammo di scatto al suono di quella voce. Nadir sbucò dalla siepe, allegro e colpevole come un invitato in ritardo. Lo guardammo come si guardano i matti del villaggio.

«Cosa ci fai tu qui?»

«Non mi avete nemmeno salutato, razza di stronzi.»

Si sedette in mezzo a noi, la camicia sbottonata fino all'ombelico, la cintura che pendeva aperta, impresentabile come suo solito. Mi strappò la bottiglia dalle mani, si rese conto che era vuota. «Stronzi» borbottò ancora, accigliato. «Vado a vedere se me ne danno un'altra. Restate qui, aspettatemi. Se ve ne andate mi incazzo.»

Si incamminò lungo il prato, fece qualche passo, poi Pietro lo richiamò indietro.

«Sarà meglio che tu vada in camera.»

«Ci metto un attimo, faccio subito. Prendo la bottiglia e ce ne andiamo da qualche parte.»

«No, senti... c'è Diana su, ti starà aspettando. La prima notte di nozze, dai...»

«È un anno che ci dormo insieme, di che parli? E comunque sarà morta di stanchezza, sarà già crollata. Non se ne accorgerà nemmeno.»

«Nadir... ti sei appena sposato, cazzo.»

Si fermò. Restarono a guardarsi loro due, passò qualcosa lì in mezzo, qualcosa che non riuscii ad afferrare. Poi lui rise. «E quindi? Quello che ho con voi non è comunque un matrimonio? Anzi, è peggio. Voi due mi tocca avervi intorno per tutta la vita, da voi non posso scappare. Bisogna festeggiare pure questo. Aspettatemi. Non vi azzardate ad andarvene.»

Si allontanò, leggermente instabile, ubriaco. S'era appena sposato e già metteva in conto di poter cambiare tutto, sparigliare le carte. Già sottintendeva la possibilità che non fosse per sempre.

«È scemo» borbottò Pietro, guardandolo. «È completamente scemo, ce lo dobbiamo tenere così.»

Tornò pochi minuti più tardi, una bottiglia di vino rimediata chissà dove. Non sembrava stanco, ci diede il tormento per muoverci, disse che voleva schiodare da lì. Decidemmo di farlo contento.

«Facciamo un giro qui intorno. Una mezz'ora e poi torni da tua moglie» disse Pietro. Nadir acconsentì, ma si vedeva che aveva in mente qualcos'altro. Ci mettemmo in auto, lui si rannicchiò sul sedile posteriore, la testa appoggiata al finestrino, la bottiglia stretta tra le gambe piegate.

«Dove stiamo andando?» domandò a un certo punto. Avevamo imboccato la Flaminia, ci dirigevamo verso Roma.

«All'Autogrill. Prendiamo un caffè, ti riprendi e torniamo indietro.»

«Che tristezza.» Si tirò su a sedere, si incastrò tra i sedili davanti, le braccia aperte a circondare i poggiatesta. «Andiamo al mare.»

«Al mare a quest'ora, ma di che ti fai?»

«Dai, dai, non rompere il cazzo! Andiamo al mare, vediamo l'alba e torniamo.»

Pietro mi lanciò un'occhiata che ricambiai con una scrollata di spalle. «Fa freddo, Nadir» obiettai, cercando di sembrare ragionevole. «Fa ancora troppo freddo per il mare.»

Sbuffò, si tolse la giacca, me la ammucchiò addosso con gesti resi goffi dalla posizione, dall'abitacolo angusto. «Ecco, tieni, mettiti questa. Ora non fa più freddo. Andiamo a Ostia. Per strada non c'è nessuno, ci mettiamo un attimo. Fatemi questo regalo, dai.»

Era sempre lui. Era nostro fratello. Anche se si era sposato, anche se aveva mollato in stanza sua moglie, scappando nella notte come il più ingrato dei traditori. «Voglio stare con voi» disse. «Sono anni che non passiamo un po' di tempo noi tre da soli. Anni. Facciamo finta, per questa notte, di essere ancora solo noi tre. Fingiamo che lì fuori non ci sia nient'altro.»

Pietro fece schioccare la lingua, borbottò qualcosa di indistinguibile. Ma aveva già imboccato il raccordo nella direzione giusta, lo stava accontentando. «Quella povera ragazza...» mormorò, sovrappensiero.

«Mi perdonerà, non stare a preoccuparti.»

I legami di sangue sono affilati, recidono qualsiasi altra cosa.

Per strada, alle quattro del mattino, non c'era nessuno. Il raccordo sfilava liscio e vuoto, una lunga autostrada verso il nulla.

Ci fermammo davvero all'Autogrill, prendemmo un caffè orribile e poi ripartimmo verso Ostia.

Nadir adesso sembrava ancora più sveglio di prima, tanto che mi chiesi se dargli del caffè non fosse stato un errore. Quando arrivammo il lungomare era deserto. Parcheggiammo in divieto di sosta davanti al pontile. E fu naturale, a quel punto, senza dirci niente, rimboccare il vestito fino alle mutande, risvoltare i pantaloni fino a dove possibile, levarci le scarpe, entrare in acqua. Che era fredda, oh se era fredda. Insopportabile. Limpida come a Ostia non si vede mai. Ci stringemmo l'uno all'altro, Nadir in mezzo, il braccio con cui teneva la bottiglia agganciato al mio collo. «A chi resiste di più» disse. Si chinò su di me per bere, poi mi versò il vino in bocca, mancandomi di parecchi centimetri, inondandomi i capelli. Avevamo smarrito il senso di tutto.

Un minuto e già avevamo perso la sensibilità alle dita dei piedi.

Poi alle caviglie.

Poi cominciarono a formicolare le gambe.

Poi Pietro disse che era vecchio per quelle cose e si arrese. Restammo noi due, ma durò poco. Nadir indietreggiò, cercò di tirarmi via. Intrecciò le mani alle mie, sentii lo strofinare della fede tra le mie dita. Puntai i piedi nella sabbia molle del fondale. «Esci, così vinco» dissi, cercando di spingerlo verso la riva.

«Non si vince niente.»

«E allora perché non te ne vai?»

Rise, alzò le mani, si dichiarò sconfitto. Ero dentro a metà, l'acqua mi lambiva le mutande. Lo guardai raggiungere Pietro sulla riva, sedersi accanto a lui. Mi esplose dentro un affetto violentissimo.

«Ho vinto. Ho resistito più di voi. Sono più forte io.»

«Lo sappiamo da sempre che sei più forte tu, scema.»

Un netturbino che spazzava il pontile si affacciò dal parapetto, ci guardò con disapprovazione, con curiosità.

Era ora di andare, di tornare indietro.

In auto, Nadir si sporse tra i due sedili anteriori, con quelle braccia lunghe che si ritrovava riuscì a raggiungere l'autoradio, a darle una manata. La musica partì a tutto volume, il cd che c'era dentro riprese a girare dal punto in cui si era fermato, invadendo l'abitacolo, gridando dei "tempi in cui si cominciava la guerra santa dei pezzenti", così forte che persino Pietro, che quel disco lì lo ascoltava spesso, arricciò il naso infastidito.

«Ma che è 'sta musica da comunisti?» Si protese di nuovo,

provò ad armeggiare con i pulsanti, ridendo, per fare dispetto a nostro fratello.

Pietro scacciò quella mano fastidiosa con un colpo secco, sorrise. «Macchina mia, musica mia.»

«Allora rimettila da capo, almeno la sentiamo tutta.»

Imboccammo la via del mare che avevamo tutti i finestrini aperti, *La locomotiva* nella versione dei Modena City Ramblers che esplodeva dalle casse dell'auto, il fumo delle nostre sigarette che si disperdeva dietro di noi.

"Ruggendo si lasciava indietro distanze che sembravano infinite,
Sembrava avesse dentro un potere tremendo,
La stessa forza della dinamite,
La stessa forza della dinamite,
La stessa forza della dinamite..."

La cantammo tutta, in uno di quei ridicoli slanci di speranza, di emozione, adolescenza pura e irrequieta che tornava e ci si attaccava addosso.

Ridemmo molto, gridando in modo sguaiato. Ci dimenticammo di tutto il resto, di quello che ci aspettava a casa. Fu il prendere definitivamente atto del sentimento feroce e totale di indistruttibile appartenenza che avevamo l'uno nei confronti degli altri.

Il fatto che poi quella canzone non sarei più riuscita ad ascoltarla, che l'avrei associata per sempre a un presagio sinistro, me la rende ancora più preziosa.

38

Ventiseiesimo giorno

L'ascensore si è fermato tra il secondo e il terzo piano la notte in cui ho sentito Nadir per l'ultima volta. Era il 26 luglio. Da lì non si è più mosso, è rimasto incagliato e sospeso.

Nessuno viene ad aggiustarlo, la ditta che se ne occupa è chiusa per ferie, al pronto intervento una signorina molto cortese e molto svogliata mi ha detto che se non c'è nessuno intrappolato all'interno della cabina e nell'edificio non ci sono disabili non si tratta di una vera emergenza, perciò ci rivediamo a settembre, e io sono troppo stanca per mettermi a protestare, per dire che la disabile volendo c'è, sono io.

Che per scendere quattro piani di scale ci metto circa trenta minuti, che ogni rampa mi devo fermare, tormentata dai dolori, e risalire è ancora peggio, pare la scalata dell'Everest.

Stasera, però, l'ho fatto.

Mi sono avventurata di sotto. Non vado tanto lontano, non esco nemmeno dal giardino condominiale, sono scesa solo per prendere un po' d'aria, per vedere qualcosa di diverso dalle pareti di casa mia. Mi siedo sulla panchina di marmo di fronte al cancello d'ingresso, ci appoggio le sigarette, la birra, il cellulare. Metto le cuffie, sento un po' di musica, guardo nel vuoto e fumo.

Il cancello si apre con uno scatto. Una sagoma scura, alta e dinoccolata fa la sua comparsa nel cortile e per un istante quell'altezza, quella capigliatura irregolare, mi mettono in agitazione.

Poi, invece, alla luce mi accorgo che è il ragazzino che abita di fianco a me, quello che si scanna costantemente con i fratelli minori, quello che ha solo la madre. Durante l'estate è cresciuto manco l'avessero annaffiato. Sarà come minimo un metro e ottantacinque, che diavolo gli danno da mangiare? Che diavolo mangiava Nadir alla sua età?

Niente. Fumavamo e basta.

«Ciao» gli sorrido, facendolo trasalire.

«Salve» butta fuori. «Buonasera.» Non mi vuole guardare perché si vergogna, tiene la testa bassa. Si ferma. Poi riparte. Fa due passi e ci ripensa. Aspetto, ché tanto lo so che cosa deve dirmi. È un ragazzino educato e mi ha già visto camminare. Diventa tutto rosso, poi si decide. «Tu... lei ha... ha bisogno di aiuto per tornare a casa?» Sta sperando ardentemente che gli dica di no.

«No, no, sto benissimo, grazie.»

Si rilassa visibilmente. Borbotta un saluto sollevato e infila il portone. Guardo quella schiena lunga, le spalle sottili, annuso la scia d'erba che si porta dietro. Quanti anni avrà? Quattordici, forse quindici. Me lo ricorda così tanto.

Com'era lui da ragazzo, magrissimo, tutto scatti, la voce che sembra un rotolare di pietre.

Lo penso con una nostalgia feroce e mi costringo a non farlo perché io lo voglio rivedere. Lo voglio rivedere adesso che è uomo, non voglio ricordarmelo.

Ventisei giorni di silenzio, voglio che torni a casa sano e salvo.

Il cantone di Afrin viene bombardato senza sosta dall'esercito turco, un'invasione che va avanti da mesi, con le bande jihadiste che contribuiscono a massacrare civili e combattenti. Un attacco che ha intenzione di cancellare l'intero Kurdistan siriano, di distruggere un'etnia, un popolo. Demoliscono l'ideale in cui mio fratello credeva, la rivoluzione per cui ha sacrificato tutto.

La Siria del Nord è uno scacchiere, ci si gioca sopra una partita che nessuno sta a guardare.

E c'è la mia famiglia, laggiù. C'è un pezzo importante della mia famiglia.

Reperire informazioni dall'Italia è complicato, sulle maggiori testate appaiono solo trafiletti, notizie brevi, spesso vecchie di settimane, non gliene frega niente a nessuno.

Penso a Leni, quella donna senza volto, solo una voce sbrigativa troncata a metà nella segreteria telefonica. Una combattente, un'internazionalista come Pietro.

L'ho ascoltato, quel messaggio, la mattina stessa in cui Nadir lo ha ricevuto. Si interrompe con un rumore sordo e profondo, poi rimane solo un ronzio.

Penso a lei, e mi scopro a sperare con ogni frangia di questo corpo slabbrato che sia viva.

Penso a Pietro, a tutto quello che lo ha portato laggiù. Penso a Ege, partito prima di lui, animato dalle stesse idee.

Penso a Nadir, mi consuma non sapere dove sia, in quale cantone si trovi. Sta davvero cercando Leni, oppure vuole continuare ciò che Pietro ha lasciato? Non lo so, non so più niente, sono l'ultimo lembo di un posto sicuro, sono una roccaforte isolata, rimasta qui da sola, incapace di occuparmi persino di faccende elementari, figuriamoci gestire una scomparsa.

Prendo il cellulare, apro l'app di Facebook. Il mio profilo è praticamente inutile, anonimo, i social mi hanno sempre fatto un po' schifo, non cambio la foto da circa sei anni, e questo la dice lunga sul mio grado di coinvolgimento.

Il profilo di Nadir è più vivo, eppure stranamente impersonale. L'ultimo aggiornamento risale al 12 luglio, è il video in bianco e nero di *Goodbye* di Apparat.

Una cosa come un'altra, ma la canzone mi piace, perciò nel disperato tentativo di illudermi che sia ancora tutto normale cerco di lasciare un commento... e non ci riesco.

Ha bloccato i commenti.

Ha bloccato l'intera bacheca, i tag, tutto. Ha blindato il profilo, impedendo a chiunque di scrivere, s'è trincerato dietro un silenzio che adesso mi sembra incredibilmente inquietante.

Che cazzo fai.

Che cazzo stai facendo.

Mi lascio prendere dall'ansia, dalla fretta, scorro all'indietro. C'è una foto in cui lo hanno taggato con Marina, sono a cena con altra gente, riconosco uno scrittore importante in fondo alla tavolata. Ora che so che si stanno lasciando mi accorgo di quanto sembrino distanti, di come appaiano disgustati, stufi l'uno dell'altra, ma adesso, davvero, è l'ultima cosa che mi interessa.

Scorro ancora, la luce bianca dello schermo mi ferisce gli occhi.

Notizie, aggiornamenti, link pubblicati senza alcun commento. Hanno tutti a che fare con quello che succede in Siria del Nord.

Sono settimane che non pubblica altro.

Gli articoli firmati da Pietro, vecchi di tre o quattro anni, mi fanno tremare.

C'è il suo nome lì, i riferimenti al sito della rivista di geopolitica con cui collaborava. Leggo solo i titoli, le parole mi scorrono davanti slegate dal resto, eppure li conosco quegli editoriali, li ho letti tutti. Bookchin e Öcalan. L'assedio di Kobane, duemila tra uomini e donne armati e soli contro l'orda di Daesh. L'esperimento di una democrazia senza Stato, l'efficacia di una resistenza collettiva e organizzata contro ogni fondamentalismo. Una narrazione che passa dalla sua esperienza ai suoi ideali, la sua volontà di contribuire alla rivoluzione confederale in un territorio diviso da spartizioni vecchie di cent'anni, sfregiato dalle dittature. Pietro ne studiava le dinamiche, ne seguiva gli sviluppi già nel 2012, quando durante la guerra civile le forze di Assad si ritirarono dalla Siria del Nord, una striscia di terra a maggioranza curda che che di fatto sarebbe diventata una federazione che nessuno, al momento, riconosce. La chiamano Rojava.

Non era un esaltato, anche se a volte, presa dalla rabbia, dal dolore di averlo perso, l'ho pensato. L'ho accusato di essere andato a farsi ammazzare per niente, gridando fino a diventare rauca, quando non poteva più sentirmi. Ma ho sempre saputo che mi sbagliavo, lo facevo solo per sfida, per protesta, per farlo incazzare, dovunque fosse. Pietro lì ha trovato il fulcro di tutti i suoi studi, delle sue ricerche, dei suoi obiettivi. Idee e progetti di cui si è occupato per più di vent'anni, ed è quello che ha lasciato. E che Nadir sta raccogliendo.

Poi, eccola lì la foto, pubblicata tre mesi e mezzo fa, lo stesso giorno del messaggio di Leni. È lo stesso scatto che tengo incorniciato sulla mensola in soggiorno, Pietro inginocchiato che guarda oltre l'inquadratura, il kalashnikov appoggiato a terra, la canna puntata verso il cielo. Sopra, Nadir ha scritto *Sehid Namirin.*

I martiri non muoiono.

Alzo lo sguardo, il silenzio pacifico del condominio alla periferia di Roma mi avvolge. Sono al sicuro. Sono nel bel mezzo di una guerra.

Come ho fatto a non capire.

Lo conosco da sempre. So come pensa, sono in grado di decifrarlo. Sono rimasta l'ultima persona in grado di capire cosa lo muove, le intenzioni che nasconde.

Come ho fatto a non vedere, a pensare che fosse solo un modo come un altro per celebrare, per ricordare Pietro e quello che ha fatto.

Come ho potuto non accorgermi che aveva davvero intenzione di andare a cercarlo.

QUARTA PARTE

FUOCO

39

Il matrimonio di Nadir e Diana fu un massacro. Una cosa che più o meno tutti, a eccezione di Diana forse, ci aspettavamo. Nell'estate del 2010 erano già profondamente in crisi, una volta esaurito lo slancio iniziale s'erano scoperti diversi in tutto, avevano cominciato a odiarsi. Fui testimone di quella disfatta, ma in silenzio e da lontano. Loro due a Londra, io ancora a Roma, nella casa di lei. So esattamente quanto soffrì Diana, il male che lui le fece la portò ad allontanarsi pure da me. Nadir aspettò fino all'ultimo per dirle tutto. Lo fece per ripicca, per dispetto, per farla soffrire, o forse semplicemente perché se lo teneva dentro da anni. Quella cosa assopita dentro di lui continuava a girarsi e rigirarsi nel sonno, aveva bisogno di tirarla fuori, di dire a lei cosa era successo, di spiegarle il legame vischioso che ci univa. Immagino la forza distruttiva di quella confessione.

Immagino il tono, l'espressione, l'implacabilità. Quel modo di usare le parole, di accendere l'innesco, di smembrare ogni opposizione.

Nadir, come me, non è in grado di amare nessuno, ci siamo contaminati troppo a lungo.

La capisco.

Ora la capisco, avrei reagito nello stesso modo, sarei fuggita, mi sarei allontanata.

Ma nel 2010 nemmeno lei ne sapeva ancora nulla.

Per me fu un anno molto positivo. Loro si inabissavano, io sorgevo. Mi laureai. Con la triennale in tasca decisi di prendermi una pausa dagli studi, di cercare un lavoro part time per non gravare più sulle spalle dei miei genitori e di Pietro. Avrei ripreso con la specialistica l'anno successivo, il progetto era quello.

Non successe.

Mi laureai a marzo e a maggio, grazie pure a una segnalazione di Lucrezia, venni assunta come assistente di laboratorio in una ditta di cosmetici, la stessa dove lavoro ancora adesso come responsabile.

Mi affiancarono a un tecnico che mi avrebbe istruito su tutti i processi di controllo delle sostanze impiegate. Per i primi due mesi compilai una marea di schede tecniche, imparai a memoria ogni composto organico, ogni reazione chimica avversa, zoppicai per chilometri da un laboratorio all'altro, seguendo il mio superiore, ansiosa di fare bene e di non sbagliare mai.

Fu lì che conobbi Davide.

Aveva ventotto anni, lavorava in un altro reparto, ma andavamo in pausa negli stessi orari, ci incontravamo sempre davanti al distributore di caffè. Biondissimo, alto come me, una faccia pacifica da bravo ragazzo. Non era una bellezza, ma si accettava in un modo in cui io non mi ero mai accettata. Capii cosa voleva dire Diana quando mi spiegava che si sentiva rassicurata dalla bruttezza. Era proprio così che mi sentivo con lui. Al sicuro.

Una cosa che non avevo mai provato prima con un uomo con cui non condividevo il sangue.

Diventammo subito molto amici, poi cominciammo a piacerci, a farci lunghissime telefonate nel cuore della notte. Gli raccontai tutto di me, proprio come era successo con Diana nei primi tempi. Allo stesso modo, trasformai Nadir in un buco. Era il fratello di mio fratello, un fotografo bravissimo, già piuttosto noto nel suo ambiente. Gli avevo fatto conoscere la mia migliore amica, adesso erano sposati e molto felici, vivevano a Londra.

Tra me e Davide fu molto naturale passare dall'amicizia all'attrazione, al sesso, all'affetto.

Pensai di essermi innamorata. Lo presentai ai miei genitori, a Lucrezia, fui felice di vedere come piaceva a tutti. Con Pietro si presero subito, diversissimi per studi e per esperienze, ma molto simili nel carattere, persino nelle idee politiche. Trascorremmo molte serate insieme, vidi mio fratello ammorbidirsi, allentare la presa, smettere di preoccuparsi per me, abbandonare la paura che potessi farmi male. Si fidava di lui.

Fu molto bello, fu la mia prima storia seria, l'unica che abbia mai avuto.

Ero molto presa dal mio nuovo amore, perciò non diedi troppo peso alla relazione che si incrinava dall'altra parte dell'Europa.

Diana mi telefonava spesso, sempre più scontenta: Londra era sporca, gli inglesi erano sporchi e stronzi, con gli amici di Nadir non si trovava bene. Andavano alle feste e si annoiava a morte, alle inaugurazioni restava in disparte, si sentiva ignorata, senza niente da dire, erano tutti così diversi da lei. Scalpitava per tornare a casa il prima possibile. Nadir l'accontentava, ma il giorno dopo glielo faceva notare, le diceva che era assurdo che non le piacesse nessuno, che non andasse d'accordo con nessuno, le proponeva allora di vedere quest'amico, o di uscire a cena con quella coppia, la trattava come una bambina capricciosa. Razionalmente sapeva che lui cercava di trovare un compromesso, ma lo stesso si sentiva sminuita, criticata, finivano sempre a litigare. Era infelice, insoddisfatta. Trascorreva le giornate chiusa nella nuova casa che avevano affittato in un sobborgo a trenta minuti dalla città. La carriera di Nadir decollava, i sogni di lei invece si erano ritirati, erano diventati minuscoli e ridicoli. Lui non capiva, non capiva quanto si sentisse sola, quanto le mancasse Roma, la vita di prima. Quanto le mancassi io.

Mancava anche a me. Mi mancava quello che eravamo state prima di Nadir, il modo semplice e totale in cui eravamo state amiche, ora che quell'amicizia da parte mia s'era come arrugginita, venandosi di un risentimento che cercavo di sopprimere. Eppure non volevo vederla soffrire, e non ci tenevo a spiattellarle in faccia la mia felicità. Perciò, quando mi chiedeva di Davide, nicchiavo, smorzavo i toni.

Non le raccontavo di come era stato bello tornare a Feudi, io e Davide da soli, una settimana a girare nudi per casa e in piscina, e come ci eravamo divertiti in Sicilia, quando eravamo andati a trovare i suoi genitori, e com'era simpatica e accogliente la sua famiglia, quante risate m'ero fatta con sua sorella. Buttavo lì sottovoce, come se fosse una cosa di poco conto, che avevamo in progetto di andare a Parigi per Capodanno, che spesso mi fermavo a dormire a casa sua.

«Se hai intenzione di trasferirti a vivere con lui, fammelo sapere in anticipo» mi disse una volta, con voce asciutta. «Non ti sto facendo pressioni, sia chiaro. Ma se liberi la stanza prendo la palla al balzo e torno a Roma, e questo stronzo di tuo fratello lo mando affanculo per direttissima.»

Non pensavo dicesse sul serio, e d'altronde mi sembrava troppo presto per iniziare una convivenza, soprattutto vedendo il modo in cui stava franando la loro.

Quell'inverno, anche Nadir prese a telefonarmi per perorare la sua causa, per lamentarsi della moglie. Che se ne stava tutto il giorno in pigiama davanti alla televisione, che non voleva uscire, non voleva studiare e non voleva nemmeno lavorare, era spenta, apatica, odiava tutto, non faceva che provocarlo, che insinuare continuamente di averla manipolata, di averla quasi deportata in quel posto di merda, e quando lui obiettava che in quel posto di merda ci si era trasferita di sua spontanea volontà lei scoppiava a piangere. Piangeva sempre, non si poteva iniziare un discorso, evidenziare una mancanza che lei iniziava a singhiozzare, pareva avesse le lacrime in tasca, sembrava le usasse come merce di scambio per quel rapporto che si stava riducendo ai minimi termini. Lo faceva sentire in colpa, gli rinfacciava di tutto, sbottava in certe crisi isteriche che gli facevano paura. Si stavano portando alla pazzia a vicenda.

«Che diavolo ha, che cosa le prende?»

«Non lo so, Nadir. Non lo so. Si sentirà sola, sarà un po' depressa...»

«Cele'... guarda che lo so che ti chiama. Che cosa ti dice?»

«No, senti, non mi mettere in mezzo, non cominciare.»

«Allora che cosa devo fare? Dimmelo tu. Tu la conosci.»

«È tua moglie. Vi amate, le cose si aggiusteranno.» Ci fu un silenzio tesissimo. Mi lasciai scappare un gemito, avevo già capito. «Ti prego. Ti prego, non me lo dire. Non lo voglio sapere.»

«Non la sopporto più, Cele'. Non mi ricordo nemmeno perché l'ho sposata.» Lo disse lo stesso. Chiusi gli occhi, con la voglia di strozzarlo.

«Mi stai mettendo in una posizione scomoda.»

«Non puoi venire qui? Per un po', solo per qualche giorno.»

«No, non posso.»

«Perché no?»

«Perché ho la mia vita, non posso stare appresso alla tua, sono anni che ti rincorro cercando di risolvere i tuoi casini, ora basta, cavatela da solo.»

«Tu non corri. Al massimo zoppichi.»

«Vaffanculo, cretino.»

«Vieni qui. Ti prego. Se non vuoi venire, vengo io. Ho bisogno di te.»

«Non hai bisogno di me. E non è proprio il caso che tu venga a...»

Un colpo di tosse alle mie spalle mi interruppe. Davide era sulla porta del suo soggiorno. A gesti mi chiese se c'era qualcosa che non andava. Mi resi conto di essere al telefono da più di un'ora, che erano le undici passate e che ero affacciata alla finestra, nuda in pieno inverno, che stavo parlando a voce altissima e un po' stridula.

Se ne accorse pure Nadir.

«Dove sei?»

«A casa di Davide.»

«E lui è lì con te?»

«Certo.»

«Dormi spesso lì?»

«Nadir...»

«Sì, okay, ho capito, ti lascio stare. Salutamelo. Digli che se vuole venire a Londra pure lui è il benvenuto. In fondo, so che con Pietro è culo e camicia, ma a me col cazzo che me l'hai fatto conoscere.»

Mi salutò in fretta, risentito come un ragazzino, senza darmi la possibilità di dirgli che sarei stata felice di presentarglielo, che tra noi era veramente una cosa seria. Il telefono contro l'orecchio era diventato bollente, lo staccai, lo lanciai sul divano. Davide mi venne vicino, mi strofinò le spalle per scaldarmi.

«Che problema ha, Nadir?»

«Niente. È matto, lascia perdere.»

«Ti ha detto qualcosa di brutto?» Sapeva come ci trattavamo, glielo avevo raccontato.

«Sì, come al solito, non ci faccio nemmeno più caso. Però ci ha invitato a Londra.»

«Se vuoi possiamo andare.»

«Certo, magari organizziamo, così lo prendo a schiaffi dal vivo.»

Non ci saremmo mai andati, avrei sempre trovato una scusa per non farlo, per tenermene lontano. Nadir aveva la straordinaria capacità di rovinare tutto, di fare terra bruciata. M'aveva incastrato per anni, non gli avrei permesso di gettare ancora su di me la sua influenza tossica, di imprigionarmi di nuovo nel groviglio di quella famiglia che era la mia ma non mi apparteneva. E dalla quale continuavo invano a cercare di liberarmi.

40

Alla fine, piuttosto che a Londra, decidemmo di andare davvero a Parigi. Davide mi regalò i biglietti per Natale. Festeggiammo il Capodanno da soli, aspettammo la mezzanotte sugli Champs-Élysées, insieme ad altre migliaia di francesi e turisti. La mattina del primo gennaio, davanti al Sacro Cuore di Montmartre, ci facemmo scattare una foto abbracciati. La inviai a Nadir augurandogli buon anno, dicendogli che speravo di rivederlo presto, che mi mancava e che gli volevo bene, in una specie di offerta di pace. Non lo sentivo da quando mi aveva attaccato in faccia il telefono, quella sera a casa di Davide. Mi rispose subito dopo, un messaggio a dir poco caustico.

"Quello è il famoso Davide? Sembra uno a posto. Comunque sia, accetta un consiglio da uno stronzo, non ti sposare mai. Non sai mai quanto è pazza la gente finché non le metti un anello al dito."

Quindi, le cose tra loro continuavano a non funzionare. Evitai di approfondire, non mi andava di avvelenarmi per problemi che non mi riguardavano.

Se mi volto indietro adesso, quello è stato l'ultimo periodo davvero sereno della mia vita, l'ultima stilla di tempo in cui ho avuto la sensazione di poter crescere, evolvere, migliorare. Lì, in quel gennaio del 2011, adulta e ormai indipendente da tutto, ero veramente soddisfatta della mia vita, non chiedevo nient'altro. Camminavo da sola, adesso.

E pensavo di essere all'inizio di qualcosa, invece stavamo andando tutti a infilarci in un cratere.

Un cratere che per la mia famiglia cominciò a formarsi proprio quell'anno, con quella che la stampa avrebbe ribattezzato, già qualche settimana dopo il mio rientro da Parigi, *Primavera araba*.

Partì dalla Tunisia, si espanse lungo tutto il Nord Africa, fino al Medio Oriente. Guardavo i video sgranati delle folle oceaniche radunate a piazza Tahrir, scene riprese di nascosto e sopravvissute chissà come all'oscuramento, che con più di dieci giorni di ritardo andavano in onda sui tg nazionali. L'enorme mobilitazione da pacifica si stava trasformando in rivolta vera e propria. La gente si dava fuoco in piazza per protesta, una cosa che noi non potevamo concepire. I governi reagivano a quel tentativo di ribellione, i manifestanti venivano inseguiti, picchiati, arrestati. C'erano già stati diversi morti, alcuni giornalisti erano stati incarcerati per aver documentato e diffuso le proteste oltre i confini. Altri erano entrati nelle questure e poi scomparsi nel nulla.

Una sera di inizio marzo eravamo a cena tutti insieme a casa mia, Pietro si muoveva rapido e a suo agio nella mia cucina, affettava i pomodori e salava l'acqua per la pasta, parlava con Davide delle rivolte, di come stessero invadendo un paese dopo l'altro. Il fulcro delle proteste al momento era proprio l'Egitto, ma lui non era ferratissimo sugli equilibri del Nord Africa, si occupava da sempre di Medio Oriente. Fu così che scoprii che aveva intenzione di tornare in Siria. Anche lì le cose si stavano facendo complicate, la popolazione chiedeva a Bashar al-Assad di mettere in atto le riforme democratiche che prometteva da dieci anni e per tutta risposta Assad faceva ammazzare la gente per strada, c'era il rischio che scoppiasse una guerra civile.

Parlava di quel viaggio come di un'eventualità remota, ma lo conoscevo bene.

Mentre ci mettevamo a tavola, i piatti colmi e i bicchieri pieni di vino, aggiunse che Ege era già partito.

«Dov'è andato?»

«È ad Aleppo.» Feci una faccia sospettosa, lui mi sorrise. «Ma stai tranquilla, la situazione è sotto controllo, la città è sicura, il grosso delle proteste si sta concentrando a Sud. Non corriamo nessun rischio.»

«*Corriamo*? Quindi stai davvero pensando di partire?»

«Che t'è successo? Mi sembra di sentir parlare papà.»

«Hai appena detto che sta scoppiando una guerra civile!»

Pietro mi regalò uno di quei sorrisetti distaccati che di solito erano tutti per nostro padre. Un reticolo sottile di rughe gli si formò agli angoli degli occhi. Presto avrebbe compiuto trentasei anni. Non s'era sposato, non era neanche fidanzato, ogni tanto usciva con qualche collega, qualche secchiona come lui. Aveva una fila di studentesse adoranti lunga diversi chilometri, ma da quel punto di vista le ignorava. Era bello in quel modo sfacciato e feroce tipico di quelli che della bellezza non se ne fanno nulla. Lavorava ancora come ricercatore, guidava la stessa auto da dieci anni. Col mio lavoro guadagnavo già più di lui, ma non credo lo sapesse. Continuava a chiedermi se mi servivano soldi, se avevo bisogno di qualcosa, se *volessi* qualcosa. Lui col denaro non ci faceva nulla, non gliene fregava niente. Amava quello che faceva, gli bastava alzarsi la mattina e mettersi a studiare.

E poi amava me. E Nadir. E proprio in relazione a questo, stava per darmi un'altra mazzata.

«Ti ricordi che lavoro faccio, sì o no? Non si fa ricerca stando col culo al caldo in facoltà.» L'avevo già sentita quella frase, non prometteva niente di buono.

«Hai già fatto i biglietti, vero?»

«Sì.»

«Vabbè, stai attento.»

«C'è un'altra cosa.»

«Che?»

Esitò. Forse capì che ci sarei rimasta male.

«Nadir... viene con me.»

Davide avvertì che ci stavamo addentrando in un territorio da cui lui era escluso. Si alzò da tavola, si scusò dicendo di dover andare in bagno. Pietro aspettò che fosse lontano, poi tornò a guardarmi.

«Non ti preoccupare» disse. «Non stare in ansia per noi.»

«Che viene a fare? Che senso ha?»

«Gliel'ho chiesto io. Gli ho proposto di fare un reportage sulle mobilitazioni studentesche contro il regime. Ege dice che c'è un gran fermento. Manifestazioni pacifiche. Come ti ho detto, non corriamo alcun rischio.» Tacque, sostenne il mio sguardo. Cercai in tutti i modi di non far affiorare la bambina gelosa che ero stata e fallii, perché Pietro sentì la necessità di aggiungere: «Laggiù sta molto male».

«Dove? A Londra?»

«Sì.»

«Ultimamente non mi ha detto niente.»

«Lo sai che non è capace di parlare. Lo sai com'è. Ma la situazione è pesante, si stanno intossicando a vicenda. Andare via per un po' gli farà bene.»

«Quanto?»

«Un mese. Forse due.» Sospirò. «A quanto pare il mio ruolo è sempre quello di aggiustare le sue cazzate.»

«Anche il mio» dissi piano. «Anche il mio.»

Partirono insieme. Restarono in Siria per due mesi, facendoci preoccupare tutti. Le notizie arrivavano frammentarie, incomplete. Brevi articoli su qualche manifestazione violenta a Damasco, a Homs, poche righe sulla brutalità della repressione messa in atto dai sostenitori di Assad. Nessuna notizia che riguardasse Aleppo.

Non mi preoccupavo di Pietro. Lui sapeva quel che faceva, conosceva il paese. Ma Nadir era ingovernabile, faceva come gli pareva.

E infatti.

Venni a sapere, con un ritardo impressionante, che s'era sganciato da Pietro, era praticamente scappato a Damasco, prima in autobus e poi in autostop. Aveva partecipato alle proteste, s'era confuso con i manifestanti nella fuga per le strade dove la polizia lanciava lacrimogeni e sparava ad altezza uomo. Non contento, si era unito a un gruppo di studenti in partenza per una mobilitazione a Dar'a, dove non solo aveva rischiato di farsi sequestrare la macchina fotografica ma pure di essere arrestato. L'unica cosa che l'aveva salvato era stato il passaporto italiano sventolato come una bandiera, e la dichiarazione che era un turista rimasto bloccato in città. Gli era stato caldamente consigliato di lasciare il paese, gli avevano sequestrato una scheda SD con pochi scatti – dove avesse nascosto quella che poi avrei visto io, è rimasto un mistero – e l'avevano lasciato andare.

Un pazzo.

Un pazzo scriteriato, uno che si butta nelle cose senza pensare.

Fu così che si presentò a casa mia, tre giorni dopo il loro ritorno. Ero convinta che fosse già ripartito per Londra, invece si trovava ancora a Roma.

Venne una sera senza avvertirmi. Erano le undici, in casa ero sola, la mia coinquilina non tornava da giorni. Ero già a letto, leggevo un romanzo. Suonarono alla porta e convinta che fosse lei e che avesse dimenticato le chiavi mi trascinai ad aprire, contrariata. Invece mi trovai davanti lui. Non lo vedevo dal giorno del suo matrimonio.

Era stranamente in ordine, i capelli pettinati a forza. La mascella ben rasata strideva in modo disturbante con lo sfregio che aveva sulla guancia, con il livido gialliccio che gli incorniciava l'occhio azzurro. Si accorse che lo guardavo con orrore.

«No, non m'hanno menato, stai tranquilla. Mi sono fatto male scappando dalla polizia a Dar'a.»

«Ti dovrei ammazzare.»

«Sì, dopo. Ti ho portato una cosa» disse infilandosi in casa, senza scusarsi per l'ora.

«Ah, sì? Cosa? Un bossolo? Un lacrimogeno? Una calamita di Damasco?»

«Ci ho pensato, ma avevano distrutto e incendiato tutti i negozi.» Entrò in camera mia. Si guardò intorno, ignorò il letto sfatto e localizzò il portatile. Mi afferrò per le spalle, mi costrinse a sedermici davanti. «Dai, accendilo.»

«Nadir, è tardi, domani mi devo alzare prestissimo. Non possiamo farlo un'altra volta?»

«No, adesso. Domattina torno a Londra. Diana starà già affilando i coltelli.» Mi sfuggì un sibilo di avvertimento che lui non colse. «Torno dalla guerra in Siria e mi infilo in quella di casa mia.»

Il portatile si avviò con una lentezza pachidermica. Nadir si frugò nelle tasche, tirò fuori una scheda SD, la inserì nello slot ancor prima che lo schermo si accendesse.

«Tu lì in mezzo, fragile come sei, ci saresti morta» disse. «Ma ho pensato per tutto il tempo che avresti dovuto vederlo.»

Mi dimenai sulla sedia a disagio. Il puntatore trovò la cartella, la selezionò. Apparvero le anteprime minuscole delle foto.

«Ho già ricevuto un'offerta. Varie offerte, in realtà. Ma queste non le vendo, queste rimangono nostre.»

Quattordici foto. Il resto lo aveva già ceduto all'agenzia, erano immagini convenzionali, da cronaca nuda e cruda. I marciapiedi scheggiati dai proiettili, i colori delle manifestazioni studentesche, le piazze avvolte dal fumo dei lacrimogeni. In quelle quattordici foto, invece, c'era l'occhio chirurgico di Nadir. Nessun particolare morboso, niente sangue. La brutalità lì era sotterranea, nascosta nel dettaglio di una donna in hijab che tirava via il figlio adolescente dalla strada, nella scheggia di vetro rimasta appesa nel telaio di una finestra in cui adesso s'affacciava il suo riflesso, nel ragazzo seduto sul marciapiede, la maglietta strappata a metà e una sola scarpa, che fumava pacifico, mentre la gente scappava.

«Sono molto belle.»

«Non mi interessa che siano belle, mi interessa che ti raccontino qualcosa.» Mi infilò una mano tra i capelli. «La violenza» la voce gli diventò rauca, «la violenza si esprime nelle immagini. Le parole non servono a niente, capisci? Le parole mettono in ordine cose che per loro natura ordinate non sono. Il sangue, le mazzate, il sudore, la paura, la rabbia. Li devi vedere. Li devi trattenere. Pietro studia, Pietro osserva, scrive, progetta. Pensa. È come te. Siete uguali voi due, non vi lasciate mai andare, restate fuori dallo scontro, pensate di poter inquadrare tutto, che tutto abbia uno schema. La verità è che non c'è niente di schematico, che la gente non la puoi ingabbiare in un modello, che ti devi buttare per strada, ti devi infilare nel gorgo per capire. A un certo punto ci ho pensato, sai? Ero a Kfar Suse, mentre sparavano sui manifestanti. Ho pensato che sarei potuto morire, che non ti avrei più vista. Di tutte le cose che avrebbero potuto spaventarmi, ho avuto paura di quello, di non vederti più.»

Capii che cosa era venuto a fare fino a lì, capii la portata della paura che aveva avuto. Si chinò su di me, mi costrinse ad alzare la testa, mi baciò. Ci scontrammo con i denti, con la lingua. S'aggrappò alle mie spalle, gli bloccai i polsi per fermarlo o forse per tenerlo lì con me, e quando sentì che lo stavo toccando si fece indietro, mi guardò in affanno.

Mi toccai la bocca, il mio mostro interno che si agitava, minacciava di rompermi le costole, terrificante la potenza con la quale s'era risvegliato, la ferocia con cui mi chiedeva di essere nutrito, dopo che per anni lo avevo affamato.

«Ti ha fatto schifo?»

«No. È stato solo molto strano.»

Si chinò, mi baciò ancora. Sapeva che non mi sarei scansata.

«Tra noi è sempre stato molto strano. Adesso però è meglio se me ne vado.»

«Sì, è meglio. Vattene subito.»

Di nuovo, l'avrei perso di nuovo, per altri lunghissimi mesi.

41

Nadir e Pietro si erano tirati via appena in tempo. Già qualche settimana dopo il loro ritorno, la stampa smise di parlare di scontri, manifestazioni e proteste, e, proprio come aveva considerato Pietro, cominciò a parlare di guerra civile. A maggio, Dar'a venne circondata dall'esercito, i collegamenti con il resto del paese vennero interrotti. Guardavo i video che circolavano su internet, riprese sgranate e confusionarie con un rombo continuo in sottofondo. Le strade sventrate, il sangue che colava negli interstizi dei marciapiedi. Le città assediate, la gente lasciata a morire di fame al loro interno. Sedare la ribellione con la privazione, con la cancellazione di ogni diritto umano. Guardavo i massacri e le strade dove lui stesso aveva camminato, e non potevo fare a meno di pensare che c'era mancato poco. La materia umana è questa, ti preoccupi solo di quello che conosci, delle cose che ami. Laggiù erano già morte più di seimila persone, per me erano quasi un numero astratto. Sono pochi quelli capaci di slanci più grandi, di sentire nel profondo la lotta di qualcun altro. Io non ero tra questi, quella guerra non mi colpiva al cuore, non l'aveva ancora fatto. L'unica cosa che contava per me era che Nadir fosse vivo, che fosse tornato a casa.

Il bacio che mi aveva dato mi era rimasto appiccicato alla faccia, me lo sentivo addosso, mi ricopriva, ovattava tutto il resto. Il senso di colpa nei confronti di Davide mi logorava. Non mi ero tirata indietro, l'avevo voluto. Non lo raccontai a nessuno. D'altronde non avrei saputo a chi dirlo.

Tra noi è sempre stato molto strano.

Continuavo a ripetermi che non era successo niente, e poi me lo sognavo la notte.

All'inizio del 2012, mentre io ricevevo una promozione e un considerevole aumento di stipendio e cominciavo a prendere atto del fatto che non sarei più tornata all'università e che non avrei mai preso la specialistica, mezza Europa allontanò i diplomatici siriani dai propri paesi, richiamando poco più tardi gli ambasciatori. Pietro continuava a seguire gli sviluppi, se ne stava in università dieci ore al giorno, preparava lezioni ed esami, ordinava e trascriveva gli appunti che Ege gli inviava via mail. Ege sarebbe dovuto tornare in Italia in estate, una volta finito il suo incarico ad Aleppo. Invece rimase, si spostò a Qamishli, nel nord-est della Siria, un posto che non avevo mai sentito nominare. Una sera a cena da nostro padre sentii Pietro parlare di quello che stava succedendo nel cantone di Jazira. L'esercito di Assad si era parzialmente ritirato dalle aree a maggioranza curda per spostare le truppe ad Aleppo, lasciando scoperta una striscia di territorio. Il PYD aveva assunto il controllo dei cantoni di Jazira, Kobane e Afrin, si parlava di una forma di autogoverno staccata da tutto il resto, indipendente e democratica nel bel mezzo di una guerra che stava ammazzando migliaia di persone. Nella notte tra il 18 e il 19 luglio le YPG erano entrate a Kobane, avevano preso la città col sostegno della popolazione, senza spargimenti di sangue. Ege si trovava a est, a casa di amici, ma studiava il progetto, pensava di voler contribuire, lo teneva aggiornato sugli sviluppi.

Non mi interessava tanto ciò che diceva, quanto il modo in cui lo diceva. Lo conoscevo troppo bene, non mi ingannavano i modi pacati, il tono di voce autorevole del professore che spiega con parole semplici una situazione complessa. Lì dentro, da qualche parte, c'era ancora il ragazzo che avevo visto tornare dalle manifestazioni senza più voce e con le tasche del cappotto strabordanti di volantini, il ragazzo che litigava con nostro padre per l'attivismo, quello che tirava tardi a discutere di politica, quello che mi faceva leggere Stirner pur sapendo che non ci avrei capito niente, convinto davvero di poter cambiare le cose. Era lì dentro di lui, non se n'era mai andato.

Sapevo che voleva andare a vedere con i suoi occhi, capire cosa stava succedendo.

«Promettimi che laggiù non ci torni.»

Mi guardava di sbieco, prendeva tempo. «Cosa?»

«In Siria, lì. Promettimi che non raggiungi Ege. È un casino laggiù, ho sentito che hanno chiuso anche l'ambasciata italiana.»

«Sul serio? Incredibile. Non lo sapevo.»

«Smettila. Giurami che non ci vai.»

«Celeste...»

«Giura.»

«Ege si trova in un posto molto sicuro. So che può sembrare strano, ma sanno quello che fanno. Sta succedendo qualcosa di molto importante, non se n'è ancora accorto nessuno, ma noi sì.»

«Sì, tutto molto bello, però promettimi che non ci vai finché non finiscono di scannarsi.»

Ridacchiò, lo divertivano le mie semplificazioni. «Vediamo che succede.»

Rimase in Italia per tutto l'anno. Non mi parlò più di Ege se non per dirmi che stava bene e che mi salutava, né mi aggiornò sugli altri sviluppi. Trascorremmo mesi tranquilli, la nostra vita che si assestava sui soliti ritmi, sulle cose di tutti i giorni: il compleanno di mia madre, le domeniche trascorse insieme, un paio di uscite a quattro con una dottoranda di filosofia che gli piaceva molto e che ci teneva a presentarmi, i libri che leggevo, le serie tv che guardavamo, le visite di controllo a cui spesso mi accompagnava, una scusa per salutare Lucrezia che vedeva poco. Continuavamo a essere legatissimi, ed entrambi, anche se in modo diverso, percepivamo la mancanza di Nadir, il suo malessere che attraversava l'Europa per raggiungere anche noi.

Non era l'unica eco che percepivo. Chiamavo Diana, era sempre più chiusa, sempre più schiva. Quando le chiedevo come andasse tagliava corto, diceva che non valeva più la pena di sprecarci nemmeno una parola.

Per una settimana smise di rispondermi al telefono, tanto che cominciai a preoccuparmi. Riapparve una mattina mentre ero sotto la doccia, quattro chiamate perse. Pensai che fosse accaduto qualcosa di grave, la richiamai che avevo ancora le mani bagnate, i capelli gocciolanti.

«Che c'è, che cosa è successo?»

«Ci siamo lasciati, Celeste. Abbiamo chiuso, ci separiamo.» Più del tono duro e sfinito che aveva, mi colpì la confusione che sentivo nel telefono. E poi una contorsione dentro di me, qualcosa che non avrei avuto il coraggio di dire a nessuno. Troppo complesso farci i conti, accettare di essere anche quella cosa ambigua che per un attimo s'era affacciata nella mia espressione. Lo specchio era appannato ma io l'avevo vista lo stesso. L'annegai, la spinsi di nuovo sul fondo, a dormire.

«Ma che dici, cosa succede? Dove sei?»

«Sono in aeroporto, sto tornando in Italia. Qui non ci resto un minuto di più.» Tirò su col naso, sembrò improvvisamente in difficoltà. «Lo so che ti chiedo molto...»

«Vuoi che ti lasci la stanza, vero?»

«Non subito. Adesso torno a casa da mia madre. Ma se potessi trovare un'altra sistemazione, nei prossimi mesi... vorrei riprendere l'università, senza perdere altro tempo. Devo recuperare tutte le cose che questo stronzo mi ha tolto.» Sapevo che sarebbe successo, sapevo che prima o poi me ne sarei dovuta andare. Ero sua amica, avevamo confidenza, era più facile chiedere di sloggiare a me piuttosto che costringere l'altra inquilina ad andarsene dall'oggi al domani. E oltretutto, ero pure quella che le aveva fatto conoscere l'uomo da cui stava scappando.

«Prendervi una pausa è la cosa migliore.»

«No, non hai capito. Ho già sentito un avvocato. Non è una pausa, è proprio finita, non voglio averci più niente a che fare.»

«Posso chiedere qualche giorno di ferie, vengo giù da te, che ne dici? Ne parliamo, stiamo un po' insieme.»

«No, guarda... grazie, ma no. Preferisco stare un po' per conto mio. Ti cerco io, quando mi passa.»

«Diana... che cosa ti ha fatto?» Me la immaginai da sola e in fuga, un po' sperduta in mezzo al casino, provai compassione per lei e un disprezzo profondissimo per me. «Non sei sola. Le cose si possono risolvere...»

«Non si può risolvere proprio niente, lascia stare. Nadir... Nadir è una brutta persona, Celeste.» Cacciai un sospiro affranto. Che cosa avrei potuto dirle? «Mi avevi avvertito e non ti ho ascoltato. Ma penso che dovresti stargli lontano anche tu.»

«Siamo già piuttosto lontani.»

«No. No, voi due siete sempre uno dentro l'altro. Lo siete sempre stati. Non mi chiamare. Ti voglio bene, ma adesso ho bisogno di staccarmi dalla tua famiglia, di non saperne niente per un po'. Scrivimi quando trovi un altro appartamento. Non ti voglio fare pressioni ma ti sarei grata se facessi in fretta, devo riprendere l'università.»

Quella telefonata mi lasciò confusa per giorni, con un senso di straniamento che non sapevo definire. Di nuovo mentii a tutti, dissi che l'idea di lasciare la casa era stata mia. Sopportai con pazienza gli sfoghi di Lucrezia, che s'era già messa all'opera per cercare un avvocato per Nadir. Sarebbe stata una cosa facile, per fortuna non c'erano di mezzo né figli né proprietà condivise, si erano lasciati di comune accordo.

Nadir non mi chiamò mai, non mi raccontò nulla. Per molto tempo fui in possesso di un solo tassello di quella storia, la parte in cui quella che per anni era stata la mia unica amica mi chiedeva di sparire dalla sua vita.

E io, col senso di colpa che mi scorticava le ossa, l'avevo accontentata.

Mi misi subito in cerca di un'altra casa. Sfogliavo gli annunci immobiliari, mi rendevo conto che con quello che guadagnavo avrei benissimo potuto permettermi un appartamento più che dignitoso. Davide mi girava intorno, in silenzio, sentivo che si teneva dentro qualcosa. Si fece coraggio una sera.

«Ma perché non vieni a vivere con me?»

Lo guardai senza capire, scambiò la mia confusione per paura. Si sedette accanto a me, mi prese una mano. «Ce la possiamo fare. Non è un grande cambiamento, in fondo sei quasi sempre qui. Non dovresti nemmeno pagare l'affitto, ti risparmieresti un sacco di soldi e la mattina potremmo andare insieme al lavoro...»

«No.»

«Come?»

L'avevo capito nel momento esatto in cui lo avevo pronunciato, chiaro come la luce del sole, una consapevolezza terribile. Non volevo vivere con un'altra persona. Non volevo vivere con lui.

Lo amavo? Forse sì, ma l'idea di convivere mi strozzava.

«Possiamo fare un tentativo. Lo so che ora sei suggestionata dalla loro brutta esperienza, ma mica ci dobbiamo sposare, solo vivere insieme.»

«Non è il momento, non mi sento pronta, è troppo presto.»

«Stiamo insieme da quasi tre anni, Celeste.»

«Davvero, non me la sento. Preferisco... preferisco continuare così.»

Si alzò, la faccia grigiastra. Ci era rimasto malissimo. «Fai come credi.»

Non ne parlammo per qualche giorno, poi si rassegnò al fatto che non avrei cambiato idea, venne con me a visitare gli appartamenti, mi accompagnò a firmare il contratto d'affitto all'agenzia immobiliare.

Scrissi a Diana, le dissi che avevo trovato casa, che in capo a qualche settimana me ne sarei andata. Mi rispose solo "grazie", come a una sconosciuta, un'inquilina qualsiasi. Eccolo lì, un altro pezzo della mia vita che se ne andava, una nuova mancanza che veniva a sommarsi. Diana si rifiutava di rispondermi al telefono, lui le aveva fatto così male che anche io ero diventata parte di quella sofferenza, di quel rifiuto. Fu questa la spiegazione che mi diedi all'epoca, la motivazione più o meno ragionevole a cui mi aggrappai. Non pensai nemmeno per un istante che potesse esserci altro, un colpo ben più profondo, inferto in un punto non visibile, qualcosa che non aveva avuto il coraggio di chiedermi.

Di lei, per molto tempo non avrei saputo più nulla. Per qualche mese provai a chiamarla e a scriverle, smisi quando capii che non mi avrebbe risposto. Avrei incontrato Graziano, per caso, anni dopo. Continuavano a sentirsi, a essere amici. Mi avrebbe detto che s'era laureata, che aveva iniziato il praticantato, che aveva venduto la casa e ne aveva comprata una nuova, in una zona residenziale appena costruita. Non mi disse dove, anche se glielo chiesi due volte. Mi salutò con una frase strana, pronunciata con diffidenza. Lì per lì la liquidai con un'alzata di sopracciglia, oggi invece ha molto senso.

Ora sta bene, ora è tornata a essere se stessa. È felice di aver ottenuto il divorzio, non aveva capito in quale voragine s'era andata a cacciare.

42

L'appartamento in cui mi trasferii è lo stesso in cui vivo adesso, in cui continuo tuttora a pagare l'affitto.

Davide si era segretamente convinto che cambiando casa, andando a vivere da sola, sarei resistita forse tre o quattro mesi, a un certo punto avrei cominciato a soffrire di solitudine, la mia disabilità mi avrebbe costretta a chiedere aiuto. Il quarto piano non era adatto a una che zoppicava in quel modo, i cinque gradini per arrivare al portone di casa quando pioveva si facevano scivolosi e non c'era neanche un corrimano, per non parlare dello stato dissestato del lastricato del giardino condominiale. A peggiorare le cose, nel bagno del mio nuovo appartamento non c'era il box doccia ma solo una vasca piuttosto antiquata. Scavalcare il bordo, con quella gamba che dopo le operazioni era rimasta più corta, sarebbe stato sempre complicato.

Ma io sapevo ingegnarmi, ed era evidente che Davide aveva sottovalutato la mia tenacia, il mio brutto carattere.

Non mollai. Convivevo con quella malattia da quando ero bambina, avevo sopportato e continuavo a sopportare dolori e fratture.

A ventotto anni mi misi in testa di prendere la patente, decisi di smetterla di farmi scarrozzare in giro dalle persone che avevo intorno. Comprai un'auto automatica, uno di quei sedili per anziani per lavarmi comodamente seduta nella vasca, all'Ikea mi intestardii su un letto in ferro battuto coi pomelli sulla pediera. Pericolosissimo per me, sarebbe bastato sbatterci contro più forte del previsto e mi sarei rotta qualcosa. Non mi importava, lo volevo. Comprai della gommapiuma e foderai i pomelli del letto e gli spigoli del cassettone che sporgevano un po' troppo, intralciando il passaggio. Papà si offrì di incartarmi tutte le maniglie di porte e finestre, rifiutai.

Non ero più una bambina, non mi divertivo più a fare le scivolate nel corridoio.

Alla mia età la gente faceva figli, si sposava, qualcuno di mia conoscenza aveva fatto persino in tempo a separarsi.

Chiesi aiuto a mio fratello e a mio padre per fare il trasloco e montare i mobili, trascorremmo un weekend intero tra gli scatoloni e gli imballaggi.

Davide si offese a morte perché avevo chiesto ai miei invece che a lui.

Credo che fu lì che le cose cominciarono ad andare male tra noi, anche se non me ne accorsi subito. Davide sapeva dissimulare, nascondeva la delusione e la gelosia nella speranza che si dissolvessero da sole.

Ma quella roba non passa mai, i cattivi sentimenti ti avvelenano la vita.

La fine, come quella tra Diana e Nadir, non fu uno strappo improvviso, ma durò mesi e mesi. Ci trascinammo quasi per un anno prima di accorgerci che ci eravamo sfibrati fino a consumarci.

A casa mia non ci voleva stare, accampava scuse ridicole per non rimanere a dormire. Ogni occasione era buona per fare osservazioni sarcastiche sull'appartamento, sul mio bisogno di indipendenza, sulla paura che avevo di diventare davvero adulta.

Aveva capito che, a differenza di lui, io non stavo progettando di passare il resto della vita insieme, che s'era imbarcato in una storia a senso unico. Che gli volevo bene, sì, ma non nel modo in cui lui ne voleva a me.

Lo capii pure io, a un certo punto. Ma fui vigliacca, non presi mai la decisione, continuai a sperare che le cose si sarebbero aggiustate, a dirmi che c'erano un sacco di coppie che vivevano separate, in case diverse, che filavano comunque d'amore e d'accordo. Potevamo farlo pure noi, pensavo. Continuare così per un po'.

Non era d'accordo, lo sapevo, feci finta di niente. Trascinai ancora quella fine, finsi di non accorgermi che fuori dal laboratorio ci vedevamo sempre meno, che preferiva uscire coi suoi amici piuttosto che con me, che se gli chiedevo qualcosa si negava, mi diceva di cavarmela da sola. Al lavoro lo avevano capito tutti che eravamo in crisi, e io continuavo a recitare la parte della fidanzata felice e dura di comprendonio.

Il giorno del suo compleanno, il 17 maggio, mi disse che non voleva festeggiare. Il giorno dopo, su Facebook, qualcuno lo taggò in una foto, sorridente di fronte a una torta con sopra il numero trentuno, alle sue spalle un locale che non avevo mai visto e un paio di colleghi che invece conoscevo bene. Qualche mese più tardi avrei capito che l'aveva fatto apposta, che era stato il suo modo di scatenare una reazione, di dirmi qualcosa. Lì per lì mi arrabbiai e basta, ci fu una litigata furiosa condotta sottovoce nei corridoi del laboratorio che continuò poi al telefono fino a notte inoltrata.

Fu lui ad assumersi la responsabilità.

Si fece coraggio e mi disse che ne aveva abbastanza.

Ecco qui, dopo tre anni insieme venivo lasciata con una telefonata. Nei giorni seguenti presi ad analizzare come mi sentivo, a paragonare il mio stato d'animo a quello che aveva provato Diana alla fine del suo matrimonio. Non c'era niente del genere, solo un malumore quieto, una leggera malinconia, la nostalgia distratta di quella che torna da una bella vacanza che sapeva sarebbe finita.

Non ero disperata, non facevo drammi.

Volevo sentirmi male. Avrei voluto strapparmi come si era strappata lei, sarebbe stata la prova che riuscivo a essere come tutti gli altri. Invece mi sentivo in colpa perché dentro, molto in fondo, provavo sollievo.

Per qualche giorno ci evitammo, e fu abbastanza penoso. Un paio di settimane dopo esserci lasciati mi feci coraggio e gli scrissi. Gli dissi che avevo ancora alcune sue cose, lo invitai a passare per riprendersele. Infilai in una busta di carta rigida un paio di maglioni, un computer che mi aveva prestato tempo prima e che non gli avevo mai restituito, una copia delle chiavi di casa sua che avevo da anni. Pensavo mi avrebbe chiesto di lasciargli tutto nella portineria del nostro laboratorio, invece venne a casa.

Si presentò un sabato, dopo pranzo. Prendemmo il caffè seduti al tavolo della cucina, mi stupii di come all'improvviso mi sembrasse uno sconosciuto. Ci erano volute solo due settimane di distanza per avere l'impressione che non avessimo mai condiviso niente. Il suo corpo non mi parlava, il suo odore, dentro cui m'ero svegliata innumerevoli mattine, non mi diceva già più niente. Lo guardavo stupendomi della forma delle sue orecchie, di una screziatura nell'iride che mi pareva di non avere mai notato prima.

C'era gente che invece non avevo visto per anni di cui conoscevo a memoria l'odore, la bocca, la lingua, la forma allungata delle unghie, il tono della voce in ogni circostanza.

Chiacchierammo per un po', molto civilmente, come due vecchi conoscenti. A un certo punto abbassò lo sguardo, tamburellò nervosamente con le dita sul tavolo.

Ebbi paura che stesse per chiedermi di riprovarci.

«Io ci ho provato fino all'ultimo, Celeste» disse invece. «Ho avuto pazienza, ti ho aspettata. Ma è stato uno strazio.»

«Mi dispiace. Ci abbiamo messo un po' a capire che non funzionavamo.»

«No, io ci ho messo un po'. Mi ci sono voluti tre anni, per l'esattezza. Tu invece lo sapevi da subito.»

«Che stai dicendo?»

«Che non sono mai stato la tua priorità. Che mi hai sempre visto come uno di passaggio.»

Schioccai la lingua, mi innervosii. «Guarda che sei tu che m'hai lasciato.»

«Sei tu che ti sei fatta lasciare, mica sono scemo. Sei fatta a questo modo. Fai credere alla gente quello che vuoi. Uno pensa di essere insostituibile e necessario, e poi si rende conto che non è così, che hai sempre e solo pensato a te stessa, a quello che era meglio per te. Ti sono servito per non stare da sola, per dimostrare che anche tu eri in grado di farti una tua vita.»

«Tu davvero non hai capito niente, ho buttato tre anni.»

«Ho capito tutto, invece, peccato che ci sono arrivato troppo tardi. Ti ricordi tutte le volte che mi hai parlato male di Nadir, le cose che dicevi? Eri convinta di parlare di lui, e invece parlavi di te, e io non lo avevo capito.»

Chiamai Nadir, quella sera stessa, per dirglielo.

«Davide mi ha lasciato.» Esordii così, senza lasciargli nemmeno il tempo di dire pronto. Lui si mise a sghignazzare. «Che cazzo ridi?»

«Che devo fare, devo piangere?»

«No, ma un minimo di conforto sarebbe gradito.»

«Non ti serve conforto. Non chiameresti me se ti servisse conforto.»

«Lo sai che m'ha detto? Che sono un'egoista manipolatrice. Che sono come te.»

«Che ne sa lui di me, chi lo conosce? Non l'ho mai visto, come cazzo si permette?»

«Ti conosce, invece. Più o meno.»

«Gli parlavi male di me?»

«Gli parlavo malissimo di te.»

Rise ancora, sentii che s'accendeva una sigaretta, che affondava nel silenzio, il suono lontano di una radio in lontananza.

«Sei a casa?»

«Sì.»

«Sei da solo?»

«Non proprio.»

«Non lo voglio sapere con chi sei.»

«Non te lo dico, infatti.»

«È una *cosa seria*?»

«Ma va', ma ti pare.» Espirò il fumo nel microfono. «Quindi la tua grande storia d'amore è finita?»

«Già.»

«Siamo di nuovo noi tre?»

Mi rassegnai a quella galera, a quell'ergastolo.

«Siamo di nuovo noi tre.»

Non era proprio così, non eravamo in tre.

Eravamo in due, ce ne accorgemmo alla fine dell'estate.

Mentre io mi perdevo dietro le mie storie, mentre Nadir si riprendeva la sua vita, Pietro si perdeva nelle storie del mondo.

A gennaio di quell'anno anche Aleppo era caduta. L'università era stata bombardata durante una sessione d'esami, c'erano stati più di ottanta morti, molti studenti, una decina di professori, alcuni di loro Pietro li aveva conosciuti, ci aveva lavorato insieme. Non so con esattezza quale fu il collegamento che scattò nella sua testa, ma quell'avvenimento lo colpì molto più di quanto ci disse. A posteriori mi rendo conto che non ci ha mai raccontato davvero cosa pensasse, l'accumularsi delle cause che lo spinsero poi alle decisioni che prese. Ero troppo avvolta dalle trame della mia vita per capire che qualcosa lavorava in silenzio dentro di lui. Era a casa, potevo vederlo quando volevo, mi bastava questo. Sapevo che continuava a mantenere i contatti con Ege, che si teneva informato. In Italia non ne parlava nessuno, e neppure lui diceva molto. Ma il pensiero di partire, di andare a vedere con i suoi occhi cosa stesse succedendo nel Nord della Siria aveva già preso forma dentro di lui.

Ce lo disse a settembre.

Fui la prima a saperlo, anche prima di Nadir.

Raggiungeva Ege, avrebbe attraversato il confine dalla Turchia.

Era un viaggio tranquillo, non era pericoloso, era già tutto organizzato. Come al solito, mi metteva al corrente delle cose quando era già stato tutto deciso, e taceva i rischi.

«Avevi promesso che non ci saresti andato.»

Sorrise, scosse la testa. «Non t'ho mai promesso niente del genere, hai fatto tutto da sola.»

Trascorremmo un Natale tesissimo. Mio padre era piuttosto perplesso da quella scelta, ma ci aveva fatto il callo, senza contare che Pietro ormai era un adulto. Era tardi per raddrizzarlo, per vietargli di fare qualcosa. Ci provò, certo, ci provava sempre. Il ruolo dei genitori si conserva nel tempo, anche quando i figli crescono, anche quando diventano professori universitari.

Ma Pietro... Pietro era come il suo nome.

Ogni obiezione messa a tacere, ogni disaccordo annullato. In questo riconoscevo la stessa implacabilità di Nadir, la stessa tenacia. Pietro nascondeva bene quel lato del suo carattere sotto l'apparenza sorniona, sotto il piglio rilassato e vagamente ironico. Era solo la copertura del materiale durissimo con cui era fatto.

Ci disse che aveva chiesto un'aspettativa all'università e che aveva stretto accordi con la rivista con cui collaborava per realizzare un lungo reportage su quella forma di autogoverno di cui ancora nessuno parlava, strizzata tra l'embargo economico imposto dalla Turchia a Nord e la minaccia degli jihadisti salafiti che premevano da Sud. Avrebbe attraversato il confine unendosi a un gruppo di operatori umanitari perché era il sistema più sicuro per entrare nel paese. Per quanto riguardava la sua permanenza lì, ci avrebbe pensato Ege a trovargli una sistemazione.

Ecco com'è cominciata.

Partì il giorno successivo al mio compleanno, con uno zaino con quattro vestiti, il computer e una serie di indirizzi e numeri di telefono da usare in Turchia. Una volta giunto a Suruç in autonomia, si sarebbe unito a un gruppo di volontari che trasportavano aiuti umanitari oltre il confine, e si sarebbe messo in contatto con Ege.

Lo accompagnai in aeroporto, mi salutò con un bacio in testa, davanti al parcheggio del terminal 3 di Fiumicino. Scese dall'auto e mi disse che sarebbe tornato il prima possibile. Attraversò la strada senza voltarsi, lo zaino sulle spalle, i capelli rossi leggermente arruffati, sempre un po' lunghi sul collo. Lo guardai finché non sparì oltre le porte automatiche del terminal. Sembrava un ragazzino in gita.

Cominciò, per la mia famiglia, il solito stillicidio di notizie a cui ci aveva già abituati. Telefonate sporadiche, a rotazione. Messaggi tutti uguali mandati in serie a me e a mio padre, a Nadir e a Lucrezia. Il primo arrivò poche ore dopo la sua partenza. Ci informò che era atterrato ad Ankara, che avrebbe preso un autobus per arrivare a Suruç.

Poi sparì per tre giorni.

La sera del 10 gennaio chiamò Lucrezia e le disse che stava bene, che prendere la linea era difficile e che avrebbe dovuto rimediare una scheda turca per mettersi in contatto con noi, ma ci sarebbe voluto un po'. Faceva molto freddo, disse. Non era ancora entrato in Siria, lo avrebbe fatto il giorno successivo, o forse quello dopo ancora, non sapeva. Si era unito al gruppo di operatori umanitari con cui aveva preso accordi, aspettavano che fosse il momento giusto per partire. Lucrezia si insospettì, chiese il motivo di quei ritardi, di quel rimandare la partenza, Pietro la rassicurò. Era tutto legale, non c'erano rischi.

Sparì per altri dieci giorni.

È incredibile come si dilata il tempo quando sei convinto che qualcuno che ami stia correndo un rischio mortale dall'altra parte del mondo. La vita diventa un lungo filo teso tra una chiamata e l'altra, tra una notizia e l'altra. Fai quello che devi, davanti agli altri ti comporti in modo normale, vista dall'esterno non c'è nulla che non vada. Ma dentro di te c'è qualcosa che vibra costantemente, lo stato di allerta è come un animale accucciato tra i pensieri di tutti i giorni, pronto a risvegliarsi, a balzare in avanti a ogni piccola sollecitazione.

Avevamo paura, certo.

Fingevamo che andasse tutto bene, pure.

Andavo a lavorare, mi fermavo con le colleghe per un aperitivo, facevo la spesa, la domenica andavo a pranzo dai miei genitori. E saltavo ogni volta che il cellulare vibrava, e sentivo un buco nello stomaco ogni volta che mi collegavo a internet per leggere le notizie su quello che succedeva in Siria.

Vivevo in uno stato di tensione costante, inviavo messaggi a tutto spiano e facevo telefonate a un numero che risultava sempre non raggiungibile.

Nadir mi chiamava solo di notte, dormiva poco e male.

«Si è fatto sentire?»

«Con me no, e con te?»

«No.»

«Se si fa sentire, avvertimi.»

«Certo. Dobbiamo stare tranquilli, però. Ci dobbiamo fidare di quello che sa.»

«Tu lì ci sei stato. Tu sai com'è.»

«Non sono stato dov'è lui adesso. Non ne so niente di quella regione.»

Un pomeriggio riapparve con un messaggio e alcune foto.

"Sono arrivato, sono con Ege, state tranquilli. La zona è sicura."

Non diceva dov'era, non diceva cosa stava facendo. Lessi il messaggio, provai subito a chiamare. Il telefono fece solo uno squillo, poi cadde la linea. Frustratissima mi rassegnai a guardare le foto che aveva inviato. Scatti brutti e sbrigativi, un paesaggio senza alcuna attrattiva. Terra rossastra e case basse, delle vecchie jeep sgangherate, rilievi tozzi a perdita d'occhio. Un muro butterato con sopra dipinta una bandiera triangolare, una stella rossa in un campo giallo bordato di verde. Era la prima volta che la vedevo, nei mesi successivi avrei imparato a riconoscerla, ad associarla. A volte me la sogno ancora.

Pietro s'era fatto fotografare seduto lì accanto, la schiena appoggiata al muro, gli occhi strizzati per il sole, la mano sollevata, indice e medio aperti in una V. Nell'inquadratura era solo, ma c'erano alcune ombre che si allungavano ai suoi piedi. Ombre umane.

Scaricai la foto, l'allargai. Misi a fuoco ogni particolare. Indossava un giaccone che non era il suo, un paio di anfibi, portava un cappello. Il muro a cui s'appoggiava era crivellato dai colpi di mortaio, l'ombra proiettata a terra era quella di un uomo, nella mano si distingueva un lungo bastone. Guardando meglio, allargando ancora, mi resi conto che era un fucile, forse un kalashnikov.

Provai a richiamare.

Di nuovo un solo squillo, poi cadde la linea. Subito dopo mi arrivò un messaggio.

"È inutile che provi, c'è pochissimo campo."

Respirai forte, pensai a chiamare mio padre, Lucrezia, Nadir, a dirgli che mi aveva contattato, ma non volevo correre il rischio, sprecare tempo prezioso, vederlo sparire di nuovo.

"Con chi sei? C'è un tizio con un fucile, lì vicino? Quelli dietro di te sono fori di proiettile?"

"Stai tranquilla, Riccio di mare! Fino all'altro ieri qui c'erano le truppe di Assad. Adesso è una zona sicura. Sono con le Unità di protezione popolare, non mi hanno rapito! Qui c'è molto lavoro da fare. Ci sentiamo presto. Saluta papà, digli che sto bene."

"Quando?"

Non rispose più.

Cocciuta come un mulo, composi di nuovo il numero. Il telefono adesso era spento.

Girai la foto a Nadir. Non si mostrò impressionato quanto me, però mi disse che forse non era il caso di mostrarla a Lucrezia.

Mi prese la smania di cercare, di sapere. Trascorrevo le notti a leggere notizie su internet. Non c'era tregua, morivano trecento persone al giorno, il regime non arretrava, sganciava bombe chimiche sui civili, in quella crepa di vuoto si infiltravano gli estremisti di Al-Nusra, poi l'ISIS.

Digitavo su Google i nomi delle città di cui mi aveva parlato Pietro. Qamishli. Kobane. Non trovavo nulla, e se trovavo erano trafiletti in inglese o articoli in arabo.

Forse era davvero come aveva detto. Era davvero una zona sicura, dovevo fidarmi di lui.

Me ne stavo lì, sul divano col portatile sulle gambe, leggevo di una serie infinita di morti ammazzati, dell'ISIS che conquistava un villaggio dopo l'altro, saliva a Nord, arrivava sempre più vicino a dove si trovava lui. S'erano insediati a Raqqa, ad Aleppo.

Dopo tre anni di guerra, la devastazione era inimmaginabile.

La mattina mi svegliavo in una casa dove c'erano acqua, luce, caffè. Potevo permettermi di essere fragile, di avere una gamba più corta dell'altra, non dovevo scappare da nessuno, nessuno m'avrebbe catturata, stuprata, fatta a pezzi. Nessuno avrebbe ammazzato i miei familiari.

"Torna a casa, per favore."

Mi rispondeva con una settimana di ritardo.

"Adesso non posso."

Febbraio, marzo, aprile. Messaggi, chiamate rapidissime, non sapevamo mai esattamente dove fosse.

Un sabato mattina erano le undici, ero ancora a rigirarmi nel letto, mi vibrò il telefono, era lui.

"Accendi Skype."

Rotolai giù dal materasso, afferrai il portatile, non mi lavai neanche la faccia, tanto m'aveva visto conciata molto peggio di così.

L'immagine sfarfallò, tremolò come attraverso una vecchia cinepresa, poi si stabilizzò del tutto.

Pietro apparve nello schermo, sorrideva. Era più magro, aveva i capelli più lunghi, un maglione grigio dal colletto slabbrato. Mi misi le mani in faccia e la prima cosa che feci fu di mandarlo affanculo.

Scoppiò a ridere.

«Ti ho svegliata?»

«Sì... no, non importa. Non ti fai sentire da venti giorni, cazzo.»

«Lo so, lo so. Mi dispiace. Non volevo farvi preoccupare. Vedi? Sto bene. Sono tutto intero.»

«Su internet dicono che l'ISIS sta avanzando verso Nord. Hanno preso Raqqa e...»

«Qui non sono arrivati. Non arriveranno.»

«Qui dove? Dove sei?»

Si stropicciò gli occhi. Mi accorsi che era stanco. «In accademia.»

«Un'università?»

«Non proprio, diciamo che è un... centro studi.»

«Dov'è questa accademia?»

«Non te lo posso dire.»

Stavo per mandarlo di nuovo affanculo, quando ci fu un rumore come di una porta sbattuta. Pietro si voltò, disse qualcosa in una lingua che non capii, poi parlò in italiano.

«Ehi, vieni, vieni qui!» sorrise. «C'è Celeste. Sbrigati, prima che salti la connessione.»

Mi aggrappai al portatile, come se stringendolo tra le braccia potessi rendere la linea più stabile. Ege entrò nell'inquadratura. Non lo vedevo da tre anni.

Mi colpì qualcosa che all'inizio non riuscii a definire, che me lo fece sembrare estraneo. Eppure era sempre Ege, la faccia era la stessa, le sopracciglia scurissime, i capelli corti, quel sorriso largo da ragazzino.

«Come sei vecchia!» strillò, per prendermi in giro.

«Vaffanculo pure tu.»

«Oh, tre anni che non mi vedi e la prima cosa che dici è vaffanculo, so io da chi hai preso. Stai bene?»

Risi. «Sto bene, e tu?»

Allargò le braccia, si mostrò. «Sto benissimo, sto un fiore.» L'accento leggermente scivoloso che non aveva mai perso, inquinato dalla cadenza pesante della nostra città. Indossava una mimetica, ecco che cosa aveva di diverso. Era vestito da soldato. Sulla manica aveva cucito uno stemma, ne intravidi un brandello giallo prima che si voltasse, che dicesse qualcosa a mio fratello in quella lingua sconosciuta.

Parlarono per qualche istante, poi Ege si girò di nuovo verso di me. «Ciao Riccio di mare. Ci vediamo presto.» E sparì.

Guardai Pietro, placido, inscalfibile. Contento.

Non c'era traccia di paura sul suo viso.

«Ege si è arruolato?»

«Sì.»

«Combatte?»

«Difende. Protegge.»

«E tu?»

«Io cosa?»

«Tu non...»

«Io sono più utile alla teoria che alla pratica. Partecipo alla vita della comunità, studio l'azione politica, scrivo... faccio le cose che so fare.»

«In che lingua hai parlato, prima?»

«In kurmanji. Sto imparando. È più facile stare qui e capire il progetto se conosci la lingua, se non devono tradurre in continuazione per te. Senti» si avvicinò allo schermo. Notai solo in quel momento le bandiere appese alle sue spalle. Accanto a quella che già conoscevo ce n'era un'altra triangolare, verde e rossa. «È molto importante far conoscere a più persone possibile quello che sta succedendo qui. Quello che stanno creando è qualcosa... uno dei più grandi esperimenti democratici al mondo. Vale la pena di studiarlo, di appoggiarlo, di contribuire. C'è bisogno di far sapere all'Occidente che qui sta nascendo una nuova forma di autogoverno e che potrebbe funzionare. Potrebbe davvero funzionare.»

«È una specie di rivoluzione.»

«Non *una specie di*. È una rivoluzione.» Eccolo lì, il ragazzo che era stato. Lo vidi di nuovo, gli brillava negli occhi. Ne ebbi paura.

All'improvviso, dopo aver visto Ege, le tasche per i caricatori agganciate al petto, ne ebbi paura.

«Che cos'è quella bandiera verde che hai dietro?»

Si girò rapidamente, poi mi sorrise. «YPJ. Le milizie femminili. Una cosa fondamentale di questo progetto è che viene rifiutata categoricamente ogni subordinazione di genere. I ruoli di rappresentanza vengono gestiti sempre da due persone, un uomo e una donna. E la stessa cosa succede per l'eserc...» L'immagine si bloccò, riprese a scatti. «... capisci? È l'esatto contrario della dottrina di Dae...» la voce che andava e veniva. Poi sparì del tutto. Rimase la schermata vuota di Skype, mi misi a imprecare contro il computer.

Provai a richiamare, non rispose nessuno.

Non ne seppi più niente per tre settimane.

A metà maggio ci scrisse una mail per dirci che stava tornando, ma che non sapeva esattamente quando sarebbe riuscito a passare il confine.

Poi mandò un messaggio privato a Nadir, solo a lui. Diceva che se non fosse rientrato entro la metà di giugno avremmo dovuto avvisare la Farnesina, perché probabilmente era stato arrestato in Turchia.

A volte mi chiedo come io faccia a sopportare, come riesca a gestire l'assenza di Nadir senza impazzire completamente. So che è per questo.

Sono già stata addestrata, sono avvezza all'attesa, ai giorni di nulla.

So tenere le redini del silenzio.

Nella mia famiglia abbiamo imparato bene.

43

Me lo ritrovai sul pianerottolo una mattina, tornando dal supermercato. Ero carica di sacchetti, i surgelati che già si squagliavano nella plastica. Le porte dell'ascensore si aprirono e per un istante non lo riconobbi.

S'era addormentato sullo zerbino, chissà da quanto era lì. Indossava gli stessi vestiti con cui era partito, ma si era tolto il giaccone, se lo era ripiegato sotto la testa come un cuscino. La barba incolta, i capelli sconvolti, le maniche lunghe nella canicola di giugno.

Il professore universitario, il fiore all'occhiello del dipartimento di scienze politiche dormiva con la schiena appoggiata alla mia porta, come un senzatetto.

«Pietro!»

Aprì un occhio, poi l'altro. Sorrise. «Che c'è, mi sono addormentato?»

Si tirò su, si stiracchiò, si stropicciò gli occhi con una mano. Gli arrivai vicino, aveva un pessimo odore. Dopo mi avrebbe detto che era in viaggio da sei giorni, che per rientrare aveva dovuto fare un giro lunghissimo, aspettare prima al confine, poi nelle stazioni degli autobus, infine negli aeroporti.

Lì per lì non me ne fregò niente, gli diedi appena il tempo di alzarsi, gli volai addosso schiacciandolo contro la porta, senza riuscire a respirare.

«Sì, ma lasciami, sono lurido, non mi toccare.» Parole sprecate.

«Mi potevi chiamare.»

Mi raccontò che aveva dimenticato il caricabatterie da Ege, che il cellulare si era spento quasi subito. A Fiumicino aveva scroccato una telefonata a una ragazza, aveva chiamato Nadir per dirgli che era atterrato in Italia, non c'era bisogno di allertare la Farnesina.

Poi s'era reso conto che non aveva le chiavi di casa sua, che le aveva lasciate a me prima di partire. Era venuto a riprendersele.

«Papà e Lucrezia sanno che sei tornato?»

«Non ancora. Adesso li chiamo.»

«Ci penso io, tu fatti una doccia.»

Lo spinsi in casa, assunsi il comando, diventai sorella maggiore. Gli diedi un accappatoio, i pantaloni di una vecchia tuta scolorita che era appartenuta a lui e che gli avevo rubato almeno dieci anni prima, la t-shirt di un tour dei Placebo che di sicuro era di Nadir. Mi trovavo dentro casa i vestiti di tutti loro, chissà perché, chissà in quale trasloco erano diventati miei. Mentre l'acqua scrosciava in bagno, svuotai il suo zaino, raccolsi i panni sporchi, li ficcai in lavatrice. Mi misi a preparare il pranzo, feci le telefonate che andavano fatte. Sentivo qualcosa che si scioglieva dentro, la tensione di quei mesi che cedeva tutta insieme.

Chiamai Nadir, aveva il telefono spento. Pietro entrò in cucina mentre chiudevo la chiamata, scalzo e con i capelli ancora gocciolanti, vestito in quel modo approssimativo, ma pulito.

«Papà e Lucrezia stanno arrivando. Nadir invece ha il telefono spento.»

«Sarà già in volo.»

«Cosa?»

«Sta tornando a Roma.»

Di quel pomeriggio trascorso insieme ho un ricordo felice e nebuloso, l'intera famiglia riunita, una specie di Natale in pieno giugno. Restai accoccolata al fianco di mio fratello, godendomi quella sensazione di incastro perfetto, godendomi anche l'attesa dell'arrivo dell'ultimo pezzo.

Che arrivò verso le sei del pomeriggio, con un'aria di festa che s'aggiunse a quella che già si respirava in casa. Baciò i suoi genitori, baciò zia Olga, baciò persino mio padre e mia madre.

A me, la penultima della lista, riservò un abbraccio distratto e confidenziale insieme, un bacio sul collo di cui nessuno si accorse. Poi si girò verso Pietro.

«Ah, eccolo il figliol prodigo che torna dalla rivoluzione. Hai finito di fare Che Guevara, possiamo tornare a fare una vita normale?» Era lui che voleva vedere, era per lui che era tornato.

S'abbracciarono stretti, nel modo goffo in cui s'abbracciano i maschi.

«Ma 'sta maglietta?»

«Me l'ha data Celeste.»

«Ma è la mia, cazzo, l'ho cercata per mesi, chissà quando me l'ha fregata.»

Risero e si insultarono, si commossero e fecero finta di niente. Ci mettemmo tutti a guardare da un'altra parte e a ignorarli per non metterli in imbarazzo.

Non l'ho mai capito il tipo di amore che c'era tra loro, il legame sotterraneo di essere nati dallo stesso ventre. Non so se Pietro abbia amato Nadir più o meno di quanto abbia amato me, è una domanda che ancora oggi, a volte, mi pongo.

Poi me ne vergogno e mi dico che non ha senso, non avrebbe senso nemmeno se fosse ancora qui con noi. Ma intanto me la sono posta.

Pietro attese l'arrivo di Nadir per raccontare l'esperienza nella Federazione. Durante la cena parlò praticamente solo lui, delle lezioni e dei dibattiti che aveva seguito sul confederalismo democratico, sul femminismo e sullo smantellamento della mentalità patriarcale come rivoluzione culturale in una terra dominata da una mentalità dogmatica e autoritaria. E poteva funzionare, ma era necessario difenderla dall'embargo della Turchia che non tollerava la creazione di una federazione a maggioranza curda così vicino ai propri confini, oltre che da Daesh. ISIS, disse poi, spiegandoci che erano la stessa cosa.

Aveva vissuto cinque mesi sul bordo di una guerra, aveva partecipato alla vita della comunità e dormito dove dormivano le milizie YPG in cui s'era arruolato Ege, aveva svolto pulizie e turni di guardia, aveva cucinato e preparato *çay* per tutti, condiviso pasti e sigarette e cessi scomodi. S'era sentito parte di quel cambiamento, di quella costruzione.

Lo ascoltavamo molto attentamente, capivo perché i suoi studenti a lezione pendessero dalle sue labbra. Ti convinceva che fosse la cosa giusta.

A mezzanotte se ne andarono tutti, restammo noi tre. Stanchissimi, ma finalmente soli. Ci buttammo sul mio letto, Nadir in mezzo, accendemmo la televisione. Pietro si incantò a vedere delle vecchie repliche di *Big Bang Theory*, disse che non s'era reso conto di quanto gli fosse mancato sentir parlare in una lingua che capiva bene. Ma venti minuti dopo già dormiva, russando come un trattore. Io e Nadir resistemmo ancora un po', chiacchierando sottovoce per non svegliarlo, poi crollammo anche noi.

Mi risvegliai più tardi, con Nadir che imprecava, che cercava di scavalcarmi. Pensai che se ne stesse andando.

«Dove vai?»

«Sul divano. Con voi due è impossibile dormire, mi state riempiendo di calci.»

Mi riaddormentai subito, pacificata.

Di nuovo mi svegliai all'alba perché dovevo andare in bagno. Al ritorno, passando davanti al soggiorno, Nadir mi chiamò sottovoce.

«Vieni qui.» Mi avvicinai, si fece da parte per farmi spazio. «Hai dormito bene?»

«Sì, e tu?»

«Una merda, per colpa vostra. Vi muovete come due polpi. E Pietro parla nel sonno.»

«Sul serio? Cosa ha detto?»

«E che ne so? Non l'ho capito, mi sa che era curdo.» Risi un po' troppo forte, lui mi mise una mano sulla bocca. La lasciò lì un secondo di troppo. «Te l'ha detto che mi trasferisco? Torno a vivere a Roma.»

«Pensavo fossi venuto solo per vedere lui.»

«No, no. Ho un lavoro da fare, sarei dovuto scendere comunque tra un paio di giorni. Ma mi sono rotto di stare lassù, torno qui. È un po' che ci penso, da quando...» Strinse le labbra, il nome di Diana ci restò impigliato dentro senza uscire. «Intanto ho preso la palla al balzo e ho accettato una commissione, resto un paio di settimane, magari mi trovo un appartamento...»

«Di che lavoro si tratta?»

«Devo scattare delle foto a una tizia... una scrittrice.» Trafficò col telefono, pescò una mail, girò lo schermo per mostrarmela. Lessi il nome, Marina Incorvaia.

«Tu che leggi un sacco, la conosci?»

Scossi la testa. Nella mail c'era allegato un comunicato stampa. Era un'emergente, aveva qualche anno più di noi. Aveva pubblicato un paio di libri con un piccolo editore, adesso aveva fatto il salto, era approdata in una grande casa editrice. Il suo nuovo libro sarebbe uscito a settembre, ma i diritti erano già stati venduti in dieci paesi. Mi incuriosii, gli tolsi il telefono di mano, mi misi a leggere la trama del romanzo. Nadir intanto m'accarezzava la schiena.

«Allora, di che parla 'sto libro?»

«Non è il tuo genere, mi sa.»

«E dai, racconta.»

Feci una smorfia, tornai a consultare quella sinossi. «Mh. Storia d'amore lunga trent'anni fra due che si amano un sacco ma non sono capaci di dirselo.»

«Ah, tipo noi due.» La tapparella abbassata per metà faceva filtrare una luce perlacea, troppo fioca per capire se scherzasse o se fosse così pazzo da dirlo sul serio. Ma la mia espressione evidentemente parlava da sola, perché Nadir scoppiò a ridere. «Sto scherzando, dai. Scherzo, non ti allarmare.»

Mi tirò giù, mi forzò a sdraiarmi. Lo spazio era angusto, m'abbracciò per evitare che cadessi.

«È presto, dormiamo un altro po'.»

Ci addormentammo incastrati, scomodi, stretti l'uno all'altra e mezzi nudi, petto contro schiena, le gambe e le mani intrecciate.

A un certo punto so che riemersi un attimo dal sonno e vidi Pietro, fermo sulla porta del soggiorno. Ci guardò per qualche istante, la faccia molto seria. Passò oltre, senza svegliarci.

44

Andò a scattare le foto a quella scrittrice una mattina, tornò il pomeriggio a casa mia con il suo libro, una copia fuori commercio riservata ai giornalisti. Mi salutò con un bacio, mi chiese se poteva rimanere a cena, poi mi diede il romanzo.

«Mi sa che c'hai ragione te, non è proprio il mio genere. Però ci ho fatto scrivere la dedica, per te.» Aprii il libro, un tomo di quattrocento pagine, lo sfogliai a caso soffermandomi qua e là, interessata. Sulla prima pagina, in una grafia sbrigativa che occupava tutto lo spazio, c'era scritto: "A Celeste, con affetto. Spero che questa storia ti resti nel cuore". Poi la firma illeggibile, poco più di uno scarabocchio.

Ci sarebbe rimasto quel libro, nel cuore, ce l'avrei piantato io stessa. Come un pezzo di ferro spuntato, si sarebbe arpionato ai tessuti interni. In quella fine di giugno non lo sapevo, Marina Incorvaia era solo un nome qualsiasi, una che stava per diventare famosa.

Lessi le prime pagine con lui che mi guardava seduto dall'altro lato del tavolo, i gomiti sul pianale e le mani chiuse a pugno sotto il mento.

Forse lessi più di qualche pagina, la storia mi prese subito, quella ragazza sapeva scrivere, sapeva incatenare. Nadir cominciò a dare segni di impazienza, aveva fame. Si mise a girare in cucina, ad aprire gli sportelli, a chiedermi cosa avremmo mangiato.

A un certo punto, decise che avrebbe cucinato lui. Lo lasciai fare, seguitai a leggere ancora un po', poi vidi che stava cominciando ad apparecchiare, e che era pure un po' scocciato. Capii che se non mi fossi staccata non avrei chiuso fino alla fine, mi sforzai di metterlo da parte.

«Mi sa che è bello» dissi.

«Le ho promesso che lo leggerò e che le farò sapere.»

«Ma non hai nessuna intenzione di farlo.»

«No infatti. Per fortuna me lo racconterai tu.»

«Sei un paraculo.»

«Sono uno che c'ha di meglio da fare.»

Chissà se Marina lo sa che Nadir quel libro non l'ha mai letto, che quando gliene parlava, quando ragionava insieme a lei dei personaggi, degli avvenimenti, quando citava passaggi per stupirla, per farle credere che l'avesse apprezzato, stava usando le mie parole, i miei pensieri.

Ho sempre avuto un ruolo nelle sue storie, sono stata la costante, il demiurgo nascosto. Il talento per la mistificazione però è tutto suo, innato.

Mi venne la curiosità di sapere che aspetto avesse. «Me la fai vedere?»

«Mangiamo e poi mi aiuti a scegliere le foto.»

Ci sedemmo al computer dopo cena. Marina Incorvaia aveva trentatré anni, un caschetto di ricci biondi e occhi azzurri e sottili, lineamenti morbidi come le parole che scriveva. Aveva qualcosa di accogliente e materno nell'espressione, sembrava una di quelle amiche a cui puoi confidare tutto, che non ti giudicano mai. Quella faccia ti invitava, ti rassicurava, ti faceva venire voglia di leggere il suo libro. Dopo mi sarei accorta che era stato l'occhio scaltro di Nadir ad averle messo addosso quella posa. Sembrare innocui è solo un gioco di luci.

Lo aiutai a scegliere le foto da sottoporre all'editore, facemmo tardissimo bevendo caffè e amari e fumando sigarette. La mattina dopo sarei dovuta andare a lavorare, ma non me ne fregava niente, progettavo già di darmi malata. Ce ne stavamo lì abbracciati nella mia cucina, mentre le luci dei palazzi intorno si spegnevano una dopo l'altra.

Se ne andò alle quattro, lo accompagnai alla porta, rimasi a guardarlo mentre scendeva le scale. Non si voltò, ma sapeva che ero lì perché un attimo prima di sparire sollevò la mano, mi rivolse un cenno di saluto.

Quindi, eravamo di nuovo tutti a casa. Pietro si mise sotto a recuperare la didattica universitaria, si prese l'estate intera per rivedere e correggere il suo saggio sull'esperienza nella Federazione della Siria del Nord, un occhio al testo su cui lavorava, l'altro puntato su quello che ancora succedeva in Rojava. In Italia non ne parlava nessuno, aveva altre fonti, riceveva notizie direttamente da Ege, dagli uomini e dalle donne che aveva conosciuto lì. La guerra aveva inglobato anche quelle zone, o forse non se n'era mai davvero allontanata, i racconti di Pietro l'avevano tenuta a distanza per non farci preoccupare. La Turchia bombardava i cantoni con la scusa di combattere Daesh, e Daesh indisturbato conquistava e radeva al suolo villaggi e città, sterminava intere famiglie. In mezzo c'era la resistenza, quella a cui Ege partecipava, quella che mio fratello continuava a seguire. Sapevamo delle ragazze curde che avevano imbracciato le armi ed erano morte contro i jihadisti. Mandarono in onda qualche servizio sui tg della sera, qualche articolo sulle testate online dove veniva replicato in loop il primo piano di una combattente di vent'anni. Non si sapeva nulla di lei, se fosse morta o viva. *Giovane, bellissima e coraggiosa* titolavano alcuni articoli. Pietro si incazzava, imprecava. Ce l'aveva con la condiscendenza di alcuni giornalisti. Possibile che dovesse risolversi tutto così, un esperimento laico e rivoluzionario ridotto ai minimi termini, alla mercificazione. A fare notizia non era la notizia in sé quanto il volto attraente di una ragazza.

Del resto non ne parlava quasi nessuno, era l'ennesimo strappo che avveniva in Siria, era una guerra vecchia, si scannavano da più di tre anni e troppo ancora si sarebbero scannati, non interessava più.

Ma Pietro con la testa era rimasto lì.

Si muoveva in modo diverso, aveva un'attenzione nei gesti che prima non c'era. Cose impercettibili per gli altri, ma io le notavo. Si svegliava molto presto, alle cinque, lui che aveva sempre fatto fatica ad alzarsi la mattina. Per strada camminava a testa bassa, attento a dove metteva i piedi, i rumori molto forti gli provocavano una contrazione delle spalle, un irrigidimento improvviso della mandibola.

Col passare delle settimane si fece sempre più distratto, sempre più preoccupato dal fatto di non riuscire a comunicare con Ege. Difficile prendere la linea, difficile stabilire una connessione, difficile mantenere i contatti con chi si trovava nella Federazione.

Comunque sia, il primo agosto riuscimmo a trascinarlo a Feudi.

Partimmo tutti e tre con la macchina scassata di Pietro, senza sapere cosa avremmo trovato. Quell'anno, complici gli impegni in ospedale di Lucrezia e gli acciacchi di Olga, la casa era rimasta disabitata e senza manutenzione per tutto l'inverno, che era stato molto freddo e piovoso.

Ci trovammo davanti un mezzo sfacelo. La salsedine aveva finito di mangiare la vernice delle ringhiere, al piano di sopra c'era un'infiltrazione che rendeva una delle stanze inutilizzabili, nel giardino erano cresciuti rigogliosi cardi e ortica. Il telo messo a copertura della piscina era stato strappato via dal vento, adesso la vasca era uno stagno verdastro, ci galleggiavano dentro rane morte e insetti.

Sentii una fitta allo stomaco. Quella casa non mi apparteneva, eppure l'amavo come se fosse mia.

«Facciamo qualcosa prima che arrivino mamma e zia» disse Nadir, di fronte a quella devastazione. «A vederla così ci crepano davanti.»

«Io credo che ci abbiano mandato qui proprio per questo» borbottò Pietro, scendendo dall'auto per ultimo. «Per farci fare gli schiavi.»

E allora via, ci mettemmo al lavoro, a cercare di salvare il salvabile. Avevamo dieci giorni di tempo, poi ci avrebbero raggiunto le due sorelle e la casa si sarebbe riempita di gente, di ospiti, amici e colleghi di Lucrezia, proprio come quando eravamo ragazzini.

Scrostare, pulire, tagliare, asciugare. Altro che vacanza, fu una fatica. Eppure la ricordo splendente. Perché eravamo noi tre da soli, senza intralci, senza fidanzati, nel posto che ci aveva visto nascere come entità unica.

In paese i negozianti sapevano della carriera accademica di Pietro, gli davano del lei, lo chiamavano professore. Uscivamo a fare la spesa, a bere la sera dopo cena nei locali del lungomare, sempre vestiti con la prima cosa che trovavamo, sempre in ciabatte. Guardandoci da lontano, in modo distratto, avrebbero potuto scambiarci per ragazzini, per tre giovanissimi scappati di casa. Invece nella criniera scomposta di Nadir cominciavano ad affiorare i primi fili bianchi e Pietro aveva un solco tra le sopracciglia che ormai non si spianava più. Io poi ero nata vecchia, soffrivo di osteoporosi dall'età di otto anni. I nostri coetanei passeggiavano sul lungomare spingendo passeggini, guidavano macchine nuove e pulite, andavano a cena in coppie. Noi non avevamo uno straccio di legame che non fosse quello fra noi tre.

La mattina ci davamo da fare a rimettere a posto la casa, a chiamare l'elettricista per l'illuminazione del giardino, l'idraulico per lo sciacquone rotto. Nel pomeriggio, col caldo che avanzava, ci buttavamo in piscina, la prima cosa che avevamo reso di nuovo agibile. Me ne stavo ore sul bordo in costume, mentre Pietro e Nadir giocavano a carte all'ombra del portico come due pensionati, litigavano con lo stesso trasporto. Leggevo il libro di Marina. Ero stata costretta ad accantonarlo per via degli impegni al lavoro che mi facevano arrivare stremata a sera, ma avevo continuato a pensarci. Adesso lo divoravo, mi lasciavo trascinare dalla storia, uno spritz accanto e una matita stretta fra i denti per sottolineare le parti che mi colpivano.

Nadir si avvicinava, mi scuoteva una spalla col piede. «Allora, ti piace?»

«Lasciami in pace, sto leggendo!»

Rideva, restava a gironzolarmi intorno, sbirciava. «Guarda che poi ti interrogo.»

«Sto prendendo appunti, non vedi? Così poi puoi farti bello con la tua scrittrice.» Infilò il piede nell'acqua e mi schizzò per dispetto.

«Sei sempre la solita secchiona.»

Lo finii la sera prima che arrivassero Lucrezia e Olga. A notte fonda, mentre loro due dormivano, voltai l'ultima pagina, chiusi il romanzo, spensi la luce, cercai di dormire.

Ma quei due, i personaggi, i protagonisti, non volevano lasciarmi stare. Cazzo, quant'era stata brava. M'aveva irretito, mi aveva illuso che parlasse di me, un incantesimo che non sapevo definire. Non so per quanto mi rigirai. Alla fine mi arresi, mi alzai. Presi il libro al buio, percorsi il corridoio in punta di piedi. Nadir dormiva nella camera in cui di solito stavano i suoi genitori, la sua era inagibile per via dell'infiltrazione che aveva ammuffito un angolo del soffitto.

Spalancai la porta come se fosse pieno giorno.

«Dormi? Nadir? Dai, Nadir...»

Grugnì, si rigirò, scalciò via le lenzuola e si rimise a dormire, senza darmi retta.

«Avanti, tirati su.»

«Oh, ma che vuoi?»

«Ho finito il libro della tua amica.»

«Non è una mia amica. È una a cui ho scattato delle foto. Mi lasci dormire? Muoio di sonno.»

«Se stai lì a puntualizzare, tutto questo sonno non ce l'hai. Devi leggerlo. Devi leggerlo anche tu.»

«Adesso?»

«No, domani. Però...»

«Però devi rompere i coglioni, ho capito.»

Accese la luce sul comodino, aveva la faccia impiastrata di sonno, la bocca amara, fece schioccare la lingua per rimettere in circolo la saliva.

«Mi gira la testa.»

«È perché sei un alcolizzato.»

«Ma vaffanculo. Sei tu quella che inizia a bere alle undici del mattino, mica io.»

«Sì, non urlare, sveglierai tutti.»

«Ma tutti chi?»

Mi voltai verso il corridoio buio. La stanza di Pietro era troppo lontana per avvertire qualunque rumore.

«Secondo te è una storia vera?» domandai.

«No. Lo so per certo. È solo un romanzo rosa, solo una storia d'amore...»

«Non è una storia d'amore, è la storia di un'ossessione.»

«Come se tu ne capissi qualcosa, dai.»

Lo guardai, indispettita. *Siamo noi due,* avrei voluto dirgli. *Siamo noi due, che d'amore non ne sappiamo niente, ma di ossessioni, be'... avevi ragione. Avevi ragione senza averlo letto, siamo noi due.*

Non glielo dissi, ovviamente. L'afferrai per i capelli, lo spinsi giù, sul cuscino, e senza accorgermene la stretta divenne una carezza. Gli toccai la fronte, le fosse scure delle orbite, gli zigomi. Finii a premergli le dita sulle labbra, le ritirai quando sentii che ci passava sopra la lingua, come quando da bambini gli tappavo la bocca con una mano, e per liberarsi mi leccava il palmo. Ma non si trattava più di un dispetto. La pupilla dell'occhio azzurro s'era dilatata oltre misura.

«Che sei venuta a fare, Cele', che cosa vuoi?»

Già, che cosa volevo? Che ne sapevo.

«Ho sottolineato dei brani.»

«Mi devi dire qualcosa?»

«No, niente. Le sottolineature ti faranno comodo, però. Sai che gli scrittori sono tutti egocentrici, le farà piacere sapere che...»

Spense la luce. «Magari così trovi il coraggio.»

Non so chi iniziò, con lui non lo so mai, con lui si perde tutto, il sortilegio della dominazione che abbiamo sempre esercitato l'uno sull'altra.

Non avevamo più l'avventatezza dei vent'anni, ma la foga, l'ottusità del desiderio era la stessa. Trovammo altri modi, cercammo di evitare di farci schifo il mattino successivo, pensavamo che sarebbe stato meno grave così, solo con le mani, solo con le labbra. Ma era grave lo stesso, irripetibile, un pozzo senza fondo.

So solo che a un certo punto mi mise la mano sulla bocca, mi chiese di fare piano. Avrebbe voluto sentirmi, moriva dalla voglia di sentirmi, ma dovevamo fare piano.

Quella casa non era nostra, quel silenzio non ci apparteneva. Romperlo avrebbe significato scaraventarci in un'altra dimensione caotica e distruttiva. Eravamo già troppo adulti, avevamo più da perdere che da guadagnare, avevamo saltato il momento, dovevamo accontentarci.

Marina non lo sa.

Marina non ha mai saputo che cosa è successo, dov'era il suo libro mentre facevamo quell'amore spezzato, il sesso dei portoni nascosti, degli angoli bui, delle auto piccole, delle ultime volte, l'amore di quelli che non possono.

45

Il libro uscì alla fine di settembre. La faccia di Marina, così come l'avevo vista nelle foto che io stessa avevo contribuito a scegliere, rimbalzò su tutti gli inserti culturali dei quotidiani, nelle vetrine delle librerie dove il suo romanzo veniva spinto al massimo. Classifiche, interviste sui giornali. Il successo annunciato di quella storia che io avevo letto in anteprima, che mi aveva spinto a fare una cazzata.

Perché di quello si era trattato. Una cazzata.

Ce n'eravamo accorti la mattina successiva, quando non eravamo riusciti a guardarci in faccia, né tra noi né con Pietro. Quando avevamo salutato a occhi bassi l'arrivo di Lucrezia, che all'inizio, non vedendoci in cucina, aveva scherzosamente domandato a nostro fratello: «Dove sono i *piccoli*?».

A letto, ecco dove eravamo.

Due adolescenti di trent'anni, che cercavano di capire come fare, come passare inosservati uscendo dalla stanza di lui. Dividerci. Uscire in momenti separati. Meglio il corridoio o il terrazzo? E come avrei fatto a scavalcare?

La luce del giorno ci aveva sorpresi, inaspettata come uno schiaffo in faccia. Ci eravamo guardati, rivestiti con la stessa urgenza con cui ci eravamo spogliati poche ore prima.

«Noi è meglio se stiamo lontani» gli avevo detto disperata, col terrore che qualcuno salisse a cercarci e ci scoprisse.

«Ci abbiamo provato.»

«Dobbiamo provarci meglio.»
«Ci sei venuta tu qui, io stavo dormendo.»
Scendemmo in cucina fingendo di esserci appena svegliati, a testa bassa come due che l'hanno fatta grossa.

Quant'era difficile gestire quella cosa a trent'anni, come ci aveva spaventato affacciarci nella voragine e lasciarci guardare dentro. O almeno, aveva spaventato me. Di lui non sapevo, non avevo trovato nemmeno il coraggio di parlarne.

Poi la vacanza era finita, Pietro era tornato in università, io in laboratorio, Nadir chissà dove, non ci eravamo più chiamati.

Non lo vedevo da un mese e mezzo e il ricordo non s'attenuava manco un po', l'emozione scomoda che provavo nemmeno. Non appena abbassavo la guardia tornavo a pensarci, mi riaffioravano alla mente i gesti precisi, le parole, l'odore, il ritmo del respiro. Ricostruivo nella testa il modo in cui mi aveva accarezzata con le mani e con la bocca, le stesse cose che io avevo fatto a lui, avvertivo un tumulto liquido nel ventre e una fitta dolorosa di vergogna. Mi guardavo allo specchio, chiedevo a me stessa cosa fare. Fantasticavo di andare da Pietro, mettermi seduta e dirgli tutto, sopportare l'umiliazione, il modo in cui mi avrebbe guardata.

Però mi sarei liberata, sarei giunta alla soluzione di un problema che si ripresentava a cadenza regolare da anni.

No, no e no. Non avrei mai potuto fare una cosa del genere.

Poi a fine ottobre, alla fine del solito pranzo domenicale dai miei, mentre ero seduta sul divano e mio padre già sonnecchiava sulla poltrona in attesa del caffè, mi misi a sfogliare distrattamente uno di quei settimanali che comprava mia madre, partendo dal fondo. L'oroscopo, le recensioni dei libri del mese, gli aggiornamenti dei reality in onda in tv, articoli di costume e società, molte pagine sulla moda. La mamma rientrò in salotto mentre guardavo una pagina su come abbinare dei jeans stracciati alle ginocchia a un paio di décolleté tacco dodici che non mi sarei potuta permettere neanche nei miei sogni più sfrenati. Sorrise, indicò con un cenno la rivista.

«Hai visto che belle?»
«Cosa, le scarpe?»

«Ma no, le foto di Nadir, quelle che ha fatto a quella scrittrice... Non le hai viste?»

Pensai che forse c'era una presentazione del romanzo nelle pagine successive, che dovevo ancora arrivarci.

«Quelle per il libro? Sì, sì. L'ho pure aiutato a sceglierle, pensa.»

«Hai visto che casa, eh? Quel terrazzo davanti al mare... Beata lei, quanto mi piacerebbe una casa così.»

Di quale terrazzo parlava, di quale mare? Non c'era niente del genere nelle foto che conoscevo. Stropicciai un po' il giornale, arrivai alle prime pagine. C'era un lungo editoriale di Marina Incorvaia sui trentenni di oggi, corredato da quattro foto. La luce era più viva, gli abiti erano estivi, quelle foto erano vecchie di qualche settimana. E no, non erano le stesse che conoscevo io. Si erano rivisti, quindi. Chissà se lui le aveva parlato del libro. Le didascalie dicevano che Marina era ritratta nella sua casa al mare a Ponza. Guardai e riguardai quella ragazza che aveva tre anni più di me, le stanze ariose della sua casa signorile, niente a che vedere con la ruvidezza selvatica della villa a Feudi. La sua camicia trasparente dalle maniche rimboccate, le pose in cui lui l'aveva costretta: affacciata a un finestrone vista mare, seduta a terra sul terrazzo protetto da un pergolato, circondata da alberi in vaso, che guardava dritto nell'obiettivo, l'atteggiamento quasi di sfida. Il volto in ombra sotto la tesa larga del cappello, un sorriso appena accennato.

Sempre scalza, mascolina e morbida insieme, sfuggente, affascinante.

E lui era andato a Ponza con lei, per fotografarla?

Quelle foto mi parlavano. Non agli occhi ma dentro, al fondo dello stomaco, dove sguazzava qualcosa di spiacevole.

«Nadir è bravo, lo sappiamo» dissi, mettendomi in faccia un'espressione neutra. Aspettai che mia madre tornasse in cucina per avviare la lavastoviglie, poi misi da parte la rivista e presi il cellulare.

Feci una cosa stupida, cercai Marina su Facebook.

E scoprii che si erano visti.

A una presentazione. A una tavolata con un po' di gente durante un festival letterario, appena dieci giorni prima. A una cena, apparentemente soli. In un parco che non era a Roma. Vicini, piuttosto in confidenza. Magari erano amici.

Magari no.

Magari semplicemente me l'ero cercata.

Avevo già intuito, non c'era bisogno di trovare prove. L'avevo capito dalla differenza tra le prime foto e questi nuovi scatti. Una cosa di cui probabilmente nessuno si sarebbe accorto, ma io sì. Le angolazioni, le espressioni, le luci. Nadir aveva cambiato modo di guardarla. Non era più solo un soggetto da ritrarre. Gli piaceva quella ragazza. Avrei voluto non conoscerlo così, nel modo in cui lo conoscevo. E invece non potevo mentire a me stessa. Chissà quando era cominciata, chissà se era qualcosa in più di un'avventura. Chissà se era in qualche modo responsabilità mia, delle sviolinate che gli avevo fatto su quel libro.

Tra quella fine di ottobre e quello che poi sarebbe successo a dicembre, mi ritrovai a oscillare tra ammirazione e annientamento.

La delusione mi ammutoliva per giorni.

Comprai una nuova copia del romanzo, quella sottolineata l'avevo lasciata a Nadir. Lo misi in libreria e poi continuai a tornarci davanti, come in pellegrinaggio. Lo soppesavo in mano, lo sfogliavo a caso, rileggevo. Com'è brava, mi dicevo. Sa usare le parole, sa incantare, che cosa sono io al confronto?

Una che legge i numeri, le formule, che interpreta la realtà secondo parametri già scritti. Creatività zero, non avrei saputo da dove cominciare, dove mettere le mani per esprimere un sentimento. Non c'ero riuscita per anni, non ero proprio capace, neanche di parlarne con me stessa.

È questo che fanno gli scrittori, interpretano le crepe degli altri, frugano nei loro nascondigli, anche senza conoscerli. Anche quando se li inventano.

Però s'era presa qualcosa di mio, la mia famiglia. Mi sorprendevo a provare rancore. E allora che cosa diventava la sua storia? Un romanzetto da due soldi. Noioso. Pure un po' puerile. M'ero fatta fregare, mi aveva parlato alla pancia invece che alla testa, e la pancia era sempre stato il mio punto debole.

Passò tutto novembre e quasi tutto dicembre. Controllavo la

sua pagina Facebook, Marina Incorvaia era una di quelle che non si faceva problemi a mostrare la sua vita privata sui social. A differenza di Nadir, che sul suo profilo non scriveva da mesi, e l'ultimo post risaliva ad agosto, una foto della piscina di Feudi appena bonificata, dove addirittura si intravedeva la mia ombra sfuggente da un lato.

Poco prima di Natale, Pietro mi chiamò scocciato.

«Sei libera venerdì pomeriggio?»

«Sì, perché?»

«Dobbiamo fare una cosa.»

«Da come lo dici mi sa che è una rottura, vero?»

Sbuffò, me lo immaginai che chiudeva gli occhi, esasperato. «Nadir mi sta dando il tormento.»

«Cosa, che vuole?»

«Vuole farci conoscere quella tizia, lì. La scrittrice.»

«Perché?»

«E io che ne so.»

«Stanno insieme?»

«Non lo so, Celeste. Ha detto che vuole presentarcela.»

«Quindi?»

«Quindi andiamo. Diciamogli di sì o non ce lo leviamo più di torno.»

Mi dovevo sobbarcare pure quella cosa.

Nadir ci diede appuntamento all'ora dell'aperitivo, in un bar elegante a Prati, vicino a dove viveva lei. Andammo con l'auto scalcagnata di Pietro e la nostra aria da topi di biblioteca. Loro erano lì, già seduti fuori, sotto uno di quei funghi a gas. Vestiti bene, vicini. Lei era diversa da come l'avevo vista sulle foto, su Facebook. Aveva i capelli più lunghi, era più magra. Dell'espressione innocua e gentile che ricordavo non c'era traccia, aveva un piglio autorevole, mi mise un po' in soggezione.

Per compensare quel sentirmi da meno, mi venne da odiarla. Ed è orrendo quando detesti qualcuno che ti ha dato tanto. Perché Marina non l'ha mai saputo quanto mi ha dato col suo romanzo, cosa mi ha mostrato di me e di quello che sarebbe diventato prima il suo compagno, poi suo marito.

Negli anni ci saremmo trattate con diffidenza, con fredda cortesia. Non si sarebbe risparmiata di lanciarmi frecciatine, battute sarcastiche, e di farmi piccole sgarberie, non avrei esitato a rispondere per le rime, a restituire i dispetti.

È convinta che non mi piacciano i suoi libri, che in fondo la disprezzi perché scrive storie d'amore.

Non è vero, non la disprezzo, tutt'altro. Ma nel mio rapporto con lei l'ammirazione si confonde con la diffidenza e la gelosia, oggi posso ammetterlo.

Non ci siamo mai state simpatiche, è un fatto. Nessuna delle due ha un carattere facile. Ma ho cominciato io. A partire da quel giorno.

Che fu imbarazzante e mi sembrò penosamente lungo. Mi attaccai al mio bicchiere di vino, non mangiai niente e fumai moltissimo. Cercai di partecipare alla conversazione, di essere gentile, di farle dei complimenti sul libro. Volevo davvero dirle cosa mi avesse smosso dentro, e se fossimo state sole forse avrei messo da parte i sospetti, la gelosia, l'avrei fatto. Ma c'era mio fratello, e mi vergognai di mostrargli quella fragilità. E poi c'era Nadir. Lui avrebbe capito subito, m'avrebbe rintracciata in quella storia. Anzi, probabilmente lo aveva già fatto, aveva letto i brani sottolineati e non aspettava altro che di sentire la mia confessione. Allora decisi di tenermi sul vago. Le dissi che il libro mi era piaciuto, che lo avevo divorato. La ringraziai per la dedica con un tono piatto che credo la mise in imbarazzo. Forse pensò che Nadir le avesse mentito, che non era vero che avevo apprezzato il suo romanzo, perché nel corso della serata la vidi ritrarsi, diventare schiva con me e molto più aperta con Pietro, a cui si rivolse quasi esclusivamente.

Parlarono a lungo di politica interna, poi inevitabilmente il discorso finì sulla Siria del nord-est. Marina era curiosa, preparata, si era informata, aveva addirittura letto l'editoriale di Pietro sull'assedio di Kobane che andava avanti da settembre. Duemila, tra uomini e donne dell'YPG e dell'YPJ, da tre mesi respingevano l'assalto di quindicimila jihadisti, difendevano la democrazia e la libertà a costo della vita. La battaglia era lunga, la città andava riconquistata palmo a palmo, si procedeva casa per casa, si strappava al nemico un cortile per volta, una strada per volta.

Ege era lì a combattere, disse Pietro, con un orgoglio incredibile nella voce. S'era arruolato l'anno prima nelle Unità di protezione del popolo, perché era davvero l'unica cosa sensata da fare. Il suo amico, il suo collega. Il giovane professore di filosofia politica curdo, nato e cresciuto ad Ankara, dove non poteva più tornare perché tornare, per un dissidente appartenente a una minoranza da sempre perseguitata, significava tortura, galera a vita. Cose d'altri tempi che accadevano lì, nel Ventunesimo secolo, a pochi passi da noi. Il professore aveva imbracciato le armi. Aveva abbandonato lo studio e l'insegnamento solo temporaneamente, diceva che una volta liberato il Rojava, una volta riconosciuta la sua autonomia, avrebbe ripreso a insegnare a Qamishli, dove avevano in progetto di fondare l'università. Pietro già pontificava, sarebbe andato pure lui a vedere, ad assistere, avrebbe stretto collaborazioni, creato un ponte tra la sua università e quella che ancora doveva nascere lì, nella Federazione. Aveva grandi speranze, ma adesso non c'era tempo per la teoria, bisognava schierarsi, passare all'azione. Pensai che parlasse di Ege, in fondo il discorso verteva su di lui.

L'avrei capito qualche mese dopo che stava parlando di se stesso.

Marina ascoltava, attenta, coinvolta. Ne approfittavo per guardarla, questa nuova relazione di Nadir. Che l'avevo capito, mica ero scema. Pietro stava dicendo che una volta riattraversato il confine si sentiva immediatamente il bisogno di tornare indietro, di continuare a far parte di quella rivoluzione, e io osservavo la faccia attenta di lei, la spontaneità con cui apriva il pacchetto di sigarette di Nadir e se ne accendeva una, il modo in cui si diceva d'accordo con Pietro, sostenendo che l'esperimento di una democrazia che resistesse alla matrice apertamente fascista dell'ISIS era da appoggiare in toto. E intanto aveva finito il suo vino, e si appropriava del drink di Nadir senza chiedere, poggiava le labbra dove le aveva poggiate lui.

A un certo punto la vidi accarezzare con noncuranza la mano di Nadir, come se fosse un gesto scontato. Si strinsero le dita, brevemente, senza guardarsi.

Mi venne su un sorriso sfottente che mi affrettai a nascondere dietro il bicchiere.

Ecco perché Nadir mi aveva chiamato lì, ecco che cosa dovevo sapere.

Per una volta me l'aspettavo. Per una volta ero più avanti di lui.

Aveva fatto come i gatti, quando per dimostrarti chissà che ti portano il corpo smembrato di una lucertola, di un povero topolino.

Magari è un regalo.

Magari una minaccia.

In auto, al ritorno, Pietro disse che Marina gli piaceva molto.

«Tu l'hai letto il suo libro, no?»

«Sì.»

«È bello?»

«È bellissimo» dissi a malincuore. «Ti spezza le ossa e te le rimette insieme.»

«E tu di ossa spezzate ne sai parecchio.»

«Appunto.»

«Ti posso dire una cosa, senza che ti offendi, eh, Riccio?»

«Dimmi.»

«Forse devi lavorare un po' sulla mimica facciale. Da come l'hai accolta, temo abbia pensato che ti facesse schifo.»

Lo sapevo anche da me, grazie tante.

Quello che non mi aspettavo è che Nadir si presentasse da me una settimana dopo quell'incontro. Si infilò in casa, entrò in cucina, si mise a preparare il caffè come se fosse casa sua, chiacchierando dei lavori che doveva fare, mentre lo guardavo attonita, ferma sulla soglia. Non resistette molto, non ha mai avuto tanta pazienza. Il caffè non era ancora schiumato nella moka, e lui già mi parlava di Marina.

«Sei contenta che te l'ho fatta conoscere? Che cosa ne pensi, come ti sembra?»

Mi guardava in attesa, seduto al tavolo.

«È una brava scrittrice.»

«Sì, ma come persona, ti piace? Com'è, come la trovi?»

«È come te.»

«Quindi ti piace.»

«Non ci ho parlato molto.»

«Certo, sei stata zitta per tutto il tempo, hai messo su la faccia da cazzo di quando ti credi superiore.» Capii che era venuto fino a lì con un'intenzione precisa. E non era un'intenzione pacifica. Voleva litigare, probabilmente erano giorni che macerava. Se l'avessi assecondato poi saremmo finiti a scannarci, dovevo abbassare i toni.

«Mi dispiace, okay? Sono stata maleducata. Chiedile scusa da parte mia. Non mi sentivo tanto bene, ma tu sai quanto mi sia piaciuto il romanzo.»

«Ci sei venuta sopra, direi di sì.»

«Nadir, porca puttana.» Mi uscì una specie di singhiozzo, lo stomaco strizzato che rispediva una bile amarissima in gola.

«Perché, non è vero?»

«Ma ti senti quando parli, lo senti lo schifo che fai?»

C'aveva quella faccia pulita, quel sorrisino condiscendente e soddisfatto e pieno di denti.

Ero arrabbiata? Sì. Ero furiosa e non ne avevo diritto. La rabbia mi grattava le ossa. Il modo in cui Marina gli aveva coperto la mano con la sua in quel bar a Prati, il modo in cui lui gliel'aveva stretta. Il modo in cui poi, mentre se ne andavano insieme, lei gli aveva appoggiato la testa sulla spalla.

Avevano la faccia di due che non vedevano l'ora di andare a scopare.

E ancora prima, la notte a Feudi, le cose che ci eravamo detti su quel libro, il modo in cui m'aveva messo quella stessa mano sulla bocca mentre godevo, quel nostro fare l'amore a metà, nostro fratello che dormiva a due camere di distanza.

Il tradimento peggiore di tutti.

Non aveva rispetto di niente e di nessuno, era sempre lo stesso. Da qualche parte dentro di lui c'era ancora il ragazzino che aveva cercato di annegarmi vent'anni prima. Avrebbe usato qualunque mezzo per farmi male.

«Trova il coraggio di ammettere quello che senti. Ti sei nascosta per tutta la vita, dietro me, dietro Pietro, dietro Diana, adesso esci allo scoperto. Fammi vedere quanto te ne frega di me.»

«Ma cosa dovrei dimostrare? A chi? Ci siamo già detti tutto. Lo sai che ti voglio bene, non ti basta?»

«Tu non mi vuoi bene, stronza.»

Si alzò. Mi passò vicino, mi diede una spallata per scostarmi. Mi fece male. «Lo capisco adesso come mi vedi, cosa sono per te.» Il rancore che ci sentii dentro, la gelosia.

«Cosa sei?»

«La tua malattia. Ce l'hai e non ci puoi fare niente. La odi, ti distrugge, ti deforma, non t'ha mai permesso di fare una vita normale. L'hai sempre invidiata la normalità degli altri, ma c'hai questo tarlo che ti scava dentro, e te lo devi tenere. E sai che c'è? Tienitela, 'sta catastrofe. Tienitela stretta e continua a starci male. Io non la voglio.»

Stava per aprire la porta, per andarsene. «Nadir.» Lo richiamai indietro, mi sentivo gli occhi spiritati. E stavo per dire una cosa assurda. Quelle loro mani intrecciate, le loro cene fuori, le foto che lei aveva messo su Facebook, appuntamenti di cui io per mesi non avevo saputo niente e che lei dava in pasto alla rete, ai suoi lettori, al mondo intero. Il fotografo e la scrittrice. Quello che s'era quasi fatto sparare a Dar'a e quella che scriveva di amori disperati.

«Me lo stai facendo apposta? È per punirmi?»

Dimmi di no. Mettiti a ridere, dimmi che non sei folle fino a questo punto.

Si strinse nelle spalle. M'ha sempre fatto paura la sua determinazione, la sua parte nera. Ferirsi per ferire anche me.

Non rispose.

46

Pensai di potermi abituare. L'avevo già fatto, ero già riuscita a liberarmene, negli anni avevo creato lunghe pause tra una frattura e l'altra. Funzionava come con la mia malattia, su questo Nadir aveva ragione. Lunghissimi periodi di latenza, di piccoli fastidi, di dolori da ignorare, poi un crollo improvviso, quindi una lunga ricostruzione.

Solo che stavolta ci eravamo disgregati in profondità, di me non ne voleva più sapere.

Avevo la mia vita, a gennaio avrei compiuto trent'anni. Uscivo quasi tutte le sere, con le colleghe single come me, avevo imparato a essere socievole, a fare amicizia, a stare simpatica agli altri. A volte si univano a noi anche i colleghi maschi, anche Davide. Col tempo eravamo tornati in buoni rapporti.

Rientravo a casa a notte inoltrata, mi mettevo a letto e resistevo strenuamente all'impulso di prendere il cellulare e di cercare Marina sui social. Era già abbastanza che le mie colleghe parlassero del suo romanzo in termini entusiastici. Sembrava proprio che l'avessero letto tutti, e io invece fingevo di no. Se qualcuno mi consigliava di leggerlo dicevo che non avevo tempo, cambiavo subito argomento. E piuttosto che rivelare a qualcuno che quella era, per certi versi, mia cognata, mi sarei fatta sparare.

Che preoccupazioni misere, che dolori da due soldi. Contavo i giorni, le settimane che ci allontanavano l'uno dall'altra.

Tu non mi vuoi bene, stronza.

No, certo che no.

Ma non ero buona a dirlo.

Poi finì tutto di botto, mi trovai davanti il primo scalino di una discesa infinita, il destino che faceva le prove generali della fine.

Il pomeriggio del 9 marzo 2015 Pietro mi chiamò e mi disse che Ege era morto quella mattina a Kobane.

Presi un permesso al lavoro, guidai fino a casa sua, non mi aspettava.

Aveva un'espressione composta. Lo sguardo un po' opaco, gli angoli della bocca leggermente contratti, solo quello. Non mi guardò in faccia, però. Si mise le mani sul viso, si stropicciò le guance con aria sconfitta, chiudendo gli occhi. L'unica traccia di quello che sentiva.

«Dimmi che non è vero» mormorai.

M'abbracciò stretta, a farmi male, lui che la forza non la usava mai.

Era successo alle prime ore del mattino, durante una missione nei pressi della città, per liberare uno degli ultimi villaggi ancora in mano a Daesh. I particolari non li sapevamo. Pietro aveva ricevuto un messaggio da un compagno, adesso avrebbe tentato di mettersi in contatto con i genitori di Ege, che da anni vivevano in Svezia. Il suo volto, ritratto sullo sfondo giallo della bandiera, era già stato pubblicato sui canali della Federazione, questo voleva dire che la famiglia già sapeva del suo martirio.

Martirio.

Mi ricordava altre cose, un termine che mi parlava di odio, di corpi dilaniati. Pietro disse no, no, no. Non devi intenderlo così, è una cosa diversa, non devi mai, mai mettere a paragone. È un sacrificio per la libertà. Mi guardò a lungo, in silenzio. «Dobbiamo essere orgogliosi di lui» sussurrò piano, alla fine. «Non devi piangere. Sai come dicono, loro? *Sehid Namirin*. Significa *i martiri non muoiono mai.*»

«Era un nostro amico.»

«Lo è ancora, la morte non è niente.»

Mi ravviò i capelli, mi asciugò la faccia con la punta delle dita. «Capisci perché è importante quello che ha fatto? Per se stesso e per gli altri.»

Annuii. «Non stai pensando di andare, vero?»

«No. Non sto pensando di andare.»

Era vero, non ci stava pensando, aveva già deciso da mesi.

Adesso i miei ricordi diventano sfilacciati, sovrappongono i tempi, i luoghi. È quasi un anno della mia vita svanito, in cui molte volte ho perso aderenza con la realtà, con la mia città, con le cose da fare. Ancora adesso cerco di restituirmi un quadro chiaro ma la verità è che ne ho sempre saputo poco. Che di quello che ha fatto lì prima di andarsene, dei posti in cui ha dormito, degli addestramenti, degli spostamenti tra un villaggio e l'altro, dei rapporti con i suoi compagni, mi è rimasta una traccia incompleta. Paradossalmente l'unica cosa che conosco nel dettaglio è il modo in cui, sette mesi dopo la sua partenza dall'Italia, mi è stato portato via.

Ci mise qualche mese a organizzare il viaggio, ad accordarsi per un'altra aspettativa con l'università. Disse a tutti che stava partendo per la Turchia, con un incarico di consulenza in un ateneo privato. Organizzò la sua vita per tornare in Italia, mi aggrappai a quella certezza. Non era mica l'unico straniero che partiva, cominciavano ad affluire giornalisti, fotografi, combattenti da tutto il mondo. Internazionalisti spagnoli, belgi, americani. Restavano qualche mese, dando il loro contributo, e poi tornavano a casa, a raccontare la rivoluzione.

Una sera di aprile mi feci coraggio e chiamai Nadir. Era l'unica persona che avrebbe capito. Ero pronta a sopportarne la freddezza, la circospezione, visto il modo orrendo in cui c'eravamo lasciati mesi prima.

Invece rispose al primo squillo, disse solo: «Lo sapevo che m'avresti chiamato».

Il sollievo mi sciolse tutto, mi rese friabile. «Sei ancora arrabbiato con me?»

Sentii un rumore di passi in un ambiente chiuso, poi un fruscio lontano che sembrava il mugghiare del mare.

«No, non sono arrabbiato.»

«Dove sei?»
«A Ponza.»
«A Ponza, ad aprile?»
«Sì, avevamo delle cose da fare.» Non mi disse cosa, sottintese con chi. «Come stai?»
«Bene. Mi sei mancato.»
Mi ignorò. «Volevi parlarmi di Pietro, vero?»
Seguì una conversazione fittissima che durò oltre un'ora, che venne interrotta un paio di volte dai richiami scocciati di Marina, che terminarono di botto quando Nadir le disse che ero io. Da quel momento ci lasciò in pace.
«Cele'» disse, verso la fine, con il tono di chi si sforza di avere pazienza. «L'ho capito che hai paura. Lo so che non sei d'accordo. Ma non puoi costringere la gente a fare ciò che vuoi te. Tuo fratello ha quarant'anni. Accetta le sue scelte. Vuole tornare lì e ci tornerà. Appoggia la sua visione del mondo, non puoi fare nient'altro.»
«Lo stai giustificando.»
«No, lo sto rispettando.» Restai zitta, mortificata. Lo capì. Per un istante pensai che se ne sarebbe approfittato, che avrebbe infierito. «Sei scossa, lo so. Conoscevi Ege meglio di me, so come stai. Ma non puoi imbrigliare le persone. Non è in tuo potere.»
«Sono un'egoista, eh?» Tirai su col naso, rassegnata. La vita intera a cercare di stare al passo, di afferrare quei due che amavo e che continuamente mi sfuggivano. Nadir sospirò.
«Sì. Ma vai bene così. Vai bene come sei.»
«Ti posso chiamare, ogni tanto?»
«Mi puoi chiamare ogni volta che vuoi.»
C'era comunque. Ci sarebbe stato sempre, era lì da vent'anni.

Lo sapevamo cosa stava andando a fare, sarei ipocrita a dire di no. Nei mesi che precedettero la partenza non lo ammise mai apertamente, ma non lo negò nemmeno. Aveva rispetto di noi, della nostra intelligenza. Partì a giugno, fummo io e Nadir ad accompagnarlo all'aeroporto.

Mi ricordo che lo abbracciai e che mi intralciò il suo zaino, che non sapevo dove mettere le mani. Mi aggrappai alle sue spalle, le bretelle erano ruvide, i contorni leggermente umidi di sudore per la frizione con la maglietta. Mi staccò da sé con delicatezza, come quando ero bambina, come quando avevo cercato di impedirgli di partire per Feudi. Avrei voluto tornare a quel momento, schiacciarmi sulla sua pancia, essere più piccola, sentire il rimbombare della voce nella cavità dello sterno, il rumore del cuore. M'accontentai di appoggiargli le mani alla base del collo, fu l'ultima cosa che toccai di lui prima che Nadir me lo sottraesse.

«Torna» gli dissi all'orecchio, come una formula magica, un amuleto protettivo. *Torna a casa, Pietro.*

Come faccio a ricordarmi queste cose, come riesco a rievocare la sensazione tattile? È che la memoria funziona così, rispedisce indietro l'attimo esatto, l'ultimo particolare.

Succede che ricordi perfettamente dove sono state le tue mani, l'ultima volta che hai toccato qualcuno che se n'è andato, che t'ha lasciato solo un cratere.

Di nuovo, le lunghe attese. L'impossibilità di prendere la linea, di trovare una connessione stabile, di dirci dov'era, dove si sarebbe spostato. Di nuovo le telefonate notturne con Nadir, a condividere un'angoscia che non sapevamo dirci.

A luglio, Pietro Aversa, il professore universitario, diventò ufficialmente un combattente internazionalista. Si arruolò nelle Unità di protezione popolare, venne addestrato per quarantacinque giorni. Imparò a imbracciare un kalashnikov, a smontarlo, a pulirlo e rimontarlo. A centrare un bersaglio mobile. A estrarre la linguetta di una granata. A ripulire gli edifici abbandonati da Daesh, a localizzare gli ordigni nascosti, a marciare in fila indiana a tre metri l'uno dall'altro, per ridurre il rischio di morire su una mina. Lasciò il suo nome, ne prese un altro. Heval Agir Ege.

S'era preso il nome di un martire.

Partire per proteggere. Partire per difendere.

Agosto, settembre, ottobre. Niente vacanze per nessuno di noi, niente respiro. Vivevamo attaccati al computer, al telefono, mentre controllavamo le notizie, mentre aspettavamo. Quando chiamava ci chiedeva di non stare in pensiero, di non preoccuparci.

Era protetto, non andava in prima linea, conosceva bene la zona, spesso operava spostamenti, trasportava rifornimenti da una base all'altra, si occupava della logistica, aiutava i nuovi arrivati, gli internazionalisti che sapevano l'inglese e non il kurmanji.

Arrivavano da tutta Europa, ci disse. Una marea costante di volontari che venivano a combattere lo Stato Islamico, a sostenere il Confederalismo.

Ci mandò molte foto, le conservo ancora tutte, nonostante il male che mi fanno. I momenti di riposo, la sua faccia bruciacchiata dal sole, le rughe affioranti e la sigaretta sempre appesa all'angolo della bocca. I colori smorti della mimetica che indossava, uno straccio malconcio che una volta era stata una kefiah a coprire la testa, per evitare colpi di sole. Aveva la faccia stanca, gli occhi un po' gonfi, ma sorrideva. Facce sconosciute, che non avrei mai più rintracciato, uomini e donne insieme a lui. Alcuni dall'aspetto nordeuropeo, come lui. Ci scriveva i loro nomi di battaglia, li chiamava *hevalen*, amici, compagni. Nelle foto sorridevano tutti.

Serkeftin, serkeftin. Che vuol dire? Vuol dire "vittoria".

Novembre, dicembre. Riuscimmo a sentirlo tre volte in due mesi. Ci disse che a breve sarebbe tornato, che la sua esperienza lì era quasi giunta al termine, che doveva continuare dall'Italia. In primavera sarebbe stato di nuovo a casa.

L'ultima volta in cui lo abbiamo visto fu una videochiamata, alla fine di gennaio.

Nadir era a casa sua, nell'appartamento che aveva preso in affitto dopo essere ritornato da Londra. Io ero accucciata sul mio divano. Era notte fonda, nella luce artificiale avevamo tutti e tre la faccia stanca, Pietro più di tutti. Era appena rientrato dal turno di guardia.

«Qui si dorme poco, bisogna essere sempre pronti a partire.»

Indossava la mimetica, la patch gialla ben visibile sul braccio, una grossa sciarpa per proteggersi dal freddo. Le notti siriane sono gelide, molto più di quelle italiane. C'era qualcosa di strano nell'inquadratura. Non il kalashnikov, a quello ci aveva abituati, nemmeno i rumori profondi che sentivamo a volte in lontananza sapevamo a cosa corrispondessero.

Ci misi qualche secondo a rendermene conto. Era in una casa, in quello che sembrava un soggiorno.

La parete di sinistra aveva un buco largo quanto il torso di un uomo. Un mobile sventrato stava accasciato contro un muro crivellato. La parete di destra era intatta, aveva ancora i suoi quadri, sopravviveva pure una tenda, ancora attaccata al suo bastone, appena un po' impolverata.

Sana da una parte, distrutta dall'altra.

«Dove sei adesso, che stai facendo?»

«Stiamo liberando un villaggio.»

«Dove, in che zona?»

«Non siamo lontani da Al-Hasakah.»

Più di così non ci avrebbe detto. C'era uno straccio nero accanto a lui, Nadir chiese cosa fosse.

«Una bandiera.»

«Di cosa?»

«Daesh. L'abbiamo strappata dalla cima di una cisterna, dopo aver ripulito la strada.»

«Pietro... hai ammazzato qualcuno, hai sparato a qualcuno?»

Impallidì appena, abbassò lo sguardo per un istante. Poi sollevò il mento, dilatò appena le narici. «Che cazzo di domanda è?»

Non lo avremmo saputo mai. Leni lo sa. Il suo comandante, l'uomo che ci informò della sua morte, lo sa. Ma dopo quella volta noi non abbiamo mai chiesto, non abbiamo mai osato chiedere.

Sono sicura che non avrebbe voluto che lo sapessimo.

«Allora ci vediamo presto?»

«Ci rivediamo presto, certo.»

È morto ventidue giorni dopo.

47

Una mattina molto fredda di febbraio 2016.

C'era questo sole pazzesco fuori dalle finestre, un vento bestiale che scuoteva gli alberelli rachitici nel parcheggio. Lo guardavo dai vetri, sovrappensiero, calma. Mi chiedevo cose semplici, cose di tutti i giorni, me lo ricordo bene perché è stata, per molto tempo, l'ultima volta in cui ho sentito le necessità del mio corpo, la presenza fisica di me stessa.

Dormire. Avevo sonno, quella mattina, la sera precedente ero rimasta alzata fino a tardi per finire il nuovo romanzo di Marina, uscito da poche settimane.

Mangiare. Con la paura di fare tardi in laboratorio, non avevo fatto colazione, avevo lo stomaco vuoto, m'assaltavano i crampi. Pensavo al distributore al piano di sotto, mi dicevo che da un momento all'altro sarei scesa a prendere un pacchetto di patatine, uno snack al cioccolato per placare un po' i morsi della fame. Ma ero indaffarata, dovevo recuperare del lavoro arretrato, inserire dati nel gestionale.

Lavarmi. Avevo i capelli sporchi, li avevo legati per fare prima, continuavo a toccarmeli, a metterli in ordine, mi sentivo fuori posto.

Ero già fuori posto, ero già fuori dal mondo, sbriciolata e ridotta in schegge, solo che non lo sapevo ancora.

Alle undici e un quarto mi alzai, mi diressi in bagno, la vescica piena che premeva. Cinque minuti o poco più, poi tornai al mio posto.

Davide si affacciò alla porta del mio ufficio.

Non veniva mai nel mio reparto. Non da quando ci eravamo lasciati. Rimase fermo sulla soglia, aveva la faccia rossa, un lieve accenno di fiatone.

«Hanno chiamato... nel mio ufficio.»

«Cosa c'è?»

Silenzio. Pensai a qualche grossa rogna, qualche analisi sballata, un composto difettoso che aveva provocato reazioni allergiche nei test esterni, mi preparavo già a fare nottata per rintracciare l'errore nel procedimento, per richiamare in azienda la partita difettosa.

Poi Davide disse: «È tuo fratello. È Nadir». Mi alzai in piedi, lentamente. «Ha chiamato me, non so perché... il tuo telefono è acceso?»

Guardai il cellulare sulla scrivania. Le cinque tacche in alto a destra. Feci sì con la testa.

Non s'erano mai incontrati quei due. Non s'erano mai nemmeno parlati.

La faccia di Davide era verdastra, respingente. Eppure, un tempo forse l'avevo amata, quella faccia.

«È qui sotto. È nel parcheggio. Vuole che scendi.»

L'ascensore, i corridoi, le facce dei colleghi mi sfilavano davanti come macchie di colore sfocate. *Nadir mi cerca sempre quando le cose si mettono male. È capacissimo di essere felice senza di me, ma non riesce a non inglobarmi nella sua infelicità.* Pensavo questo mentre l'ascensore scendeva. Mi sforzavo di pensare a questo, di domandarmi quale altro disastro avesse combinato.

Aveva litigato con Marina.

Aveva litigato con Lucrezia.

Stava partendo all'improvviso per chissà dove, voleva lasciarmi le chiavi di casa prima di andare in aeroporto, voleva che mi occupassi di innaffiare le piante e ritirare la posta, non si fidava di Marina, non voleva darle l'occasione di mettere le mani nei suoi cassetti, nelle sue cose.

Nostro fratello lo esclusi completamente, volevo escluderlo a forza. Ignori le cose nella speranza di salvarle, nella speranza che ti lascino in pace.

Eppure, sentivo già il cuore strizzato, compresso in un buco.

Il piazzale è pieno di quel sole di febbraio.

Mi avvicino piano alla sua auto, la luce fredda riflette sui vetri, non vedo all'interno.

La portiera dal lato del passeggero si socchiude con un suono soffocato, mi lascio cadere nell'abitacolo, su quel sedile tirato tutto indietro.

Nella frazione di secondo che ci mette a voltarsi verso di me, so che cercare di proteggersi non serve a niente, ci sono cose molto più forti di noi.

E quando lo guardo so che sto guardando anche nostro fratello, che si annida nella forma delle sopracciglia, nella linea severa del naso, che gli assomiglia come gli assomiglio io. Guardo Pietro, si affaccia dai suoi tratti, dall'occhio scuro di Nadir.

E ho la certezza che ora che gliel'ho visto in viso non lo vedrò mai più.

Nadir mi guarda, scuote la testa. Apre la bocca e non ne esce niente. Ha guidato fino a qui, ha messo in atto una serie di azioni complesse, uscire di casa, tirarsi dietro la porta, trovare la macchina, ricordarsi la strada. E adesso non riesce a parlare.

Rimarremo in silenzio per più di tre minuti, perché non ce la fa a parlare, perché sa che lo so già, ma se lo dice poi diventa vero, poi non possiamo più tornare indietro.

Alla fine appoggerà la fronte al volante, si chiuderà le braccia sulla testa per proteggersi. Da chissà quale abisso sperduto dentro di lui troverà la forza di dirmi cosa è accaduto, di dirlo a me per prima, di caricarmi della metà di quel peso.

In questo istante, Lucrezia non ne sa ancora nulla, mio padre non ne sa ancora nulla.

La chiamata è arrivata a Nadir. È suo il contatto che Pietro ha lasciato in caso di emergenza. Il suo comandante ci ha contattato con due giorni di ritardo, un bombardamento degli alleati americani ha messo fuori uso i mezzi di comunicazione per molte ore. È stato calmo, comprensivo, ha parlato in un inglese decente, con molta umanità, con un dolore che non ci saremmo aspettati. Ha ringraziato la nostra famiglia.

Con quale coraggio adesso ci metteremo in marcia. Con quale coraggio lo diremo ai nostri genitori.

Toccherà a noi spezzare l'equilibrio, assumerci quella responsabilità assurda, innaturale. Ultimi figli di due famiglie che convergono in un solo punto che non esiste più.

Il tuo comandante disse a Nadir che era successo due giorni prima, durante un'offensiva ad Al-Shaddadi. Nel pomeriggio, mentre avanzavate per la conquista della città, per liberarla dalle ultime sacche di Daesh. I tuoi compagni erano appostati sul tetto di uno dei pochi edifici rimasti intatti, in quelle strade strette dove si combatte casa per casa, dove si procede strappando un metro di terra per volta. Il prezzo da pagare in termini di vite umane è altissimo, non ce lo hai mai nascosto.

L'auto era già passata in ricognizione un paio di volte, i tuoi compagni l'avevano vista dall'alto, avevano capito subito di cosa si trattava. Il razzo RPG l'aveva mancata per un soffio, segnalando però la vostra posizione.

Era riapparsa poco dopo, lo sapevate, per questo il tuo comandante ha chiesto l'invio di rinforzi sui tetti circostanti per evitare che si avvicinasse alla struttura pericolante sul quale si trovavano i tuoi compagni.

Poi non so cos'è successo.

Non lo saprò mai con certezza qual è stata la decisione che hai preso di tua spontanea volontà. Guidavi tu. Dalle retrovie trasportavi altri combattenti per coprire la zona. Li hai fatti scendere in un angolo morto, al riparo dal fuoco nemico. E da quell'angolo morto hai visto l'auto tornare indietro. Hai dato l'allarme alla radio. Sul tetto hanno cercato di individuarla, ma l'unico a poterla vedere eri tu dal basso.

Hai girato il pick-up, gli sei andato incontro, l'unico modo per rallentarne la corsa, se fosse esplosa solo cento metri più avanti si sarebbe portata via tutto.

Probabilmente pensavi di fare in tempo, di riuscire ad abbandonare il pick-up di traverso per sbarrare la strada, salvarti e chiudere il passaggio senza essere visto. C'era la possibilità che l'autobomba deviasse all'ultimo, cambiando direzione, facendo guadagnare tempo ai tuoi compagni.

È strategia, non scellerato sacrificio. Voi non siete come loro, ogni vita è preziosa.

Non è successo.

Non sei sceso in tempo, hai fatto male i conti, quando t'è arrivata addosso eri lì dentro.

Non sai quanto sia distruttivo, deflagrante il senso di colpa, il rimorso dell'essere ancora vivi. Dell'essere rimasti vivi, dell'aver vissuto un giorno intero senza sapere nulla. La vita che continua, un'esplosione troppo lontana per poterla avvertire. Tornare indietro a esaminare ogni cosa, ogni gesto fatto. Camminare, bere, leggere, passare le dita su una mensola, pensare distrattamente alla polvere accumulata. Guardare fuori dalla finestra, le luci degli altri appartamenti, pensare a come fa buio presto, d'inverno. Le chiacchiere al telefono con papà. La chiazza calcarea lasciata dall'acqua nel lavello della cucina s'è seccata da sola, l'alone opaco circonda lo scarico, va ripulito.

E mi mancava già un pezzo, e mi ero già persa e non mi sarei più ritrovata, e non lo sapevo ancora.

Eri già morto.

Pensavo alla polvere, all'acqua, alle luci calde delle case in cui si riunivano famiglie ancora intere. Pensavo alla cena da preparare, e tu non c'eri, non c'eri già più.

Avrei dovuto sentirmelo, credevo che me ne sarei accorta. Il cuore che si torce, le ossa che vibrano.

Cadere a terra, forse. Spezzarmi pure io.

Dicevi sempre che eravamo legati, tutti e tre. Dicevi che eravamo il tuo cappio, che da lontano avremmo stretto comunque quelle corde fatte di tessuti interni, di sangue, di DNA.

Non mi accorsi di niente, non ti sentivo.

Non ti ho sentito, Pietro.

Tu non lo sai quanto costa aver vissuto un giorno intero di calma, di quiete, di fiducia della tua presenza nel mondo.

Non lo sai.

Nadir disse che l'esplosione era stata troppo violenta, aveva lasciato un cratere, sventrato la strada, annerito le macerie circostanti.

Avrebbero diffuso il video di saluto e la foto che avevi lasciato loro in caso di morte, rimandato indietro i tuoi effetti personali, il passaporto, lo zaino, il cellulare che avevi lasciato alla base. Ci hanno detto che il tuo martirio ha salvato i tuoi compagni e il tuo comandante. Dodici persone, sette uomini e cinque donne a proteggere tre edifici differenti, una strada intera. Ma di te non rimaneva più niente, non c'era più il tuo corpo.

Non eri più da nessuna parte.

Qualche notte dopo però, la prima in cui sono riuscita a dormire davvero, t'ho sognato.

Ti sedevi sul letto, mi accarezzavi i capelli, dicevi che non aveva fatto male, che non te n'eri nemmeno accorto.

È stata l'unica volta che sei venuto.

Non sei più tornato, neanche nei sogni.

48

Quello che è successo dopo, a me, al mio corpo, non me lo ricordo.

Ho una vaga memoria di una sensazione tattile, le gambe che cedono, Nadir che deve farsi carico del mio peso, l'entrata in casa, mio padre che arriva pallido, ha già capito.

Le urla di Lucrezia, dopo.

Il pianto scomposto di mia madre.

La voce di Nadir che si blocca più volte, che procede con una fatica immane, io che non lo aiuto, io che non posso aiutarlo. Eppure non mi lascia mai. Si chiude su di me, lo sento il suo corpo che mi preme addosso, che frena il tremito incontrollabile.

E io lì in mezzo, un pupazzo incredulo e disarticolato, con gli occhi asciutti.

Penso una cosa stupida, penso che devo telefonargli, raccontargli quello che sta succedendo.

Devo chiamare Pietro, mi dico. *Devo chiamarlo, deve sapere.*

Come se ci fosse qualcun altro al posto suo, come se fossimo lì riuniti a parlare di qualcun altro.

Nadir mi stritola le mani. Siamo gli unici a non piangere.

Passano le ore, si fa sera, Nadir caccia tutti, assume il ruolo di padrone in casa mia. Dice a tutti che ci rivediamo domani, che adesso è il momento di occuparsi delle questioni pratiche, bisogna chiamare la Farnesina, avvertire l'università, capire quali sono le pratiche da sbrigare, parlare con i comandi delle YPG per chiedere di fare un'ulteriore ricerca dei resti, avere qualcosa da riportare indietro. «Se ci fosse Ege...» dice a un certo punto. «Se ci fosse Ege, potremmo almeno... io quella loro cazzo di lingua non la capisco.» Si mette le mani in faccia, è tanto stanco. Siamo soli adesso. Mi alzo e gli zoppico accanto, mi siedo in braccio a lui e lo bacio sugli occhi.

«Vai a dormire» mi dice. «Vai a dormire, ci penso io.»

So che resta sveglio per tutta la notte, che parla a bassa voce via Skype con un giornalista di Berlino amico suo, uno che ha seguito una vicenda simile, vorrebbe mettersi in contatto con la famiglia di un internazionalista tedesco morto tre mesi prima di Pietro. Cerca di capire cosa fare, come muoversi. Non dormo nemmeno io, lo guardo nel buio. Ha la luce dello schermo del pc puntata in faccia, è seduto fuori nel corridoio e non mi vede. Pesta furiosamente sui tasti, parla con qualcuno. Non mi addormento.

Non dormo mai.

Penso che se resto sveglia sarò la prima a ricevere la smentita, la notizia che si sono sbagliati, che non è successo, che nostro fratello è ancora vivo.

A un certo punto mi convinco di quello, così condividiamo la veglia.

Alle tre spegne tutto, mi si trascina accanto. In casa fa molto freddo, gli dico di spogliarsi, di mettersi sotto le coperte. Obbedisce, mi viene vicino, si rannicchia dandomi le spalle. Lo stringo da dietro, premo la fronte tra le sue scapole, respiro contro il suo corpo magro che a giugno compirà trentadue anni e stanotte è sperduto e nervoso come quando ne aveva dieci, sedici, diciannove. Conto i minuti che passiamo in silenzio, svegli, affondati nel buio.

«Non lo vedrò mai più» dico. Me ne rendo davvero conto solo in quel momento. «Non ci potrò mai più parlare, non mi risponderà più.»

Nemmeno Nadir risponde. Si stringe meglio nelle mie braccia, cerca solo di farsi più piccolo.

Il letto è un mare calmo, ci navighiamo sopra alla deriva.

Alle otto del mattino lui è di nuovo attaccato al telefono, al computer, e la realtà dei fatti non è cambiata.

Mia madre entra in casa, porta del caffè e delle brioche che nessuno ha voglia di mangiare. Abbraccia Nadir per primo, si fa dare un bacio sulla testa.

«Mia figlia?»

«È di là, dorme.»

Mamma viene e si sdraia accanto a me, si accorge che ho gli occhi aperti e non dice niente. Mi stringe a sé. «Povero amore mio» singhiozza. «Mio povero amore.»

Non so se ce l'ha con me o con Pietro. Non glielo chiedo.

Arrivano di nuovo tutti, come una processione.

Alle dieci, una volta che la famiglia è stata avvisata del martirio di Heval Agir Ege, i media della Federazione diffondono il video che ha registrato alla fine dell'addestramento, prima di arruolarsi. Una ripresa all'aperto, sotto un pergolato, sullo sfondo di una bandiera dell'YPG. Pietro indossa la mimetica, ma intorno non ci sono armi. Chiede qualcosa a qualcuno fuori dall'inquadratura, in una lingua che non capiamo. Si sente una voce esterna, e lui sorride, annuisce, sposta gli occhi sull'obiettivo. Più tardi scoprirò che stava solo chiedendo se stavano già registrando. Dice, in italiano, che sta combattendo per qualcosa in cui crede, per resistere alla dominazione, per amore della libertà. Ci saluta e ci dice che ci ama, ma non fa il nome di nessuno di noi.

Il video dura due minuti.

Non c'è nient'altro. Il ministero degli Esteri si è già attivato, da adesso in poi ci penseranno loro, ci terranno informati su tutto.

Lucrezia sta seduta sul divano a gambe larghe, i gomiti appoggiati sulle ginocchia, la faccia chiusa tra le mani. Indossa un paio di ciabatte, ha i capelli legati con una pinza, sembra una scampata a un disastro.

«Dobbiamo organizzare il funerale» dice. Non le risponde nessuno. Papà inghiotte un sospiro umido di pianto. «Bisogna sentire le onoranze funebri, capire se si può fare, se ci sono dei resti, se dalla Siria possono rimandarci indietro mio figlio, se è possibile ricomporre...»

I pezzi. Se possono dare una dignità a quello che resta. Lucrezia insiste, si rifiuta di capire. Ma ci hanno già detto che non è rimasto niente, l'esplosione ha distrutto la strada e lui ci era dentro.

«Era un'autobomba. Quella roba distrugge le case, butta giù i palazzi. Lucrezia...»

«Ma il funerale va fatto, va fatto, va fatto...» si incanta così, continua a ripeterlo, si aggrappa a quella cosa senza senso, a un certo punto parla di chiesa, di sacerdote. La guardo come si guarderebbe una che sta farneticando. Pietro non la vorrebbe una cosa del genere.

«Non faremo nessun funerale» dico. Mi appoggio alla parete, o mi franano le gambe. «Non faremo niente del genere. *Sehid Namirin.*»

I martiri non muoiono.

Mia madre mi guarda come se non fossi sua, come se non fossi nata da lei. Mio padre è rimasto fermo, inchiodato al divano, la sua faccia sciupata, vulnerabile, impotente, uguale a tutte le facce dei padri sopravvissuti ai figli.

Lucrezia invece si alza, pesantissima, mi viene incontro. Ha sentito mio fratello nella mia voce, la stessa materia inscalfibile.

Ha gli occhi vuoti e senza sentimenti, come quelli dei pesci.

«Che hai detto?»

Resto ferma, non so fino a dove arriverà, cosa farà.

I martiri non muoiono, ma Pietro non è nemmeno più un corpo.

Poi Nadir si mette in mezzo. Si frappone tra me e lei. Resto senza lacrime, senza niente dentro. Ma il funerale no. Il funerale non lo faremo. Pietro non vuole, ed è l'unica cosa di cui mi importa.

«Basta» dice Nadir. «Basta, non la toccare. Ha ragione, non toccarla.»

Appoggia le mani sulle spalle di sua madre, stringe forte, se la tira al petto. «Basta mamma. Basta, basta, basta.»

E scoppia a piangere.

Ci ha messo un giorno intero.

Io ci metterò molto di più.

49

Passarono i mesi, persi dieci chili. Mi scavai dentro e fuori. Al lavoro lo sapevano tutti, la notizia era andata sui telegiornali, nei primi giorni dopo la sua scomparsa la faccia di Pietro era rimbalzata su tutti i canali. All'inizio furono tutti molto accudenti, comprensivi. Davide si sentì in dovere di starmi vicino, anche se si vedeva con una ragazza. Lo lasciai venire a casa, restai seduta accanto a lui sul divano, tirammo tardi guardando una serie tv. Si addormentò e non lo svegliai, trascorse la notte nel mio salotto. Forse servì più a lui che a me, ma lo stesso finsi di averne bisogno.

Diana chiamò subito, non appena apprese la notizia. Venne a casa pochi giorni dopo la morte di Pietro, abbracciò Nadir e baciò Lucrezia, strinse la mano a Marina. Non si guardarono nemmeno, non c'era tempo per le rivalità. Restò con me per una settimana intera, come se non ci fossimo mai lasciate. Cucinò per me, mi lavò i capelli come quando stavo male, uscì a fare la spesa, scese a ritirare la posta. Mi comprò dei giornali stupidi per farmi ridere, come faceva quando avevamo vent'anni. Non pianse davanti a me.

So che lo fece, nascosta in bagno, la sentii. Quelle lacrime erano più per me che per mio fratello.

A volte, per stare meglio cercavo di sollevare gli altri, quelli con cui potevo fingere. Quasi tutti, in realtà.

Fingevo bene con tutti, meno che con uno che mi conosceva come fossi un'estensione di sé.

Con lui non dovevo essere niente di diverso da quello che sono.

Di notte dormivo senza sogni, ma a volte mi svegliavo. Il sonno mi abbandonava come un relitto lasciato a riva, e in quella risacca vischiosa pensavo di aver sognato. La convinzione durava abbastanza a lungo da permettermi di smanacciare a tentoni fino al comodino, afferrare il telefono e cercare il numero di Pietro per chiamarlo in piena notte e dirgli che avevo sognato che era morto, che non c'era nemmeno più il suo corpo. Sapevo che l'avrei fatto arrabbiare, che si sarebbe incazzato perché lo avevo buttato giù dal letto. Mi avrebbe fatto pesare di avergli fatto prendere un colpo, mi avrebbe dato della stronza. Quell'intenzione opaca durava ancora pochi secondi, il tempo di mettere il telefono sul cuscino, di sentire la solita voce che mi avvisava che il numero non era raggiungibile.

In quel momento tornavo alla realtà. Non facevo drammi, non mi mettevo a piangere, il mio corpo lo sapeva già. Mi giravo dall'altra parte e mi rimettevo a dormire. Il telefono rimaneva acceso per qualche secondo ancora, poi si spegneva.

Erano passati solo pochi mesi, ma sapevo che prima o poi quel numero sarebbe stato disattivato. Tempo qualche anno e sarebbe stato rigenerato e assegnato a qualcun altro. Un giorno, sovrappensiero, mi sarebbe capitato di chiamare e mi avrebbe risposto un estraneo. Una donna, un ragazzino, un uomo con un accento diverso. La sorpresa di sentire qualcuno rispondere non mi avrebbe impedito di dire il suo nome, di sopportare la voce dall'altra parte il tempo necessario a farmi dire che non c'era nessun Pietro, avevo sbagliato numero.

A volte pensavo di partire, di prendere queste quattro ossa in croce che mi ritrovo e di trascinarle laggiù, dove non era cambiato niente, dove si continuava a combattere.

Sapevo che c'era una tomba vuota che portava il suo nome, non lontano da quella di Ege, nel cimitero dei martiri. C'era stato un funerale, la bara avvolta dalla loro bandiera.

Ma qui in Italia Pietro non l'avrebbe voluto, perciò continuai a impuntarmi, a non cedere.

Alla fine di maggio mi ruppi un braccio. A Lucrezia e a mia madre dissi che ero scivolata mentre davo lo straccio a terra, la verità è che lo feci quasi di proposito.

Volevo vedere se sentivo ancora qualcosa.

Fece molto male.

Non potevo guidare, così chiamai Nadir, gli chiesi di portarmi in ospedale. Arrivò subito, con la sua faccia di pietra e i suoi occhi diversi, gli bastò un'occhiata per capire che non era stato un incidente.

Non disse niente, non mi rimproverò. Mi strinse il braccio rotto, forte, di proposito. Inghiottii un guaito.

«Fa male?»

«Sì.»

«Adesso sei contenta?»

«Sì.»

«Tu non devi vivere da sola. Tu non puoi più vivere da sola.»

«E che faccio? Vengo a vivere con te e Marina» dissi, sfottendolo. Viveva con lei da un paio di mesi. Quando me l'aveva detto me n'era fregato così poco che non mi ero data nemmeno la pena di fingermi contenta per loro. Tanto sapevo da sempre com'è fatto. Sfugge a tutti, non appartiene a nessuno. Marina credeva di esserselo preso, io avevo incrociato le braccia sul petto ed ero rimasta a guardare, sorella fino a un certo punto, una specie di rivale oscura, il mostro acquattato sul fondo di uno stagno.

Vediamo quanto ci mette a scomporti.

Lui si leccò le labbra, si inginocchiò per allacciarmi le scarpe.

«Vieni a vivere con me» disse. «Solo noi due. Non ci metto niente a fare le valigie, le tue e le mie, e ce ne andiamo dove non ci conosce nessuno.»

Mi misi a ridere.

«Sì, così tra un paio d'anni sarai stufo pure di me.»

«Mai» borbottò a testa bassa. «Di te, mai.»

Non veniva ancora a galla quello che ci dovevamo dire, ma lo sapevamo.

A luglio ci chiamò il proprietario dell'appartamento. Goffamente ci chiese se avevamo intenzione di continuare a tenere la casa dove aveva vissuto Pietro. Con grande difficoltà ci fece notare che erano tre mesi che nessuno versava più la mensilità di affitto. Aveva atteso, ma adesso aveva bisogno di sapere che intenzioni avessimo.

Non entravamo lì da prima che crollasse tutto. Mio padre e Lucrezia ci erano andati una volta sola, *dopo*, ma io e lui ci eravamo sempre rifiutati.

Eppure, era arrivato il momento di farlo.

Perché la telefonata era arrivata a Nadir, perché eravamo insieme quando il proprietario aveva chiamato.

Decidere ci costò molto, una notte intera. Restammo sdraiati ai lati opposti del mio letto a schiumare per il caldo e a guardarci in faccia nel buio, a dirci che non era un problema di soldi, ma di fare i conti con la realtà.

Mi sentii molto sola, e sono sicura che anche lui provò la stessa cosa, ma non ce lo confessammo.

La mattina successiva fui io a chiamare il padrone di casa. Gli dissi che avremmo versato gli arretrati più un altro mese. Gli chiedemmo il tempo per organizzare il trasloco, lo sgombero.

Ci interrogammo su dove mettere le cose di Pietro.

Nadir disse che avrebbe potuto prendersele lui. Avrebbe messo tutto in garage, avrebbe lasciato la macchina fuori e chi se ne fregava. Per il momento la vita troncata di nostro fratello avrebbe potuto stare lì. Poi avremmo deciso cosa farne.

Avere trent'anni e doversi occupare degli strascichi di una morte, di questa ottusa burocrazia mi sembrò la cosa più allucinante di tutte, e glielo dissi. Nadir scivolò verso di me, mi prese le mani, mi baciò la fronte e la bocca.

«Ce la possiamo fare» disse. «Ce la faremo, non abbiamo scelta.»

Avrei voluto che ci fosse Pietro ad aiutarci. Era quasi buffo che questo strazio fosse tutta colpa sua.

Così ci facemmo coraggio e andammo.

Per tutto il viaggio non parlammo, ascoltammo la radio. Non ci dicemmo niente nemmeno quando parcheggiammo, quando aprimmo il portone con le chiavi che Pietro aveva lasciato a me. Composti, seri, sembravamo due che non c'entravano niente, due agenti immobiliari.

Entrando, però, ci assalì l'odore della casa.

E trattenemmo il respiro. L'iride azzurra di Nadir diventò un cerchio sottilissimo.

«Facciamo in fretta» disse. «Organizziamo.»

Dove mettere i vestiti, come portare via i libri. Quanti scatoloni servivano.

Aprimmo i cassetti, spalancammo le ante, contammo le cose accumulate negli anni. Scatole di dispense universitarie, fotografie, biglietti di concerti, il diploma di laurea nascosto in fondo all'armadio, la cornice crepata, la vecchia foto di Che Guevara, quella che stava appesa in camera mia quando ero piccola.

«Non butta un cazzo, lui» disse Nadir. «È come mamma, non butta niente, dice sempre che se ne frega delle cose, ma non è vero, è un po' materialista, si affeziona.»

Ne parlava al presente. Era morto da sei mesi, ma lui ne parlava al presente.

Mi venne così male, così male, che per respirare fui costretta ad aprirmi un varco tra quelle cose e buttai giù tutto. I quadri appesi alle pareti, i bicchieri sulla mensola, una mezza bottiglia di whisky che si schiantò al suolo allagandoci i piedi. L'odore pungente ci prese alla gola. Tirai giù il vecchio stereo, buttai all'aria i cd impolverati.

Che cazzo ci fa Pietro con questi, che cazzo ci fa? Chi la ascolta adesso questa musica di merda? Le vecchie compilation che si schiantano a terra insieme alla lampada, insieme ai piatti, ai soprammobili, ai cassetti pieni di cose che nessuno userà più.

Tu che mi prendi per le braccia e mi dici «Smettila, ti fai male, smettila. Finirai per romperti qualcosa».

Nadir.

Nadir, che cosa facciamo adesso?

Mi lascio scivolare in mezzo ai cocci, mi sento come se mi avessero sfilato le ossa dalla pelle. Mi rannicchio su quel tappeto impolverato e tu mi sei addosso, mi raccogli come un mucchio di stracci, mi trascini via, dove?

L'armadio a muro è una cavità aperta, dentro non c'è niente. Uno spazio vuoto in cui ci rifugiamo. Chiudi l'anta, rimaniamo al buio.

Tu sai come dominare le crisi, sai che qui puoi tenermi sotto controllo.

«Ti fai male» continui a dire pianissimo, mi asciughi le lacrime, mi tiri indietro i capelli, mi dici che sono brava, che vado bene, che è tutto normale.

Mi dici che prima o poi dovevo piangere.

Ti chiedo scusa, e tu dici che non devo scusarmi, ma ti trema la voce.

In questa casa siamo stati felici, tutti e tre, e adesso non rimane più nessuno. Ci siamo solo noi, adulti, stretti in questo buio che ci contiene a malapena, ci incastriamo l'uno nell'altro per starci dentro, per non uscire mai alla luce. Sappiamo farlo. Sappiamo farlo io e te, lo facciamo da vent'anni.

Chiudo gli occhi nell'oscurità di questo armadio, cado all'indietro e c'è il tuo corpo sottile che mi tiene insieme.

Mi aspetto che da un momento all'altro Pietro spalanchi le ante e ci ritrovi qui dentro rannicchiati, due bambini che si sono nascosti. Mi aspetto che si metta a ridere, che ci dica che è stato un errore, che abbiamo avuto paura per niente.

Che da quell'auto è sceso in tempo, è riuscito ad allontanarsi. È tornato a casa, adesso, ci ha messo più del solito, l'attraversamento dei confini è sempre complicato, sempre illegale.

Ma non è così, non arriva nessuno. Appoggi la fronte alla mia testa e ti arrendi anche tu.

Da adesso in poi, noi siamo soli.

Da questo momento in avanti non condividiamo più nulla. Il nostro stesso sangue s'è polverizzato in un'esplosione, ha scisso anche noi. Non sei più mio fratello, non sono più tua sorella, siamo due che hanno sbagliato strada, che non sanno come tornare indietro.

Da adesso in poi, per tutta la vita, ci sarà un prima e un dopo, quello che siamo stati e quello che saremo.

Se non c'è più lui, forse un giorno ci guarderemo come due estranei. E si sommeranno le mancanze, avremo perso più di quanto riusciremo a dire. Adesso sei tu che tieni insieme tutto.

«Promettimi che non mi lasci. Giura che non te ne vai.»

«Giuralo anche tu.»

E io lo giuro. Anche se non so più a cosa ti servo.

Poi ci rialzeremo, col tempo. È quello che faremo. Terremo fede alla promessa, rimarremo fratelli.

Ma adesso, in questo istante, sono crollata e ti ho lasciato solo a reggere tutto il peso di questa nostra famiglia, mio povero, assoluto amore.

50

Ventinovesimo giorno.

All'alba sogno che sei tornato, ma non sei solo. C'è lui con te. Mi affaccio in cucina e siete entrambi seduti al tavolo, uno accanto all'altro, mi date le spalle. La cucina è buia, le vostre sagome in controluce. Non vi ho nemmeno sentito arrivare, da dove siete entrati?

Mi sporgo per controllare l'ingresso. La porta è come l'ho lasciata ieri sera, chiusa dall'interno, il chiavistello tirato, le chiavi girate nella toppa. Inespugnabile.

Da dove siete passati?

Mi volto di nuovo per chiedervelo e non ci siete più.

Non ho neanche modo di guardarvi in faccia, ve ne siete già andati, non mi avete aspettata.

La telefonata arriva alle undici del mattino.

Sullo schermo del mio cellulare compare la scritta "Numero sconosciuto".

Per la prima volta in due anni e mezzo ho sognato Pietro, e adesso so cosa mi devono dire. So che sono l'ultima rimasta. Ché la sorte ha davvero un pessimo senso dell'umorismo, se lascia me, se deve sopravvivere la più fragile.

«Pronto?»

Tre secondi di silenzio, li conto, mi preparo.

«Sei da sola?» La voce seria, molto stanca, molto rauca. In italiano.

Scoppio a piangere, lo insulto, lo maledico.

«Dove sei, dove sei, dove sei...» mi incaglio, come Lucrezia quel giorno a casa mia, non faccio che ripetere la stessa cosa. Non lo faccio nemmeno parlare.

«A Monaco. Sono a Monaco, sto tornando... sono vivo. Sto bene. Sto benissimo, Celeste, non ti preoccupare.»

«Ho sognato... ho sognato...» balbetto, incespico, non ho più fiato.

«Non fa niente, me lo dici dopo. Tra cinque minuti imbarcano. Tra due ore sono da te, non dire niente a nessuno, non ancora. Devo darti...» inghiotte a vuoto. «Devo darti una cosa.»

«Cosa?»

«Aspettami a casa, non chiamare nessuno. Sto arrivando.»

51

Arriva a casa e non suona il campanello, batte i pugni sulla porta. Sono già lì, non mi sono allontanata dall'ingresso nemmeno per bere, nemmeno per fare la pipì.

Apro la porta, allungo le braccia nel vuoto, gli frano addosso. Di nuovo una pioggia di insulti e maledizioni mentre lo stringo come farebbe Lucrezia, come una madre troppo apprensiva.

Di solito riderebbe, si affretterebbe a sottrarsi all'abbraccio. Oggi no. Oggi si prende le mie lacrime e le parolacce, e io mi prendo la sua carne, la sua pelle, gli stringo le guance tra le mani, gli affondo le unghie nelle braccia, controllo che non abbia niente, che sia vero, che sia vivo.

«Non farti venire una crisi isterica» mormora. Però mi stringe, si china e si infila con la faccia nell'incavo del mio collo, mi tiene ferma per la nuca.

Non ci tocchiamo mai, noi due. Non ci tocchiamo da due anni, ci è sembrato l'unico modo per continuare a stare insieme. Adesso, invece, non riusciamo a staccarci e ci abbracciamo con quella che sembra una fame antica, senza fondo.

«Sdraiamoci, per favore. Non mi sdraio da tre giorni.»

Non mi molla più. Si sfila lo zaino e si toglie le scarpe, si allunga sul divano e cerca di portarmi giù con sé. Gli propongo il letto e dice di no, s'addormenterebbe subito, e invece mi deve parlare. Mi siedo vicino a lui, m'appoggia la testa sul seno e mi abbranca come farebbe con un cuscino, con la stessa forza. Strofina la faccia sulla mia maglietta, respira forte e chiude gli occhi.

«L'ho trovata» dice poi, pianissimo. «Ho trovato Leni.»

La donna che ha registrato quel messaggio che a metà cadeva nel nulla. Non avevo dubbi che sarebbe riuscito a rintracciarla. Se vuole, arriva ovunque, ottiene tutto.

Gli accarezzo i capelli mentre parla, mentre racconta. Mentre mi dice di quella donna olandese di origine curda che ha poco più di trent'anni, che ha lasciato il paese in cui è nata, in cui faceva l'impiegata, per tornare nella terra dei suoi genitori a combattere. Leni non è il suo vero nome. Quando si è arruolata, quattro anni fa, ha preso il nome di una martire, una combattente morta cercando di fermare l'avanzata dell'ISIS. Succederà anche con Pietro, probabilmente. Ci sarà qualcuno che prenderà il suo nome per onorarne il sacrificio.

Leni non torna in Europa da quattro anni. Non ha nessuna intenzione di rientrare, ormai la Confederazione è la sua casa. È la società in cui ha scelto di vivere.

Mi viene voglia di vederla, questa donna che per me non ha volto. Nadir me lo legge in faccia.

«Ho scattato delle foto. All'inizio non voleva, ma poi... le ho spiegato chi eri. Le ho spiegato che per te sarebbe stato importante vederla, soprattutto perché...»

«Perché?»

«Per quello che ha trovato.»

«Che cosa? Che cosa ha trovato?» Mi agito, cerco di scrollarmelo di dosso, ma non mi lascia. Si accontenta di lanciarmi uno sguardo di rimprovero.

«Ti dico tutto, ma devi avere pazienza. Ti devi fidare di me.»

Mi calmo. C'è un motivo se sta facendo così. Si allunga verso lo zaino, tira fuori la macchina fotografica. È una di quelle vecchie che usa poco, non è andato lì per un servizio.

L'accende, il display si illumina.

«Le ho promesso che non mostrerò mai la sua faccia al mondo, solo a te.»

Eccola lì, Leni. Capelli e occhi scuri, tratti affilati. Mi sorride con lieve diffidenza, i capelli sfuggiti dalla treccia spessa che le piovono disordinati davanti al viso. C'è molto vento in quella foto.

«Conosceva Pietro?»

«Sì. La prima volta che l'ha visto è stato in accademia, durante l'addestramento. Lei era lì per un cambio, tornava dal fronte di Kobane, era ferita a un braccio. Si era convinta che fosse olandese, gli ha parlato e lui non ha capito nulla. Poi le ha detto in kurmanji che era italiano, che non era la prima volta che andava lì, conosceva già il territorio, ma solo in quel secondo viaggio aveva deciso di arruolarsi. Sono tanti gli internazionalisti che tornano una seconda volta. Le è rimasto impresso per quello, per l'aspetto. Il nome gliel'ha suggerito lei. Agir significa fuoco, sai...» si tocca il capo in un gesto spontaneo, gli affiora sulle labbra un sorriso triste. «Per i capelli. Era solo una battuta, ma lui l'ha presa sul serio. S'è preso quel nome lì.»

Gli afferro quella mano, gliela bacio, come se baciassi Pietro, la sua testa. «Raccontami.»

Lo ascolto, non lo interrompo mai, anche se ho un milione di domande che mi si affollano in testa.

«Ho viaggiato una settimana insieme agli internazionalisti diretti nel cantone di Afrin, poi atteso per cinque giorni in una base a Ain Issa. Qualcuno le ha detto che c'era un italiano che l'aspettava nelle retrovie, il fratello di Sehid Agir. Leni era con lui ad Al-Shaddadi, il giorno in cui... lei era su uno dei tetti. Tabur diversi, stessa missione. Ha sentito alla radio Pietro che dava l'allarme, ha visto l'esplosione. È stata una delle prime, dopo, a scendere. Non c'era più niente. Hanno provato a...»

A ritrovarlo. A cercare qualcosa di lui da poter portare indietro. È una cosa che già sappiamo, non lo obbligherò allo strazio di dirlo ancora. Scuoto la testa, come a dire che non importa. *Vai avanti. Racconta il presente, del passato già sappiamo.*

«Mi ha detto che aveva poco tempo per parlare con me, che stava per ripartire. Vederla in faccia, sentire la sua voce... Il giorno in cui mi ha telefonato, la linea era muta, non sentiva nulla. Ha provato lo stesso, ma poi l'esplosione... c'è stato un bombardamento. Hanno colpito l'edificio accanto a quello in cui si trovava lei, ha dovuto lasciare tutto, sono morti dei civili, dei compagni. Pensava che il messaggio non fosse mai partito, ma c'era un motivo se mi chiamava, se aveva il mio numero.»

«Gliel'ha dato Pietro, per...»

«No. Non si erano mai più visti dopo quella volta in accademia e prima di Al-Shaddadi. Ma lei se lo ricordava. Dice che si ricorda sempre tutti, che gli internazionalisti che incrocia le rimangono particolarmente impressi. Poi, con lui aveva avuto quello scambio di battute, a Pietro era piaciuto il nome che lei gli aveva suggerito... ecco perché quando in una safe house in cui era in congedo ha trovato questo ha capito subito a chi appartenesse. Era scritto qui dentro. S'è firmato col suo nome di battaglia, e sotto ci ha scritto il mio numero. Credo che l'abbia fatto per... per qualsiasi evenienza. I comandi del suo battaglione avevano ogni riferimento, ma ha pensato che se fosse sparito tutto... forse questo sarebbe rimasto, e qualcuno avrebbe avuto modo di avvertirci.»

Si volta di nuovo verso lo zaino, e tira fuori un quaderno. Ha i bordi arricciati, la copertina scolorita e strappata da un lato. Ha preso acqua e sole e polvere.

«Leni non ha mai saputo come si chiamasse davvero. Gliel'ho detto io.»

Prendo quel quaderno innocuo. È pesantissimo, come fosse fatto di sassi. Lo tengo chiuso, lo appoggio sulla sua pancia e ci metto una mano sopra, come se potesse aprirsi da sé, dirmi qualcosa che non posso tollerare.

«Aveva intenzione di portarlo a Qamishli, di affidarlo al media center per fare in modo che arrivasse a Erbil e da Erbil a Roma. L'avrebbe fatto, al momento giusto. Era questo che voleva dirmi, al telefono, quel giorno. Ma io non l'ho sentita, il messaggio non è arrivato. Lei però ha capito lo stesso. Ha capito perché ho fatto tutta quella strada.»

Nadir mi guarda, affonda ancora un po' la guancia nel mio petto. «Aprilo. Lo devi aprire, adesso.»

Risale al primo viaggio. Le pagine sono ingiallite, la carta è sottile, di scarsa qualità. La grafia di Pietro è metodica, ordinatissima, squadrata. Sono solo esercizi di grammatica, annotazioni di parole complesse, la traduzione in italiano e in inglese lì accanto. Stava imparando la lingua, si aiutava scrivendo. Ne abbiamo a bizzeffe di quaderni, di appunti, sono tutti chiusi negli scatoloni, la grafomania di nostro fratello la conosciamo.

Nadir mi si sottrae, si alza, si allontana. È in quel momento che dal centro cade un foglio ripiegato in quattro, chiuso con un pezzo di scotch impolverato che ha perso quasi del tutto la colla.

I bordi della piegatura sono così consumati da essere sul punto di rompersi. È molto, molto più vecchio del quaderno, di questa guerra, di questa mancanza che ci ha annientato.

E sopra, nella stessa grafia ordinata, con un inchiostro di colore diverso, più vivo, recente, Pietro ha scritto "A Celeste".

Epoche diverse che si stratificano, che si riuniscono tutte in un unico centro.

Nadir spalanca la finestra, lascia entrare il caldo bestiale della fine d'agosto. Roma là fuori è ancora un deserto. Esce in balcone, s'accende una sigaretta, mezzo dentro e mezzo fuori. Rimango lì stordita, sull'orlo di un precipizio.

«Che cos'è?»

«Non l'ho aperta» dice lentamente, soffiando il fumo. È livido in faccia, sotto l'abbronzatura escoriata c'è una scheggia di dolore che non se ne vuole andare. «Non era per me, perciò non l'ho aperta.»

«Non posso. Non ce la faccio. Non la posso aprire, Nadir.»

«Sì che ce la fai. Sì che puoi. Non chiedermi di farlo per te.»

Parlerà per l'ultima volta. Quando aprirò questo stupido foglio, io so che Pietro parlerà per l'ultima volta.

Maneggiare con cura, grattare il nastro adesivo essiccato, che viene via a scaglie. C'è tutto questo sole, stamattina, e io non so su quale abisso buio mi sto spalancando.

Quale altro dolore mi attende.

Il disegno ha venticinque anni. In alto a destra, la mano di una bambina ha scritto la data, 15 marzo 1992, e un titolo.

Mio fratello Pietro.

I capelli rossi sono solo un ricordo, il pastello s'è scolorito. La bocca è un taglio che attraversa una faccia lunga, tratti sbozzati e occhi piegati all'ingiù, la mia completa incapacità di disegnare già evidente a sette anni. Trattini arancioni sparsi sulle guance disegnano una barba rada, ruvida.

Lo spazio bianco è poco, ora è completamente coperto dalla grafia di Pietro.

Piango adesso, come non ho pianto mai. Scivolo a terra, mi sciolgo lungo la seduta del divano, fino a finire sul pavimento. Piango adesso e sollevo la maglietta per asciugarmi la faccia, per evitare di bagnare questo foglio liso senza valore, uno scarabocchio di venticinque anni fa, prima che tutto questo cominciasse, prima di Nadir, prima che la malattia si mangiasse le mie ossa. Quando c'eravamo solo noi, quando eravamo solo in due.

Poi mi scappa una risata sfiatata, brevissima, che è solo una rincorsa per un singhiozzo squassante. E Nadir è lì, voltato di spalle, non mi guarda.

Fuma e non si gira mai.

Sa che è il mio momento, una possibilità che a lui non è stata data.

«C'era un'altra lettera.»

«Cosa?»

«C'era un messaggio per te, un'altra lettera. Guarda. Vieni, leggi.»

«No. Scusa, no. È tua, io non voglio. Non posso. Davvero, non posso.»

«Aveva scritto anche a te.»

Alza la faccia al cielo, sento che si trattiene. Che cerca di essere razionale. «Allora è andata perduta. Forse... forse ce l'aveva addosso. Non lo sapremo mai.»

Si riscuote. Si passa le mani tra i capelli, stringe le labbra, annuisce più volte. Rientra. Pratico, sbrigativo, già rinfilato a forza nelle maglie della sua vita.

«Devo andare.»

«Dove? Dove vai?»

«Devo avvisare mia madre che sono tornato, dirle che cosa è successo. Sarà folle. Mi vorrà ammazzare. E poi devo tornare a casa, da Marina.»

«Sì.»

«Vado a mettere fine a 'sto matrimonio.»

«Aspetta un attimo.» Mi asciugo gli occhi con i palmi, resto lì seduta a terra, la lettera di Pietro aperta sulle ginocchia, non mi chiedo nemmeno come farò a rialzarmi. Lui sembra avere fretta, vuole andarsene, allontanarsi. Prende lo zaino, ci infila dentro la macchina fotografica, mi lascia il quaderno. Si scusa, dice che se non va via adesso crollerà di stanchezza, dice che vuole farsi una doccia. So che non vuole starmi vicino, che se resta alla fine cederà e leggerà. So che lo meritava più di me. Mi tiro su con una fatica immensa.

«Nadir.» Mi sente qualcosa di diverso nella voce, perché si ferma.

E allora gliela dico, la cosa taciuta per vent'anni.

Per tutto questo tempo non ho fatto altro che tenermela in gola.

Mi guarda a lungo, senza espressione.

«Meglio tardi che mai» dice alla fine, con la sua calma agghiacciante, con la sua irriducibilità. «Lo so, Celeste. Ti amo anch'io.»

Mi chiudo la faccia tra le mani, e chiedo perdono.

Perdonami, perdonami, perdonami. Perdonatemi tutti per questo silenzio, per questo dolore, per questo logorarci.

Sento che torna indietro.

Sento le sue braccia e quelle di qualcun altro. Qualcosa che è tornato insieme a lui.

Ci affondiamo dentro, ritorniamo a casa.

Siamo tutti a casa, adesso.

Da qualche parte, in questa lunga stringa di tempo che è la nostra storia, siamo ancora in tre.

52

Al-Shaddadi, 27 gennaio 2016

Se stai leggendo questo messaggio, sai già cosa vuol dire.

Qualcuno vi avrà già mostrato il video in cui spiego le mie ragioni, in cui dico che sono venuto qui di mia spontanea volontà per aderire a una rivoluzione in cui credo. Sono cose di cui abbiamo già parlato, non hai bisogno di quel video per saperlo.

Ti direi addirittura di non guardarlo, perché ti conosco, ma mi sa che è tardi.

Non c'è molto spazio, quindi sarò breve: so cosa stai pensando.

Non ti ho abbandonata. Non ti ho lasciata in un mondo che non puoi gestire. Hai tutti gli strumenti per camminare senza di me. Hai Nadir, e hai la nostra famiglia, ma soprattutto hai te stessa. Arriva un momento in cui è necessario prendere una posizione, concretizzare il pensiero, tradurlo in azione. Ci sono uomini e donne a cui questa occasione non capita mai. A me è capitata, e ho deciso di sfruttarla. Ho studiato per vent'anni pensando di poter un giorno fare qualcosa, contribuire a realizzare l'eguaglianza in cui credo. La maggior parte delle persone vive la propria vita facendosi attraversare. Questo è l'unico modo che avevo per attraversarla, e spero capirai. Non so com'è successo, non so come sono morto. Spero sia servito a qualcosa.

So che sei arrabbiata. So che non ti ho salutato, ma lo sto facendo adesso. Sto scrivendo a te e ho già scritto a Nadir, vi sto salutando mentre sono ancora vivo. So che mi puoi perdonare. Soprattutto per aver rovinato 'sto ritratto che mi porto appresso da vent'anni, piegato in quattro nel portafogli, ma ora che sei cresciuta e non sei più permalosa come da bambina posso dirtelo: Non è che sia un Caravaggio. In realtà è orrendo. Che bocca larga m'hai fatto. E con quella barba sembro un carcerato.

Mi sembra di vederti, adesso stai ridendo. Ciao, Riccio di mare.

Sai da te quanto t'ho amata.

Un anno dopo

Roma, settembre 2019

A: Aversac@gmail.com
Da: Nadirferranti@outlook.com

"Scusa se non ho risposto all'ultima mail. Comunque sia, sto tornando. Atterrerò a Fiumicino domani alle undici. Il volo è quello che arriva da Amsterdam. Mi vieni a prendere? Se non puoi non importa, ci vediamo a casa tua.

Questa è stata l'ultima volta, te lo prometto. Ma Leni aveva ragione, una volta che vai, devi anche tornare. Non so cosa abbia questo posto, ma il richiamo che esercita è forte. Leni dice che forse è perché alcuni di noi ce l'hanno nel sangue, la resistenza, la rivoluzione, la coscienza civile e politica, il desiderio di cambiare le cose, di non arrendersi, di raccontarle a chi sta fuori, lì dove sembra che non stia succedendo nulla. È una questione di sangue, quindi. E io, come te, ho quel sangue lì. A proposito, Leni sta bene. L'ho incrociata in una base, dove si trova magari te lo dirò a voce, ma sta bene. Si continua a combattere, questo lo sai, non t'ho mai mentito.

Ma si continua anche a resistere.

Sono andato da Pietro, sono andato da Ege. È un bel posto, per quanto un luogo del genere possa essere bello. Ordinato. Pulito. La morte richiede sempre un ordine a beneficio dei vivi.

Ci aiuta a dare un senso a tutto. Ma la verità è che lì davanti, su quelle lapidi non ho sentito niente. Perché non erano lì.

Sehid Namirin. I martiri non muoiono.

Ho un milione di foto, un reportage intero da consegnare la prossima settimana. Se smuoverà qualcosa non lo so, probabilmente se lo farà sarà un movimento minuscolo, una piccola scossa. Ma va a sommarsi alle altre scosse, alle parole, alle azioni, ai fatti. Sperando che a un certo punto l'oscillazione diventi così forte da non poter più essere ignorata.

Ne dobbiamo parlare. Anche se non ne comprendiamo la complessità ma solo la necessità, impareremo a farlo. A raccontare chi era nostro fratello, e per cosa è vissuto.

Lo dobbiamo a Pietro. A quello che abbiamo perso.

Torno per restare.

A domani."

L'aeroporto è un caos di suoni e luci e chiacchiere, rumore di rotelle che planano sui pavimenti chiari, lingue diverse di gente che va e che torna. Mi faccio strada fino agli arrivi, una donna sola con la borsa a tracolla e i capelli legati, che zoppica vistosamente. Non mi guarda nessuno.

In realtà nessuno mi ha mai guardato, la mia fragilità è sempre stata interna e nascosta, il mio punto debole non era lo scheletro. Era lui, erano loro.

Quando, cinque mesi fa, mi ha detto che voleva partire, voleva andare a fotografare la vita della Federazione, la sua lotta, ho fatto il diavolo a quattro.

Non volevo, non potevo tollerare l'assenza, il silenzio. Ma poi ho capito.

Ne aveva bisogno.

Ho difeso la scelta, sono stata dalla sua parte.

Sono sempre stata dalla sua parte, e ho capito che per farlo bisogna lasciare libere le persone.

In questa vita niente e nessuno ci appartiene davvero, e arriva il momento in cui ognuno di noi deve restituire qualcosa al mondo. Io ho restituito Pietro, l'ho lasciato andare.

Le porte scorrevoli si aprono a intervalli ravvicinati, i passeggeri del suo volo sono appena sbarcati, attraversano la soglia e spariscono. Turisti, gente che torna a casa. Poi lui, col suo zaino gonfio di macchine fotografiche e non di vestiti. Non mi vede, non guarda davanti a sé, sta riaccendendo il cellulare. Mi prendo questi pochi secondi per guardarlo senza che mi ricambi lo sguardo. Ha la barba lunghissima ed è tutto spiegazzato, impresentabile come suo solito, qualche ruga nuova sul volto bruciato dal sole.

Poi alza la testa, mi vede.

S'avvicina. Sorride. Non saluta, ovviamente, non abbraccia, pure se non mi vede da quattro mesi, pure se ha trascorso l'estate intera sotto i bombardamenti turchi.

Mi sfila la borsa dalla spalla, dice che è pesante, che me la porta lui. Ed è stanco, e puzza di autobus e di aeroporto, e ha bisogno di una doccia e non vuole sentire ragioni, una borsa in più non gli cambia niente.

Ha fame, dice. «Andiamo subito a mangiare qualcosa, muoio di fame.»

Dico di sì, dico che lo porto dove vuole, anche se Lucrezia lo aspetta a casa.

«Dopo, dopo ci andiamo. Prima io e te.»

È sempre stato così. Siamo la prima cosa. Questo nostro incessante perderci e ritrovarci.

Mi infila una mano nei capelli, mi stringe il collo, la nuca. Sorride, si china su di me, mi si chiude addosso e mi annusa, faccio un po' di resistenza, gli dico che fa caldo, che ho sudato.

Mi dice che non fa niente, che non posso essere peggio di lui che non si lava da tre giorni.

Allora lo abbraccio, non me ne frega niente dello sporco, piuttosto non respiro, però lo abbraccio, mi nascondo addosso a lui.

Ride forte, fa girare tutti.

Ha la stessa risata dell'uomo che abbiamo amato entrambi in quel modo feroce che ci viene concesso una volta sola nella vita.

«Amore mio, mi sei mancata.»

Mondadori Libri S.p.A.

Questo volume è stato stampato
presso ELCOGRAF S.p.A.
Stabilimento - Cles (TN)

Stampato in Italia - Printed in Italy